흥남부두

최순조 지음

제8요일

흥남철수는
설한풍을 녹인 거룩한 인류애가 낳은 기적이며
인류 역사상 가장 위대한 크리스마스 선물이다.

1.

 여필준은 호놀룰루 포로수용소에서 해방을 맞이했다. 그즈음에는 남태평양 마셜제도의 밀리 아톨(Mili Atol)에서 반란을 일으켰을 때 다쳤던 다리는 나아 걷게 되었다. 하지만 다리를 쩔룩대는 불구는 피할 수 없었다.

 크리스마스를 사흘 앞두고 1차 귀국길에 오른 조선인 전쟁포로와 함께 제너럴 언스트(General Ernst) 호를 타고 호놀룰루를 떠났다. 귀국길에 오른 지 보름만인 이듬해 1월 초 인천에 도착하고도 나흘이 지나서야 겨우 고향인 함흥으로 돌아갔다. 하지만 고향은 예전과는 판이하게 달랐다. 그야말로 이념 대립의 난무가 혼탁 양상을 보이는 통에 정신을 헤적이는 사이 남쪽에는 미군이 진주했다는 소문이 돌았고, 북쪽에는 소련군이 치안질서 유지와 새 정부수립을 돕는다며 김일성을 꼭두각시로 앞세워 군정을 시작했다.

 소련을 등에 업은 김일성은 북조선 임시인민위원회를 구성하여 사회개혁을 단행한다는 명분으로 소련 공산당 정책을 그대로 답습했다. 그러면서 토지개혁과 산업국유화도 대대적으로 단행했다. 그

것은 말이 좋아 개혁이지 지주와 자본가 그리고 상인들로부터 몰수한 재산을 노동자와 농민들에게 나누어주어 민중적인 지지기반을 다지기 위한 수단에 불과했다. 게다가 일본군에게 빌붙어 공무원이 되었던 자들을 쫓아낸 빈자리마저 노동자와 농민으로 채우고 그들의 환심을 샀다. 하지만 일본군 헌병보조원이었던 김일성의 동생 김영주와 일제의 중추원 참의를 지낸 장헌근, 친일단체 대화숙 출신인 이승엽, 일본경찰 밀정 노릇을 했던 정국은 등은 내치지 않고 감싸 안았다. 이때에 정국은의 처남이자 일본경찰의 하수인 노릇을 하며 동포를 괴롭혔던 곽준식은 정국은의 도움으로 친일 꼬리를 잘랐을 뿐만 아니라 함흥고급중학교 교장 자리까지 얻었다.

풍운이 감돌던 겨울이 지나고, 늘 그렇듯이 궤도를 벗어나지 않는 계절이 순환했다. 꿩이 짝을 부르는 생동하는 봄이 되자 소련군은 아녀자를 유린하거나 상인들을 수탈하는 등 야만적인 모습을 드러내기 시작했다. 게다가 일본과 치른 전쟁에 대한 배상을 요구하며 수력발전소와 공장시설물들을 뜯어가고 수확한 곡식을 약탈하는 등 횡포가 극에 치달았다. 그러자 사람들은 양호단이라는 자위단체를 만들어 소련군에게 대항하는 시위를 벌였다. 하지만 김일성은 가담자들을 잡아들여 본보기로 부르주아의 앞잡이로 몰아서 처형했다. 이런 불합리한 현실과 공산주의 이념에 염증을 느낀 사람들은 하나둘 남쪽으로 내려가기 시작했다.

여필준은 체질적으로 공산주의가 맞지 않아 남쪽으로 떠날 생각을 했지만 불구인 한쪽 다리 때문에 차일피일 미루었다. 그러나 날이 갈수록 소련을 공산주의의 조국으로 여기는 정치 풍토가 더해지자 호놀룰루 포로수용소에서 헤어졌던 이봉남이 생각났다.

이봉남은 여필준과 남태평양 마셜제도에서 생사고락을 할 때, 살아서 돌아갈 수만 있다면 여필준의 매제가 되겠다고 했을 만큼 가까운 사이였다. 둘은 어느 날 목숨 보존이 힘든 절박한 때에 미군에게 구출되어 호놀룰루 포로수용소로 갔다. 그곳에는 일본군으로 끌려갔던 약 3,000여 명의 조선인들이 전쟁포로로 갇혀 있는 곳이었다.

그곳에서 지내는 동안 POW(Prisoner Of War)라고 찍힌 카키색 군복을 입고 지냈지만 불편하기는커녕 되레 천국 같았다. 먹고 입는 것이 걱정 없고 일본군의 간섭에서 벗어났으니 그럴 만도 했다. 게다가 일과라고 해야 고작 석축 쌓기, 그릇 씻기, 페인트칠하기, 꽃밭 가꾸기 등이어서 힘들지 않았다. 그마저도 비록 적은 돈일지언정 보수까지 받다 보니 포로인지 직원인지 헷갈릴 때도 더러 있었다. 일과를 마치거나 휴일이면 영어공부로 시간을 보냈다. 그러다가 일본이 항복하자 여필준은 함흥으로 돌아갔고 이봉남은 이듬해 8월에 홀어머니가 있는 동경으로 갔다.

여필준은 이봉남을 생각하며 고심한 끝에 여필녀만큼은 공산당 천하가 아닌 곳에서 살게 하고파 '자네가 내 매제가 되겠다고 했던 말 기억하나?'라고 서두를 잡은 편지에다가 여필녀의 사진을 동봉했다.

다음 날 여필준은 우체국에 들렀다가 집으로 돌아가는 길에 마음 한구석이 바윗덩이에 짓눌린 듯, 생각이 잘 돌지 않고 갑갑하여 가까운 신창리 교회로 향했다. 호놀룰루 포로수용소에서 지낼 때 이따금 교회에 찾아가 막막한 분노와 우울로 저미었던 가슴을 위로받았던 기억에 이끌려 찾아간 것이었다.

그곳에서 담임 목사 배명호를 만나 몇 마디 말을 주고받다가 배명호의 됨됨이에 이끌려 자주 찾았다. 그러다가 여러 날이 지나면서 배명호와 속마음을 터놓을 만큼 친분을 다졌다.

그 무렵 배명호는 평양에서 사회주의 정치에 반발한 기독교인들이 정치세력을 키울 목적으로 기독교민주당과 기독교자유당을 창당했다는 소식을 듣고서 기독교민주당에 합류했다. 이를 고깝게 여긴 정치보위부는 '직맹'이라고도 하는 북조선직업총동맹과 '민청'이라고도 하는 민주주의청년동맹을 앞세워 교회의 정치활동은 새로운 국가건설이라는 민족적 과제를 방해하는 불순한 행동이라며 핍박을 일삼았다. 그럼에도 기독교민주당의 기세가 수그러들지 않자 급기야 김일성이 정치에 나서는 종교인은 적의 앞잡이이자 전체 조선인민의 적이라며 엄벌하라고 지시했다. 김일성을 옹호하는 목사와 신부 그리고 승려들은 때를 기다렸다는 듯이 우르르 나서서 '종교의 정치개입은 신앙생활을 위배하는 행위'라며 북조선기독교도연맹을 결성하여 김일성 친위대를 자처했다. 그러자 배명호와 기독교민주당을 지지하는 목사들은 사경회나 부흥회 등의 집회를 열어 공산주의를 비판하기 시작했다. 그 일로 기독교민주당과 북조선기독교연맹 사이의 알력이 확대되어 분쟁으로 번졌다.

여필준은 이러한 마찰의 소용돌이에 빨려든 배명호를 돕고자 나섰다가 반동적 반민주주의 분자의 책동에 부화뇌동했다는 이유로 함흥인민교화소에 끌려가 고문을 당한 뒤 기독교민주당에서 탈퇴하겠다는 각서를 쓰고서 풀려났다.

망가진 몸을 이끌고 집으로 돌아와 보니 이봉남에게서 답신이 왔는데, 약속을 잊지 않았다며 동경대학을 졸업하는 대로 함흥으로 오겠다는 내용과 학생복을 입은 사진이 들어 있었다.

여필준은 이봉남이 대학을 졸업하기 전에 함흥에 무슨 해괴한 일들이 벌어질지 대충 짐작이 가는 터여서 기다릴 수 없었다. 그리하여 남쪽으로 내려가기로 마음먹고 궁리를 짜냈다.

그날 밤 홀어머니인 최점순과 여필녀에게 월남할 속생각은 숨긴 채 이봉남과 있었던 일들을 털어놓고 사진을 보여주었다. 최점순은 과분한 혼처라며 좋아했고 여필녀도 싫은 기색이 아니었다.

다음 날 배명호는 몸져누워 있는 여필준에게 찾아와 자신의 일을 돕다가 그리된 것을 미안해하며 위로했다. 여필준은 의례적인 인사말로 괜찮다고 대답하고는 월남할 생각을 솔직하게 까발렸다.

"무산대중을 위한다며 토지를 가진 자를 용서 못 할 부르주아 반동으로 몰아붙여 빼앗은 땅을 재분배한다는 것이 강도짓과 뭐가 다릅니까? 진정으로 인민을 위한다면 글자도 깨우치지 못한 일자무식장이를 군수로 임명할 것이 아니라, 소련군이 저지르는 온갖 악행부터 막아야 하는 것 아닙니까? 그런데도 인민들을 지켜주기는커녕 불구경만 하지 않았습니까? 아니, 오히려 소련군의 심기를 건드리지 않으려고 설설 기지 않습니까? 심지어 소련군이 교회에 쳐들어가 목사와 신자들을 폭행하는 횡포를 보고도 기독교도연맹이라는 것들이 입에 자물쇠를 채우고 있다니요? 저는 이런 꼴을 보지 않으려고 남쪽으로 내려갈 생각입니다. 목사님께서도 함께 내려가시면 어떻겠습니까?"

시종일관 묵묵히 듣고만 있던 배명호는 낮으면서도 단호한 목소리로 "아니네."라고는 아무런 기탄없이 말을 이어갔다.

"나도 남쪽으로 갈 생각을 안 한 것이 아니네…. 하지만 하나님을 믿는 교인들을 두고 나 혼자 어디로 갈 수 있겠는가?"

"그렇다고 이대로 있다가는… 얼마 안 가서 38선이 완전히 막혀버린다는 소문 못 들었습니까?"

여필준은 떠나기로 작정하자 더 이상 함흥에 머문다는 것은 초조와 울분과 불안의 연속이 될 것 같다고 했다. 배명호는 땅이 꺼질 듯이 한숨을 내쉬고는 "정히 내려갈 결심이 섰다면 어쩔 수 없지만…." 라고서 미간을 찌푸린 채 한참 동안 생각에 잠겨 있다가 입을 뗐다.

"생각이 바뀐다면…. 아는 사람에게 부탁해서 함흥 교육청에 손을 써두었으니 자네만 원한다면 조만간 선생 자리를 얻을 수 있을 걸세. 선생은 정치 영향을 받지 않으니 이 어지러운 세상에서도 바람을 피해가겠지. 곧 소련군대가 물러간다고 하니… 나라가 안정되지 않겠나? 그리고…"

잠자코 듣기만 하던 여필준은 배명호가 난색이 되며 다음 말을 잇지 못하자 어색하게 "무슨…?"이라며 쳐다보았다. 배명호는 마른침으로 목을 다듬고는 한결 갈앉은 목소리로 입을 열었다.

"자네만 괜찮다면 정희와 혼인을 했으면 하네."

"그게 무슨 말씀입니까? 저 같은 다리병신에게 목사님 따님이 가당키나 한 일입니까?"

여필준은 졸지에 흥분이 되어서 굳었던 얼굴이 귀밑까지 화끈거려 고개를 들지 못했다.

"함흥사범학교를 나왔으니 배울 만큼 배운 사람이고, 심상과를 졸업한 탓인지 속이 깊은데다가 심성이 바르니 그까짓 다리가 뭐 그리 문젠가? 자네가 인민교화소에 끌려가 있을 때 정희에게 이야기를 끄집어냈더니 싫어하는 눈치가 아니었네. 정희도 혼기 다 되어 가릴 형편이 아니지 않은가?"

배명호는 여필준의 자존심을 손상시키지 않으면서 자신이 염두에 두었던 것을 조리 있게 말했다.

"저… 며칠 말미를 주십시오."

여필준은 갑자기 언변이 어눌하고 숨결까지 가빴다.

"쇠뿔도 단김에 빼라고 하지 않았나? 정희가 싫지 않다면 내가 자네 자당과 의논해서 날짜를 잡도록 하겠네."

배명호는 군이 급한 마음을 감추지 않았다. 여필준은 입을 봉한 채 가만있었지만 어디에도 싫은 기색을 찾아볼 수 없었다.

그로부터 얼마 지나지 않아 여필준과 배정희는 배명호의 친구이자 덕천의 작은 교회에서 목회를 하는 이계실의 주례로 혼례를 치렀다. 그리고 얼마 뒤 여필준은 배명호의 도움으로 곽준식이 교장으로 있는 함흥고급중학교 교사 자리를 얻었다. 게다가 여필녀도 같은 학교의 급사가 되어 출퇴근을 같이 할 수 있게 되었다.

여필준은 결혼을 하고 난 뒤 마음의 안정을 얻고 학생들을 가르치는 일에 재미를 붙이게 되자 월남하겠다던 생각이 점차 엷어져갔다. 그러다가 어느 날 직맹에서 학생들을 가르치는 것 외에도 매일 1시간씩 집체교육을 받으라는 지시가 내려왔다.

여필준은 불편한 다리 때문에 집체교육을 면한 대신 매일 갖는 종회(終會)를 준비하고 주재했다. 종회는 20여 분만에 끝나지만 그 다음이 고역이었다. 직맹과 민청에서 번갈아 나와 교사들을 상대로 위대한 조국전쟁의 정신과 빨치산 정신을 깊이 새겨야 한다는 사상교육을 시켰다. 가죽신발을 삶아 먹고 배고픔을 참아가며 독일군과 맞서 싸우며 소련을 도왔던 소련 위성국가들의 빨치산 전투역사가 주 내용이었다. 종회는 똑같은 내용을 반복하면서도 저녁 9시가 되어서야 끝나는 것이 다반사였다.

그런 가운데 배정희는 딸을 낳았고 배명호는 경자라는 이름을 지어주었다. 그 무렵 소련군대가 철수한다는 소문이 나돌기 시작하더니 크리스마스가 되었을 때는 함흥에서 소련군의 모습이 자취를 감추었다.

여필준은 소련군이 물러가면 나라가 안정될 거라던 배명호의 말에 일말의 희망을 걸었다. 하지만 곧 38선은 완전히 봉쇄되고 남쪽과 주고받던 서신마저 차단되었다. 게다가 이제는 직맹도 민청도 아닌 인민군이 학교에 나타나 학생들에게 전쟁승리를 위한 궐기대회를 하는 통에 세상이 어수선하기까지 했다.

해가 바뀐 지 얼마 되지 않아 인민군은 학생들을 상대로 대대적인 입대지원행사를 하면서 사실상 신체 건강한 학생들을 인민군으로 강제 편입시켰다. 학교뿐만이 아니라 교회와 사찰에도 강제 입대의 불똥이 튀었다.

배명호는 교인들 중 젊은이는 인민군에 입대하도록 장려하고, 나이 먹은 사람들이나 여자들은 해안가와 산의 방어용 참호공사에 참여시키라는 민청의 강요에 시달렸다. 더욱이 민청에서 나온 자들이 예배를 지켜보기 때문에 목회조차 제대로 할 수 없었다.

배정희가 둘째 아이를 가진 지 4개월째로 접어든 6월이었다. 여필준은 숙직이어서 토요일 밤을 동료교사 김석호와 학교에서 보내는 중이었다. 밤늦도록 학교 여기저기를 순찰하고 숙직실로 가 잠자리에 누웠다. 얼마나 잤을까, 문을 활짝 열어젖히는 소리와 함께 "동무, 큰일 났습니다!"라는 김석호의 고함 소리가 귀청을 건드려 잠에서 깨었다.

"웬 소란이오?"

여필준은 눈을 부비며 가라앉은 목소리로 묻고는 벽시계를 쳐다보았다. 시침은 6시를 막 넘어서는 중이었다.

"전쟁이 났소, 전쟁!"

김석호는 목청을 높여 소리쳤다. 여필준은 "전쟁?"이라며 화들짝 놀랐다.

"어서 교무실로 가서 라디오를 들어보시오."

김석호는 다그치듯이 큰 소리로 말했다. 여필준은 가슴에 들러붙는 불안한 생각을 털어내고는 김석호를 따라나섰다. 텅 빈 교무실 안으로 들어서자 라디오에서 흘러나오는 인민군의 요란한 군가 소리가 귓구멍을 건드렸다.

"또 방송 나올 거요."

김석호는 여필준을 라디오 곁으로 끌어당기며 말했다. 여필준은 엉덩이를 나무의자 끄트머리에 걸쳐 앉으며 귀를 기울였다.

잠시 후 인민군 군가가 끝나더니 아나운서의 목소리가 우렁차게 흘러나왔다.

"평화롭게 잠자던 인민들이 아직 깨지도 않은 오늘 새벽 4시를 기하여, 남반부 괴뢰군의 송호성 부대가 38선을 침범하였다. 여기에 우리 인민군은 수차례 경고했으나 남반부 괴뢰도당들은 이를 무시하고 쳐들어와 무차별한 포격으로 인민들을 살상하는 악랄한 짓을 저질렀다. 따라서 우리 인민군은 인민이 살상당하는 꼴을 두고 볼 수 없어 반격을 가하여 현재 남반부 괴뢰군을 몰아내는 중이다."

"남반부 국군이 물러나는 걸 보니 별일 아닌 거 같소."

여필준은 애써 담담한 척 말했다.

"그렇지가 않다니까요."

김석호는 아무래도 심상치가 않다고 했다.

"이런 일이 어디 한두 번이오? 이번에도 이러다가 말 것이오."

여필준은 대수로운 일이 아니라는 듯이 말하고는 "얼굴이나 씻읍시다."라고 말했다. 김석호는 약간 무안한 표정으로 알았다고 하고는 돌아섰다.

여필준은 수건을 허리춤에 끼고서 교무실에서 빠져나와 운동장 한쪽에 있는 우물가로 향했다. 물을 길러 세숫대야에 담고는 두 손바닥으로 떠서 얼굴에 끼얹었다. 서너 차례 푸푸 소리를 내고는 허리춤의 수건을 빼내어 얼굴을 문질렀다.

얼굴의 물기를 닦아내고서 수건을 목에 걸치며 학교를 휘둘러보았다. 일자로 기다랗게 놓인 단층 건물에 촘촘한 창문이 마치 누에 거적처럼 보였다. 학교 건물 중앙에 하늘을 향해 꼿꼿이 선 국기게양대에는 인공기가 나부끼고, 모서리에 우두커니 선 향나무 우듬지에 앉은 목이 알록알록한 이름 모를 새 한 마리는 연신 꼬리를 위아래로 오르내렸다.

"이렇게 평화로운 곳에 전쟁이라니…."

여필준은 평화로운 풍경을 놓이기 싫다는 듯이 중얼거렸다. 그러다가 문득 남태평양 마셜제도의 밀리 아톨에서 반란을 일으키고 탈출하여 표류하다가 이봉남과 함께 미국 해군에게 구출되었던 일이 주마등처럼 떠올랐다.

"두 번 다시는 그런 일이 일어나서는 안 돼."

여필준이 머리를 잘래잘래 흔들어대며 중얼거릴 때 김석호가 헐레벌떡 다가와 다급한 목소리로 입을 뗐다.

"방금 라디오에서 인민군이 개성을 해방시켰다는 방송을 했소."

여필준은 표정이 일그러지며 "뭐요?"라고 소리쳤다.

"그뿐이 아니오. 곧 서울도 해방시킨다고 하오."

김석호는 웬일인지 잔뜩 상기된 표정으로 말했다.

"남반부 국군이 먼저 쳐들어왔다고 하지 않았소?"

여필준은 김석호가 점점 흥분하는 것이 이상하다는 듯이 물었다. 김석호는 자연스럽지 않은 표정으로 그렇다고 대답했다. 순간 여필준은 가슴속으로 먹장구름이 몰려드는 것처럼 불안했다.

2.

알몬드는 당직장교 에드워드 로우니(Edward Rowny)로부터 북한이 침공했다는 보고를 받고서 맥아더의 집으로 전화를 했다. 하지만 부관은 맥아더가 가족들과 주일예배를 보기 위해 교회에 있으며 곧 귀가할 것이라고 답했다. 알몬드는 부관인 알렉산더 헤이그(Alexander Meigs haig) 대위를 대동하여 지프를 타고서 극동군사령부를 떠나 맥아더가 사는 아파트로 향했다.

알몬드가 도착했을 때 맥아더는 막 귀가하여 군복을 갈아입는 중이었다.

"서울을 얼마나 지켜낼 수 있겠소?"

맥아더는 상황을 들었다는 듯이 침착하게 물었다.

"아마, 3일을 버텨내지 못할 것으로 판단됩니다."

알몬드는 착 가라앉은 목소리로 대답했다. 맥아더는 혼잣말로 "심각하군."이라고는 파이프를 물며 "무초(John Muccio) 대사는 안전하오?"라고 주한 미국대사의 신변을 물었다. 알몬드는 이승만과 함께 있다고만 대답했다. 맥아더는 파이프에 불을 붙이며 "미군은 어떻게 싸우고 있소?"라고 물었다. 알몬드는 기죽은 목소리로 제대로 싸워 보지도 못하고 밀리는 실정이라고 대답했다. 맥아더는 침통한 표정으로 고개를 끄떡이며 아내를 향해 "다녀오겠소." 하고는 밖으로 나섰다.

　맥아더는 대기하고 있는 승용차에 알몬드와 함께 탔다. 알몬드를 태우고 왔던 지프는 헤이그만 태우고 뒤따라 붙었다. 자동차는 극동군사령부가 있는 다이이치 건물 앞에서 멈추어 섰다. 건물 입구에는 수많은 기자들이 맥아더를 기다리는 중이었다. 맥아더는 헌병이 기자들을 제지하여 만든 공간을 통해 상황실로 향했다.

　10여 명의 장군과 300여 명의 장교들이 일제히 일어나 맥아더를 맞이했다. 맥아더는 자리에 앉으며 "상황이 어떤지 말해보시오."라고 했다. 알몬드의 참모인 에드워드 포니(Edward Forney) 대령이 상황판 앞으로 나서서 입을 열었다.

　"금일 새벽 4시 25분, 북한은 선전포고 없이 9만여 명의 인민군과 150대의 소련제 전차를 앞세워 38선을 넘어 남한 전역을 침공했습니다. 한국군은 아직 무기도 갖추지 못했고 군사훈련조차 제대로 받지 못한 오합지졸이나 다름없는데다가, 일요일이어서 외출한 군인이 많아 속수무책으로 밀리고 있습니다. 개성은 이미 내주었고 의정부는 내일 안으로 떨어질 것 같습니다."

　묵묵히 들으면서 생각에 잠겼던 맥아더는 무거운 목소리로 입을 뗐다.

"무초 대사에게 연락하여 미군호송대를 조직하여 미군 가족들을 인천까지 이동시키라고 하시오. 그리고 딘 장군은 육군24사단을 이끌고 선발대로 가서 급한 것을 막아주시오."

"턱없이 적은 병력인데다가 현재 갖춘 화력으로는 인민군을 대항할 능력이 안 됩니다."

딘은 단박에 난색을 표했다.

"기습적으로 침공했다는 것은 그동안 전쟁준비를 차근차근 해왔다는 것이므로 섣불리 병력을 투입했다가는 크게 당할 수가 있소. 군사력과 화력이 북한보다 월등하지 않고는 이 전쟁을 끝낼 수 없소. 그렇게 하려면 본국에 대규모 병력과 병참을 요청해야 하오. 그때까지는 후퇴하는 부대가 안전할 수 있도록 적군의 진격을 저지하는 것이 급선무요."

맥아더는 자신의 생각을 밝히고는 미군이 참전했다는 것만으로 인민군은 함부로 밀고 내려오지 못할 것이라고 했다. 딘은 알았다고 대답하고는 언제 출발하느냐고 물었다. 맥아더는 빠르면 빠를수록 좋다고 대답하며 알몬드를 향해 말을 이었다.

"남하하는 인민군을 저지하기 위해서는 현재로서 해군과 공군의 화력이 절대적이오. 태평양함대사령부와 가데나 공군기지의 18비행단과 요코타 공군기지의 98폭격비행단에 한국의 각 전선에 수시로 포격하라는 전문을 당장 보내도록 하시오."

알몬드는 얼굴빛을 바루고는 알았다고 대답했다.

"그리고 본국으로부터 병력과 병참을 수송하려면 수송선이 많이 필요할 것이니 세계대전 때 참전했던 민간 수송선을 징집하여 해군 90상륙지원단의 제임스 리버 예비선단(James River Reserver Fleet)에 배속시키는 안도 마련하시오."

"리버티 급과 빅토리 급 수송선 모두를 말씀하시는 것입니까?"

알몬드는 맥아더가 말하는 의미를 짐작하면서도 괴이하다는 듯이 물었다. 맥아더는 고개를 가로저으며 "리버티 급은 왕복형 증기기관이잖소?"라고는 대답을 기다리지 않고 말을 이었다.

"최대속력이 11노트밖에 안 되어 쓸모가 적소. VC2형 빅토리 급 수송선만 징집하면 몇 척이나 가능하겠소?"

"2차 세계대전이 끝난 후 퇴역한 배가 많긴 해도… 쓸모 있는 배는 20여 척 정도로 판단됩니다."

알몬드는 그나마 미국 해상청과 해운청에 알아봐야 알 수 있다고 했다.

"징집 가능한 선박부터 용역계약을 서둘러 마치고 출항시키도록 하시오."

맥아더는 명령적 어조로 말하고는 고개를 들어 휘둘러보다가 한쪽 모에 서 있는 에드워드 로우니를 향해 공보장교로 임명한다고 했다. 에드워드 로우니는 급작스럽게 변한 표정으로 부동자세를 취하며 알았다고 대답했다. 맥아더는 파이프의 재를 떨어내고는 입을 뗐다.

"본인의 대변인으로 임명된다 하여 귀관이 가진 기존 임무가 없어진 것은 아니다."

에드워드 로우니는 야무진 말투로 알았다고 대답했다. 맥아더는 에드워드 로우니를 향해 "귀관은 앞으로 기자들에게 필요한 모든 정보를 알려주고 필요하지 않은 정보는 알려주지 않는다."라고 알 듯 모를 듯 암시적인 말을 뱉고는 약간 심각한 얼굴로 주변을 둘러보며 입을 뗐다.

"앞으로 세계 각국의 기자들이 이곳으로 몰려올 것이오. 특히 종군기자들은 한국의 전쟁터로 직접 뛰어들 것이므로 우리는 지금부터 작전을 수행하는 것만큼, 기자들이 필요한 정보와 가려야 할 정보를 잘 구분하도록 해야 할 필요가 있으니 모두 말을 할 때 신중을 기해주시오."

모두 합창하듯 한 목소리로 알았다고 대답했다.

그 무렵 이봉남은 서너 차례 편지를 주고받았던 여필녀와 연락이 닿지 않아 애를 태우던 중에 한국에서 전쟁이 났다는 소리를 듣고는 여필녀와 여필준이 걱정되어 마음이 어지러웠다.

며칠을 고민하다가 학교를 그만두고 한국전쟁에 참전할 결심을 했다. 그렇게 해서라도 여필녀와 여필준을 만날 방법을 찾고 싶어서 극동군사령부로 찾아가 어렵게 포니와 면담을 가졌다. 하지만 포니는 일본인을 군인으로 받아줄 수 없다며 거절했다. 이봉남은 자신은 일본에 살고 있는 한국인이라고 설명했지만 포니는 같은 대답만 되풀이했다.

이봉남은 자신이 일본군에게 강제로 끌려갔다가 바다에서 표류하던 중 미국 해군에게 구출되어 호놀룰루 포로수용소에 생활했던 것과 다시 일본으로 돌아올 수밖에 없었던 저간의 사정을 말하고서 꼭 참전하게 해달라고 사정했다. 포니는 영어를 잘 구사하는 이봉남이 통역으로 적합할 것으로 판단하고 군인이 아닌 학도의용군 신분이라도 괜찮은지 물었다.

"군인 신분보다 못해서 상대적으로 여러 가지 고초와 불이익이 뒤따를 수도 있소. 그래도 좋소?"

"일본군에게 억압 받던 내 나라가 해방이 된 지 불과 5년 만에 전쟁에 휘말렸습니다. 이보다 더 큰 불이익이 어디 있겠습니까?"

이봉남은 흔쾌히 학도의용군이 되겠다고 했다. 포니는 갑자기 달라진 어투로 "좋소."라며 고개를 끄떡이고는 더위에 지친 듯 손등으로 이마의 땀을 문지르며 말을 이었다.

"학도의용군으로 신청한 재일본 한국인 600여 명이 있는데, 다음 주부터 3주 동안 간단한 군사훈련과 교육을 받을 것이오. 그러니 다음 주 월요일 오전 8시까지 다시 이곳으로 와서 그들과 합류하시오."

이봉남은 알았다는 대답보다 고맙다는 말을 선뜻 뱉었다.

같은 시각, 택시 한 대가 필라델피아 다비 강가의 조용한 주택가 골목으로 들어서는 중이었다. 택시는 골목길을 두어 번 돌아 회색 지붕을 눌러 쓴 아담한 붉은 벽돌집 앞에 멈추었다.

"107 웨스트 마틴 레인(West Martin Lane)입니다."

택시기사는 창밖으로 고갯짓을 하며 뒷좌석에 앉은 사내를 향해 말했다. 사내는 고맙다는 말과 함께 기다리라며 택시에서 내렸다.

사내는 눈을 이리저리 굴려가며 눈앞에 나타난 집을 살펴보았다. 작은 마당을 바라보는 현관문 앞에 내걸린 성조기가 들어오라고 손짓하듯이 펄럭거렸다. 생각했던 것보다 집이 허름했던지 주소가 적힌 종이와 집을 번갈아 보고는 "이 집이 맞는데…."라며 마당으로 들어섰다.

현관 앞에 서서 벨을 누르자 왜소한 체격을 가진 사내가 문을 열고서 눈가에 웃음을 띠며 "미스터 러니…?"라고 물었다.

"네, 제가 바로 무어 사장님의 지시를 받고 온 사무장 로버트 러니(Robert Lunney)입니다. 레너드 라루(Leonard Larue) 선장님이십니까?"

러니는 밝은 표정을 지으며 말했다.

"그렇다네. 내가 바로 사무장을 괴롭힌 장본인이네."

라루는 벙긋 웃는 얼굴로 대꾸하고는 손을 내밀었다. 러니는 얼굴에 웃음기를 띠면서 반갑게 악수를 나누었다.

"뉴욕에서 여기까지 오게 해서 미안하네."

"아, 그렇지가 않습니다. 어차피 배가 버지니아(Virginia) 노퍽(Norfolk)항에 있으니 안 올 수도 없는 일이었습니다."

"어쨌거나 전화로 여러 차례 이야기를 나누던 사람 얼굴을 보게 되니 반갑군."

"저도 직접 만나게 되어 반갑습니다. 앞으로 잘 부탁합니다."

"부탁은 내가 해야겠지. 아… 들어오게."

라루는 현관에 세워둔 것이 미안한 듯 서둘러 말했다. 러니는 안으로 들어서면서 거실을 두리번거렸다. 진열장 위에 있는 정교히 만들어진 모형 배가 눈에 들어왔다.

"내가 조타수로 선원생활을 시작할 때 처음으로 탔던 배야."

라루는 모형 배를 가리키며 말하고는 커피를 건네며 "맛이 괜찮을 거야."라고 했다. 러니는 찻잔을 받아 음미하듯 입가를 적시고는 "맛이 아주 좋군요."라고 했다.

"음식은 잘 하지 못해도 커피는 잘 타지."

라루는 아이처럼 헤벌쭉 웃으며 좋아했다. 러니는 미소를 지으며 "역시… 다르네요."라고 맞장구를 쳤다. 라루는 소파에 앉아 탁자 위에 커피 잔을 내려놓으며 입을 뗐다.

"뉴스를 보니 사흘 만에 서울이 점령당하고… 바로 그날 유엔안전보장이사회에서 군사원조 안을 통과시켰다고 하던데, 대체 어떻게 된 일인지 본사에서 들은 내용을 말해보게."

"맞습니다. 6월 26일에 유엔 안전보장이사회에서 당장 침략을 중지하고 군대를 38선 이북으로 철수시키라는 결의안을 채택했지만 듣지 않았습니다. 그래서 유엔은 북한을 침략자로 규정하고서 회원국들에게 남한을 지원하여 북한의 공격을 격퇴하자는 결의안을 채택했고, 바로 그날 맥아더가 한국으로 날아가서 직접 한강 방어선을 살펴보고 일본으로 돌아가서 트루먼 대통령에게 지상군 투입을 요청했답니다. 트루먼 대통령은 맥아더에게 극동사령부에 주둔한 미군을 한국으로 급파하라고 지시했고 유엔에 협조를 요청했는데, 영국이 가장 먼저 군대를 파병했고 호주, 캐나다, 네덜란드가 연달아 군대를 보냈답니다. 그런데 며칠 전에 미군이 오산 어딘가에서 인민군들에게 참패를 당했는데, 그때 육군24사단장 윌리엄 딘 소장이 실종되었답니다."

러니는 자신이 들은 내용을 개괄하여 들려주었다.

"아니… 인민군이 얼마나 강하기에 미군이 그렇게까지 당한단 말인가?"

라루는 안색까지 변하며 놀라는 표정을 지었다.

"군대 지휘체계가 제대로 갖추어지지 않았는데, 선전포고도 없이 10만에 가까운 병력과 탱크를 앞세우고 그것도 일요일 새벽에 쳐들어오는 바람에 속수무책으로 당했다고 해야지요."

러니는 이마에 밭고랑 같은 주름을 잡고 말했지만 지극히 방관적이고 사무적인 어조였다.

"그럼, 미군과 영국군, 캐나다, 네덜란드, 호주… 이들이 제각각 인민군들과 싸운다는 것이야?"

라루는 나직하고 느린 어투로 물었다.

"한국 정부도 군대지휘권을 맥아더에게 넘겼고, 트루먼도 맥아더를 유엔군 총사령관으로 임명하여 모든 군대의 지휘를 극동군사령부에 넘겼으니 이제는 지휘체계가 잡혔다고 봐야겠지요."

"이러다가 또 세계전쟁이 일어나는 거 아닌가?"

"지나친 걱정입니다. 세계전쟁은 절대로 일어나지 않습니다."

"어째서…?"

"생각해보세요. 2차 세계전쟁이 끝난 지가 겨우 5년밖에 안 되었습니다. 지금 세계 각국은 전쟁 후유증으로 몸살을 앓고 있는 판인데 또 세계전쟁을 하겠어요? 더구나 애치슨 국무장관이 한반도를 포기한다고 했는데 말입니다."

러니는 애치슨에 대해 아는 바가 있다는 듯이 말했다.

"애치슨이 언제 그런 말을 했다는 거야?"

라루는 턱을 치켜들며 물었다.

"세상 돌아가는 거 모르고 사시는 분 같습니다."

러니는 부러운 듯 쳐다보며 말했다. 라루는 웃음을 비치며 "그런가…?"라고 대꾸하고는 눈썹을 씀뻑거리며 말을 이었다.

"사실… 세계전쟁이 끝난 후로 세상과는 담을 쌓고 살았네."

러니는 무덤덤한 표정으로 "그랬군요." 하며 헛기침을 한 번 뱉고서 말을 이었다.

"지난 1월 달에 워싱턴 내셔널프레스클럽에서 미국의 극동방위선을 알류샨 열도, 일본, 오키나와, 필리핀을 연결하면서 한반도와 타이완을 제외시켰답니다."

"그런 일도 있었군…. 그렇다면 무엇 때문에 한국에 군대를 보내서 싸우게 해? 수송선을 징집하여 군수물자를 나르겠다는 것을 보면 본격적으로 전쟁을 하겠다는 건데… 그렇다면 이번 전쟁을 사주한 소련이 뒷짐 지고 가만히 있겠어? 중국도 그렇고… 자칫하다가는 3차 세계대전이 나지."

"이러다가 소련이나 중국을 상대로 적당히 타협하고 말 것이라는 소리도 있습니다."

러니는 한국전쟁이 정치적으로 해결될 수 있는 여지가 있다는 뜻으로 말했다.

"아무리 작은 나라라고 해도 전쟁은 전쟁인데…."

라루는 말처럼 쉽게 타협이 되겠느냐고 했다.

"그건 그렇게 될 겁니다."

러니는 전쟁이 오래가지 않을 것이라고 했다.

"어찌 그렇게 장담해?"

라루는 아는 것이 있으면 말해보라고 했다.

"이미 전쟁이 다 끝나간다는 소문이 나돌고 있는 걸요. 그러니 종전이 되었든 타협이 되었든 곧 끝나겠지요."

"소문…? 어떤 소문?"

"한국군은 저항능력도 없는데다가 전투를 하겠다는 의지마저 없어 부산이 함락되는 것은 시간문제랍니다."

"그렇다면 우리가 군이 갈 필요 없지 않은가?"

"우리가 도착하기 전에 전쟁이 끝난다고 해도 군수물자는 요코하마까지 운반해두어야 한답니다."

"그건 왜?"

"공산군 세력이 일본으로 넘어가는 것을 대비해서라는 말을 들었는데…."

러니는 한국이 공산화되어도 애치슨이 약속한 대로 일본은 지키려고 할 것이라고 말했다. 라루는 입을 씰룩거리며 "이래저래 태평양은 한번 건너갔다 와야겠군."라고는 퉁명스러운 어조로 말을 이었다.

"메러디스 빅토리 호가 전시동원령에 의해 참전준비 하라고 한 날이 지난달 28일이라고 들었는데, 오늘이 딱 한 달 아닌가? 이렇게 늦게 움직여도 괜찮아?"

"세계대전 이후 놀고 있던 배라… 지휘할 사람이 없어서 애를 태웠는데, 마침 동부 쪽에 살고 계신 선장님께서 수락을 해주시는 바람에 떠날 수 있게 된 것 아닙니까? 무어 사장님께서도 선장님께 고마워하고 있습니다."

러니는 은근슬쩍 라루를 바다에서는 거칠 것이 없는 사나이라고 치켜세웠다.

"낯 뜨거운 소리 하긴…."

라루는 어림없는 소리 말라는 듯이 손을 내저으며 말하다 말고 집 안을 가리키며 "누추하지?"라고 물었다. 러니는 덩달아 휘둘러보며 "정갈하고 깨끗한 것이 아늑합니다."라고 대꾸했다.

"혼자 살아가니 필요한 것도 없어지나 봐."

라루는 입가에 웃음을 달고는 "커피 더 줘?"라고 물었다. 러니는 괜찮다며 사양하고는 곧 "왜 결혼하지 않습니까?"라고 물었다.

"글쎄… 뭐라고 해야 하나…?"

라루는 대답을 얼버무리고는 말을 슬쩍 돌려 이어나갔다.

"사무장도 이번 항해를 함께 할 것이라고 하던데… 회사에서 왜 그런 결정을 내린 것인지 궁금한데."

"요코하마에 도착하면 맥아더사령부와 선적물품에 대해 정리해야 할 문서 같은 것들을… 뭐 그런 행정업무도 있고, 저도 2차 세계대전 때 해군으로 복무한 이력이 있어서 회사에서 보내는 것 같습니다."

러니는 말할 건더기 한 점을 찾았다는 듯이 대답했다.

"그래? 기관과 아니면 항해과…?"

라루는 반기는 얼굴로 물었다. 러니는 "항해과입니다."라고 대답을 하고는 그 때문에 메러디스 빅토리 호의 사무장과 2등 항해사를 겸한다고 했다.

"듣던 중 반가운 소리군. 잘 해보세."

라루는 손을 내밀며 말했다. 러니는 손을 잡으며 환하게 웃고는

"그런데… 왜 그런 생각을 했는지 물어봐도 되겠습니까?"라고 했다. 라루는 뭔가 납득되지 않는다는 표정으로 쳐다보았다.

"제 말씀은 굳이 고독하고 외로운 길을 가셔야 할 까닭이라도 있나 해서요."

러니는 라루가 신부가 되겠다는 까닭을 알고 싶었다.

"자네가 그걸 어떻게 알아?"

라루는 무구히 바라보는 눈빛으로 쳐다보며 물었다.

"죄송하지만 회사에서 선장님에 대한 신상을 봤습니다."

러니는 사뭇 공손한 태도로 대답했다.

"그거야…."

라루는 말끝을 뭉쳐 싸서 감추고는 창밖을 내다보며 "택시를 세워 둔 건가?"라고 은근슬쩍 말머리를 돌렸다. 러니는 잠시 여짓거리다가 입을 뗐다.

"제가 공항에서부터 타고 왔는데, 회사에서 선장님을 버지니아까지 모시라고 준비한 택시입니다."

"그렇군. 갈 길도 먼데 기다리게 하지 말고 가지."

라루는 벙긋이 웃으며 간단히 말하고는 슬쩍 일어났다. 러니는 잠자코 일어나며 빈 찻잔을 건넸다. 라루는 찻잔을 받아 부엌으로 가져다 놓고서 방으로 들어가 옷가방 하나를 들고 나타났다.

"짐이 그것밖에 없습니까?"

러니는 옷가방을 내려다보며 물었다.

"배 안에 있을 거 다 있는데, 입을 것만 가져가면 되지…. 그리고 이거 하나…."

라루는 쌩쌩한 목소리로 말하고서 레코드판 하나를 보였다.

"아니, 이건…? 캐럴이 담긴 것 아닙니까?"

러니는 뜻밖이라는 듯 눈알을 희뜩하게 돌리며 물었다.

"이번 항해를 마치고 돌아올 때가 크리스마스잖아?"

라루는 돌아오는 길에 선원들에게 들려주려고 준비한 것이라고 했다. 러니는 짐짓 감명을 받았다는 듯 표정을 환하게 그리며 "그런 것까지 준비하셨군요?"라고 대꾸했다.

"그날 눈이라도 와주었으면 좋겠어."

라루는 가벼이 농담을 던지고는 미묘하게 웃었다.

"그게 말이 됩니까? 그때까지 한국에 있다면 몰라도…."

러니는 메러디스 빅토리 호의 입항지인 캘리포니아에 무슨 눈이 온다고 그러냐고 했다.

"이런… 농담을 진담으로 알아듣다니…. 사무장이 보기보단 순진한 사람이야. 하하…."

라루는 호탕하게 웃고는 나가자고 했다. 러니는 뭔가 놀림을 당한 것처럼 어리뜩한 표정으로 눈을 끔벅거리다가 숨을 한 번 들이켜고는 라루를 따라나섰다.

라루는 러니를 향해 먼저 택시로 향하라고 말하고는 돌아서서 현관문을 잠그고 고개를 숙였다. 잠시 묵상한 뒤 성호를 긋고 돌아서서 택시로 향했다.

  골목길을 벗어난 택시는 체스터 피크(Chester Pike) 도로로 올라가 서남쪽을 향해 달리고 달렸다.

3.

　노퍽항의 웨스트 프리메이슨(West Freemason) 부두에 선수(船首) 아래에 있는 닻 위로 'MEREDITH VICTORY'라는 흰 글씨가 기다랗게 적힌 배가 보였다. 갑판에 우뚝 솟은 두 개의 붐과 붐을 지탱하는 와이어가 얼기설기 엮여 있고 조타실 뒤쪽에 세워진 원통형 굴뚝이 한눈에도 수송선임을 짐작케 했다.
　"포들을 없애니 화물선 형태가 나타나는군. 다른 빅토리 급 화물선도 철거했나?"
　라루는 메러디스 빅토리 호를 올려다보며 함포(艦砲)에 대해서 말했다.
　"우리 회사 빅토리 급 화물선은 모두 철거했습니다."
　러니는 세계전쟁이 끝난 후로 필요 없게 되었다고 했다.
　"우리 회사에서 보유한 빅토리 급이 모두 몇 척이지?"
　라루는 고개를 든 채 메러디스 빅토리 호를 올려다보며 물었다. 러니는 메러디스를 포함해서 4척이라고 대답했다.
　"세 척은 어디에 있어?"

"제가 여기로 떠나올 때 하와이에 입항했다고 했으니, 지금쯤 요코하마에 있을 겁니다."

"벌써?"

"엔진과 항해장비에 별문제가 없고 엘에이 네이비 웨이(Navy Way) 부두와 오클랜드(Oakland) 내항에 정박해 있어서 빨리 움직일 수 있었습니다."

"하와이는 왜 경유한다는 거지?"

"하와이 스코필드에 주둔하고 있는 육군25보병사단 병력 일부를 태우고 가기 위해서라고 들었습니다."

라루는 고개를 끄떡이다가 "우리 배 선원들은 모두 몇 명인가?"라고 물었다. 러니는 "올라가면 보고할 겁니다."라고는 위쪽을 향해 손을 흔들었다. 메러디스 빅토리 호 갑판에서 손을 흔드는 선원 서넛이 보였다.

"선원들이 선장님을 기다리고 있습니다."

러니는 기대에 찬 표정으로 말하고는 메러디스 빅토리 호의 현문 쪽을 가리키며 승선하자고 했다. 라루는 그러자며 발걸음을 뗐다.

갑판에 올라서자 기다리고 있던 선원들이 라루를 향해 인사했다.

"어서 오십시오. 저는 1등 항해사 디노 사바스티오입니다. 이쪽은 2등 항해사 엘버트 골렘베스키, 이쪽은 통신장 나사니엘 그린, 이쪽은 기관장 존 브레이디, 이쪽은 갑판장 패트릭 맥도날드, 이쪽은 갑판 설비 어니스트 윙그로브, 여기는 요리장 허버트 린치입니다."

디노는 앞줄에 선 선원에 대해 대략적 소개를 하고는 뒷줄에 선 선원들을 쳐다보며 말을 이었다.

"메러디스 빅토리 호 선원은 선장님을 포함해서 모두 48명으로서 선장님과 사무장님을 제외한 항해사 4명, 갑판선원 14명, 기관선원 18명, 통신선원 3명, 취사선원 7명입니다."

라루는 입을 꾹 다문 채 고개를 끄떡대다가 선원들을 휘둘러보며 "여러분, 반갑습니다."라고 했다.

"메러디스 빅토리 호 선원들은 출항준비를 모두 마치고 선장님께서 오시기만 기다리고 있었습니다."

앞줄에 선 그린은 라루를 반긴다는 듯이 환한 낯빛으로 말했다.

"대부분 세계대전 때 해군에 복무했던 자들이어서 노련합니다."

디노는 선원들이 전문가들로 구성되었다며 자랑하듯 말했다.

"해군출신이 많다고 하니 든든하네."

라루는 디노를 향해 맞장구를 쳐주고는 존을 향해 말머리를 돌려 입을 뗐다.

"대서양에서 태평양으로 건너 요코하마까지 가야 하는 긴 항해이기 때문에 단단히 준비해야 하는데… 증기를 충분하게 생산하는 데 문제가 없겠나?"

"물론입니다. 샌디에이고와 샌프란시스코, 하와이를 거칠 때마다 물을 공급 받을 것이며 만약을 대비하여 조수기까지 확실하게 정비를 해두었으니, 최대속력을 뽑아내는 데 문제없습니다."

존은 자신감이 넘치는 목소리로 말했다.

"대양에서 안전한 항해를 보장받으려면 무엇보다 사소한 장비 하나라도 정상적으로 작동되어야 해. 더구나 풍랑이 심한 태평양을 안전하게 건너려면 만재흘수상태에서 주기관의 상용 출력을 항시 최대속력으로 낼 수 있어야 하며, 발전기와 각종 펌프들도 수시로 점검해서 항상 최상의 상태로 유지될 수 있도록 해주게."

라루는 존을 향해 자만심을 경계하여 일을 그르치는 일이 없도록 당부했다. 존은 알았다고 대답하면서도 엔진상태가 좋다고 토를 달았다.

라루는 점잖고 우렁찬 목소리로 "좋아."라고는 디노를 향해 출항허가서를 받았는지 물었다. 디노는 받아두었다고 대답했다.

"그럼 내일 아침 여섯 시에 출항할 수 있도록 해주게."

라루는 디노의 사기를 북돋아 올리겠다는 듯이 짱짱한 어조로 말하고는 해산시키라고 했다. 디노는 알았다는 대답과 함께 선원들을 향해 해산하라고 했다. 선원들은 슬금슬금 흩어져 각기 가야 할 곳이 있다는 듯이 하나둘 제자리로 찾아갔다.

"조타실로 안내하겠습니다."

디노는 라루를 향해 따라오라고는 앞장섰다. 라루는 디노를 따라 상갑판으로 향하는 계단으로 올라가 조타실로 향했다. 갑판과 기중기가 한눈에 들어오는 조타실 전면의 중앙에 타륜(Steering Wheel)이 있고 뒤쪽의 왼편에는 해도실이 보였다. 벽에는 항해장비가 잘 정돈

되어 있고 한쪽 귀퉁이에 '메러디스 빅토리 호 재원'이라는 글씨가 적힌 동판이 보였다.

라루는 동판 앞에 서서 목을 갸쭉하게 늘여 뺐다. [길이 455피트, 갑판넓이 62피트, 높이 109피트, 엔진 6,000마력 증기기관 2대, 회전수 100RPM, 최대항속거리 23,500마일, 최대중량 7,612톤, 배수량 10,750톤, 최대승무원수 62명, 건조비용 250만 달러, 건조일 1945년 7월, 건조사 캘리포니아 조선회사]라고 적힌 글씨를 하나하나 뜯어보듯이 읽었다.

"아메리칸 프레지던트 해운회사에서 운행하던 것을 우리 회사가 인수할 때만 해도 또다시 전쟁터로 나가게 될 줄은 몰랐습니다.

러니는 덩달아 동판을 들여다보며 말했다.

"그땐 이런 배를 빵 굽듯이 만들어내던 시절이었지."

라루는 2차 세계대전의 암울했던 심정을 회상하듯 입을 떼고는 "이 배가 마지막으로 참전했던 때가 언제였지?"라고 물었다.

"오키나와 전투 때 박격포탄을 실어 나른 때였습니다."

러니는 자신이 몸소 겪었던 일처럼 말했다.

"세계전쟁이 끝난 후로 다시는 바다로 돌아오지 않을 생각이었는데… 이 배도 나처럼 또다시 전쟁터로 불려갈 줄 몰랐겠지."

라루는 약간 안타까운 가락을 띤 음성으로 말하고는 주머니에서 성모마리아 상을 끄집어내어 조타실 뒷벽의 항해등 스위치 박스 위에 올려놓았다. 디노는 의아한 눈빛으로 쳐다보며 뭐냐고 물었다.

라루는 웃음기 담은 얼굴로 "치우지 말게."라고만 말했다.

다음 날 메러디스 빅토리 호는 버지니아 노퍽항을 이탈했다. 엘리자베스 강 하구를 빠져나와 체서피크 만(Chesapeake Bay)을 벗어났을 때 그린이 라루를 향해 전문 두 장을 내밀었다.
"선장님, 본사에서 온 전문입니다."
라루는 전문을 읽다가 뜻밖이라는 듯 잠긴 목소리로 "샌디에이고 해군기지에서 포를 장착하라니…?"라며 러니를 쳐다보았다.
"별일이야 있겠습니까? 이 배는 세계대전에 참전했을 때만 해도 함포를 달고 다니지 않았습니까?"
러니는 자력으로 방어할 능력을 갖추기 위해서라고 말했다.
"선원들을 해군출신으로 구성한 것도 그렇고 함포까지…."
라루는 꿈꾸듯 혼자 중얼거리고는 다른 전문을 읽었다.
"사무장은 샌디에이고에 입항하면 배에서 내려서 샌프란시스코 지사로 올라가라는군."
러니는 전문을 설핏 훑어보고서 입을 뗐다.
"선적할 물품 때문에 정리해야 할 것들이 많아서 그럴 겁니다. 선적물품서를 해상청과 해운청에 미리 신고하고 해도와 항해명령서를 받아 두어야 하는데… 시간을 단축해서 출항시기를 앞당길 심산으로 저를 미리 부른 것 같습니다."
"그럼, 샌디에이고에 도착하는 대로 비행기로 올라가야겠군."

라루는 진중히 말하고는 파나마 운하에 도착하는 동안 바람이 잠잠했으면 좋겠다고 했다.

"그러게 말입니다. 바다가 맨날 이처럼 조용하다면 얼마나 좋겠습니까?"

러니는 맞장구를 쳐대고는 조타실 창밖으로 펼쳐진 넓은 바다를 바라보았다.

"이제 8월이 시작되니 열대저기압 활동이 점점 커갈 것이고 허리케인이 잦아질 거야. 그러니 어서 카리브해를 벗어나도록 속력을 줄여서는 안 돼."

라루는 대서양 바다를 꿰뚫고 있다는 듯이 말하고는 디노를 향해 최고속력을 유지하라고 했다.

4.

 전쟁이 터진 후 함흥은 거리도 어수선하고 모든 일이 통제되어 시민들은 불안에 떨었다. 여필준은 불편한 것은 견뎌내면 그만이지만 언제 무슨 일이 터질지 몰라 하루하루를 보내기가 힘들었다. 게다가 어쩐 일인지 배명호는 "자네 처와 어린 경자를 지키기 위해서라도 자네가 더 이상 나를 도와서는 안 되네."라는 한마디 말로만 교회에 드나들지 못하게 막았다. 심지어 배정희와 여경자마저도 한사코 보지 않겠다며 멀리했다.
 거기다가 북조선기독교도연맹 목사들은 인민군을 앞세워 서울해방 환영예배를 한다는 구실로 정의의 전쟁이며 성스러운 전쟁을 수행 중이라고 떠들어댔다. 그러면서 악마인 국군과 미군에게 하나님의 저주가 내리기를 기원하자며, 교회는 불의와 죄악을 제거함에 있어서 어떤 것도 아끼지 말라고 하신 예수의 가르치심을 받들어야 한다, 정의로운 민족해방전쟁을 승리로 이끌기 위해 영웅적으로 싸우는 인민군대에 비행기, 탱크, 함선을 헌납하기 위해 거국적이고 투쟁적으로 감사헌금을 내야 한다며 닦달질하면서 소와 돼지, 쌀,

닭, 심지어 개까지 거두어갔다.

배명호는 교리에 어긋나는 일은 따를 수 없다며 항의했다가 함흥 정치보위부 지하실로 끌려가 문초를 당하기도 했지만 여필준에게 알리지 않았을 뿐더러 아예 멀리하기로 마음먹은 것이다. 그런 사정을 모르는 여필준은 목구멍으로 솜뭉치라도 삼킨 것처럼 가슴이 답답하기만 했다.

어느 날 여필준이 3교시 수업을 마치고 교무실로 들어서자 김석호가 다가서며 "교장 동지께서 부르십니다."라고 했다. 여필준은 들고 있던 책을 책상 위에 내려놓고 교장실로 향했다.

교장실 안으로 들어서자 곽준식이 대뜸 언짢은 기색을 띠며 "여선생 동무, 요새 무슨 고민이 있소?"라고 물었다. 여필준은 듣기가 거북한 듯 엉거주춤 선 채 곽준식을 쳐다보았다.

"뻥하게 서 있지만 말고 이리 앉으시오."

곽준식은 책상 앞에 놓인 낡은 소파를 가리키며 말했다. 여필준은 소파로 성큼 다가가 곽준식과 얼굴을 마주하고 앉았다.

"고민이 있는 것 같아 보자고 했는데, 없는 거요?"

곽준식은 사정을 훤히 알고 있다는 듯 물었다. 여필준은 잠시 머뭇거리다가 배명호 일로 답답해진 심정을 들려주었다.

이야기를 듣고 난 곽준식은 입을 삐쭉이 내밀어 "아, 그거 걱정할 일이 아니오."라고는 잠시 눈싸움이라도 하듯 여필준을 뚫어지게 쳐다보고는 입을 뗐다.

"교회가 문제란 말이오. 교회…. 소련의 지원을 받는 조선인민군 최고사령관 김일성 동지보다는 미국 놈들 지원을 받는 이승만이나 김구가 통일된 조국의 최고지도자가 되기를 바라고 있으니 그게 문제란 말이오."

"교장 동지, 그것이 무슨 말씀입니까?"

여필준은 갑자기 가슴이 막히고 머리가 어지러웠다.

"조선인민군 최고사령관 동지께서 조국해방 이듬해인 11월 1일에 선거에 반대하는 목사들을 성토하시면서 북조선기독교도연맹을 결성하신 일을 모르시오? 평양에 있는 강양욱 목사 동무가 위원장을 맡지 않았소?"

곽준식은 마치 여필준이 배명호를 도와 기독교민주당에 합류하여 북조선기독교도연맹과 대립각을 세우다가 인민교화소에 끌려갔던 일을 안다는 듯이 말했다.

"그것이…?"

여필준은 곽준식이 그 일을 배명호가 자신을 멀리하는 까닭과 연관 짓는 말투가 이상하게 들렸다.

"어쨌든 그것 때문에 지금은 배 목사 동무의 입장이 난처하게 되었지만 곧 괜찮아질 거니 걱정하시 마시오."

곽준식은 배명호의 일에 개입된 듯 아닌 듯 암시적으로 비치고는, 이내 본심을 감추려는 듯 감정이 전혀 개입되지 않은 거칠고 갈라진 목소리로 말을 이었다.

"그러니까 내 말은 북조선기독교도연맹에서 알아서 해줄 거라는 말이오."

"교장 동지, 무엇인가 알고 있다면 말씀 좀 해주십시오."

여필준은 어떤 방법이 있을 듯이 들리는 곽준식의 말투를 놓치지 않고 매달리듯 물었다. 곽준식은 뭔가 숨기는 듯이 자연스럽지 않은 표정으로 벽에 걸린 시계를 쳐다보며 "그건 조만간 알게 될 것이니 너무 걱정 마시오."라고는 곧 여필준에게 눈길을 돌리며 말을 이었다.

"여 선생 동무를 보자고 한 것은… 우리 학교에서 미국 놈 말을 할 줄 아는 선생이 여 선생 동무뿐이잖소?"

"그… 그렇습니다만…?"

여필준은 의아심을 담은 눈으로 말끄러미 쳐다보며 어눌하게 대답했다.

"용맹스러운 우리 인민군 전사들이 부산을 해방시키고 해방전쟁을 끝낼 날이 얼마 안 남았소. 그러다 보니 미국 놈들과 유엔군 놈들 포로가 많이 생기다 보니까, 당에서 미국 놈 말을 할 줄 아는 동무들이 필요하지 않겠소?"

"저 보고 인민군에 입대하라는 말씀이신가요?"

"아… 여 선생 동무야 다리가 그 모양이잖소? 단지 미국 놈 말을 잘하니 그 일이 제격일 것 같아서 내가 특별히 교육청 국장 동지께 말해두었소."

곽준식은 인민군에 입대하지 않고도 통역관이 될 수 있다며 생색한 자락 까는 것을 잊지 않았다. 여필준은 뜻밖의 일과 마주쳤다는 듯이 놀라움과 당혹이 엇갈린 눈을 쨍긋거리고서 입을 뗐다.

"그렇다면 언제 어디로 간다는 말입니까?"

"당에서 하는 일을 내가 어찌 알겠소만, 곧 연락이 오지 않을까 싶소."

곽준식은 대답을 두루뭉술하게 돌리고는 돌연히 목소리를 높여 "미국 놈 말을 어째 그렇게 잘 하는 것이오?"라고 말머리를 돌렸다. 여필준은 갑자기 얼굴 근육이 경직되는지 눈을 거북스럽게 쌈빡거리며 못 들은 듯이 그냥 있었다.

"함흥사범학교에서 그만큼 배웠다고 하기에는 좀 그렇고… 일본군 놈에게 끌려가서 전쟁을 치르다가 돌아왔다면서 언제 미국 놈 말을 배웠단 말이오?"

곽준식은 갑자기 여필준에 대해 알고 싶은 것이 솟구치기라도 한 듯이 물었다. 여필준은 어딘지 모르게 엄습하듯 덮쳐오는 찜찜하고 불안한 기분 탓에 대답을 못 하고 문치적거렸다.

"아, 말이 나온 김에 어디 일본군 놈에게 끌려가서 살아온 그 이야기 한번 해보시오."

곽준식은 마치 재미난 이야깃거리라도 찾아냈다는 듯이 소리를 높여 말하고는 담배를 꺼내어 여필준을 향해 내밀었다. 여필준은 정중하게 거절하고는 헛기침을 했다. 곽준식은 담배를 입에 물고는 마치 참새 새끼라도 잡은 듯이 한 손으로 성냥갑을 잔뜩 움켜잡고서 성냥개비를 뽑아 득 그어대며 "그 이야기 좀 들어봅시다."라며 보채듯 말하고서 담배에 불을 붙였다. 여필준은 곽준식이 풀썩 뱉어낸 담배연기에 가벼운 사레가 들어 콜록거렸다. 이내 캑캑거리며 콧구멍을 벌렁대다가 입을 뗐다.

"조선인들로 구성된 193명의 중대원과 함께 마셜제도의 한 작은 섬인 체르본으로 갔습니다. 정확하게 말하자면 언제 상륙할지 모르는 미군을 막아내다가 죽으라고 일본군이 버린 것입니다. 그런데 한 달이 넘도록 미군은 상륙하지 않았고 우리는 보급품을 받지 못해 먹을 것이 하나도 없었습니다. 그때 일본군은 일주일에 한 번씩 건너왔는데, 먹을 것을 주기는커녕 우리를 감시하면서 온갖 학대와 핍박을 일삼았습니다. 배고픔과 고통을 이기지 못한 우리는 이래 죽으나 저래 죽으나 하는 심정으로 감시하러 건너온 일본군대좌와 수행원 12명을 때려죽이고 반란을 일으켰습니다. 그러자 본대에서 대대 병력을 보내 우리를 제압했습니다. 그때 대다수 죽고 50여 명만 겨우 살아남았지만, 다섯을 지목하여 주동자로 몰아붙여 본보기로 처형하고 나머지는 통발처럼 생긴 다코베야라는 곳에 가두고서 하루에 죽 찌꺼기 반사발만 주었습니다. 얼마 지나지 않아 굶주림과 장티푸스로 절반 이상이 죽었고 나머지도 의식이 있는 자는 몇 안 되었습니다. 생각 끝에 가만히 앉아서 죽기를 기다리기보다 탈출하기로 마음먹고 일본군을 때려죽이고 도망을 쳤는데… 정말 하늘이 도왔는지 때마침 미군의 공격이 시작되었습니다. 그 혼란을 틈타 무작정 바다로 뛰어들어 표류하다가 미군 군함을 만나 구조되었습니다."
 이야기를 듣고 난 곽준식은 "그 참…."이라며 담배를 빨고는 "다리는 어쩌다가 다친 것이오?"라고 물었다.
 "바다로 뛰어들 때 일본군이 쏜 총에 맞아서 이리된 것입니다. 피를 많이 흘린 탓에 상어가 피 냄새를 맡고 나타날까 걱정했는데, 운 좋게 미군 군함에서 치료를 받았습니다."
 여필준은 곽준식의 심기를 상하지 않게 하려고 미군이라는 말에서 부러 시무룩한 표정을 지었다.
 "미 제국주의 놈들에게 구조되었다니… 목숨은 건졌지만 고통은 심했겠소."
 곽준식은 미국은 복수의 대상이라는 듯이 험악하게 얼굴을 구기며 말했다. 여필준은 미군 군의관에게서 다친 다리를 치료받았다는 소리를 차마 뱉지 못하고 어떤 말을 끄집어낼까 오물거리다가 입을 찬찬히 간추리고서 열었다.
 "일본군 놈들에게 끌려가 더러운 일본군 군복을 입고 시키는 대로 할 수밖에 없었지만 일본 놈 말을 배웠고, 호놀룰루 포로수용소에 갇혀 있을 때는 그놈들 말을 배웠습니다."
 "아, 그러니까 미국 놈 말은 포로로 잡혀 갔을 때 배웠다는 말이오?"
 곽준식은 금시초문이라는 듯 짐짓 감격적인 어조로 묻고는 얼굴빛을 강잉하여 가다듬었다.

"그것이 놈들을 이기는 길이라고 생각했습니다."

여필준은 마음에도 없는 말로 그럴듯하게 발라맞추었다.

"그렇지, 그것이 당에서 원하는 인민의 정신이오. 일본군 놈한테 끌려가서 고통이 이만저만 아니었는데도 일본 놈 말을 배우고, 미국 놈에게 잡혀가 갖은 학대와 멸시 속에서도 미국 놈 말을 배운 동무의 열성은 당에서 바라는 정신이오."

곽준식은 자기 자랑이라도 하고 싶다는 듯이 들떠서 멋없이 거들먹거리며 말했다.

"그런데 당에서는 언제…?"

여필준은 곽준식이 정작 자신을 부른 까닭을 말하지 않고 둘러대기만 하는 것을 더 듣고 싶지 않다는 듯 용건을 물었다.

"아, 동무만이 아니라… 우리 학교 선생 모두에게 조국해방전쟁에 이바지해야 할 일들이 곧 하달될 것이오. 동무는 미국 놈 말을 잘하니 당에서 특별히 쓰지 않을까 해서 하는 말이오."

곽준식은 지금까지 떠들었던 이야기들은 자신 혼자만의 추측에 불과한 이야기라고 했다.

여필준은 알았다는 대답을 뱉긴 했어도 곽준식의 말이 시답잖은 만큼 마음이 다잡아지지 않고 우울한 불안으로 뒤흔들렸다.

5.

비행기 편으로 샌프란시스코에 도착한 러니는 배이 스트리트(Bay Street)의 무어 매코맥(Moore-mccormack Lines) 지사 건물로 들어섰다. 지사장 알버트는(Albert)는 사무실로 들어서는 러니를 향해 "함포 장착은 어떻게 되었어?"라며 자초지말은 필요치 않다는 듯이 물었다.

"원래 장착되어 있던 자리에 다시 앉히는 것이라서 하루밖에 안 걸린답니다."

러니는 더위를 식히려는 듯 셔츠 깃을 벌리며 말했다. 알버트는 "이쪽으로 앉아."라며 선풍기 바람을 돌려주고는 입을 뗐다.

"그래도 포사격 훈련도 해야 하고 탄약작업도 마치고 올라오려면 대여섯 날은 걸리겠군."

"그게… 이틀 뒤에 여기로 입항한다고 들었습니다."

러니는 감추는 것 없이 고자질하는 것처럼 어깨를 달막대며 말했다. 알버트는 눈을 깜박거리며 "그래…?"라고는 이내 고개를 끄떡이며 입을 뗐다.

"밤낮을 가리지 않겠다는 것을 보니 전쟁이 어지간히 급하게 돌아가는 모양이야. 이럴 줄 알았다면 포를 떼지 않고 그냥 둘 걸 말이야…. 그러나 저러나 지금 샌디에이고는 정신이 없겠군."

"말 마십시오. 샌디에이고 해군기지 부두마다 탄약 작업하는 군함들이 즐비합니다."

러니는 손수건으로 목덜미를 훔쳐내며 말했다.

"여기라고 다를 것 없어. 35번 부두에는 미주리(Missouri)함이 출항준비 중이고, 트래비스(Travis) 공군기지에 있는 전투기를 옮겨 싣기 위해 에식스 급 항공모함이 곧 오클랜드(Oakland) 외항에 입항할 거야."

알버트는 중요한 작전을 설명하듯 진지한 어조로 말했다.

"그렇습니까? 갑자기 이러는 이유가 뭐랍니까?"

"내가 어떻게 알겠어? 전쟁이 심상치 않게 돌아간다는 정도로 추측할 뿐이지…."

"심상치 않다는 것은 무슨…?"

"공산당 때문에 그렇다는데…."

"공산당…? 그게 이 전쟁과 무슨 연관이 있다는 것입니까?"

"지난 2월에 조지프 매카시(Joseph Raymond Mccarthy)가 국무부에서 공산주의자들이 활동하고 있다고 폭로한 뒤 나라가 시끌벅적하잖아?"

"그건 위조된 경력이 들통나고 또 명예훼손과 금품수수, 음주추

태 등으로 사면초가에 몰린 매카시가 발버둥치는 비열한 짓이라고 소문이 나돌던데… 설마 그것 때문이라고요?"

"사실 그건 뒷전이고… 지금 나라 분위기가 공산당을 족치자는데 반대할 사람이 없다는 게 문제지."

"그러니까… 그런 분위기를 밖으로 돌리겠다고 한국전쟁을 키운다는 거군요?"

"아니라고 할 수는 없지만… 공화당에서 애치슨에 대한 비판이 거세지는 것과 무관하지가 않다고 보는 것이 맞을 거야."

"대체 뭐라고들 하는데 그런답니까?"

"공화당도 공화당이지만 같은 민주당의 매카시도 애치슨이 소련 유화론자라느니 소련과 밀약을 했다느니 하면서 비난을 퍼붓는 판이니 극동방위선을 재고할 수밖에."

"애치슨라인을 철회하기라도 한다는 말입니까?"

"뒤늦게 소련의 팽창정책을 눈치 채고는, 한반도에서 아예 공산당을 몰아내기로 작정한 분위기야."

"결국 한국이 공산화된다면 주변국들이 도미노처럼 공산화될 것이라는 판단을 했다 이런 말이군요."

"그것도 그거지만… 이참에 아예 유엔에서 우월적 입지를 세워서 주도적으로 이끌어나가겠다는 복안도 깔린 것 같아."

"이러다가는 제임스 리버 예비선단 편입 계약이 연장될 수도 있겠습니다."

"실은… 그 문제 때문에 먼저 올라오라고 한 거야."

알버트는 비로소 러니를 불러올린 까닭을 말하고는 천천히 말을 이었다.

"애초 계약이 될 때는 요코하마까지 군수물자만 실어주고 돌아오는 것으로 했던 것을… 요코하마와 한국의 부산으로 오가면서 군수물자와 병력을 이동하고 또 맥아더사령부의 요구가 있을 때는 계약 기간을 자동으로 연기해야 한다는 거야."

"그 말은, 전쟁이 언제 끝날지 모른다는 거 아닙니까?"

러니는 불에 쬐인 것처럼 벌겋게 달아오른 얼굴로 물었다. 알버트는 이실직고하듯 그렇다고 운을 달고는 말의 둘째 머리를 풀어놓았다.

"맥아더사령부에서 지난 7월 22일에 인천에 해병대를 상륙시키려고 OBH(Operation Blue Hearts) 계획을 세웠지만 필요한 병력과 물자가 도착하지 않아 못했다는 거야. 병력과 물자가 확보되는 대로 다시 시도할 거라고 하는데, 엄청난 병력과 물자를 운송하려면 수송선이 많이 필요하겠지."

"해군에서 운용하는 빅토리 급 수송선도 있지 않습니까?"

"해군이 가진 라스베이거스, 로간, 홉스 가지고는 어림도 없지. 어쩌면 전쟁의 양상에 따라 리버티(Liberty) 급 수송선까지 동원될지 모른다는데, 앞으로 빅토리 급 수송선을 있는 대로 다 끌어모으게 생겼어."

"어쩐지…? 맥아더가 매카시보다 한술 더 뜨는 거 같습니다."

러니는 그제야 돌아가는 판세를 조금 알았다는 듯이 말했다.

"백악관에서는 한국전쟁이 자칫 자유진영과 공산진영이 맞붙는 3차 세계전쟁으로 번지지 않을까 걱정한다는데, 맥아더는 공산주의자들에게 본때를 보여줘야 한다며 몰아붙인다는 거야."

알버트는 뭔가 중요한 것을 실토하듯 눈을 깜박거리면서 말했다. 러니는 공연히 긴장한 듯 혓바닥으로 입술을 축이고는 "요코하마에 도착하면 어디에 배속되는 것이랍니까?"라고 물었다.

"해군90상륙지원단이지만… 한국의 부산에 있는 미군 군수지원사령부의 지시를 받고 움직일 때도 많을 거야."

"한국에 군수사령부가 있단 말입니까?"

"일본 군정 임무를 맡고 있던 육군8군단이 한국전쟁이 터진 지 닷새 만에 24사단을 파견하여 급하게 창설한 부대라는군."

알버트는 궁리하듯 천천히 알려주고는 잊었던 것을 생각해낸 듯 "참." 하고서 서류를 꺼내놓으며 해운청에서 내려온 선적물품서라고 했다. 러니는 서류를 받아들고 쭉 훑어보았다.

"탱크 10대, 50구경 기관총이 탑재된 트럭 250대, 탱크용 포탄 150톤, 소형화기, 지뢰… 만만치가 않군요."

"그뿐이 아니야. 선적이 끝나면 바로 군인들을 태워야 해."

"메러디스 빅토리 호를 APD(Auxiliary Personnel Destroyer) 군함으로 착각하시는 것 아닙니까?"

러니는 약간 의아한 눈으로 빤히 쳐다보며 물었다.

"잠잘 곳과 식사가 어렵다는 거 알아, 하지만 군인들이잖아? 잠잘 곳은 그들이 다 알아서 할 거니까 먹을 것만 지원하면 돼."

알버트는 고런조런 일까지 신경 쓸 필요 없다고 말하고는 육군7보병사단 32연대 2대대 1중대 병력이 승선할 것이라고 말했다.

이틀 뒤 메러디스 빅토리 호는 샌프란시스코에 도착해 골든게이트 브리지(Golden Gate Bridge) 아래를 지나 엘커트래즈 섬(Alcatraz Island)을 마주보는 노스비치(North Beach)의 35번 부두에 입항했다.

"선수와 선미에 5인치와 3인치 하나씩을 달고, 중갑판에 20mm 기관포 8문까지 달아놓으니 이상합니다."

러니는 조타실에 들어서자마자 바보처럼 히물 웃으며 말했다.

"군함 같아서 좋지 않아?"

라루는 고개를 들어 반기며 대꾸했다.

"포탄이 제대로 날아가던가요?"

러니는 조타실 창가로 보이는 선수의 3인치 함포를 가리키며 물었다.

라루는 싱긋 웃는 얼굴로 고개를 끄떡거리고는 부러 우스꽝스러운 표정으로 "구명대까지 설치했어."라고 대꾸했다.

"부두에서 봤습니다. 중갑판 좌우현과 후갑판 양쪽 그리고 조타실 양쪽까지 했더군요. 배 모양이 해군 고속수송함 같아서 제가 다시 해군에 입대한 것 같은 느낌이 들 정도였습니다."

"군함도 아닌데 이렇게까지 해야 할 필요가 있는지 모르겠어. 회사에서는 무슨 말 없었어?"

라루는 궁금증을 풀어달라는 듯이 물었다. 러니는 초콜릿을 쪼개 넣은 듯 입을 우물거리다가 알버트와 나누었던 이야기를 털어놓고는 정치상황이 그렇게 돌아간다고 했다.

이야기를 듣고 난 라루는 찌뿌드드한 표정으로 "매카시즘이 한국전쟁 속으로 뛰어들었군."이라고 중얼거리듯 말하고는 고개를 젖히며 "선적은 언제까지야?"라고 물었다.

"16일에 군인들이 승선하기로 되어 있으니 늦어도 15일까지는 마쳐야 합니다."

러니는 군인들이 승선하는 대로 출항한다고 했다.

"겨우 사흘 안으로 다 마치라는 거야?"

"지금 전선이 낙동강까지 밀려 하루가 급하다고 합니다."

"낙동강이 어딘지 모르지만…."

라루는 전황의 대강을 어림하다가 고개를 젓고는 "해양청에는 언제 갈 건가?"라고 물었다. 러니는 라루의 표정을 읽다가 빙긋 웃으며 입을 뗐다.

"항해명령서와 동아시아지역 해도를 수령하러 가야 하는데… 가는 길에 성당이 있는데 함께 가시지 않겠습니까?"

라루는 안연한 표정으로 "성당…?"이라고 물었다.

"네, 3부두에서 열 블록 정도 떨어진 그랜트 에브뉴(Grant Ave)와 캘리포니아 스트릿(Califonia Street) 사이에 있는 올드 세인트 메리(Old Saint Mary's) 대성당입니다."

러니는 밝은 목소리로 차이나타운에 있다고 말했다. 라루는 살짝 고개를 젖히며 "그거 잘 됐군."이라고 응대하고는 선내 전화기를 집어 들고서 디노를 불렀다.

"1등 항해사는 왜요?"

러니는 귀에 입을 바짝 댄 것처럼 조그만 목소리로 물었다.

"이걸 지시해두고 가야 마음이 놓이지."

라루는 선내 전화기를 꽂고는 해도(海圖) 서랍을 열어 종이를 꺼내들었다.

"그게 뭡니까?"

"출항 전 점검 사항이야."

"참 꼼꼼하십니다. 1등 항해사가 어련히 알아서 하겠습니까?"

러니는 놀라는 표정으로 바라보면서 중얼거리듯 말했다. 그때 디노가 들어서며 라루를 향해 무슨 일이냐고 물었다.

"해양청에 다녀올 테니 화물을 선적할 때 복원성에 문제없도록 살피고 안전에 신경을 써주게. 특히 폭발물이 도착하면 모든 화기는 엄격하게 차단해주고."

라루는 '출항 전 점검사항'이라고 적힌 얄팍한 책자를 내밀며 말했다.

"걱정 마십시오."

디노는 알아서 준비할 테니 잘 다녀오라고 했다.

6.

　여름 바다가 시커멓게 부풀어 들끓는 8월 중순의 아침, 메러디스 빅토리 호는 뱃고동 소리를 내며 샌프란시스코 항을 이탈했다. 샌프란시스코의 포트 포인트(Port Point)와 마린 카운티(Marine County)의 라임 포인트(Lime Point)를 연결한 주황색의 금문교 아래를 빠져나가 골든게이트(Golden Gate)해협으로 들어섰다. 잔물결의 이랑들이 햇볕을 받아 한가롭게 반짝거리는 푸른 바다 위로 떼를 지어 나는 갈매기들이 메러디스 빅토리 호 주위로 몰려들어 잘 다녀오라는 인사라도 하는 듯 끼룩끼룩 울어댔다.
　"현재 기온 31℃, 풍향 SW, 풍속 5노트(Knot), 파고 1.5m, 시정 7마일입니다."
　디노는 라루를 향해 기상상태를 보고했다. 라루는 의자에 앉아 앞을 응시한 채 "굿."이라고 짧게 대꾸했다.
　"날씨가 계속 이래만 준다면 이 달 안으로 요코하마에 도착할 수 있을 텐데 말입니다."
　러니는 기대감을 살짝 내비치며 말했다.

"태평양 변덕을 몰라서 그런 기대를 한단 말이야?"

라루는 어림없는 소리라는 듯 눈을 딱 부릅뜨고 말했다.

"뱃사람들은 바다로 나설 때마다 그런 기대를 하는 거 아니겠습니까?"

"날씨가 사람의 마음을 헤아려준다면 오죽 좋겠어?"

"제 말이 그 말 아닙니까…?"

러니는 너름새 있게 말끝을 추스르고는 한 박자 쉬었다가 말머리를 돌렸다.

"한데… 어제 성당에서 무슨 기도를 드렸습니까?"

라루는 "왜?"라며 빤히 쳐다보았다.

"기도하시는 모습이 아주 진지해서…."

"진지하긴… 바다로 나가는 사람이 드리는 기도라는 게 뻔한 것이지."

라루는 아리송한 소리로 말을 얼버무려 넘기고는 "군인들은…?"이라고 물었다. 러니는 선실 여섯 개를 내주었다고 대답하고는 약간 의아한 표정을 지으며 "중대장이 한국출신이랍니다."라고 했다. 라루는 무표정한 얼굴로 쳐다보며 "한국출신…?"이라고 물었다. 그때 대위 계급장을 단 장교가 조타실로 들어서며 가벼운 경례를 하고서 실례한다고 했다. 라루는 영발한 눈빛으로 군인을 쳐다보다가 일어나며 "어서 오세요."라고 인사를 했다.

"아, 선장님이시군요?"

군인은 라루를 향해 고개를 갸웃 숙이며 인사를 하고는 "나는 김영옥 대위라고 합니다."라고 했다. 라루는 반갑다며 손을 내밀었다. 김영옥은 악수를 교환하고는 기운찬 목소리로 입을 뗐다.

"승선할 때는 경황이 없어 선장님께 인사를 드리지 못해서…."

라루는 밝은 표정으로 잘 왔다고 말하고는 사뭇 변명조로 말을 이었다.

"이 배는 말이 수송선이지 사실 화물선에 가까워서 중대원들이 많이 불편할 텐데… 미안하게 되었습니다."

"괜찮습니다. 일본으로 가는 다른 화물선에도 군인들이 타고 갔습니다."

김영옥은 상관하지 않으니 신경 쓰지 말라고 했다. 라루는 고개를 살짝 조아리고는 간격을 두고 입을 뗐다.

"병력과 전쟁물자가 많이 필요한 것을 보니, 극동군사령부가 제대로 싸울 생각을 했다는 것이 맞는 말인가 보군요?"

"그렇습니다. 요코하마에 병력이 모두 집결하면 커다란 변화가 있을 것 같습니다."

김영옥은 곧 일어날 일들을 어루더듬듯이 말했다. 라루는 고개를 끄떡이며 "그렇군요."라고는 깜박 잊었다는 듯 급히 러니와 디노를 가리키며 입을 뗐다.

"참, 여기는 이 배의 사무장 러니이고 이쪽은 1등 항해사 디노입니다."

"아! 아까 승선할 때 인사를 했습니다."

김영옥은 다시 인사를 나눈다는 것이 어색하다는 듯 말투가 어눌했다. 라루는 겸연스러운지 뒷머리를 슬쩍 긁적이고는 "한국출신이라고 들었는데…."라며 말꼬리를 흐렸다. 김영옥은 너볏한 눈길로 쳐다보며 그렇다고 대답했다.

"한국인이 어떻게…?"

라루는 얼굴에 경련이 이는 것처럼 눈언저리를 쌜룩거렸다.

"어떻게 미국 육군 대위가 되었냐고요?"

김영옥은 턱을 쭉 내밀며 물었다.

"그보다… 무슨 사연이 있는 것 같아서요."

라루는 황급히 그럴듯하게 둘러댔다. 김영옥은 씁쓸한 웃음을 짓고는 심문에 답하듯 천천히 입을 뗐다.

"로스앤젤레스 시립 대학에 다니던 1939년에 세계대전이 발발해서 군대에 가려고 육군 모병소에 갔더니 아시아계 미국인은 받아주지 않더군요. 그러다가 진주만이 일본군에게 공격당한 해에 아시아계도 받아준다는 법이 제정되기에 무작정 입대했습니다."

"그렇다면 미국에서 태어났다는 말씀인가요?"

라루는 믿기지 않는다는 듯이 머리를 갸웃거렸다. 김영옥은 그렇다고 대답하고서 말을 이어나갔다.

"어디부터 이야기를 해야 이해할지 모르겠습니다만… 내 아버님께서는 한국이 일본에게 억압을 받던 시기에 지금 한국의 대통령과 함께 하와이에서 독립운동을 하셨던 1919년에 나를 낳으셨습니다."

라루는 고개를 끄떡이며 "그렇게 되었군요."라고는 엄숙한 음성으로 연설하듯 입을 열었다.

"그런 분이 미국 육군 중대를 이끌고 모국을 돕기 위해 참전하시니 감회가 남다르겠습니다."

"한국을 위해서 싸우러 가는 제 부하들에게 고마운 마음을 어떻게 표현하겠습니까? 그리고 여러분들에게도 뭐라고 말을 해야 좋을지 모르겠습니다. 정말 감사합니다."

김영옥은 말끝을 누르고는 미국인이 고맙고 존경스럽다고 했다. 라루는 도리어 민망하다는 듯 살짝 얼굴을 찡그리고는 "입대 후에는 세계전쟁에 참전했겠군요?"라며 말머리를 돌렸다. 김영옥은 그렇다고 대답하고서 입을 뗐다.

"장교후보생 학교를 나와서 소위가 되었더니, 그때 마침 하와이에 창설된 부대로 보내지 않겠습니까? 하와이에 거주하던 일본계 2세들로 구성된 부대인데, 나는 442연대 전투단의 1대대로 편입되어 2소대장을 맡았습니다."

"일본이 한국을 억압하던 때여서 기분이 참으로 묘했겠습니다."

라루는 자신의 일이라도 되는 듯이 한숨 쉬듯 말했다. 김영옥은 약간 침중한 목소리로 "아무래도 그랬지요."라고는 어색하다는 듯이 코를 찡긋하며 웃고는 말을 이었다.

"육군에서도 일본계 미군이 혹여 일본군에게 협조할까 봐 감시가 심했고, 일본계 군인들은 그들 나름대로 불이익을 당할까 봐 노심초사했지요. 그런 마당에 나는 처신하기가 참 어정쩡했답니다."

"저는 해군으로 복무하며 태평양 전쟁에 참전해보아서 일본군에 대해 조금은 압니다만… 일본군이 일본계 미군과 전투를 벌이는 것은 보지도 못했고 상상도 못해봤습니다."

가만 듣고 있던 러니는 김영옥이 널어놓은 이야기가 알 듯 모를 듯 암시적으로 비친다는 듯이 자신의 속을 터놓았다.

"육군에서도 그런 생각을 한 것 같습니다. 그래서 우리 대대병력을 전부 유럽 전선으로 투입했으니까요."

김영옥은 러니를 말끄러미 쳐다보며 말했다. 라루는 활연한 깨달음에 이른 것처럼 "아…!"라고 탄성을 자아내고는 목소리를 가다듬어 "유럽 전선 어디에 참전했나요?"라고 물었다.

"첫 전투로 이탈리아 볼투르노 강 전선에 투입되었는데, 로마를 함락하기도 했고 그밖에 구스타프 라인과 고딕 라인을 붕괴시키기도 했지요. 그 후 남프랑스에 투입되어 브뤼에르와 비퐁텐느 마을을 수복하던 전투에서 큰 부상을 입고 후송되었습니다. 때마침 세계대전이 끝나는 바람에 전역을 하고 그 후 로스앤젤레스에서 세탁소를 하다가, 한국에 전쟁이 났다는 소리를 듣고 다시 대위 계급으로 복귀하여 이렇게 나선 것입니다."

김영옥은 진지한 표정으로 지난날의 이야기를 들려주고는 "자랑을 늘어놓은 것 같아 쑥스럽습니다."라고 한마디를 부언했다.

"그렇지가 않습니다. 미국의 자랑스러운 육군 장교입니다."

러니는 말만 들어도 대견하고 기분이 좋다는 듯이 한 번 엄벙하게 웃고 나서 얼굴빛을 바루고서 말을 이었다.

"제가 본 한국인 두 사람도 꼭 김 대위님 같았습니다."

김영옥은 "한국인…?"이라며 러니를 핼긋 쳐다보았다. 러니는 그렇다고 대답하고는 차근히 말을 이어나갔다.

"제가 태평양 전쟁에 참전했을 때 남태평양 마셜제도 밀리 아톨에서 일본군이 같은 일본군에게 잔혹한 짓을 서슴없이 저지르는 바람에, 이를 견디지 못한 일본군이 집단으로 반란을 일으켜 저항하다가 대규모로 학살당했는데, 거기서 용케 살아남아 탈출한 일본군 둘이 바다에서 표류하는 것을 구해준 일이 있었습니다. 그들을 조사해 보니 일본군에게 강제로 끌려온 한국인이었으며 반란을 일으켰던 일본군들도 모두 한국인이었답니다."

김영옥은 이야기를 듣고 나니 가슴이 답답했는지 "쯧… 그런 일이…"이라고는 혀를 차며 고개를 흔들었다. 러니는 무슨 비밀이라도 밝히겠다는 듯이 몸을 곧추고는 하던 말을 이어갔다.

"우리가 구했을 때 두 사람은 뼈가 드러날 정도로 앙상하게 야위었지만 눈빛만은 매서웠습니다. 그중 여필준이라는 자는 다리에 심한 부상을 입어 응급처치는 했지만 워낙 상태가 안 좋아서 잘라내야 할 판이었고… 또 한 사람은 이봉남이라고 했는데, 이 사람은 졸병이라도 상관없으니 자신이 미군으로서 일본군과 싸울 수 있도록 해달라고 한사코 졸랐지 뭡니까?"

"그러니까… 이봉남이라는 자가 김 대위님 같았다는 말이군."

시종 묵묵히 듣고만 있던 라루는 감이 잡힌다는 듯이 말했다. 러니는 망설임 없이 그렇다고 대답했다.

"그 사람 뜻대로 되었나요?"

김영옥은 이봉남이 미군이 되어 일본군과 싸웠는지 물었다.

"안타깝게도 제네바협약에 반하는 일이라 할 수가 없었습니다."

"그럼 어찌되었소?"

"여필준은 다리를 치료하느라 누워서 지냈지만, 이봉남은 조리사를 도우며 함께 생활을 했습니다. 승조원 수가 부족한데다가 그렇게라도 해야 마음이 편하겠다고 해서… 그러다가 얼마 후 하와이로 귀항했을 때 헌병에게 넘기고 우리는 물자를 보급 받은 후 이오지마로 떠났는데, 전쟁이 끝난 뒤 그 두 사람이 한국으로 갔는지, 일본으로 갔는지 가끔 궁금할 때가 있어요."

지난날을 회상하는 러니의 얼굴은 만감이 교차되는 듯했다. 그때 하버트가 조타실로 들어서고는 라루를 향해 "선장님, 식사준비 되었습니다."라고 했다.

"나머지는 식사를 하면서 듣기로 하지."

라루는 러니를 향해 배고픈 흉내를 내며 말하고는 재빨리 표정을 바꾸어 김영옥을 향해 짐짓 느릿한 말씨로 "우리와 함께 식사를 하시죠."라고 했다.

"감사합니다만, 나는 중대원들과 함께 하겠습니다."

김영옥은 굳이 사양했다.

"중대원들을 생각하시는 그 마음은 알겠지만, 같은 배를 탔으니 한 끼 정도는 함께 나누시죠."

라루는 김영옥의 마음을 돌리려 부러 짱짱한 어조로 말했다. 러니는 후렴이나 붙이듯 "그렇게 하시죠."라며 라루의 말을 거들고는 길을 잡았다. 김영옥은 슬며시 눈웃음을 짓고는 라루와 함께 러니의 뒤를 따라붙었다.

식당 안으로 들어서자 8명이 마주 앉을 수 있는 식탁 6개가 두 줄로 놓여 있고, 선원들은 제각각 의자에 걸터앉아 식사에 열중이었다. 러니는 나이프와 포크가 나란히 놓였고 빵과 버터 그리고 계란 따위의 음식과 커피가 마련된 식탁으로 안내했다.

"입맛에 맞을지 모르겠지만 맛있게 드세요."

라루는 김영옥을 향해 앉기를 권하며 말했다. 김영옥은 고맙다는 말을 건네고 자리에 앉으며 라루를 향해 입을 뗐다.

"이 배에 승선한 지는 얼마나 됩니까?"

라루는 차분한 어투로 "한 달도 못 되었습니다."라고 대꾸했다.

"지난달 28일에 이 배에 승선하시고 바로 다음 날 버지니아의 노퍽 항에서 출항했습니다."

러니는 빙글 웃으며 끼어들어 말참견을 했다. 김영옥은 "아….." 하고 짧은 소리를 내고는 좀 뜻밖이라는 표정을 지으며 라루를 쳐다보았다. 라루는 빙긋 미소를 짓고는 물 한 모금을 입술에 적시고서 입을 뗐다.

"저는 펜실바니아 주립선원학교를 졸업하고 매슨 라인(Matson Line)에 입사하여 조타수로 선원생활을 시작했습니다. 그 후 몇몇 회사를 거쳐서 세계전쟁이 한창인 1942년에 지금의 회사에 입사하여 이 배보다 조금 적은 리버티 급 선장을 맡아 대서양과 지중해를 오가면서 군수물자를 날랐습니다. 그러다가 전쟁이 끝나면서 선원생활을 그만둘 생각이었는데… 또다시 이렇게 바다로 나오고 말았습니다."

"바다에서 생활하시는 분들은 가족들과 함께 하는 시간들이 많지 않아 힘들겠습니다."

김영옥은 마치 자신의 일인 양 시무룩한 투로 말했다.

"선장님은 미혼이어서 힘들어할 가족이 없습니다."

러니는 다소 과장된 목소리로 저저이 일러바치듯 말했다. 김영옥은 "저런…."이라며 옅게 혀를 차고는 "얼른 장가부터 가야겠습니다."라고 했다. 러니는 난언한 빛이 가득한 얼굴로 "그건 힘들 것 같습니다."라고 대꾸했다. 김영옥은 두 사람을 이상스럽다는 듯이 번갈아 쳐다보며 왜냐고 물었다.

"바다생활을 접으신 분을 회사에서 도와달라고 부탁하는 바람에 수락하셨지만… 이번 항해를 마지막으로 신부가 되겠다고 하시니 어쩌겠습니까?"

러니는 퉁명스러운 어조로 말했다. 김영옥은 라루를 면바로 쳐다보며 "신부가 되다니요?"라고 물었다. 라루는 "그것이 제게 주어진 삶인 것 같습니다."라며 벙그레 웃었다.

"그래서 조타실에 마리아상이 있었군요?"

김영옥은 조타실 뒷벽의 항해등 스위치 박스 위에 놓인 마리아상을 보았다고 했다. 라루는 고개를 끄떡이며 "그렇습니다."라고 대답했다.

"그렇다면 혹시… 몬테카시노 수도원을 압니까?"

"베네딕트 수도회가 탄생한 그곳을 말씀하시는 것입니까?"

라루는 금세 생기가 도는 얼굴로 물었다.

"그것까지는 잘 모르겠습니다만… 로마 남쪽의 라치오 지방에 있는 수도원입니다."

"맞습니다. 카시노라는 마을에서 서쪽으로 조금 떨어진 곳의 바위투성이 산꼭대기에 있던 수도원인데, 2차 세계전쟁 중에 잿더미로 변했다는 소리를 들었습니다."

라루는 안타깝고 가슴 아픈 일이라며 침통스러운 표정을 지었다. 김영옥은 마음을 갈앉히려는 듯 숨을 내불고는 천천히 입을 열어 "그 수도원이 잿더미로 변할 때 내가 거기 있었습니다."라고 했다. 라루는 단박에 안색을 일변하면서 "거기 있었다니요?"라고 물었다. 김영옥은 "정말 참혹했던 전투였습니다."라고는 물을 한 모금 마시고서 말을 이어 나갔다.

"처음에는 수도원을 지키기 위해 공습을 하지 않고 우리 대대가 속한 34사단이 지상공격만 했습니다. 하지만 엄청난 인명 피해를 입고도 진전이 없자 연합군 5개 사단을 투입했습니다. 그런데도 전투가 지지부진하게 오래 끌게 되자 결국 비행기 255대를 동원해서 폭격을 가했는데, 안타깝게도 그때 흔적도 없이 사라지고 말았습니다."

라루는 안색까지 변하며 놀라는 표정으로 "그렇게 사라지다니…."라고 혼잣말처럼 탄식했다. 김영옥은 흘금 눈치를 살피다 나직한 목소리로 "괜한 이야기를 했나 봅니다."라며 눈치를 보았다.

"아… 아닙니다. 사람의 목숨을 빼앗고 인류의 유산도 파괴시키는 전쟁 탓인 것을요."

라루는 배가 고파 다 죽어가는 목소리로 한숨 쉬듯 말하고는 식사를 하자고 했다. 김영옥은 고개를 한 번 끄떡이고는 포크를 집어 들었다. 식탁에는 달까닥거리는 식기 소리가 나고 메러디스 빅토리호는 태평양의 거센 파도를 헤치며 서쪽으로 나아갔다.

7.

메러디스 빅토리 호는 15일간의 항해 끝에 요코하마의 외항 도쿄 만에 도착했다. 예인선이 다가와 메러디스 빅토리 호를 끌고서 항공모함을 비롯해서 순양함과 구축함 등 크고 작은 여러 군함들이 빽빽하게 투묘한 틈을 뚫고 지나 카이간도리 부두에 정박시켰다. 부두에는 전쟁 물자를 싣고 온 수송선들이 즐비하고 트럭과 하역 인부들로 북적거렸다. 멀찍이 떨어진 북쪽 부두에는 항공모함에 실린 F-15무스탕(Mustang) 전투기를 덜렁 들어서 부두에 척척 부리는 부두기중기가 보였다.

라루는 디노를 향해 해도를 잘 챙겨두라고 하고는 조타실 밖으로 나서서 갑판으로 내려갔다. 중대원들을 지휘하던 김영옥은 라루를 발견하고는 가볍게 손을 들어보였다. 라루는 김영옥을 향해 다가가 하선준비가 다 되었는지 물었다.

"보다시피 다 했습니다."

김영옥은 갑판에 모여든 군인들을 가리키며 말했다.

"마음이 착잡하겠습니다."

라루는 몹시 동정하는 표정으로 위로의 말을 했다.

"부모님 나라의 일을 모른 척할 수도 없는 일 아닙니까?"

김영옥은 절연할 수 없는 나라의 전쟁을 눈 돌려 외면할 수 없다고 했다.

"일본의 억압을 벗어난 지 몇 해나 된다고… 안타깝습니다."

"유엔군들이 속속 모여들고 있으니 곧 끝이 나겠지요."

"어느 전선으로 배치됩니까?"

"극동군사령부로 집결하는 것 말고는 아무것도 모릅니다."

두 사람이 마치 십년지기나 되는 것처럼 다정하게 이야기를 주고받고 있을 때 패트릭이 다가와 "극동군사령부에서 오신 분입니다."라며 함께 온 포니를 가리켰다.

김영옥은 반사적으로 포니를 향해 경례를 올려붙이고서 자세를 가다듬었다. 포니는 극동군사령부의 10군단장 참모라고 신분을 밝히고는 하선준비를 다 마쳤는지 물었다. 김영옥은 꼿꼿한 자세로 그렇다고 대답했다.

"부두에 대기 중인 트럭에 중대원들을 태우게."

포니는 고개를 똑바로 든 채 묵직한 소리로 말했다. 김영옥은 경례를 하면서 알았다고 대답하고는 포니 곁에 선 이봉남을 흘깃 쳐다보고는 곧 돌아섰다.

포니는 고개를 돌려 라루를 향해 손을 내밀며 "태평양을 건너오느라 고생하셨소."라고 말했다.

"목숨 걸고 전쟁터를 누비는 군인들에 비하겠습니까?"

라루는 포니와 악수를 나누며 말했다.

"내가 여기 온 것은 군수물자 하역 때문이오."

포니는 선적물품서를 보여달라고 했다. 라루는 그러겠다고 대답하고는 패트릭을 향해 입을 뗐다.

"사무장에게 선적물품서를 챙겨서 이리로 오라고 해."

패트릭은 알았다는 대답과 함께 조타실로 향했다. 포니는 "그리고…"라며 말끝을 잡고는 고개를 돌려 뒤에 서 있는 이봉남을 가리키며 통역관이라고 소개했다.

"이 배에 승선하기로 한 이봉남이라는 한국 사람이오."

라루는 의아한 눈빛으로 포니를 쳐다보며 "배에서 무슨 통역이 필요합니까?"라고 물었다.

"통역이 아니더라도 공산군을 잘 식별할 수 있고 또… 한국 해안 지리를 잘 아니 도움이 될 것이오."

"한국 해안…? 그것이 무슨 말입니까?"

라루는 순간적으로 러니에게서 전해 들었던 맥아더사령부의 요구가 있을 때 계약기간이 자동으로 연기된다던 소리를 확인하겠다는 듯이 물었다.

"그것이…."

포니는 진지한 표정으로 말꼬리를 흐리고는 잠시 머뭇거리다가 말을 이었다.

"내일 극동군사령부에서 수송선 선장들 회의가 있는데, 그때 와 보면 알게 될 것이오."

"수송선 선장들이 무슨 회의를 한다는 겁니까?"

라루는 의아한 눈길로 포니의 얼굴을 뻔히 쳐다보았다.

"내일 오전 9시, 3번 부두에 수송선 선장들을 태우고 갈 해군버스가 대기할 것이오. 요코하마에 정박 중인 수송선 선장은 모두 참석해야 하오."

포니는 라루가 선택할 일이 아니라는 듯 딱 잘라 말했다. 그때 러니가 다가서며 라루를 향해 서류를 내밀었다. 라루는 받자마자 포니에게 건네며 "선적물품서입니다."라고 했다. 포니는 대강 훑어보고는 줄거리를 파악했다는 듯이 접으며 입을 뗐다.

"탱크와 포탄 그리고 소형화기와 지뢰만 하역하고 나머지 군수품들은 한국으로 옮길 것이오."

"한국…? 어디로 말입니까?"

라루는 포니의 말이 심상치 않다는 눈치를 채고 심중한 어조로 물었다. 포니는 느긋한 얼굴로 잠시 라루를 응시하다가 천천히 고개를 한 번 끄덕이고는 "회의에 참석하면 알려줄 거요."라고 대꾸했다.

옆에서 두 사람의 이야기를 듣고만 있던 러니와 이봉남은 이상한 낌새에 이끌려 서로를 살펴보다가 눈이 마주쳤다. 눈빛을 반뜩 빛내던 이봉남은 "러니 중위님…?"이라고 말을 뱉고는 가슴을 우둔거렸다.

"미스터 리…?"

러니는 눈을 딱 부릅뜨고 물었다. 이봉남은 러니를 향해 발걸음을 떼며 "러니 중위님이 맞군요."라고 했다. 러니는 손을 벌려 "미스터 리."라고 불렀다. 두 사람은 누가 먼저랄 것도 없이 와락 껴안았다.

"사무장…?"

라루는 약간 당황한 듯 이상한 눈초리로 쳐다보며 어떻게 된 일인지 물었다. 러니는 잔뜩 상기된 표정으로 천천히 입을 열었다.

"일전에 제가 말씀드렸던 바로… 남태평양 마셜제도에서 구해준 바로 그 사람입니다. 이런 곳에서 다시 만나다니…."

갑작스러운 상황이 이해가 안 된다는 듯이 멍하니 바라보고 있던 포니는 "미스터 리, 아는 사람이오?"라고 물었다.

"이분이 아니었다면 저는 이 세상 사람이 아닌 것을요."

이봉남은 감격과 흥분으로 목소리가 떨렸다. 포니는 전혀 뜻밖의 일을 만났다는 듯이 멈칫 놀란 표정을 짓다가 이내 얼굴빛을 바루고는 라루를 향해 입을 뗐다.

"앞으로 많은 도움이 될 것이라는 예감이 듭니다. 그럼, 하역작업은 내일부터 시작될 것이니 그리 알고 준비해주세요."

라루는 포니가 내미는 손을 맞잡으며 알았다고 대답했다. 포니는 러니와 악수를 나누고서 이봉남을 향해 "잘 도와주시오."라고는 돌아섰다. 러니는 웬 까닭인지 몰라 약간 어리둥절한 표정으로 포니의 뒤통수와 이봉남을 번갈아 쳐다보았다. 라루는 러니를 향해 이봉남을 가리키며 "우리를 돕기로 한 사람이야."라고 말했다.

"돕는다는 것이 무슨…? 무엇을 말입니까?"

러니는 더더욱 영문을 몰라서 정신이 얼떨떨한 듯이 두 눈을 끔뻑거렸다.

"한국의 해안을 잘 알고 있다고 하네."

라루는 목소리를 가다듬고 말했다.

"우리가 한국으로 간다는 말입니까?"

러니는 또 한 번 놀란 듯 목청을 높였다.

"아직은 몰라. 어쨌든 우리와 함께 하게 되었고 사무장이 잘 아는 사람이니… 우리 배에 대해 익숙하도록 잘 안내해."

라루는 진중한 어조로 당부하듯 말하고는 돌아섰다. 러니는 단박에 이봉남을 향해 돌아서고는 "대체 어떻게 된 것이오?"라고 물었다. 이봉남은 머릿속에 서리는 말을 추릴 여유가 없다는 듯 "세계전쟁이 끝난 후로 많은 일들이 있었소."라고 대꾸했다. 러니는 알 만하다는 듯이 고개를 끄떡거리고는 천천히 입을 뗐다.

"하와이에서 헌병 차에 실려 포로수용소로 가던 뒷모습이 잊어지지 않소. 그래… 그 뒤로 어떻게 되었소?"

이봉남은 엉클어져 있는 지난 기억을 정리하는 듯 잠시 눈을 감았다 뜨고는 입을 열었다.

"호놀룰루 포로수용소로 갔는데… 수많은 일본군 포로 속에 강제로 끌려온 한국인 포로도 3,000여 명이 넘었소. 처음에는 일본군 취급을 받다가 나중에는 미군이 우리가 일본군과 다르다는 것을 알고 따로 수용했소. 일본군에게 온갖 학대와 박해만 받았던 우리가 포로수용소에서 인간 대접을 받아보리라고는 생각하지도 못한 일이었소. 우리는 거기서 배고픔도 몰랐고, 군의관이 수시로 우리의 건강을 검사하고는 아픈 사람이 있으면 치료도 해주었소. 오죽했으면 전쟁이 끝났을 때 우리는 좋은 시절이 끝났다고 한탄했겠소. 참… 그때 다리를 다쳤던 여필준이라는 자를 기억하시오?"

"내가 어찌 잊겠소?"

러니는 자못 감개 어린 표정을 지으며 말했다.

"그 친구는 거기서 잘 치료받은 덕에… 절기는 하지만 다리를 자르지는 않았소."

이봉남은 기운차게 말하려는 듯이 말끝을 꽉 눌렀다. 러니는 "그게 어디요. 정말 다행이오."라고 했다.

"맞소, 당신들에게 구출된 것은 정말 천만다행이었소."

이봉남은 말을 하려니 가슴이 뜨거운 기운으로 달아오르는 것 같아 생기가 도는 목소리로 대답했다. 러니는 온공한 어조로 "그렇게 생각하니 고맙소."라고 대꾸하고는 여필준의 소식을 아는지 물었다.

"일본군 포로들은 전쟁이 끝난 다음 달에 모두 일본으로 돌아갔지만, 한국인은 따로 조사를 받아야 할 것들이 있다면서 붙들어 두었다가 그해 크리스마스를 며칠 앞두고 2,000명을 1차로 귀국시켰는데… 여필준은 그때 고향으로 돌아갔고 나는 이듬해 8월에 일본으로 갔소."

이봉남은 한이 서린 비화는 생각하기조차 싫다는 듯이 무감동한 투로 말했다. 러니는 고개를 끄떡이고는 사방을 휘둘러보다가 "그 많은 이야기는 천천히 하도록 하고 배부터 구경합시다."라고는 따라오라고 했다. 이봉남은 발걸음을 떼고는 러니를 따라붙었다.

8.

그날 저녁 라루는 기관실 발전기 당직근무자 1명을 제외한 선원 모두를 식당으로 불러 모았다.

"우리가 버지니아 노퍽을 떠난 후 요코하마에 잘 도착할 수 있었던 것은 여러분들 각자 맡은 임무를 잘 수행해주었기 때문이라는 것을 압니다. 그런 점에서 나는 선장으로서 여러분들에게 감사를 표합니다. 내가 여러분들을 한자리에 모이도록 한 것은… 이곳에 군수물자를 하역한 뒤 샌프란시스코로 돌아갈 계획이었던 것이 극동군사령부의 요청에 의해 변경되었음을 알리고 여러분의 동의를 구하기 위해서입니다."

라루는 타협 같은 건 생각지도 말라는 의도가 다분히 담긴 말을 뱉어내고는 선원들을 둘러보았다. 선원들은 하나같이 조용하게 다음 말을 기다렸다.

"입항하면서 외항에 투묘 중인 수많은 군함들과 부두에 계류 중인 여러 수송선에서 군수물자를 하역하고 또 수많은 군인들이 집결하는 것을 보았을 것입니다. 우리가 정박한 직후에 극동군사령부의 10군단장 참모가 다녀갔습니다. 우리는 극동군사령부의 지시에 따라 내일부터 탱크와 포탄 등 무기만 하역하고 나머지 군수품들은 그냥 두었다가 다른 물자를 선적한 후 한국으로 가게 될 것입니다. 이에 따라 나는 선장으로서 회사를 대표하여 여러분들에게 이러한 사실을 알립니다. 만약 반대하는 사람이 있다면 하선하여 다른 배편으로 본국으로 돌아가게 되고 그 빈자리는 일본인을 승선시켜서 운항합니다."

"선장님!"

엘버트는 큰 소리로 라루를 부르고는 벌떡 일어나 올찬 목소리로 입을 열었다.

"우리는 태평양과 대서양에서 일본군과 독일군을 상대로 산전수전 다 겪은 역전의 용사들입니다. 거두절미하고 언제 한국으로 출항하는지만 말씀해주십시오."

라루는 선원들을 쭉 둘러보다가 "모두 2등 항해사와 같은 생각이오?"라고 물었다. 선원들은 합창하듯 한목소리로 그렇다고 대답했다. 라루는 하릴없이 목청을 다듬고는 입을 뗐다.

"지금으로서는 알 수 없고, 극동군사령부의 지시가 내려오는 대로 한국으로 향할 것입니다. 내일 소집된 회의에 참석하라고 하니 아마도 그때 항해 명령서가 하달될 것입니다."

"알겠습니다. 선원들은 모두 선장님의 지시대로 움직일 것이니, 선장님께서는 맘 편히 회의에 다녀오십시오."

디노는 자신의 일인 것처럼 나서서 말했다.

"여러분의 뜻이 그와 같다니 선장으로서 여러분들이 자랑스럽습니다. 그리고 새 식구 한 사람을 소개하겠습니다."

라루는 걸걸히 말하고는 두어 걸음 떨어져 서 있는 이봉남을 향해 다가오라고 했다. 이봉남은 갑작스러운 말에 당황한 듯 겁먹은 학생처럼 멈칫멈칫 다가갔다.

"극동군사령부에서 파견 나온 사람입니다. 우리가 한국 해안을 항해할 때 도와줄 것이며 또한 한국사람을 만나게 될 때는 통역을 해줄 것입니다."

라루는 이봉남에 대해 간략하게 설명해주고는 반갑게 맞이하자고 했다. 선원들은 큰 소리로 "웰컴." 하고 외치며 박수를 쳐댔다. 라루는 이봉남을 향해 인사말을 하라고 권했다. 이봉남은 주먹손으로 입을 가린 채 헛기침을 한번 하고는 입을 뗐다.

"여러분 반갑습니다. 저는 사정이 있어서 일본에 살고 있지만 한국사람입니다. 내 나라에 전쟁이 난 것을 보고 가만있을 수 없어 극동군사령부에 찾아가 참전하겠으니 군인으로 받아달라고 했는데… 군인은 못 되었지만 학도의용군 신분으로 이 배로 오게 되었습니다. 우리나라의 전쟁 때문에 나선 여러분과 선장님을 당연히 잘 도와야 하겠지만… 그보다도 저는 세계전쟁 때 이 배의 사무장님 덕분에 구사일생으로 살아난 사람이기 때문에 선장님을 비롯한 여러분들과 사무장님께 은혜를 갚는다는 심정으로 몇 갑절 힘을 보태겠습니다."

이봉남의 말이 끝나자 선원들은 일제히 눈을 모아 러니를 쳐다보았다. 러니는 이봉남 곁으로 성큼 다가서서 입을 뗐다.

"미스터 리는 한국사람이지만 세계전쟁 때 강제로 징집된 일본군이었는데… 남태평양 마셜제도에서 탈출하여 바다에 표류할 때 구해준 인연이 있습니다. 그런데 오늘 이렇게 다시 만나게 되어 나도 깜짝 놀랐습니다."

선원들은 박수를 치며 환호성을 질렀다. 라루는 선원들을 진정시킨 뒤 조용하고 가라앉은 음성으로 입을 뗐다.

"오늘은 요코하마의 첫날이기도 하지만 새 식구를 맞이한 날이니… 조리장에게 부탁해서 맛있는 음식과 술을 준비하도록 하겠습니다. 음식이 준비되는 대로 모처럼 즐거운 시간을 보냅시다."

선원들은 일제히 벌떡 일어나며 환호성과 함께 박수를 쏟아냈다. 라루는 손을 들어 환호에 답례를 하고서 이봉남을 향해 선장실로 가자고 했다. 이봉남은 러니와 함께 라루를 따라 선장실로 향했다.

라루는 선장실로 들어서자마자 이봉남을 향해 의자를 건네며 앉기를 권했다. 이봉남은 의자를 앞으로 끌어당겨 앉았다.

"아까 10군단 참모장이 맥아더가 소집하는 회의에 참석하라고 했는데… 뭔가 아는 것이 있습니까?"

라루는 무슨 급한 일을 만난 놈처럼 단도직입적 태도로 물었다. 이봉남은 블루하츠(Operation Blue Hearts) 계획에 대해 들어보았는지 물었다. 라루는 러니에게서 전해 들었던 맥아더사령부에서 인천에 해병대를 상륙시키려고 시도했다던 말이 언뜻 떠올랐다.

"병력과 물자가 부족하여 하지 못했다던 그 작전을 말하는 것입니까?"

"맞습니다. 바로 그것 때문일 확률이 높습니다."

이봉남은 말끝에 귀납적 추론이라고 덧붙였다.

"어째서 그렇게 생각합니까?"

"그 작전을 이름만 바꾸어 미국국방부에 다시 올렸다가 거절당했다는 소문입니다. 그런 소문이 아니더라도 요코하마에 모여든 해병1사단과 육군10군단을 비롯하여 6만이 넘는 병력을 보더라도 알 수 있는 일입니다. 앞으로 2만에 가까운 병력이 더 집결할 것이라고 하니 대규모 상륙작전을 준비하는 것 같습니다."

"상륙작전을 준비한다면 군함뿐만이 아니라 항공기 지원도 없어서는 안 될 것인데… 레이테 항공모함이 싣고 온 전투기를 하역하는 것은 왜 그런 것입니까?"

"듣기로는 마산을 방어하기 위해 진동에서 고군분투하는 미국 육군24사단의 공중폭격을 지원하기 위해서 여기서 북쪽으로 50여km 떨어진 조후 비행장으로 옮겨서 한국의 부산 수영비행장과 마산 인근 진해비행장으로 날아간다고 들었습니다."

"마산은 어딘가요?"

"부산과 지척인데, 그곳 전선이 무너지면 부산이 위태로워지기 때문에 사활을 걸고 전투를 벌이고 있답니다."

"한국이 공산군에게 완전히 점령당하기 직전이란 말입니까?"

라루는 상륙작전을 해도 승산이 없는 것 아니냐고 물었다.

"맥아더는 상륙작전으로 인민군 배후를 쳐서 보급로를 차단하고 인민군 전투 병력을 분산시키면 승산 있다고 보는 것 같습니다."

이봉남은 희망을 포기하기에는 이르다고 말했다. 라루는 자신이 뱉은 소리가 마음에 걸리는 듯 몸을 씰룩하고는 미안한 기색으로 "상륙지점은 어디랍니까?"라고 물었다. 이봉남은 극동군사령부 지휘부 외에는 아무도 모른다고 했다.

"전쟁이 거대한 블랙홀 속으로 빨려드는 느낌이군."

라루는 뭔가 못마땅한 듯 혼잣말로 중얼거렸다.

9.

다음 날 라루는 아침 일찍 하선하여 3부두에 대기 중인 해군버스를 탔다. 버스 뒤쪽에 앉은 사내가 손을 들어 보이며 "여기."라고 했다. 라루는 애인이나 만난 듯이 무척 반색하며 "필립 에트킨스(Philip Atkinson) 선장님."이라고는 이내 다가갔다.

"입항했다는 소리를 듣긴 했는데…."

필립은 말꼬리를 흐리고는 손을 내밀며 라루를 반겼다.

"정박 후 선장님에게 찾아가려고 했지만 레인 빅토리 호가 외항에 투묘 중이어서 못 갔습니다."

라루는 악수를 나누며 미소를 지었다. 필립은 "바다에서는 만나지 못하고 이런 곳에서나 만나는군요."라고는 옆자리를 내주며 말을 이었다.

"우리가 출항할 무렵에 회사에서 러니 사무장을 필라델피아로 보내더니… 결국 메러디스 호를 가져왔군요."

"크리스마스 전에는 돌아갈 줄 알고 왔는데… 막상 와보니 보통 전쟁이 아닌 것 같습니다."

라루는 뒷근심에 싸인 듯 말했다.

"나도 작은 나라의 전쟁이라고 해서 별거 아닌 줄로 생각했습니다만… 요코하마 외항에 집결한 배들을 보니 노르망디 상륙작전이 생각날 만큼 큰 전쟁이라는 것을 알았습니다."

필립은 예상하지 못한 장벽과 마주친 듯이 안색이 변했다.

"회사에서는 뭐라고 하던가요?"

라루는 뭔가 들은 것이 있는지 물었다. 필립은 고개를 가로저으면서도 "빤하지 않습니까?"라고는 겉짐작이 된다는 듯이 허탈한 표정으로 말을 이었다.

"제임스 리버 예비선단에 내린 지시를 회사에서 토를 달 입장이 아니지 않습니까?"

"그건 그렇다 해도, 수송선 선장을 모아놓고 무슨 회의를 한다는 것인지…?"

라루는 모르겠다는 듯 어깨를 들썩 올려 보였다.

"백악관 합동참모본부에서 상륙작전에 대한 승인을 했다는데 아마 그 때문인 것 같습니다."

필립은 갑자기 진중한 태도 말했다.

"그렇다면 소문으로 돌던 그 말이 사실이라는 것입니까?"

라루는 믿기지 않는다는 듯이 목소리가 커졌다.

"회의한다고 수송선 선장들을 모이라고 하지만, 사실은 항해지시를 내리기 위한 것입니다."

필립은 상황의 추이를 여러 각도에서 관찰해보면 알 만한 일이라고 했다. 라루는 그제야 포니가 한국 해안의 지리를 운운하며 이봉남을 태운 까닭을 알 것 같았다.

두 사람이 이야기를 나누는 사이 버스는 극동군사령부가 있는 도쿄의 다이이치 건물 앞에 멈추었다. 라루는 필립과 함께 다른 선장들 틈에 섞여 건물 안으로 들어가 회의실로 향했다. 모두 안으로 들어서 자리에 앉자 헤이그가 연단에 나타나 "주목하여 주십시오."라며 입을 열었다.

"저는 극동군사령부 10군단장 부관 알렉산더 헤이그 대위입니다. 지금부터 상륙작전 전문가이신 참모장님께서 여러분들에게 당부의 말씀을 드릴 것입니다. 이것은 매우 중요한 사안이니 잘 듣고 따라주기를 바랍니다."

헤이그는 말을 마치고서 포니를 향해 경례를 올려붙이고는 자리를 내주었다. 포니는 성큼 앞으로 나선 뒤 마이크를 매만지고서 입을 뗐다.

"민간인 신분임에도 불구하고 전쟁터로 달려와준 여러 선장님들과 선원들에게 감사와 존경을 표합니다. 여러분들을 모이게 한 것은 유엔군이 상륙작전을 결정했다는 것을 말씀드리고 여러분들의 도움을 얻고자 하는 것입니다. 그동안 극동군사령부는 이 작전을 위해 첩보대를 파견하여 한반도의 여러 해안과 섬 그리고 물때 등을 면밀히 조사하여 미국 합동참모본부에 보고했고, 드디어 대통령의 재가를 받아냈습니다. 그러므로 제7합동기동부대의 병력이 곧 요코하마, 사세보(佐世保), 고베(神戶) 등에서 한국으로 출전하게 되었습니다. 이에 따라 여기 모인 선장 여러분들은 9월 11일 새벽부터 출항 통보를 받는 순서대로 움직여주기 바랍니다."

포니는 지휘관을 모아놓고 전략회의를 하듯 엄숙한 음성으로 설명을 늘어놓고는 장내를 휘둘러보았다. 포니를 향해 시선을 집중한 선장들의 얼굴에는 긴장감이 감돌았다. 포니는 잠시 입을 옹다문 채 있다가 별러 온 말을 끄집어내듯 천천히 입을 뗐다.

"곧 여러분들에게 봉인 된 봉투와 권총 한 자루를 나누어줄 것입니다. 봉투 속에는 각 배의 목적지가 적혀 있고 그 해역의 물때를 표기한 조석표와 해도가 있습니다. 봉투는 출항한 뒤 미우라 반도가 보일 때 개봉하고… 권총은 선장 여러분의 호신용이자 배에 긴급한 일이 발생했을 때 사용하면 됩니다. 질문 있습니까?"

필립은 앉은자리에서 "목적지가 다 다르다는 말입니까?"라고 물었다. 포니는 필립을 쳐다보며 그렇다고 대답하고는 잠시 머뭇거리다가 다시 말을 이었다.

"대부분은 목적지가 같고 소수만이 다른 두 곳으로 갑니다. 이는 인민군들이 상륙지점을 눈치 채지 못하도록 양동작전을 하는 것이니 여러분들은 봉투에 적힌 대로 각자의 목적지에 정해진 시간을 지켜서 도착하여 극동군사령부에서 그때그때 내려가는 지시대로 움직이기를 바랍니다."

"두 곳이 더 있다면 목적지가 모두 세 곳이라는 것인데… 그게 어딥니까?"

라루의 물음은 누가 들어도 궁금증이 유발되는 목소리였다. 포니는 약간 경계하는 눈빛으로 쳐다보며 자신도 알지 못하는 일이라고 대답하고는 서둘러 말을 이었다.

"여러분들의 양어깨에 이번 작전의 승패가 달려 있으니 최선을 다해줄 것으로 믿습니다."

포니는 말을 마치고는 마저 뱉어내야 할 말이 없다는 듯이 돌아서서 헤이그를 향해 무언가 손짓을 하고는 자리를 떴다. 헤이그는 포니를 향해 경례를 한 뒤 연단으로 나서서 입을 열었다.

"밖으로 나서기 전에 출구에서 헌병이 여러분들에게 권총과 봉인된 봉투를 나누어줄 것입니다. 선박명과 이름을 확인한 후 서명을 하고 받아가기 바랍니다."

헤이그는 말끝에 신의 가호가 함께하기를 빈다는 말을 덧붙였다. 참석자들은 일제히 자리에서 일어나 출구 쪽으로 향하여 줄을 섰다. 라루는 차례가 되자 'Moore-McCormack Lines, 메러디스 빅토리호, 선장 레너드 라루'라고 적힌 곳에 서명을 했다. 헌병장교가 빨간 줄 두 개가 대각선으로 그어져 있고 'OPERATION CHROMITE'라고 적힌 봉투와 권총을 건넸다.

라루는 마치 막중한 사명감이 솟구치기라도 하는 듯 굳게 다문 입으로 받아 쥐고는 밖으로 나서서 버스에 올랐다. 버스기사는 타고 왔던 선장들이 모두 탄 것을 확인하고는 곧 출발했다.

버스가 카이간도리 부두에 도착하자 상륙작전에 사용될 무기와 탄약, 식량 등을 싣고 온 트럭이 줄지어 선 것이 보였다.

"드디어 시작되는군요."

필립은 수송선 갑판으로 물자를 옮겨 나르느라 쉴 새 없이 움직이는 부두 기중기를 쳐다보며 말했다.

"흩어질 수도 있겠습니다."

라루는 필립을 향해 메러디스 빅토리 호와 레인 빅토리 호의 목적지가 다를 수 있겠다고 했다. 필립은 고개를 돌려 물끄러미 라루를 쳐다보며 행운을 빈다고 했다. 라루는 소리 없이 벌쭉 웃다가 "선장님도요."라고는 작별을 고했다.

라루는 일부러 틀진 걸음걸이로 메러디스 빅토리 호가 있는 곳으로 향했다. 윙 브리지(Wing Bridge)에서 내려다보던 러니는 라루를 발견하고는 단걸음에 갑판으로 내려왔다.

라루가 현문으로 올라서자 러니는 기다렸다는 듯 다가가 "뭐라고 하던가요?"라고 물었다. 라루는 빙긋 웃으며 쳐다보고는 "선적은 몇 시에 끝나?"라고 물었다. 러니는 질문에 대한 대답을 듣지 못했다는 듯 심통한 표정으로 5시 전에 끝난다고 대답했다.

"그럼 조리장에게 5시로 맞추어 특별 요리로 준비하게 하지."

라루는 마치 데면데면한 사이인 것처럼 스스럽지 않게 웃고 돌아섰다. 러니는 멋쩍은 표정을 지으며 라루의 뒤통수를 향해 "그렇게 하겠습니다."라고 했다. 라루는 한 손을 슬쩍 들어 보이고는 발걸음을 뗐다. 서너 걸음 뗐을 때 그린이 쫓아와 전문을 내밀었다.

"출항시간이 새벽 1시로 앞당겨졌습니다."

라루는 전문을 보지도 않은 채 무덤덤한 어조로 "그밖에는…?"라고 물었다.

"팔라우제도에서 태풍 케쟈가 북상 중이니 황천(荒天)준비를 단단히 하라는 내용도 있습니다."

그린은 굵은 목청으로 짐짓 억센 억양을 썼다. 라루는 고개를 끄떡이고는 "군인들 승선시간은 변경되지 않았나?"라고 물었다.

"거기에 대한 내용은 없습니다."

그린은 아직은 모른다고 말했다.

"출항시간이 앞당겨졌다면 오늘 밤중으로 올 거야."

라루는 생각에 잠긴 듯 중얼거리듯 말하고는 버쩍 고개를 들고서 말을 이었다.

"사무장에게 군인들 승선준비를 하라고 일러주고, 1등 항해사에게 선적한 군수물자 결박을 단단히 하라고 하게."

그린은 선선히 알았다고 대답하고는 돌아섰다.

"전쟁에다가 태풍이라… 만만찮은 항해가 되겠군…?!"

라루는 끝말이 거의 나지 않을 만치 중얼거리다가 선수 쪽에 있는 이봉남을 발견하고는 발걸음을 뗐다.

"여기서 뭐하시오?"

라루는 이봉남의 등 뒤로 다가서며 물었다. 이봉남은 흠칫 놀라 돌아보다가 이내 딱 정색하고는 어쩐 일이냐고 물었다.

"그렇지 않아도 미스터 리와 나눌 이야기가 있었는데…."

라루는 긴한 용무가 있는 것처럼 말하고는 선수에서 무엇 하느냐고 물었다.

"화물선에 함포를 장착한 것을 보니 이상하기도 하고 신기하기도 하고…."

이봉남은 포신을 하늘로 향해 비스듬히 세운 3인치 함포를 가리키며 말했다.

"처음 보니 그렇겠지만… 놀랄 일도 아닙니다. 세계대전 때도 이렇게 사용했습니다."

라루는 적의 공격이 있을 때 자력으로 방어하기 위한 용도로 장착한 것이라고 설명하고는 "한국 해안에 대해 잘 안다고 했지요?"라고 물었다.

"원래부터 알고 있었던 것은 아니고… 얼마 전에 배웠습니다."

이봉남은 극동군사령부에서 한국 해군으로부터 교육을 받았다고 했다. 라루는 조금 놀라는 표정을 지으며 "한국 해군이라고요?"라고 물었다.

"한국에서 파견된 해군들이 극동군사령부의 미군을 상대로 한국의 해안지역에 대한 지형과 간조 그리고 유속의 흐름에 대해 교육 중인데… 학도의용군 몇 명에게도 가르쳐주었습니다."

이봉남은 비로소 배운 까닭을 알게 되었다는 듯 새삼스러운 기분으로 말했다. 라루는 고개를 끄떡이고는 낮고 부드러운 음성으로 입을 뗐다.

"우리 배가 한국의 어느 해안으로 갈지 모르지만 항해할 때 조타실에 머물면서 도와주시오."

"얼마나 도움이 될지 모르지만 최선을 다하겠습니다."

이봉남은 자신이 할 수 있는 것은 무슨 일이든지 하겠다는 듯이 열기에 찬 목소리로 대답했다. 라루는 고맙다는 말을 하고서 개개풀어진 어투로 러니에게 들었다며 말을 끄집어냈다.

"다리를 다쳤다던 그 사람은 한국으로 갔다고 들었는데… 지금도 연락이 닿습니까?"

이봉남은 선뜻 마음이 내키지 않는지 대답은 않고 씨물거리다가 어딘가 불안에 잠긴 목소리로 입을 뗐다.

"내가 일본으로 돌아온 지 1년이 다 되어갈 때 그 친구가 보낸 편지를 받았습니다. 그 후 우리는 자주 편지로 연락을 주고받았는데, 그 친구가 고급중학교 교사가 되었다는 소식과 결혼했으며 아기를 가졌다는… 그렇게 주고받던 편지가 뚝 끊어지더니 전쟁이 터졌습니다."

"저런…?"

라루는 무슨 엉뚱스러운 봉변이라도 당한 것처럼 놀라는 기색으로 쳐다보았다. 이봉남은 잠시 머뭇거리다가 주머니를 뒤적거려 사진을 꺼내 보이고는 쑥스러운 걸 얼버무리려는 듯이 부러 활달하게 입을 뗐다.

"그 친구와 나는 처남 매제가 되기로 했습니다. 이 사진은 그 친구의 여동생이고요."

라루는 의미심장한 표정으로 "그래요?"라고는 사진을 이리저리 훑어보다가 입을 뗐다.

"아, 저런…. 참으로 안타깝네요."

"그래도… 섭리의 작용이 없는 인연은 없다 하지 않습니까?"

이봉남은 여필녀와 지중한 인연으로 이어질 것이라고 했다.

"꼭 그렇게 되기를 빌겠습니다."

라루는 진심이 묻어나는 목소리로 말했다. 이봉남은 자못 숙엄한 표정으로 고맙다고 말하다가 이내 안색이 바뀌면서 부두를 가리켰다.

"저 군인들… 지난번에 내렸던 군인 아닙니까?"

라루는 고개를 외틀어 이봉남의 시선을 좇았다. 부두에는 방금 도착한 트럭에서 내려선 중대병력과 그들을 지휘하는 김영옥이 보였다.

10.

 뱃고동 소리로 잠든 갈매기를 깨우고 카이간도리 부두를 빠져나온 메러디스 빅토리 호는 쥐죽은 듯 고요하게 누운 밤바다의 어둠을 가르며 요코하마 외항으로 향했다. 라루는 협수로(峽水路) 항해요원을 배치 붙이고도 디노를 향해 해도에 표시된 항로를 확인토록 했다. 디노는 해도에 나타난 항로에 줄을 그어가며 수시로 침로를 보고했다. 라루는 자이로컴퍼스가 가리키는 침로를 확인해가며 탐조등으로 주변을 확인하도록 지시했다. 메러디스 빅토리 호는 우라가수도(浦賀水道)를 빠져나가는 내내 어둠 속에 푹 빠진 바다를 탐조등으로 훑으며 나아갔다.
 라루는 눈앞에 미우라 반도가 나타나자 비로소 긴장을 풀고 협수로 항해를 해제하고는 이봉남을 향해 소개시켜줄 사람이 있다고 했다. 이봉남은 의아한 눈빛으로 쳐다보며 누구냐고 물었다.
 "부두에서 미군이 승선하는 것을 보지 않았습니까? 바로 그 중대의 중대장입니다. 만나보면 반가워 할 것입니다."
 라루는 입을 벌리고 뺄쭉이 미소를 지으며 말하고는 엘버트를 향해 김영옥을 불러달라고 했다. 엘버트는 군말 없이 "네."라는 대답과 함께 돌아서서 뒷벽에 걸린 선내전화기를 뽑아들었다.

라루는 엘버트가 김영옥과 통화를 하는 사이 자리에서 일어나 러니와 이봉남을 불러 해도실로 자리를 옮겼다. 해도실로 들어서자마자 러니를 향해 "뭐라고 했냐고 물었지?"라고는 서랍 속에서 'OPERATION CHROMITE'라고 쓰인 봉투를 끄집어내놓았다. 러니는 예사롭지 않은 눈초리로 봉투를 쳐다보며 "그게 무엇입니까?"라고 물었다.

"미우라 반도가 보일 때 개봉하라고 한 것밖에 몰라."

라루는 마치 무슨 큰 비밀이라도 알려주듯이 낮은 목소리로 가만히 말하고는 봉투를 뜯었다. 서류를 끄집어내 펴보고는 갑자기 무슨 켕기는 비밀이 발각되기라도 한 것처럼 놀란 표정으로 눈을 반쯤 감았다가 떴다.

"무엇인데 그러십니까?"

러니는 영문도 모르는 일에 덩달아 눈을 덩둘하게 뜨고 물었다.

"7만 5,000명의 병력과 261척의 함정을 동원한 상륙작전… 이정도로 큰 규모의 작전인 줄은 몰랐어."

라루는 어글어글 잘생긴 눈을 번뜩거리며 서류를 훑어가면서 말했다.

"261척이면… 수송선은 얼마나 됩니까?"

러니는 메러디스 빅토리 호의 역할이 무엇인지 궁금했다.

"빅토리 급 수송선은 22척… LST, APD까지 합치면 군수물자가 어마어마하군…. 해군90상륙지원단 배속된 수송선은 9월 12일 15시 추자도 남쪽 15km 지점으로 합류하여 로체스터(Rochester)함과 자메이카(Jamaica)함의 호위를 받아 덕적도 근해로 이동하여 79기동함대에 합류하라는군."

라루는 약간 흥분에 찬 어조로 말하고는 러니를 향해 서류를 건넸다. 러니는 재빨리 받아들고서 소리 높여 읽었다.

"7합동기동함대의 90기동함대, 91기동함대, 77기동함대, 99기동함대, 79기동함대… 포격하는 함대, 해안봉쇄와 엄호를 하는 함대, 항공기지원 함대, 초계와 정찰을 담당한 함대, 군수함대…. 정말 대대적인 상륙작전이군요?"

"이제 보니 이 작전 때문에 움직일 수 있는 빅토리 급 수송선을 모두 징집하여 제임스 리버 예비선단에 배속시켰군."

라루는 그간 있었던 전후사정을 대충 짐작한다는 눈치였다. 그때 그린이 들어서며 라루를 향해 긴급전문이라며 내밀었다. 라루는 냉큼 받아들고서 펼쳐보았다.

[발신: 극동군사령부, 수신: 7합동기동함대 예하의 전함대, 10군단 예하의 혼성부대, 미국 해병1사단, 해군90상륙지원단 예하 수송선, 내용: 1, 현 시각 인천 해안 기뢰제거 완료. 2, 9월 10일 일출을 기해 77기동함대의 함재기가 월미도 포격을 시작으로 이후 3일간 포격할 것임. 3, 9월 13일 12시

미국 중순양함 2척, 영국 경순양함 2척, 미국 구축함 7척 인천 해안 팔미도 근해로 진입 월미도 포격 후 외해로 철수. 4, 9월 13일 22시까지 항공모함, 구축함, 순양함 등 유엔 8개국의 함정 덕적도 북쪽 해안 집결. 5, 해군90상륙지원단 화물선 9월 14일 06시까지 서해의 문갑도 근해 집결. 6, 9월 14일 13시 구축함 5척 팔미도 근해로 접근하여 월미도 포격. 7, 9월 15일 오전 6시를 기하여 미국 해병1사단 5연대, 3대대 그린비치로 상륙할 것이며, 이를 시작으로 나머지 부대는 레드비치와 블루비치로 일제히 상륙. 8, 7번 항목에 대한 세부적인 사항은 작전개시 일에 맞추어 하달할 것임. 추신: 북상중인 태풍 케쟈가 제주도 서남쪽으로 향하고 있으니 한국의 남해를 지나는 함정은 유념할 것.]

"단번에 서울을 탈환하고 적의 허리를 끊어 보급로를 차단하겠다는 전략인 것 같아…."

소리 내어 전문을 읽고 난 라루는 말끝을 여물지 못하다가, 전에 없이 상기된 표정으로 이봉남을 쳐다보면서 "공산당이 곧 쫓겨 갈 것 같습니다."라고 위로의 말을 건넸다. 이봉남은 갑자기 솟구치는 감정을 누르기가 힘든지 버쩍 고개를 들고서 눈꺼풀을 파르르 떨었다.

"한국 사람들에게 희망이 생겼습니다."

라루는 너울가지 있게 다독이는 소리로 이봉남의 마음을 어루만져주고는 넓은 탁자 위에 펼쳐진 해도(海圖)를 살피며 입을 뗐다.

"태풍이 진로를 바꾸었다니 항로를 시모노세키해협으로 변경해야 하는데, 그렇게 하려면 기이수도(紀伊水道)로 들어가서 이마바리 해협을 거쳐서… 여기와 여기….”

라루가 해도에서 눈을 떼지 못한 채 중얼거리며 골똘히 생각하고 있을 때 디노가 다가와 김영옥이 왔다고 했다. 라루는 하던 일을 멈추고 조타실에서 해도실로 이어지는 좁은 복도를 통해 들어서는 김영옥을 반겼다.

"사방이 온통 캄캄한데 대체 어떻게 길을 찾아가는지 도무지 모르겠습니다.”

김영옥은 어떻게 항로를 이탈하지 않는지 궁금하다고 했다.

"밤이거나 바람이 불어도 항로를 찾는 것이야 문제없지만, 군사작전은 도무지 어떻게 해야 하는 것인지 모르겠습니다.”

라루는 농담조로 말을 받고 나서는 고개를 돌려 이봉남을 향해 입을 뗐다.

"이리오세요. 두 분이 서로 인사를 나누는 것이 좋을 것 같군요.”

"혹시… 한국 사람인가요?"

김영옥은 다가서는 이봉남을 향해 극사한 외모로 한눈에 피붙이를 알아보는 듯이 물었다. 이봉남은 미군 군복을 입은 김영옥이 여간 낯설지 않아 어떻게 응대해야 할지 간수하기 어려운 표정을 지으며 그렇다고 대답했다.

"반갑습니다. 나도 한국 사람입니다.”

김영옥은 덥석 손을 내밀며 말했다. 이봉남은 의아한 눈빛으로 쳐다보며 악수를 나누고는 "한국 사람이 어떻게…?"라고 했다.

"그보다…."

김영옥은 입을 열려다 말고는 라루를 향해 보자고 한 까닭을 물었다.

"아, 두 분을 소개시켜 드리고자 보자고 한 것입니다. 같은 한국 사람이니 이야기가 잘 통할 것 같아서요."

라루는 친근한 웃음을 띠며 말하고는 김영옥의 안색을 살폈다. 김영옥은 일변으로는 반갑기도 하고 일변으로는 궁금하기도 하여 간수하기 힘든 표정을 잡도리하겠다는 듯이 "그래요…?"라며 안색을 밝게 바꾸었다.

"이따가 천천히 말씀 나누시고… 실은 김 대위님 중대가 어디로 상륙하는지 알고 싶어서 보자고 했습니다."

라루는 태연스럽게 장난기를 담은 어조로 대꾸하고는 새삼스레 용건을 털어놨다. 김영옥은 "그렇습니까?"라며 한 번 엄벙하게 웃고는 얼굴빛을 바루며 입을 뗐다.

"우리 중대원은 인천의 블루비치로 상륙하여 육군7사단 32연대와 합류하여 수원을 점령하라는 명령을 받았습니다."

라루는 난언한 빛이 감도는 얼굴로 "인천 블루비치…?"라며 해도를 살피다가 이봉남을 향해 입을 뗐다.

"블루비치라고 표시된 이곳은 인천 남쪽지역 해안인데… 이 지역은 조수간만(潮水干滿)의 차가 심하기로 유명한 해역이라고 들었는데 아는 것이 좀 있습니까?"

"심한 정도가 아닙니다. 조수간만 차가 9m나 되는 곳이 태반이고 물이 얕은데다가 해안이 매우 복잡합니다."

이봉남은 교육 받은 것을 상기하듯이 눈을 들들 굴려가며 설명하다가 해도에 나타난 송도를 가리키며 말을 이어나갔다.

"보다시피 이 지역은 바다인지 육지인지 잘 구분이 안 되는 곳입니다. 이 섬의 북동쪽에 있는 청량(淸凉)산 사이로 파고든 만입부(灣入部)는 수시로 개펄이 드러나기 때문에 물때를 모르고 들어갔다간 배가 얹히기 알맞은 곳입니다."

"그 정도란 말입니까?"

라루는 새로운 사실을 알아냈다는 듯 필요 이상으로 고개를 주억거렸다.

"아까보다 바람이 더 거세어진 것 같은데 괜찮은 것입니까?"

김영옥은 걱정기가 다분한 목소리로 배가 안전하겠는지 물었다.

"시모노세키해협을 빠져나가 대한해협으로 들어섰기 때문입니다. 현재 태풍이 제주도 서남쪽에서 올라오기 때문에 대마도 남쪽해안을 벗어나면 비바람이 거세고 파도가 높을 것입니다. 중대원들 중에 멀미로 괴로워할 대원이 있을지 모르니…."

라루는 하던 말을 멈추며 러니를 향해 쓰레기통을 챙기라고 했다.

"멀미에 쓰레기통이 무슨 도움이 되겠습니까? 괜찮습니다."

김영옥은 라루의 호의를 굳이 사양하며 이봉남을 향해 입을 뗐다.

"나중에 따로 만나서 이야기를 나눕시다."

"알겠습니다. 그렇게 하시죠."

이봉남은 칼칼한 억양으로 말을 받고는 눈가에 웃음을 살포시 비쳤다.

"왜요? 내려가시게요?"

라루는 김영옥을 향해 턱을 살짝 치켜들며 물었다.

"파도가 더 거세지기 전에 내려가는 것이 좋겠습니다."

김영옥은 라루를 향해 기탄없는 말을 던지고는 "수고 하시오."라며 돌아섰다. 라루는 가벼운 손놀림으로 답인사를 하고는 디노를 향해 "태풍 상태가 어떤가?"라고 물었다. 디노는 "네."라고 대답하고는 기상관측일지를 펼쳐들고서 올찬 목소리로 읽었다.

"20분 전인 21시 현재 기준으로 제주도 서남쪽 320km 부근 해상을 통과했으며, 중심기압 945hPa, 최대풍속 45m/s, 평균풍속 32.58m/s, 최대순간풍속 43.87m/s, 강풍반경 450km, 진행방향 동북 23.4km/h입니다. 현재 상태라면 앞으로 15시간에서 17시간 후 대한해협을 통과할 것으로 추정됩니다."

라루는 전혀 예상하지 못한 것은 아니지만 생각보다 난감한 상황과 부닥트렸다는 듯이 안색이 굳었다.

"태풍이 생각보다 큰 것 같습니다. 영향권에 들지 말아야 할 텐데… 걱정입니다."

러니는 심려와 근심이 어둡게 서린 얼굴로 말했다.

"맞는 말이야. 거문도를 통과해야 안심할 수 있어. 사나운 파도를 헤쳐 나가려면 스팀 소모량이 많을 거야."

라루는 잠긴 목소리로 말하고는 조타실 쪽으로 발걸음을 떼며 디노를 향해 말을 이었다.

"앞으로 5시간 동안 15노트를 유지할 수 있도록, 기관장에게 증기엔진 2대를 풀가동하여 스크루 회전속도를 100RPM으로 맞추라고 해."

디노는 당연한 말이라는 듯 수월하게 알았다고 대답했다.

메러디스 빅토리 호는 거센 바람과 함께 퍼부어 내리는 폭우와 휘몰아치는 거친 파도를 헤치며 서쪽으로 나아갔다.

11.

메러디스 빅토리 호는 거문도를 지나 추자도 근해에서 90상륙지 원단에 배속된 빅토리 급 수송선들과 합류했다. 그곳에서 다시 로체스터함과 자메이카함의 호위를 받으며 북상하여 새벽녘에 문갑도 북쪽 해안에 도착하여 투묘했다. 부옇게 밝아오던 새벽빛은 점차 희어지더니 이윽고 아침노을을 받아치며 바다를 붉게 물들였다. 남쪽으로는 묘묘한 바다에 떠 있는 돛단배 같은 문갑도가 보이고, 북쪽으로는 밤중에 담장 위의 시커먼 용마름처럼 보였던 덕적도가 모습을 나타냈다.

"저 섬 뒤쪽에는 군함들이 작전 지시를 기다리고 있다지요?"

러니는 저만큼 눈앞에 보이는 덕적도를 가리키며 말했다. 라루는 햇빛을 반득반득 일렁이는 물결을 바라보며 "우리에게도 곧 작전 지시가 내려오겠지."라고 대꾸하다가 조타실로 들어서는 그린을 발견하고는 "드디어 왔나 보군."이라고 했다. 그린은 라루 앞으로 성큼 다가서서 "세부 작전 지시사항입니다."라고는 전문을 내밀었다. 라루는 냉큼 받아들고서 차분한 눈길로 전문을 차근차근 읽어갔다.

[제목: OPERATION CHROMITE 세부내용, 발신: 마운틴 맥켄리함 극동군사령관 맥아더, 수신: 작전참여 함대 및 전 부대, 내용: 1, 작전개시일시 1950년 9월 15일 0시 30분 팔미도 등대 점화를 신호로 모든 함정은 각각 지정장소로 이동하여 포격시작. 2, 04시 상륙로켓함(LSMR)을 제외한 군함 외해로 이동. 3, 05시 미국 해병5연대 1대대와 2대대 레드비치 상륙, 3대대 그린비치 상륙. 4, 07시 미국 7보병사단, 해병1사단, 한국해병 4개 대대 블루비치 상륙. 5, 상륙 로켓함은 상륙선거함(LSD)과 고속상륙수송함(APD)이 목적지로 떠날 때를 맞추어 지원 포격. 6, LST와 90상륙지원단 수송선은 07시 출항하여 영흥도 북쪽 해안으로 이동. 7, 참고사항 동해안 전대는 현재시각을 기해 24시간 동안 삼척과 영덕 일대를 포격할 것임. 추신: 등화관제 유지할 것.]

"동해 쪽으로 시선을 빼앗으려는 모양이군."

꼼꼼히 읽고 난 라루는 양동작전을 한다던 포니의 말을 기억해내며 중얼거리다가 러니를 향해 이봉남이 어디 있는지 물었다.

"김 대위님과 함께 있는 것 같습니다."

러니는 시선을 라루가 쥐고 있는 전문에 둔 채 느릿느릿 말하고는 "조타실로 부를까요?"라고 물었다.

"아니, 조금 이따가…. 먼저 1등 항해사와 기관장과 갑판장을 불러. 내일 10시까지 영흥도 북쪽 해안으로 이동하라는데… 영흥도 해안 일대를 좀 익혀두어야겠어."

라루는 조용조용 말하고는 전문을 러니에게 내밀었다. 러니는 어정쩡 고개를 끄떡이고는 전문을 받아들고서 읽어나갔다.

그 시각 이봉남은 김영옥과 얼굴을 맞대고 앉아 서로 간의 지난 일들을 주고받고는 마치 십년지기와 같이 맘과 맘이 열리는 사이가 되었다.

"나도 김 대위님처럼 부하들을 이끌고 공산당을 무찌르고 싶습니다."

이봉남은 김영옥의 처지가 새삼 부럽다는 듯 말했다.

"연합군이 되어 일본군과 싸우고 싶었다던 그 말만으로도 그동안 얼마나 가슴이 덩굴졌는지 알 것 같습니다."

김영옥은 이봉남의 마음을 헤아리고도 남는다고 했다.

"목숨을 걸고 싸울 수 있는 조국이 있다는 것만으로도 얼마나 의기가 당당할 수 있는지… 나는 일본군 군복을 입고서 일본군을 위한 총알받이 신세가 되어봐서 압니다."

이봉남은 약간 독이 오른 듯 툭한 목소리로 말했다. 김영옥은 고개를 가볍게 끄떡인 후 이내 눈을 작게 오므리며 뭔가를 떠올리더니 입을 뗐다.

"비록 내가 어렸을 때입니다만… 나의 부친께서 이승만과 하와이에서 독립운동을 하실 때 어떠한 마음이셨는지 압니다. 미스터 리의 심정이 바로 제 아버님과 다르지 않을 것이라고 봅니다."

이봉남은 살며시 눈을 감은 채 대꾸도 않고는 아랫입술을 깨물었다. 김영옥은 엉덩이를 한번 뭉그적거리다가는 자리에서 일어나며 입을 뗐다.

"중대원들과 무기들을 점검해야 하고 그밖에 살필 것들이 있어서 그만 일어나겠습니다."

이봉남은 눈을 번쩍 뜨며 일어나고는 김영옥과 가깝게 정면으로 마주보며 "그러겠습니까?"라고 했다. 김영옥은 어색한 듯 싱긋 웃고는 "서로 다른 방식으로 한국전쟁에 참여했지만 최선을 다해봅시다."라고 했다.

"김 대위님이야말로 몸조심하십시오."

이봉남은 곧 전쟁터로 뛰어들 김영옥이 염려되고 마음이 쓰이는 듯이 말했다.

"고맙습니다. 그리고 그분을 꼭 만나십시오."

김영옥은 이봉남이 여필녀를 만나 원하는 가정을 꾸릴 수 있기를 바란다고 했다. 이봉남은 선뜻 밝은 표정을 지으며 고맙다고 했다. 김영옥이 작별인사를 하고는 밖으로 나설 때 갑판선원 하나가 들어서며 이봉남을 향해 라루가 조타실에서 찾는다고 했다.

"지금부터는 선장님 옆에 딱 붙어 있어야겠습니다."

김영옥은 무거운 억양으로 농담 같은 진담을 던지듯 말하고는 돌아서서 복도를 따라갔다. 이봉남은 잠시 멀뚱한 표정으로 김영옥의 뒤통수를 쳐다보다가 갑판선원을 따라 계단으로 올라갔다.

한편 라루는 러니와 디노 그리고 어니스트, 패트릭과 함께 상륙작전에 대비한 대책을 논의 중이었다.

"지금까지 잘해왔지만… 갑판장은 군수물자를 하역할 때 폭약에 대해 각별히 신경 써야 해."

라루는 어니스트를 향해 다시 한 번 다짐받듯 말했다.

"물론입니다. 선원 둘을 별도로 탄약을 보호하도록 배치시켰습니다."

패트릭은 하역할 만반의 준비를 끝냈다고 대답했다. 라루는 패트릭의 얼굴을 쳐다보며 고개를 끄떡이고는 "현측 그물 사다리는?"라고 물었다.

"김 대위님 중대원들이 좌현과 우현으로 나누어 하선할 수 있도록 준비했습니다."

패트릭은 그런 일이라면 빠삭히 꿰고 있다는 듯이 목소리조차 우렁우렁했다. 라루는 살그머니 밝은 표정을 짓고는 어니스트를 향해 기중기 상태를 물었다. 어니스트는 자신감이 넘치는 목소리로 "기중기 6개 모두 점검을 마쳤습니다."라고 대답했다.

"해안으로 접안하여 하역이 시작되면 상륙정(LCM)과 상륙단정(LCVP)이 쉴 사이 없이 좌우현으로 붙을 것이니 기중기가 속을 썩여서는 안 되니까 내일 아침에 한 번 더 점검하도록 해."

라루는 어니스트를 향해 군걱정이 섞인 말투를 뱉다가 조타실로 들어서는 이봉남을 발견하고는 다가오라는 손짓을 했다. 이봉남은 다가가 라루 주위를 빙 둘러선 사람들 사이에 섰다.

"어서 오시오. 극동군사령관으로부터 전문을 받고서 그에 대해 회의를 하는 중이었소."

러니는 이봉남을 말끄러미 쳐다보며 라루를 대신하여 모인 까닭을 설명했다. 이봉남은 작은 목소리로 그러냐며 고개를 끄떡였다.

"지금부터는 이 지역의 해안을 가장 잘 아는 미스터 리의 역할이 크오."

라루는 이봉남을 향해 중요한 순간이 눈앞에 다가왔다고 말하고는 "현재 인천 해안의 간조(干潮)가 어떻게 되오?"라고 물었다. 이봉남은 조타실 앞면에 걸려 있는 항해용 시계를 쳐다보고는 입을 뗐다.

"4시 반… 정조(停潮)에서 썰물로 돌아섰을 시간입니다."

"만조(滿潮) 때를 기준으로 두 시간 안으로 빠져나오지 못한다면 배가 개펄에 얹힐 수 있다던데… 어떻소?"

라루는 머릿속에 맴도는 많은 생각들 중 하나를 끄집어내어 물었다. 이봉남은 잠시 무언가 궁리하는 듯이 고개를 약간 갸웃거리다가 천천히 입을 뗐다.

"인천 해안은 수로가 매우 복잡하면서도 협소하기 때문에 밀물 때를 맞추어 물살을 따라 진입했다가 물때를 맞추어 빠져나와야 합니다. 상륙함처럼 밑바닥이 평평하고 넓은 배는 개펄에 얹혀도 문제가 없겠지만… 우리 배가 얹힌다면 그만 처박혀서 영영 빠져나오지 못할 겁니다."

"들어가는 것보다 빠져나오는 것이 더 중요하다는 말이군요."

러니는 후렴을 메기듯 이봉남의 말을 거들었다.

"앞뒤로 30분씩 여유를 준다면 3시간 정도의 시간인데… 김 대위 중대원들이 내리는 데 걸리는 시간은 약 20분 정도…."

라루는 나직이 중얼거리다가 어니스트를 향해 "2시간 반 이내 군수물자 하역을 마칠 수 있어?"라고 물었다.

"충분하지는 않지만 7합동기동함대에서 지원 나올 상륙정과 상륙단정이 질서 있게 움직여준다면 가능합니다."

어니스트는 굳이 따져볼 일이 아니라는 듯이 걸쭉한 목소리로 대답했다.

"상륙정과 상륙단정은 훈련된 해병들이 하는 일이니 생각할 것 없고…."

라루가 어니스트를 향해 다사스러운 일에 신경 쓰지 말고 우리 일이나 잘하자고 할 때, 그린이 다가와 라루를 향해 "선장님 출항지시가 떨어졌습니다."라고 보고했다.

"뭐? 전문에는 명일 07시 출항하여 10시까지 영흥도 북쪽 해안으로 이동하라고 되어 있지 않았어?"

라루는 자신이 오인하고 있는 것인지 확인하듯 물었다. 그린은 "맞습니다."라고 대답하고는 말을 이었다.

"90상륙지원단 수송선 중 블루비치로 접안하는 배들에 한하여 앞당겨 움직이라는 지시입니다."

라루는 엄숙한 어조로 "이 밤중에 출항하라…? 작전에 뭔가 변화가 있나 보군."라고 중얼대고는 디노를 향해 출항준비를 알렸다. 디노는 알았다는 대답과 함께 선내방송 마이크를 집어 들고서 "전부서 출항준비."라고 말했다.

메러디스 빅토리 호 선내는 출항을 알리는 경보가 울리고 쉬고 있던 선원들은 우르르 몰려나와 각자의 위치로 바삐 움직였다. 패트릭은 갑판선원들을 이끌고 선수에 배치 붙어서 조명을 밝히고서 조타실로 양묘준비가 되었다고 보고했다.

"선수 양묘요원 배치완료!"

디노는 선내전화기를 통해 올라온 패트릭의 보고를 큰 소리로 복창했다. 라루는 양묘하라는 지시를 내렸다. 디노를 통해 양묘 지시를 전달받은 패트릭은 윈치를 작동시켜 갑판선원들과 함께 닻의 체인을 감아올렸다. 바닷속 개펄에 박혔던 닻이 끌려오자 메러디스 빅토리 호는 얼레에서 떠난 연처럼 선체가 느실거렸다.

"엔진 앞으로 하나, 300도 잡아."

라루는 디노를 향해 속력과 방향을 지시했다. 디노는 복창을 하고서 엔진 텔레그래프(Engine Telegraph)를 통해 기관실에 속력을 지시했다. 메러디스 빅토리 호는 선미에서 시커먼 개펄이 뒤범벅된 물살을 밀어내며 서서히 앞으로 나아갔다. 디노는 타륜을 돌려 타깃 앵글(Target Angle)을 300으로 맞추고서 "방위 300 잡기 완료!"라고 소리쳤다. 라루는 조타실 앞 선창을 응시한 채 "엔진 앞으로 둘."이라고 지시했고 디노는 같은 소리를 반복했다.

메러디스 빅토리 호가 덕적도와 굴업도 사이를 빠져나와 선미도 남서쪽에 이르렀을 때 우렁차고 둔중한 함포 소리가 났다.

"드디어 시작된 모양입니다."

러니는 호통소리에 놀란 아이처럼 잔뜩 움츠린 채 말했다. 북동쪽에서 들려오는 포성이 더욱 커졌고 해안가의 탐조등 불빛이 바다를 향해 도깨비불처럼 설쳤다.

"포 소리가 제 심장에 붙었던 응어리를 터트리는 것 같습니다."

이봉남은 가슴에 맺힌 한을 풀듯이 말했다.

"우리 감정과는 비교가 안 되겠지요."

라루는 이봉남의 아픈 마음을 어루만지고는 차근한 목소리로 말을 이어나갔다.

"애꿎게 목숨을 버리는 불쌍한 사람들이 더 이상 생기지 않도록 이번 작전이 성공해서 이 전쟁을 끝장냈으면 좋겠습니다."

그때 그린이 다가와 방금 교신한 내용이라며 입을 뗐다.

"자월도와 초지도 중간 해역으로 옮겨 대기하다가 상륙정(LCM)의 안내를 받아 움직이랍니다."

라루는 고개를 끄떡이고는 꾹 다문 입을 열어 "엔진 앞으로 하나, 095도 잡아."라고 지시했다. 디노는 복창을 하고서 타륜을 돌렸다. 메러디스 빅토리 호는 어둡고 잔잔한 밤바다의 물살을 헤쳐 동쪽으로 나아갔다. 멀리 팔미도 인근에서는 수많은 군함들이 인천 해안가로 쏘아대는 함포가 번갯불처럼 연보랏빛 불빛을 번뜩거리며 천둥 같은 소리를 냈다.

메러디스 빅토리 호가 자월도와 초지도 사이의 해협에 이른 지 얼마 지나지 않아 상륙정 두 척이 다가왔다.

가까이 다가오자 오른손에 붉은 수기와 왼손에 백색 수기를 들고서 통신문을 보내는 수병이 보였다.

"상륙정이 안내하는 대로 따라오라는 신호입니다."

디노는 쌍안경으로 바라보며 세마포어(Semaphore)식 수신호를 해독하여 라루에게 보고했다. 라루는 굳은 표정으로 상륙정의 지시를 따라 움직이라고 했다.

메러디스 빅토리 호는 상륙정을 따라 동쪽으로 향했다. 어느새 동녘 하늘은 불그스레하게 밝아오고 하늘은 금방이라도 비가 쏟아질 것처럼 음산했다. 팔미도가 가까워지자 함포 소리가 뜸해지고 월미도 해안으로 거슬러 올라가는 크고 작은 수많은 배들이 눈에 들어왔다. 월미도 해안은 벌집을 쑤신 것같이 발칵 뒤집힌 형국이었다.

선도 상륙정은 팔미도 근해에서 송도 쪽으로 방향을 틀었다. 송도가 가까워지자 바다 위를 개미 떼처럼 수놓은 상륙정(LCM)과 상륙단정(LCVP)이 나타났다. 수백 척에 이르는 상륙정과 상륙단정은 뽕잎 위로 오물오물 기어가는 누에처럼 저마다 꽁무니에서 하얀 물살을 뿜아내며 다섯 줄 종대로 꼬리를 물고 앞으로 나아갔다.

"선장님, 여기서 군인들을 하선할 준비를 하랍니다."

안내 상륙정에서 보내는 수신호를 읽은 디노는 라루를 향해 보고했다. 라루는 곧 엔진정지 지시를 내리고 하선준비 방송을 하라고 했다. 러니는 알았다는 대답과 함께 선내방송 마이크를 집어 들고서 하선준비를 알렸다. 패트릭은 갑판선원들을 이끌고 현측으로 그물사다리를 내릴 준비하느라 분주히 움직였다.

김영옥은 중갑판에 도열한 중대원들 앞에 서서 씩씩하고 우렁찬 목소리로 입을 열었다.

"이제 곧 적진으로 상륙할 것이다. 상륙에 앞서 하선할 때 주의할 점을 상기시켜두겠다. 그물에 발이 끼면 뒤로 넘어져 물에 빠지거나 상륙정 위로 떨어질 수 있으니 군화바닥 2/3가 그물 안으로 들어가지 않도록 하고 개인화기는 반드시 뒤로 둘러맨다. 상륙정이 붙으면 1소대와 2소대는 1번 상륙정에 하선하고, 3소대와 4소대는 나와 함께 2번 상륙정에 하선한다. 이미 육군7보병사단 1진과 해병1사단의 1연대가 상륙한 뒤라서 적의 저항은 없겠지만 그래도 긴장을 늦추지 마라. 상륙정이 해안에 도착하면 각 소대별 경계병 두 명이 앞서 나가 사주경계를 하고 나머지는 뒤따른다. 모두 안전하게 상륙할 수 있도록 제군들에게 신의 가호가 함께 하기를 빈다. 이상."

그사이 패트릭은 그물사다리 준비를 마쳤고 다가온 두 척의 상륙정 중 한 척이 현측에 달라붙었다.

"하선!"

김영옥의 지시가 떨어지자 중대원들은 하나둘 현측으로 몰려들어 소총을 등 뒤로 돌려 매고서 그물사다리를 집었다. 시렁에 매달린 메주처럼 네 줄로 다닥다닥 붙어 출렁거리는 그물사다리를 타고서 상륙정으로 내려섰다.

"멋있는 사람입니다."

러니는 갑판에서 중대원들을 지휘하는 김영옥을 내려다보며 말했다. 김영옥은 마치 그 소리를 듣기라도 한 듯이 조타실을 향해 경례를 하고는 돌아서서 그물사다리를 붙잡고 내려갔다. 상륙단정은 곧 부르릉 소리를 내며 꽁무니에서 메케한 연기와 함께 가느다란 물줄기를 뿜어내며 움직였다. 두 척의 상륙단정은 바닷물을 가르면서 송도 해안을 향해 내달았다. 이봉남은 수평선 위로 가물가물 멀어져가는 상륙정을 한없이 바라보았다.

"좌현 290도 방향에서 군수물자를 싣고 갈 상륙정과 상륙단정이 접근하고 있습니다."

러니는 라루를 향해 무슨 군사기밀을 수집한 듯이 낮은 목소리로 말했다. 라루는 우현 쪽으로 자리를 옮겨 쌍안경으로 살펴보고는 군수물자 하역준비를 지시했다. 패트릭은 곧 갑판선원들을 이끌고 하역준비를 시작하고 어니스트는 갑판설비 선원들과 여섯 대의 기중기로 나누어 올라갔다. 선원들은 제각각 맡은 자리로 이동하여 군수물자 하역준비를 시작했다.

잠시 후 새끼 돼지들이 꿀꿀거리며 어미를 찾아오듯 메러디스 빅토리 호로 접근한 상륙정과 상륙단정이 좌우현으로 오물오물 몰려

들었다. 곧이어 갑판에 있는 여섯 대의 기중기가 움직이기 시작하고 화물칸에 실려 있는 군수품들이 차례차례로 상륙정으로 옮겨졌다. 군수품을 실은 상륙정들은 메러디스 빅토리 호를 이탈했다. 상륙정은 마치 나뭇잎 조각을 입에 문 가위개미 행렬처럼 바글바글 들끓으며 송도로 향했다.

메러디스 빅토리 호가 탄약 하역을 마치고 송도 앞바다를 떠날 때는 조류가 썰물로 바뀌어 해안가에서 서서히 개펄이 드러나기 시작할 무렵이었다.

12.

여필준은 학교로 향하기 위해 여느 때와 마찬가지로 여필녀와 집을 나섰다. 거리로 나서자마자 곳곳에 내걸린 현수막에 쓰인 '인민총동원령'이라는 붉은 글씨가 눈에 거슬렸다.

"입대지원행사 때문에 학생들이 줄줄이 인민군에 지원하는 바람에 얼마 남지 않았는데, 그마저도 없어지게 생겼어."

여필준은 눈을 까끄름하게 뜨고 현수막을 쳐다보며 말했다.

"오빠, 이러다가 학교 문 닫는 거 아니야?"

여필녀는 부쩍 혼란스러워진 분위기 탓에 갈피를 잡을 수 없다는 듯이 물었다.

"함흥 일대 학생들에게 며칠째 인민군에 입대하는 호소문을 읽어주고 궐기대회까지 하는 판국인데 말해서 뭐해? 며칠 전에는 교의(校醫) 동무가 선생 동무들 신체검사 한 것을 함흥 교육청에 갔다 줬고 오늘은 학교에서 하니까 그럴지도 모르지."

여필준은 다분히 허무적이고 자포자기에 빠진 탓인지 비애스러운 일면을 노출했다.

"학교 문 닫고 선생 동무들까지 인민군으로 입대시키려고 그러는 거 아니야?"

여필녀는 큰 걱정거리를 떠안은 듯이 말하다가 암울한 표정으로 "그럼, 오빠도…?"라고는 눈을 반뜩거렸다.

"나 같은 다리병신을 입대시켜서 뭐하게. 그리고 교장선생 동지가… 아니야."

여필준은 놀랐는지 안색까지 변하며 하던 말을 갈무리하지 못한 채 입을 닫았다.

"교장선생 동지께서 뭐라고 했는데?"

여필녀는 여필준의 앞에 뭔가 심상찮음이 도사리고 있음을 감지하기라도 한 듯 따져 물었다. 여필준은 마음에 담긴 걱정을 내색하지 않으려 부러 턱을 들어 올려 하늘을 쳐다보며 입을 뗐다.

"어서 가자, 오늘은 교육청에서 국장 동지가 온다고 했으니 늦으면 안 돼."

"국장 동지가 선생 동무들 신체검사 한 것을 가지고 온다던데… 설마 오늘 인민군에 입대시키려고 그러는 것은 아니겠지?"

여필녀는 뭐라고 꼭 집어 말할 수 없는 불안을 느끼며 물었다. 여필준은 약간 진지한 표정으로 "그러음."이라고 대꾸했지만 목소리는 자신감 없이 쪼물쪼물했다.

"광복절 5주년까지는 남반부 부산을 해방시켜서 조국통일을 이룬다고 하더니… 석 달이 다 되도록 못하니 자꾸 인민군에 입대하라고 난리법석이지. 국장 동지도 그것 때문에 오잖아?"

여필녀는 알 건 안다는 듯 불만스러운 어운으로 말했다.

"아서라… 그런 소리를 아무 곳에서 함부로 해서는 안 돼."

여필준은 안색이 굳으면서 약간 당황하는 기색으로 말했다. 여필녀는 부러 흠칫 놀라는 시늉을 하고는 "내 말이 맞잖아?"라고 볼멘투로 말했다. 여필준은 난처한 질문을 받은 듯이 "어서 전쟁이 끝나서 봉남이한테서 편지가 와야 할 텐데…."라고 다른 말로 어물어물하고는 걸음을 재촉했다. 여필녀는 그만 입을 꾹 다물고는 두세 걸음 뒤에 처져서 아치랑아치랑 따라갔다.

학교 안으로 들어서자 운동장에 '위대한 조국 해방전쟁 승리를 위하여!'라는 현수막을 걸은 트럭이 있고 왼쪽 팔뚝에 붉은 완장을 찬 사내 대여섯이 어슬렁거렸다.

"국장 동지가 벌써 왔나 보다."

여필준은 놀라움과 당혹이 엇갈린 눈으로 사내들을 쳐다보며 말하고는 여필녀를 향해 서두르라고 했다. 그때 학생들이 우르르 몰려나와 운동장으로 모여들었다. 두 사람은 학생들 사이를 헤집고 계단으로 올라가 교무실로 향했다.

교무실 안으로 들어서자 김석호가 기다렸다는 듯이 여필준을 향해 다가서며 어눌한 목소리로 입을 뗐다.

"국장 동지께서 교장선생 동지 방에 와 계시오."

"벌써 오셨단 말이오?"

여필준은 무슨 잘못을 저지르다가 발각되기라도 한 것처럼 깜짝 놀란 표정으로 몸을 도사리며 불안한 눈으로 쳐다보았다.
"남성 선생 동무들만 개별 면담을 하는 중이오."
김석호는 자신은 이미 면담을 마쳤다고 했다.
"신체검사 한 것 때문에…?"
여필준은 설핏 의미를 짐작하면서도 의심스러운 듯이 물었다. 김석호는 그렇다며 고개를 끄떡이고는 나직한 목소리로 "나는 인민군으로 결정 났소."라고 말했다.
"아니…? 언제 간다는 것이오?"
여필준은 놀라움과 당황이 어긋나는 눈으로 쳐다보며 말했다.
"확실치는 않지만, 교장선생 동지와 함께 가게 될 것 같소."
김석호는 무슨 큰일을 앞에 둔 놈처럼 뽐내며 말했다.
"교장선생 동지와…? 그렇다면 교장선생 동지께서도 인민군에 입대하신다는 말이오?"
여필준은 갑자기 뒤통수를 한 대 얻어맞은 놈처럼 초점을 잃고 멍하게 풀어진 눈으로 쳐다보며 물었다. 김석호는 고개를 끄떡거리며 그렇다고 했다. 그때 면담을 마친 선생 하나가 교무실로 들어서다가 여필준을 쳐다보고는 교장실로 가보라고 했다. 여필준은 약간 반갑지 않은 표정으로 고개를 까딱이고서 교장실로 향했다.
교장실로 들어선 여필준은 그만 멈추어 서서 두 눈을 뛰룩대며 곽준식을 쳐다보았다. 상위 계급장을 단 인민군 군복을 입은 곽준식은 아주 딴사람 같았다.

"왜 놀라시오? 어서 조기석 국장 동지께 인사부터 하시오."

곽준식은 떡떡거리는 목소리로 채근하고는 조기석을 향해 "여필준 선생 동무입니다."라고 했다. 여필준은 잠시 멍해 있던 정신을 가다듬고는 조기석을 향해 고개를 숙여 인사했다. 조기석은 고개를 슬쩍 갸웃해 보이고는 손짓으로 앉으라고 했다. 여필준은 허리를 구부린 채 의자에 걸터앉았다. 조기석은 무뚝뚝한 얼굴로 여필준의 다리를 흘겨보다가 침중한 목소리로 입을 뗐다.

"단도직입적으로 말하겠소. 동무는 다음 달 1일부로 고산역으로 가서 역장을 맡으시오."

"네?"

여필준은 너무 놀라 벙긋하게 벌어진 입을 다물지 못했다.

"왜 그렇게 놀라오?"

조기석은 뭐나 되는 것처럼 거들먹거리며 힐문했다.

"철도에 대해 아는 것이 없는데, 제가 그 일을 어떻게 할 수 있겠습니까?"

여필준은 뭔가 헷갈리는 얼굴로 어눌하게 말했다.

"대단한 일을 하라는 것이 아니오. 하루에 두 번 하산에서 두만강을 넘어 묵호까지 가는 기차가 안전하게 통과하도록 잘 지키기만 하면 되오."

"소련에서 넘어오는 기차라는 말씀입니까?"

"그렇소. 미국 놈들과 작당을 한 남반부 국군 아새끼들과 맞서서 위대한 조국 해방전쟁 승리를 위해 싸우는 조선인민군 동지들에게 지원할 군수물자를 남쪽으로 실어 나르는 화물열차요. 탈선되는 일이 없도록 선로를 감시하고 점검하면 되오."

"하지만 국장 동지, 다리도 성하지 않은 제가 어떻게…?"

조기석은 칼날 같은 눈빛으로 쏘아보며 "인민총동원령 내린 것 모르오?"라고 물었다. 여필준은 침을 꿀떡 삼키고는 입을 꾹 다물었다.

"모두가 인민군군대에 입대하는 판국에 다리가 병신이면 인민들에게 부끄러워해야 할 거 아니오?"

조기석은 성깔을 덧들여 큰 소리로 말하고는 곽준식을 가리키며 말을 이었다.

"지금 눈앞에 인민군 군복을 입고 있는 교장선생 동무를 보고도 그런 소리를 하시오? 이 학교 선생 동무는 물론 학생 동무들까지 모범적으로 인민군군대에 입대한 교장선생 동무처럼 자발적으로 입대하겠다고 나서는 판국에 동무의 처사는 자아비판 대상이라는 것을 모르시오?"

여필준은 불편한 자신의 다리가 큰 죄라도 되는 듯이 떠드는 소리에 머리가 혼란스러웠지만 도시 물을 수가 없었다. 조기석은 심히 못마땅하다는 듯 입맛을 짝 다셨다. 그때 김석호가 들어서며 곽준식을 향해 학생들이 운동장에 모였다고 했다. 곽준식은 턱을 쳐들고서 알았다는 시늉을 하고는 조기석을 향해 준비가 다 되었다고 했다.

"다음 달 1일 아침 10시까지 함흥역으로 나가서 기차를 타고 고산역으로 가시오."

조기석은 여필준을 향해 미처 다하지 못한 이야기가 남았다는 듯이 불쑥 끄집어낸 말머리를 너름새 있게 추스르고는 "그럼 운동장으로 나가봅시다."라며 일어났다. 곽준식은 자리에서 박차고 일어나 조기석 앞으로 나아가 복도로 안내했다. 여필준은 머리가 고장 난 사람처럼 잠시 멍하게 있다가 곧 정신을 가다듬고서 발걸음을 떼어 운동장으로 향했다.

운동장에는 학생들이 총집합되어 있고 주변에는 민청에서 나온 자들이 붉은 완장을 차고서 현수막을 들고 있었다. 조기석은 곽준식의 안내로 단상으로 올라가 학생들을 휘둘러보며 큰 소리로 입을 열었다.

"학생 동무들도 다 알다시피 우리 조선민주주의인민공화국은 남반부 괴뢰도당들의 북침에 맞서 조국해방전쟁을 치르는 중이오. 그리하여 지금 전국 15개 대학이 자발적으로 인민군 입대 호응대회를 열고 있으며, 선도적으로 인민군에 입대하여 남반부 괴뢰들을 쳐부수는 데 앞장서고 있소. 이에 함흥 고급중학교 학생 동무들도 총궐기의 깃발을 드높여야 할 것이오."

"싸우자! 싸우자!"

민청에서 나온 자들이 현수막을 높이 쳐들며 고함을 쳐댔다. 조기석은 두어 걸음 뒤에 서 있는 곽준식을 불렀다. 곽준식은 앞으로 나가 목청을 가다듬고는 입을 뗐다.

"우리도 위대한 조국해방전쟁을 위해 펜 대신에 총을 들고 나가 싸우자!"

인민군 군관 복장을 한 곽준식을 알아보지 못하던 학생들은 또박또박 말하는 그의 목소리를 알아듣고는 어리둥절하고 얼떨떨한 표정들이었다. 곽준식은 다시 한 번 큰 목소리로 같은 말을 되풀이했다. 때를 같이 하여 민청에서 나온 자들이 현수막을 높이 쳐들고서 학생들 주위를 돌며 "싸우자! 싸우자!"라고 외쳐대며 바람잡이 노릇을 했다. 그제야 학생들은 반응을 나타내며 "싸우자!"라고 소리쳤다.

학생들은 점점 구호에 현혹되어 도취되었고, 급기야 가만히 있을 수 없다는 결의를 번뜩이며 함성을 질렀다. 우렁찬 함성은 운동장을 가득 매웠다.

여필준은 천진난만한 학생들을 선동하는 곽준식의 처지가 일견 가련해 보였다. 하지만 그보다 옳고 그름을 구분할 줄 모른 채 집단적으로 동조하는 학생들의 앞날이 걱정되었다.

13.

 바다가 늦여름의 아침 햇살을 받아 은모래를 뿌린 듯 아름답게 반짝거릴 때 메러디스 빅토리 호는 닻을 올리고 문갑도 해역을 이탈했다. 날개를 너울거리며 메러디스 빅토리 호 주변을 선회하던 갈매기 무리 중에 한 놈이 선수 아래의 바다를 향해 위협적인 저공비행을 하여 뭔가를 입에 물고 하늘로 솟아올랐다. 라루는 두 어깨를 짓누르던 천근이나 되는 짐을 활짝 벗어 버린 듯 밝은 표정으로 허연 날개를 퍼드덕거리며 오르는 갈매기를 쳐다보았다.
 "입항지가 왜 사세보 항인지 선장님은 아시는 바가 있습니까?"
 러니는 갑판 위로 날아돌다가 곡예 하듯 떨어지며 바다 위를 활주하는 갈매기를 바라본 채 느린 어조로 물었다.
 "해군90상륙지원단 소속 수송선이 다 그쪽으로 가는 것으로 보아 상륙작전 후속 물자를 실어 나르기 위한 것이 아니겠어?"
 라루는 불 보듯 빤한 것을 왜 묻느냐는 투였다.
 "그런 것이 아니라… 크리스마스 전에 돌아갈 수 있겠느냐는 말입니다."

러니는 상륙작전이 성공적으로 끝났으니 기대를 걸 만하지 않느냐고 했다.

"이거 왜 이래? 내가 방금 말했건만…."

라루는 턱없는 기대를 하지 않는 것이 좋다고 했다. 러니를 말끄러미 쳐다보며 입을 납작거렸다.

"후속 물자도 만만찮을 거야. 사세보에 가보면 알겠지만 상륙작전 때 쏟아부었던 것은 이제 시작일지도 몰라."

"결국은 크리스마스는 전쟁터에서 보내야 한다는 거로군요."

"마음 편하게 그렇게 생각하고 말아."

라루는 해야 할 일이 남았으니 뒷마감이나 잘하자고 했다. 그때 조타실 우현의 견시(見視)갑판에 있던 승무원이 "2시 방향 괴선박 1척 발견!"이라고 소리쳤다. 러니는 대뜸 우현 윙 브리지로 나가 쌍안경을 들었다. 울도에서 북쪽으로 길게 삐져나온 상바지도 끄트머리에서 표류하는 나룻배 한 척이 보였다. 돛대에 흰 옷으로 만든 백기가 걸렸고 다섯 사람이 두 손을 머리 위로 쳐들고 흔들어댔다. 러니는 쌍안경을 거두고는 조타실로 들어가 라루에게 "피난민이 아닐까요?"라고 물었다.

"같이 나가서 확인해봅시다."

라루는 이봉남과 함께 윙 브리지로 나섰다.

"피난민 같지 않소?"

라루는 쌍안경을 들고서 나룻배를 살피며 이봉남을 향해 물었다.

이봉남은 고개를 갸웃거리고는 그냥 지나치자고 했다.

"저렇게 살려달라고 손을 흔들어대는데 말이오?"

라루는 별로 탐탁스럽지가 않은 대꾸라는 듯 뜨악한 얼굴로 이봉남을 가볍게 흘려 보았다.

"피난민으로 위장한 공산군일 수도 있습니다."

이봉남은 썩 내키지 않는다고 했다. 라루는 사뭇 놀라는 표정을 지으며 "위장을 해요…?"라고 물었다.

"인천상륙작전에 앞서 특공대들이 인천 근해의 많은 섬들을 탈환했다고 들었습니다."

이봉남은 고개를 젖히며 경계의 눈초리로 라루를 쳐다보았다.

"그건 나도 들어서 압니다만…."

라루는 그것과 무슨 상관이냐는 투였다.

"저자들은 그 섬들 중 어느 한곳에서 도망쳐 나온 공산군 패잔병일 수 있다는 것입니다."

"설마…? 그렇다고 해도 위협을 가할 능력이 없어 보이는데… 뭘 어쩌겠소?"

"만약 그렇다면 이 배를 나포하려고 할지도 모릅니다."

"다섯이서 어떻게 말이오?"

"배는 조타실만 점령하면 그만 아닙니까?"

"너무 예민하게 생각하는 거 아니오? 부상을 입은 자들도 있는데… 정 그렇다면 한 사람만 올려서 조사해봅시다."

라루는 그냥 지나치려니 뒤가 찜찜하다며 디노를 향해 배를 가까이 접근시키라고 했다. 디노는 지시를 복창하고는 타륜을 돌렸다. 메러디스 빅토리 호가 가까이 접근하자 나룻배는 좌우로 기우뚱거렸다.

이봉남은 확성기를 입에 대고서 뭐하는 사람들이냐고 물었다.

"우리는 피난민들이오. 살려주시오!"

사내 하나가 큰 소리로 말했다. 이봉남은 라루를 향해 같은 말을 전했다. 라루는 측은지심이 우러나는 듯 우울한 눈빛으로 내려다보며 "우선 살리고 봅시다."라고 말하고는 곧 엘버트를 향해 그물사다리를 내리라고 했다. 엘버트는 야무진 목소리로 대답하고는 돌아섰다.

"선장님, 권총 좀 빌려주세요."

이봉남은 뭔가 미진한 게 남은 것처럼 긴장한 목소리로 말했다. 라루는 놀라움이 완연한 표정으로 이봉남을 맞바로 쳐다보며 "뭐하게요?"라고 물었다. 이봉남은 한층 낮게 가라앉은 목소리로 "어쩐지 느낌이 안 좋습니다."라고 대답했다. 라루는 잠시 머뭇거리듯 하더니 권총집에서 권총을 뽑아 건네며 "괜한 걱정하는 거 아니오?"라고 했다. 이봉남은 "나도 그랬으면 좋겠습니다."라고는 권총을 받아 허리춤에 꽂고는 러니를 향해 함께 갑판으로 내려가자고 했다. 러니는 눈을 씀벅거리고는 이봉남의 뒤를 따라붙었다.

그사이 선원들을 지휘하여 중갑판 아래로 그물사다리를 내려놓은 엘버트는 히빙라인(Heaving Line)을 들고서 지시를 기다리는 중이었다. 메러디스 빅토리 호 현측 가까운 곳에 있는 나룻배는 노도에 실린 나뭇잎처럼 이쪽저쪽으로 기울며 자꾸 흔들렸다. 러니가 손짓을 하자 엘버트는 나룻배를 향해 히빙라인을 던졌다. 히빙라인은 포물선을 긋고 앞으로 나아가 나룻배 위에 떨어졌다.

"그 줄을 잡고 가까이 오시오."

이봉남은 나룻배를 향해 소리쳤다. 사내 하나가 줄을 움켜 당기며 다가와 그물사다리를 잡았다. 이봉남은 사내를 향해 "당신만 올라오시오."라고 소리쳤다. 사내는 머리를 뒤로 한껏 젖히고서 올려다보며 손가락으로 자신의 가슴을 가리켜 보였다. 이봉남은 그렇다고 소리쳤다. 사내는 고개를 숙이고는 곧 안정된 자세로 그물사다리를 타고 올라왔다.

"피난민이라면서 어째서 젊은 사람들뿐이오?"

이봉남은 허술한 옷차림새와는 달리 빈틈이 없어 보이는 사내를 훑어보며 물었다. 사내는 뜻밖의 일에 마주쳤다는 듯이 대답하지 못하고 우물쭈물했다.

"정체를 밝히지 않으면 태울 수 없으니 내리시오."

이봉남은 강경한 어조로 말했다. 사내는 뭔가 켕긴다는 듯 머뭇거리는 눈치더니 이내 "사실… 우린 도망병이오."라고 했다. 이봉남은 갑자기 긴장으로 빠직거리는 진땀을 감추고 입을 뗐다.

"도망병…? 어디서 도망쳤다는 거요?"

사내는 인민군군대에서 탈영했다고 짤막하게 대답했다. 이봉남은 사내를 벋버듬하게 쳐다보며 인민군 어느 부대냐고 물었다.

"우리는 인천방어대인 인민군 87연대의 2대대 5중대원인데, 한 달 전부터 영흥도를 지키라는 임무를 띠고 그곳에 있다가 얼마 전에 남반부 해군 육전대(陸戰隊)의 습격을 받아 후퇴하던 부대에서 도망쳐 마을로 숨어들었는데 아무도 없었소. 마침 어선이 있어서 타고 나섰지만 지쳐서 표류하다가 여기까지 흘러왔소."

사내는 일의 정황을 개괄하여 설명했다. 이봉남은 구태여 위험을 무릅쓰고 탈영한 까닭을 캐물었다. 사내는 서울, 김포, 수원 등에서 끌려온 자들이라고 설명하고는 설득적 어조로 말을 이었다.

"우리처럼 서울과 인천, 경기도 일대에서 끌려온 사람 대부분은 인천방어 임무를 띤 87연대나 월미도의 226독립육전연대와 918해안포연대로 배치되었소."

이봉남은 긴장을 늦추지 않고 빈틈없는 시선으로 사내를 관찰하며 입을 뗐다.

"그런데 인민군 군복은 다 어쩌고 그 옷들은 어디서 난 거요?"

사내는 빈집에 숨어들었다가 찾아서 갈아입은 것이라고 했다. 이봉남은 까끄름한 눈초리로 사내를 훑어보다가 나머지 사람들이 올라와도 좋다고 했다.

"부상 입은 사람도 있습니다."

사내는 그물사다리로 올라올 수 없는 자가 있다고 했다. 이봉남은 고개를 삐죽 내밀고서 나룻배를 살폈다. 팔과 다리에 붕대를 칭

칭 감은 둘이 보였다. 사내는 도망치다가 인민군의 총에 맞아서 저리된 것이라고 부상에 대해 부연하여 설명했다.

이봉남은 미간을 찌푸린 채 잠시 생각하다가 러니를 향해 기중기를 사용할 수 있도록 부탁했다. 러니는 고개를 끄떡이고는 조타실로 수신호를 보냈다. 곧 선내방송 확성기에서 "갑판부 승무원 중갑판 2번 기중기로 배치 붙어."라는 소리가 울려나왔다.

잠시 후 어니스트가 기중기로 올라가 운전석에 앉았다. 엘버트는 기중기 후크에 해상들것을 매달고는 내리라는 신호를 보냈다. 어니스트는 기중기를 움직여 나룻배를 향해 해상들것을 내렸다. 나룻배에 있는 사내 둘은 해상들것에다 부상자 한 명을 앉히고는 고개를 뒤로 한껏 젖힌 채 올려다보며 끌어올리라고 소리쳤다. 엘버트는 어니스트를 향해 수신호를 보냈고 어니스트는 기중기 조종간을 잡아당겼다. 기중기는 천천히 줄을 감아올리고 부상자를 담은 해상들것은 대롱거리며 끌려 올라왔다.

해상들것에 실린 부상자를 유심히 살펴보던 이봉남은 갑자기 안색이 바뀌더니 엘버트를 향해 "스톱!"이라고 소리쳤다. 엘버트는 재빨리 어니스트를 향해 정지하라는 수신호를 보냈다. 어니스트는 급히 기중기를 정지시켰다. 끌려 올라오던 해상들것은 와이어에 매달린 채 대롱거렸다.

"왜 그러시오?"

러니는 바짝 긴장한 듯 눈을 깜짝거리며 이봉남을 향해 물었다.

이봉남은 대꾸하지 않은 채 얼른 허리춤에 꽂은 권총을 뽑아들고서 사내를 향해 겨누었다. 사내는 당황한 기색으로 한 걸음 뒤로 물러나며 "왜 이러시오?"라고 소리쳤다.

"네놈들은 도망병을 가장한 인민군이 틀림없어."

이봉남은 눈을 번쩍 뜨고 노려보며 소리치듯 말했다. 러니와 선원들은 돌발적 상황에 화닥닥 놀라 눈을 반뜩거리며 쳐다보았다. 사내는 몹시 당혹한 표정으로 더듬거리며 무슨 소리냐고 물었다.

"무엇 때문에 팔뚝을 칭칭 감은 붕대 속에 총을 감춘 것이야?"

이봉남은 사내의 흉중을 훤히 꿰뚫기라도 한 듯이 말했다.

"대체 어디에 무엇을 감추었단 말이오?"

사내는 큰 소리로 말하고는 한쪽으로 몸을 비틀더니 잽싼 동작으로 몸을 날려 통풍구 뒤로 숨었다.

"탕!"

이봉남은 권총을 발사하고는 선원들을 향해 "피해!"라고 소리쳤다. 선원들은 재빠르게 은폐물 뒤로 몸을 감추었다.

"탕! 탕!"

통풍구 뒤로 숨었던 사내가 감추었던 권총을 꺼내 쏘아댔다. 동시에 나룻배에 있던 자들이 일제히 일어나 위를 향해 사격을 시작했고, 해상들것에 매달린 자도 붕대 속에 감추었던 총으로 사격을 시작했다.

"타타타탕!"

불을 뿜는 총구에서 쏟아져 나온 총알은 다행히 사격 각도가 나오지 않아 탄착점이 허공으로 향했다. 라루는 급히 비상벨을 울리고는 선원들에게 위험한 상황임을 알렸다. 메러디스 빅토리 호 우현 현측에 붙은 나룻배와 기중기 와이어에 매달린 해상들것에서 총알이 쏟아져 나왔다.

이봉남은 은폐물 뒤에 숨은 채 두 손으로 권총의 손잡이를 움켜쥐고서 기중기의 와이어를 겨누었다. 조준선을 일치시킨 후 호흡을 멈추고 침착하게 방아쇠를 당겼다. "탕!" 하는 소리와 함께 와이어가 끊어지면서 해상들것이 나룻배에서 사격하던 자들 머리 위로 떨어져 덮쳤다. 비명 소리와 함께 총소리가 멈추고 나룻배는 아수라장이 되었다. 통풍구 뒤에 숨었던 사내는 동료들이 당한 것을 보고는 벌떡 일어나 상소리를 뱉으며 권총을 마구 쏘아댔다. 이봉남은 사내를 겨누고서 방아쇠를 당겼다. "탕!" 하는 소리와 함께 사내는 머리에 총알이 박혀 고꾸라지면서 바다로 떨어졌다.

14.

고산역으로 부임한 여필준은 하루에 두 번 지나치는 화물기차를 확인하는 일 외에는 마땅히 할 일이 없어 따분했다. 하지만 그것은 잠시였을 뿐 며칠 지나지 않아 오가는 기차가 점점 많아지더니 한가할 틈이 없었다. 그러던 어느 날 홍남으로 올라가던 기차가 물을 공급받기 위해 잠시 멈추었을 때 기관사로부터 유엔군이 인천에 상륙했다는 소식을 들었다.

여필준은 그제야 뻔질나게 지나치는 기차가 후퇴하는 인민군의 군수물자를 나르는 줄 알았다. 승승장구의 기세를 떨치던 인민군이 막상 후퇴하자 가족들은 어떻게 될지, 전쟁은 어떻게 끝날지, 그리고 세상이 어떻게 바뀔지 등, 이런저런 걱정으로 마음이 조비비듯 했다. 그러던 중 고산역을 비우고 원산항으로 가라는 지시가 내려왔다.

여필준은 철도원 5명과 함께 트럭에 실려 급히 원산항으로 갔다. 원산항에는 오계역, 상음역, 배화역, 갈마역, 안변역, 덕원역, 남산역 등에서 차출되어 온 55명의 철도원이 있었다. 철도원들은 거룻배 세 척에 나누어 타고서 웅도로 갔다.

신도, 송도, 여도 등 크고 작은 20여 개의 섬들과 어울려 원산항의 방파제 구실을 하는 웅도로 들어서자 선착장에 놓인 커다란 바지선 4척과 인민군해병 7명이 눈에 띄었다.

거룻배에서 내린 철도원들은 무슨 영문인지 몰라 어릿어릿하게 서서 두리번거렸다.

"철도원 동무를 환영하오."

인민군해병 하사 하나를 데리고 나타난 인민군해병 군관이 매서운 눈초리로 철도원들을 휘둘러보고는 깐깐한 목소리로 "나는 웅도 기뢰창장 허준달 상위요."라고 했다. 철도원들은 생판 처음 듣는 말이라는 듯 "기뢰창장?"이라며 수런댔다.

"아, 재깔거리지 말고 잘 듣기요!"

허준달은 위압적인 기세로 소리치고는 고개를 돌려 "저기를 보기요."라고 소리쳤다. 철도원은 일제히 허준달이 가리키는 곳을 향해 고개를 돌렸다. 해변을 따라 뻗은 야트막한 능선으로 구불구불 이어진 철로 끝에 허름한 창고 두 채가 보였다.

"보다시피 창고까지 놓인 철로가 폭격으로 다 망가졌소. 지금부터 동무들이 할 일은 창고에서 선착장까지 연결된 철로를 보수하여 창고에 있는 기뢰를 바지선으로 옮기는 것이오."

허준달은 멋대가리 없이 거들먹거리며 깐깐한 목소리로 떠들고는 인민군하사를 따라가라고 했다. 인민군하사는 철도원을 향해 따라오라는 손짓을 하고는 발걸음을 뗐다. 철도원들은 말귀를 못 알아

먹었다는 듯이 우물쭈물하며 웅성거릴 뿐 움직일 줄 몰랐다.

"귀가 먹었어? 어서 가!"

허준달은 화난 목소리로 버럭 소리쳤다. 철도원들은 달음질치듯 우르르 인민군하사 뒤를 쫓아갔다. 여필준은 다리를 절룩거리며 꽁무니에 따라붙었다.

"거기 맨 뒤 동무!"

허준달은 여필준을 불러 세웠다. 여필준은 허준달이 부르는 소리가 거북한 듯 엉거주춤 서서 돌아다보았다. 허준달은 여필준의 얼굴과 맞부닥뜨릴 만큼 가까이 다가서고는 "동무가 함흥 고급중학교 선생이었소?"라고 물었다. 여필준은 기어드는 목소리로 그렇다고 대답했다. 허준달은 가타부타 설명 없이 따라오라며 돌아서서 막사로 향했다.

여필준이 허준달을 따라 들어선 막사 안에는 원산 앞바다의 해도가 걸려 있고 기뢰 사진도 여러 장 보였다.

"이것이 뭔지 아시오?"

허준달은 기뢰 사진을 가리키며 물었다. 여필준은 어눌한 말투로 모른다고 했다.

"뭐, 잘 몰라도 상관없소."

허준달은 얕잡는 투로 말하고는 입가에 웃음을 조금 흘리며 말을 이었다.

"조국통일전쟁을 위해서는 몸으로 일하는 동무도 필요하고, 머리로 일하는 동무도 필요한 거 아니겠소? 동무는 다리가 그 모양이니 서기를 맡으시오."

"하지만 군관 동지… 기뢰가 뭔지도 모르는 무지렁이가…."

여필준은 뭔가 석연치 않아 낮게 가라앉은 목소리로 입을 열었지만 말끝마저 되채지 못하고 그만 흐리마리했다.

"여러 소리 말고, 이거나 외우면 되오."

허준달은 기뢰를 종류별로 나눈 사진과 설명이 적힌 책자를 보이며 말을 이었다.

"스탈린 동지께서 북조선인민공화국을 위해 선물한 아주 귀한 기뢰요. 철로를 다 고치는 대로 이것을 바지선으로 옮겨 영흥만 일대에 깔 것이오. 그러니까 동무는 다른 철도원 동무들이 철로를 고치는 동안 여기에 적힌 내용을 단단히 익히시오."

여필준은 마지못해 알았다고 대답했지만 마음은 한량없이 무거웠다. 허준달은 책자를 손바닥에 툭툭 쳐대고서 여필준에게 건네며 입을 뗐다.

"여기에는 기뢰를 부설할 위치도 표시되어 있소. 흰색 구역은 자기기뢰, 붉은색 구역은 음향기뢰, 노란색 구역은 접촉기뢰요. 동무는 기뢰를 부설할 때마다 어디에 무슨 기뢰가 몇 개 나갔는지 기록하고 위치를 표시하시오."

여필준은 책자를 받아들고는 "이런 중요한 일을 왜 제게…?"라며 허준달을 쳐다보았다. 허준달은 떨떠름한 표정을 지으며 여필준을 노려보다가 "고급중학교 선생하지 않았소?"라고 물었다.

"그… 그렇습니다만…."

여필준은 까닭을 몰라 대꾸가 쉽사리 입 밖에 나오지 않았다.

"미국 놈 말을 할 줄 안다고 들었소. 그걸 펴보시오."

허준달은 시적시적 말하고는 책자를 펴보라고 했다. 여필준은 책자를 펼치고서 들여다보다가 고개를 쳐들며 "이건 소련어가 아닙니까?"라고 물었다.

"아… 나도 그쯤은 아오. 하지만 미국 놈 말 할 줄 알면 그런 것도 대충 알 것 아니오?"

허준달은 별것 아니지 않느냐고 했다.

"그게 그렇지가 않습…"

"됐소!"

허준달은 여필준의 말을 나뭇가지 부러트리듯 탁 자르고는 두말하기 싫다는 듯 "알아서 하지, 무슨 말이 그리 많소?"라고 면박을 주었다. 여필준은 대꾸를 못하고 멀뚱멀뚱 엉거주춤했다.

"그 다리로 다른 일을 할 수 있겠소?"

허준달은 매서운 눈초리로 쏘아보며 소리쳤다. 여필준은 돌아가는 낌새가 심상치 않다는 것을 알아차리고는 "군관 동지 말씀이 맞습니다."라며 서기 일을 도맡아 하겠다고 했다. 허준달은 못마땅한 눈초리로 쳐다보며 알았다고 하고는 나가라고 했다. 여필준은 대답 없이 허리를 숙여 보이고는 돌아섰다.

"병신이면 병신답게 알아서 처신해야지."

허준달이 뱉은 불퉁스러운 목소리가 밖으로 나서는 여필준의 뒤통수로 착 달라붙었다. 여필준은 염분을 담뿍 먹은 바닷바람처럼 찝찔한 예감이 머릿속으로 파고들었다.

그 무렵 메러디스 빅토리 호는 사세보 항에 입항하여 여러 군함들과 수송선 틈 사이에 끼여 정박 중이었다.

사세보는 한국전쟁이 발발한 뒤 도쿄의 극동군사령부가 서둘러 유엔군사령부를 설치한 곳이었다. 지리적으로 대한해협만 건너면 부산과 맞닿는 곳이어서 유엔군지휘부가 활동하기에는 그지없이 좋았다. 그런 만큼 사세보 항만에는 한국전에 참전한 군함과 한국으로 오가며 물자를 수송하는 수송선들이 빈번하게 드나들었다.

79기동함대사령부에 들러 연료 선적 완료 보고를 마치고 돌아온 라루는 러니와 이봉남을 선장실로 불러놓고 9월 26일까지 부산으로 가라는 지시가 떨어졌다고 했다. 러니는 얼굴에 한 줄기 즐겁지 못한 표정을 은연히 드러내면서 "위험하지 않을까요?"라고 대꾸했다.

"상륙작전을 성공했으니 전선을 밀고 올라갈 탱크와 트럭이 움직이도록 해줘야 싸울 것 아닌가?"

라루는 유류 공급의 중요성을 강조하며 러니의 뒷걱정을 틀어막고는 눈을 돌려 이봉남을 쳐다보며 말머리를 돌렸다.

"10군단장 참모장께서 미스터 리가 우리 배와 선원들을 구한 공로를 인정하여 극동군사령부에 훈장을 상신하셨답니다."

"그게 정말입니까?"

러니는 대뜸 밝아진 표정으로 아우성을 치듯 목청을 돋우고는 이봉남을 향해 "잘 되었습니다. 축하합니다."라며 흔연스럽게 호들갑을 떨었다. 이봉남은 무안을 당한 듯 지지벌개진 얼굴로 "이거…"라며 말을 여물지 못하고 쑥스레 웃으며 머리를 긁었다.

"대체… 배를 나포하려는 놈이었다는 것을 어떻게 안 것이오?"

라루는 신기하고도 놀랍다는 듯 어깨를 달막대며 물었다. 이봉남은 잠시 머뭇거리다가 왼손을 반쯤 감아쥐어 보이며 입을 뗐다.

"다친 팔을 붕대로 감으면 손바닥이 이처럼 휘어 감기기 마련인데, 그자의 손끝은 곧게 펴져 있어서 이상히 여기고 살펴보다가 끝부분이 총신을 감은 것임을 직감했습니다."

"그걸 알아내다니 보통이 아닙니다. 미스터 리가 아니었다면 우리 배는 지금쯤 나포되어… 생각만 해도 몸서리쳐집니다."

러니는 다시 생각하면 새삼 등골이 오싹해진다고 말했다.

"그렇소. 10군단장 참모장께서 미스터 리를 승선시킨다고 했을 때만 해도 이렇게까지 될 줄은 정말 몰랐소."

라루는 이봉남을 메러디스 빅토리 호로 승선시킨 일은 퍽이나 잘한 결정이었다고 했다.

"태평양 한가운데에서 죽어가는 나와 내 친구를 살려준 사무장님의 은혜를 생각하면 아무것도 아닌 것을요."

이봉남은 태없이 겸양한 말투로 대꾸하고는 쑥스러운 걸 얼버무리 심산으로 말머리를 돌렸다.
"사령부에서 들은 다른 소식은 없습니까?"
라루는 "아!" 하고서 입을 떼고는 미처 하지 못한 말을 털어놓겠다는 듯이 한 번 엄병하게 웃고 나서 말을 이어나갔다.
"유엔군이 김포비행장을 탈환한 후 서울로 향한다고 했는데, 서울 탈환도 눈앞인 모양이오. 거기다가 오늘 필리핀군이 부산항에 들어갔고, 일주일 후에는 남아프리카공화국 군인들이 도착한다고 하오. 또 터키하고 태국도 곧 참전한다고 들었소. 세계 여러 나라에서 한국을 돕고자 나서는 중이고 맥아더가 38선 이북지역 점령계획을 수립한다고 하니 곧 전쟁을 끝낼 수 있을 것 같소."
"말씀만 들어도 가슴이 벅찹니다. 선장님 말씀대로만 되면 얼마나 좋겠습니까?"
이봉남은 귀가 번쩍 뜨이는 말에 그만 흥분된 마음을 갈앉히지 못하고서 소리 높여 말했다.
"유엔군이 계속 인민군을 북쪽으로 몰아내고 있다 하니 곧 그리되지 않겠소?"
러니는 심기일전의 기대에 찬 이봉남을 격려하듯 말했다.
"혹시 김 대위님 중대에 대해서 들은 것은 없습니까?"
이봉남은 머리에 언뜻 떠오르는 김영옥이 몹시 궁금했다.
"7보병사단과 합류하여 수원을 점령했다고 들었는데, 지금쯤 서울로 진격하지 않겠소?"

라루는 약간 들뜬 기분으로 대꾸하고는 뭔가 떠오른 듯 턱을 당기며 "부두에 있는 한국 해군을 보았소?"라고 물었다. 이봉남은 너무나 뜻밖의 말이라 눈동자를 도렷도렷 빛내며 "한국 해군이라니요…?"라고 되물었다. 라루는 나직한 목소리로 "못 본 모양이군요?"라고는 자신이 본 것이 미심쩍다는 듯이 머리를 갸웃거리며 말을 이었다.

"경비정에 태극기를 달았으니 일본 해군은 아니지 않겠소?"

"태극기를 단 경비정? 그런 배가 사세보에 있단 말이오?"

이봉남은 뜻밖의 말에 숫제 눈알을 치굴리기까지 했다.

"미국 해군99기동함대 사령관 조지 헨더슨(George Henderson) 소장이 왔다가 가는 것으로 보아서 행사를 한 것 같던데…."

라루는 말을 조심스럽게 꺼내놓고 이봉남의 눈치를 살폈다. 이봉남은 반색하는 듯 턱을 치켜들며 "그래요?"라고는 얼굴빛을 고치고는 "선장님, 가봐야겠습니다."라고서 후딱 돌아섰다. 라루는 이봉남의 뒤통수를 향해 "갑판에 나가면 선미 쪽 부두에 보일 거요."라고는 "그 참… 저렇게 좋을까?"라며 빙긋이 미소를 지었다.

이봉남은 중갑판으로 나가 갑판난간에 기대어 머리를 배죽 내밀고 선미 쪽을 쳐다보았다. 라루 말대로 함미의 국기봉에서 태극기가 펄럭거리는 어뢰정 4척이 보였다. 반가운 마음에 급히 현문계단으로 내려갔다. 급한 걸음으로 다가가 갑판에 있는 군인들을 향해 다

짜고짜 "한국 사람들 맞소?"라고 말을 걸었다. 대위 계급장을 단 자가 어뢰정에서 부두로 내려서며 그렇다고 대답했다.

이봉남은 순간 반가움과 기쁨으로 마음이 뒤설렌 나머지 안하무인격으로 "한국 해군이 여기에 무슨 일로 왔습니까?"라고 물었다. 대위는 뜨악한 눈초리로 쳐다보며 누구냐고 물었다. 이봉남은 번듯 정신이 든 듯 "아!" 하고서 딱 정색한 표정을 지으며 입을 뗐다.

"나는 유엔군사령부 예하의 79기동함대 소속인데… 바로 저 앞쪽 부두에 정박한 메러디스 빅토리 호에서 통역을 담당하는 이봉남이라는 사람입니다."

"아, 그렇습니까? 어쩐지 한국말을 잘한다 싶었는데…. 반갑습니다. 저는 한국 해군대위 김상길입니다."

김상길은 이봉남이 한국 사람이라는 것을 알고는 조상을 만난 것처럼 반가운 표정을 지었다. 이봉남은 엄숙한 얼굴빛으로 어뢰정을 휘둘러보며 입을 뗐다.

"여기는 무슨 일로 왔으며, 이 배들은 또 뭡니까?"

"나라에 전쟁이 터졌는데… 명색이 한 나라의 해군에 제대로 된 군함이 없다는 것이 말이 됩니까?"

김상길은 어뢰정을 인수하러 온 것이라고 말했다. 이봉남은 "인수…?"라며 멀뚱한 눈빛으로 김상길을 쳐다보았다.

"방금 인수식을 마쳤는데… 인민군과 잘 싸우라고 미 해군7함대에서 주는 것입니다. 서글프지만… 무기조차 제대로 갖추지 못한 힘없는 나라다 보니 이렇게 동냥을 해서라도 싸워야지 어쩌겠습니까? 그렇게 해서라도 나라를 지켜낼 수만 있다면….”

서러운 신세를 한탄하는 말을 아끼는 것처럼 말끝을 뭉갠 김상길은 입가에 자조의 빛이 스치도록 쓸쓰레 웃었다.

"나라가 군인들에게 너무 무거운 책임감을 떠안겼습니다.”

이봉남은 새삼 나라의 힘이 크지 못한 것을 자책하듯 말했다.

"그래도 우리는 소총 한 자루 받아들고 인민군들과 싸우다가 이름 모를 산속에서 죽어가는 어린 학도병보다는 낫습니다.”

김상길은 하루빨리 전쟁을 끝내야 한다는 책임감을 가졌다는 듯 올찬 목소리로 비장한 각오를 나타냈다. 이봉남은 뭐라고 대꾸하려는 듯 입술을 들먹거리다가 그만 꾹 다물고 말았다.

"이러고 있을 것이 아니라… 배를 구경하겠습니까?”

김상길은 다분히 자랑하듯이 말했다. 이봉남은 뻥시레 웃으며 그래도 되는지 물었다.

"전쟁에 참여한 군인이나 매한가지인데 어떻습니까?”

김상길은 괜찮다는 것인지 특별한 예우라는 것인지 애매한 웃음을 지으며 말했다.

"감사합니다. 우리나라 군함이라고 생각해서 그런지 가슴이 다 두근거립니다.”

이봉남은 못내 감격스러운 목소리로 말했다. 김상길은 "따라오시죠."라고는 어뢰정 현문으로 향했다. 이봉남은 긴장과 기대 속에 김상길을 따라 갑판으로 올라섰다.

"모두 4척인데, 이 배는 갈매기라고 명명된 PT23 호정이고, 옆에 계류된 저건 기러기라고 명명된 PT25 호정, 그리고 뒤에 정박된 2척 중 하나는 올빼미라고 명명된 PT26 호정, 그 옆의 것은 제비라고 명명된 PT27 호정입니다."

김상길은 하나하나 집어가며 설명하고는 감격적인 어조로 "길이가 24m 조금 넘고 폭이 6m 정돈데, 40노트 이상으로 달릴 수 있습니다."라는 말을 자랑삼아 톡톡 털어놓았다.

"그렇게 빨리 달리다니…."

이봉남은 새삼 놀랍다는 듯 입을 다물지 못하다가 궁금증을 풀겠다는 듯이 승무원이 몇 명인지 물었다. 김상길은 한 척당 17명이라고 대답했다.

"제가 탄 배의 승무원도 고작 49명인데… 이 작은 배에 17명이나 필요하다니요?"

이봉남은 얼른 이해가 안 간다는 듯이 물었다.

"무기가 많아서 그렇습니다. 37mm, 20mm 포에다가 12mm 중기관총도 있고 어뢰도 4문이 있으니 그럴 수밖에요."

김상길은 전투를 위해서 만들어진 군함과 화물을 운송하는 배의 차이점이라고 했다.

"이렇게 작은 배에 무기들이 많아서 어떻게 움직인답니까?"

이봉남은 비좁은 갑판에서 전투를 한다는 것이 가능하냐고 물었다. 김상길은 설명하기 어렵다는 듯 씩 웃고는 말머리를 돌렸다.

"우리는 곧장 동해로 올라가 상륙작전을 돕게 될 것입니다."

"인천에 상륙한 지가 얼마나 되었다고…? 또 상륙작전을 한단 말입니까?"

이봉남은 깜짝 놀란 표정으로 물었다.

"그것까지는 모르지만 우린 여기서 출항하면 한국 해군작전국으로부터 상륙작전 사전준비 작전명령을 하달 받게 됩니다."

김상길은 새로운 작전에 대한 부푼 기대감을 드러냈다. 이봉남은 한껏 고양된 기분으로 언제 출항하는지 물었다.

"원래 모레인데… 이런 배를 가지게 되니까 하루라도 빨리 가고 싶은 생각뿐입니다. 빨리 가서 동서남해 어디가 되었든 전투에 참여하고 싶은 마음 이해하시죠? 그래서 79기동함대사령부의 허락을 받아 내일 아침 5시로 앞당겼습니다."

김상길은 아직 흥분이 가시지 않았는지 안면 근육이 쌜룩댔다.

"왜 안 그렇겠습니까? 불과 석 달 전만 해도 나라의 운명이 바람 앞의 등불같이 위태로웠는데… 지금은 오히려 인민군을 몰아낼 상황인데다가 이렇게 근사한 배까지 생겼으니, 하시라도 빨리 가서 인민군을 무찌르고 싶은 그 마음 압니다."

이봉남은 김상길의 심정을 만분 이해한다고 했다. 김상길은 멋쩍게 벌씬 웃어 보이고는 "그런데…"라며 말머리를 꺼내고서 말밑천이 모자라는 듯이 잠시 머뭇거리다 입을 뗐다.

"어떻게 해서 79기동함대사령부에 몸담게 되었습니까?"

"그게…."

이봉남은 조용하고 가라앉은 음성으로 입을 떼고서 일본군으로 징용에 끌려갔다가 탈출했던 내력을 뭉뚱그려서 들려주었다.

"말씀을 듣고 보니… 우리가 잘 싸워서 반드시 인민군을 물리쳐야겠다는 생각이 듭니다."

김상길은 이야기를 듣고서 깨달은 바가 크다는 듯 비장한 각오를 다지는 표정으로 말했다. 이봉남은 동감한다는 듯이 숙연한 표정을 띠며 "국민 모두가 힘을 합하면 그리되지 않겠습니까?"라고는 그만 가봐야겠다고 했다.

"그러시죠, 인연이 되면 또 보게 되겠지요."

김상길은 작별의 말을 하며 손을 내밀었다.

"부디 전쟁이 끝나는 그날까지 무탈하기를 빕니다."

이봉남은 악수를 나누고서 돌아섰다. 김상길은 부두로 내려서 메러디스 빅토리 호로 향하는 이봉남의 뒷모습을 멀거니 쳐다보았다. 그의 뒤편 함미 국기봉에서는 태극기가 눅눅한 바닷바람에 펄럭거렸다.

러니와 이야기를 나누던 라루는 조타실로 들어서는 이봉남을 발견하고는 "한국 해군이 맞소?"라고 물었다. 이봉남은 그렇다고 대답하고는 한국 해군이 어뢰정을 인수하러 온 까닭을 들려주었다.

이야기를 듣고 난 라루는 감복이라도 한 듯 짐짓 놀라는 표정을 지으며 "한국 사람들 대단합니다."라고 했다.

"나라가 저 지경인데 무엇이 대단하단 말입니까?"

이봉남은 심통 난 듯 야발스럽게 어깃장을 놓았다.

"국토를 거의 다 잃은 극한 상황에서도 포기하지 않고 싸우는 정신 말입니다…. 힘이 없으면 정신력으로 싸우고, 무기가 없으면 구해서 싸우고… 그러니까 하늘도 돕는 것 같습니다."

라루는 다른 나라 사람이라면 싸움이고 뭐고 다 포기하고 말았을 것이라며 치켜세웠다. 이봉남은 국민성이 뛰어나다는 칭찬 한 마디에 적잖이 당혹하여 대꾸하지 못했다.

"아! 그보다… 우리는 내일 오전 5시에 출항하여 인천으로 올라갑니다."

라루는 출항 일정이 변경되었다고 했다. 이봉남은 "5시…?"라고는 입을 오므라뜨리며 라루를 쳐다보았다. 라루는 그렇다며 고개를 끄떡이고는 말을 이었다.

"인천으로 가는 이유는 선적한 연료를 서부전선의 미국 육군8군에게 전달하고, 동부전선으로 이동하는 10군단의 병력 중 일부를 동해로 수송하기 위해서요."

"10군단이 동해로 옮긴단 말입니까?"

이봉남은 생판 처음 듣는 소리라는 듯 물었다.

"대부분의 병력은 LST를 타고 인천을 떠났고, 우리는 잔여 병력

일부만 태우게 될 겁니다."

 라루는 79기동함대사령부에서 전해들은 이야기를 뼈만 추려 설명했다.

15.

다음 날 바다가 깨어나지 않은 시각에 메러디스 빅토리 호 선원들은 출항준비를 하느라 분주했다. 라루는 조타실에서 기관실의 전반에 대해 보고를 받고 항해장비 하나하나를 확인해나갔다.

이봉남은 조타실 오른쪽 윙 브리지에 서서 새벽빛이 부옇게 밝아오는 부두를 바라보았다. 함미의 국기봉에 태극기가 내걸린 어뢰정 4척의 갑판에 서성이는 미국 해군장교 여럿과 그들에게 지시를 받는 한국 해군의 모습이 아슴푸레 보였다.

러니는 이봉남의 곁으로 다가서고는 함께 어뢰정을 바라보며 "어제 선장님이 말씀하신 배가 저 배들입니까?"라고 물었다.

"오늘 아침 5시에 출항한다고 들었는데… 미국 해군들이 왜 왔는지 모르겠군요."

이봉남은 김상길과 주고받았던 말을 떠올리며 말했다.

"새것도 아니고… 사용하던 배를 주니까 여러 가지로 마음이 쓰이겠지요."

러니는 무슨 일인지 대충 짐작이 간다는 듯이 말하고는 반대쪽을 향해 고개를 돌리고서 "아, 저기 예인선이 오는군요."라고 했다. 왼쪽에서 뱃머리에 물살을 하얗게 가르며 다가오는 묵직한 예인선이 보였다.

"곧 출항하겠군."

러니는 거의 들리지 않는 혼잣말을 뱉고는 조타실로 들어갔다.

예인선은 서서히 다가와 메러디스 빅토리 호의 선수에 뱃머리를 붙였다. 라루는 디노를 향해 까랑까랑한 목소리로 "계류삭(繫留索) 걷어."라고 지시했다. 디노는 곧 선내통신을 통해서 패트릭에게 같은 내용을 전달하고, 갑판선원들은 패트릭의 지시에 따라 부두에 연결된 밧줄을 차례로 걷어냈다.

"엔진 뒤로 하나, 070도 잡아."

라루는 침착한 음성으로 조함(操艦)지시를 내렸다. 디노는 굵고 짧은 목소리로 복창을 하고서 타륜을 돌렸다. 메러디스 빅토리 호는 선미에서 역류를 일으키며 부두에서 서서히 벌어졌다. 예인선은 꽁무니에서 거세게 물살을 일으키며 메러디스 빅토리 호의 선수를 밀었다. 메러디스 빅토리 호는 선미가 쭉 빠져나가면서 부두와 멀어졌다.

"엔진 정지, 200도 잡아."

라루는 기관의 회전을 멈추고 방향을 반대로 돌리라고 지시했다. 디너는 복창하면서 타륜을 돌렸다. 메러디스 빅토리 호의 선수는 외항을 향해 돌았다. 곧이어 라루는 "엔진 앞으로 하나, 270도 잡아."라고 지시를 내리고 디노는 같은 동작을 반복했다. 메러디스 빅토리 호는 사세보 항 남쪽으로 방향을 잡았고 예인선은 어미고래 곁에 들러붙은 새끼고래처럼 메러디스 빅토리 호 옆에 붙어서 움직였다. 멀리 사세보 만(灣)이 보이기 시작할 때 예인선은 뒤로 처지고 메러디스 빅토리 호는 홀로 앞으로 나아갔다.

"출항요원 배치 해제, 협수로 항해요원 배치."

라루는 또 다른 조함지시를 내렸다. 러니는 선내방송장치로 라루의 지시를 하달했다. 갑판선원 일부는 갑판을 정리하고 일부는 항해위치로 배치되었다. 메러디스 빅토리 호는 남쪽으로 곧게 나아갔다.

메러디스 빅토리 호가 하리오 섬의 쿠치키자키를 눈앞에 두고서 북서쪽으로 방향을 돌려 20여 분 항해 끝에 사세보 만을 완전히 벗어나자, 라루는 협수로 항해요원 배치를 해제시키고 평시 항해로 전환했다. 러니는 환한 표정으로 라루를 향해 "선장님, 수고했습니다." 라고 했다.

"수고는 늘 선원들이 하는 거 아닌가?"

라루는 빙긋 미소를 띠며 말하고는 이봉남을 향해 의미심장한 표정으로 "이번에도 잘 부탁합니다."라고 했다. 이봉남은 말없이 고개를 끄떡이고는 조타실 밖의 윙 브리지로 나섰다. 동쪽바다 끝에서 넘실대며 솟아오르는 해와 마주하니 어떤 희열과 기대에 가슴이 벅차올랐다. 소금 냄새가 흠씬 풍기지만 가슴이 시원하게 씻겨나가는 바닷바람에 얼굴을 맡기고 있을 때 선미 쪽에서 하얀 물살을 가르며 다가오는 배들이 까물까물 보였다.

"이제서 나타났군."

이봉남은 직감적으로 김상길이 이끄는 어뢰정임을 알고서 반가움을 나타냈다. 한없이 작아 보이던 어뢰정은 어느새 다가와 암팡지고 다부진 자태를 뽐냈다. 함수 갑판 아래의 현측에 적힌 함종번호(艦種番號)가 뱃머리에 부서지는 물살에 잠겼다가 보였다가 하면서 힘차게 앞으로 나아갔다. 마스터에서 힘차게 펄럭거리는 태극기를 보자 자신도 모르게 눈물이 글썽글썽 서리더니 그예 왈칵 쏟아내고 말았다.

선두에서 달리는 'PT23'이라고 적힌 어뢰정 함교에서 누군가가 이쪽을 향해 경례를 하는 것이 보였다. 자세히 살펴보니 김상길이었다. 이봉남은 대뜸 덩달아 경례를 올려붙였다. 김상길은 경례를 거두고서 모자를 벗어들고 흔들었다. 어뢰정의 승무원들도 함께 손을 흔들어댔다. 이봉남은 학이 날개를 펴듯 두 팔을 활짝 들어 마구 흔들어댔다. 메러디스 빅토리 호를 앞지른 어뢰정은 선미 꽁무니에서 하얀 물줄기를 뻗히며 우쿠시마 섬 북쪽으로 내달렸다.

그즈음 수원에서 김영옥 중대원이 합류한 7보병사단은 서울을 거쳐 의정부의 인민군 방어벽을 무너트리고서, 전선을 미국 육군8군에게 인계하고는 미국 해병7연대와 합류하여 인천으로 향했다.

인천 연안에 도착하니 군수물자를 하역하는 LST 5척과 LSM 3척, 그 밖의 상륙주정 그리고 상륙단정들이 보였고, 조금 떨어진 부두에는 빅토리 급 화물선 4척이 정박 중이었다. 김영옥은 빅토리 급 수송선 중에 유독 눈에 띄는 '메러디스 빅토리'라는 글씨를 보자 못내 반가웠다.

"해병7연대 병력은 LSM에 승선하고 육군7보병사단은 LST에 승선한다. 하지만 우리 연대 중 2대대는 4척의 수송선에 중대별로 나누어서 승선한다."

32연대장은 병력별로 승선하게 된 배를 알려주었다. 2대대장은 알았다는 대답과 함께 돌아서서 대대병력을 중대별로 나누어 수송선으로 승선하도록 지시했다.

"대대장님, 우리 중대는 저 배에 승선하겠습니다."

김영옥은 2대대장을 향해 분명한 어조로 메러디스 빅토리 호를 가리키고는, 남다른 정이 가는 배라고 했다. 2대대장은 고개를 끄떡이고는 군말 없이 그렇게 하라고 했다. 김영옥은 경례를 올려붙이고는 중대원들을 이끌고 메러디스 빅토리 호로 향했다.

라루와 러니는 김영옥을 보자마자 눈을 빤뜩거리며 누가 먼저랄 것 없이 "아니…? 김 대위님 아닙니까?"라고 소리치듯 말했다.

"메러디스 빅토리라는 글씨가 보이기에 얼마나 반가운지… 모두 별일 없지요?"

김영옥은 두 사람을 향해 아주 반가운 기색을 나타냈다.

"그렇고말고요. 김 대위님을 다시 보다니…."

러니는 도시 뭐부터 말해야 할지 모르겠다는 듯이 목소리가 메아리를 일으켰다.

"10군단 병력 중 일부를 동해로 수송하라는 지시를 받기는 했습니다만, 김 대위님 중대를 다시 만날 줄은 정말 생각지도 못했습니다."

라루는 상황에 걸맞지 않게 목소리가 지나치도록 크게 말했다.

"그런데… 10군단을 왜 동해로 빼돌리는지 궁금하군요."

러니는 번거로운 말은 미루고 본론을 끄집어냈다.

"맥아더 장군이 크리스마스 전에 장병들을 고향으로 돌아가게 해주겠다고 한 것 같습니다."

김영옥은 32연대장에게서 들은 것밖에 모른다고 했다. 라루는 아주 밝은 기색으로 듣던 중 반가운 소리라고 하고는 러니를 쳐다보며 시름이 다 풀린다며 입을 뗐다.

"이번이 마지막 항해가 되겠어. 회사에서도 크리스마스 전에 돌아가게 해준다고 했던 약속을 지키게 생겼으니 다행이야."

"그렇습니다. 그 때문에 우리 장병들도 사기가 고양되어 단박이라도 적의 기세를 꺾을 것만 같습니다."

김영옥은 중대원들의 전투 의욕을 자랑삼아 말했다.

"얼마나 좋은 현상입니까?"

라루는 기대에 찬 표정으로 맞장구를 쳐주고는 동해의 어디로 가는지 아느냐고 물었다.

"현재, 한국 육군3사단이 38선을 돌파하여 고성에서 인민군과 격렬한 전투를 벌이는 중이랍니다. 그렇기 때문에 먼저 떠난 LST와 다른 함정들은 이미 원산으로 상륙하기 위해 집결 중입니다."

김영옥은 긴장한 마음을 풀겠다는 듯이 여담처럼 말했다.

"왜 원산입니까?"

러니는 원산으로 상륙하는 까닭이 궁금하다고 했다.

"그곳에 인민군 5사단 주력부대가 있습니다. 그 부대를 격파해서 한국 육군3사단의 북진을 막는 인민군의 보급로와 병력지원을 차단하고 또한 10군단의 근거지를 확보하기 위해서입니다."

김영옥은 작전장교가 상황판을 설명하듯 엄숙한 어조로 말하고는, 문득 이봉남의 안부를 잊었다는 생각이 들었던지 어조를 바꾸어 이봉남이 이번 항해에 안 따라왔는지 물었다. 라루는 아니라고 대답을 하고는 얼굴에 한 줄기 즐거운 표정을 은연히 드러내며 곧 훈장을 받을 것이라고 했다. 김영옥은 단박에 얼굴빛이 환해지면서 정말이냐고 물었다.

"그렇습니다. 10군단장 참모장께서 극동군사령부에 훈장을 상신하셨으니 이번 항해를 마치고 들어가면 받을 겁니다."

러니는 마치 자신의 일처럼 좋아하며 자랑했다. 김영옥은 상기된 표정으로 "그거 잘 되었군요."라고는 까닭을 물었다.

"그러니까… 미스터 리가 우리 배와 선원들을 구했지 뭡니까?"

라루는 몸을 곧추고서 부드러운 음성으로 입을 떼고는 인민군을 제압했던 이봉남의 무용담을 흥미진진하게 늘어놓았다.

"혼자서 다섯을 물리치다니… 일본군에게 반란을 일으키고 탈출한 것도 알 만한 일이군요."

김영옥은 새삼스러운 사실에 놀라움과 존경을 금치 못하는 눈치였다. 그때 이봉남이 조타실 안으로 들어섰다.

"미스터 리, 어서 오시오. 김 대위님이 오셨소."

러니는 뭔가 대견한 일이라도 있었다는 듯이 웃음기를 담은 얼굴로 이봉남을 향해 말했다.

"김 대위님."

"미스터 리."

두 사람은 누가 먼저랄 것도 없이 오랜 친구를 만난 듯 두 팔을 벌려 와락 끌어안았다.

"선장님과 사무장님이 미스터 리를 자랑하던 참이었는데…."

김영옥은 이봉남의 얼굴을 되작거려 보며 말했다.

"갑판에 김 대위님 중대원들이 있는 것을 보고, 김 대위님이 왔겠다 싶어 여기로 올라왔습니다."

이봉남은 반가움에 겨운 목소리로 물으면서도 무슨 일로 왔냐는 듯이 쳐다보았다. 김영옥은 이봉남의 눈빛의 의미를 곧 알아채고는 동해로 가기 위해 승선했다고 했다.

"인민군들이 그렇게 맥없이 물러난다는 것이 믿기지 않습니다."

이봉남은 흥분과 기대에 부풀어 오른 마음을 감추지 않았다.

"할 이야기들이 많겠지만 차차 나누도록 하고…."

라루는 대화 중에 끼어들어 말하고는 곧 출항준비를 해야 한다고 했다.

"그럽시다. 지루하고 무료한 항해 시간을 달래기에는 이런저런 이야기를 나누는 것보다 좋은 것이 없지요."

김영옥은 아무런 시름도 없다는 투로 말하며 한 손을 들어 보였다.

"이따가 저녁 식사 때 함께 모입시다."

라루는 조타실 밖으로 나서는 김영옥을 향해 오랜 친구처럼 한결 임의로운 말투를 던지고는 곧 돌아서서 선내방송장치 마이크를 집어 들고서 출항준비를 알렸다.

16.

철도원들은 부서진 철로를 보수하는 것이 그다지 어렵지 않았다. 하지만 생전 처음 보는 기뢰를 부설한다는 것은 서툴기도 했지만 파도 때문에 둥근 쇳덩이를 다루기가 힘에 부쳤다. 더구나 해도에 표시된 곳을 찾아 빠트리는 것이어서 갑절로 힘들었다. 땅 한번 밟지 못하고 닷새 밤낮을 시달리고서야 끝이 보였다.

"기뢰부설 위치와 항로표지를 잘했고 기뢰를 종류별로 분류하여 꼼꼼하게 잘 기록했으니, 흥남 앞바다에 부설할 때도 이것처럼 해주시오."

허준달은 탁자 위에 넓게 펼쳐진 해도를 살펴가며 말했다.

"흥남 앞바다에도 기뢰를 깝니까?"

여필준은 생각에 잠긴 얼굴로 느릿느릿하게 물었다.

"이 앞바다에 3,000개를 깔았으니 놈들이 원산에는 얼씬도 하지 못할 것이오. 나머지 1,000개는 소련 해군이 이미 흥남으로 옮겨 갔고, 우리는 이틀 뒤 소련 예인선이 와서 바지선을 끌고 갈 때 함께 흥남으로 옮겨서 깔 것이오."

허준달은 원산은 기뢰부설을 끝냈으니 흥남으로 옮겨야 한다고 했다. 여필준은 여러 가지 생각이 얽혀서 머릿속이 복잡했다. 곽준식이 인민군 군관이 되어 학생들 앞에 나서서 펜 대신에 총을 들고 나가 싸우자고 선동하는 것이나, 학교에서 쫓기듯이 고산역으로 갔다가 며칠 되지도 않아 유엔군이 상륙했다는 소문이 돌았고, 그리고 부지불식간에 차출되어 원산 앞바다에서 팔자에 없는 기뢰부설 작업 등 전광석화처럼 재빠르게 지나간 일련의 일들은 뭔가 단단히 잘못되어 가는 것 같았다.

여필준이 잠깐 생각에 잠겼을 때 인민군하사가 막사 안으로 들어서며 심각한 얼굴로 허준달을 향해 경례를 했다.

"군관 동지, 인민군 5사단에서 연락이 왔는데, 남반부 국군 놈들이 고성을 돌파했으니 지금 당장 동정호역으로 철수하랍니다."

"뭐이라?"

허준달은 냉큼 자리를 박차고 일어난 뒤 "어디까지 올라왔다는 거야?"라고 소리쳤다. 인민군하사는 인민군이 두포역까지 후퇴했다고 했다. 허준달은 낭패한 얼굴로 생각하더니 왜 동정호역으로 철수하라는 것인지 물었다.

"동정호역과 명고역 사이의 철로 다리가 미국 놈 비행기 폭격으로 파손되었는데, 동정호역에 가면 선로보수 장비가 있으니 여기 있는 철도원들을 끌고 가서 선로보수 장비를 챙겨 모레 아침 7시까지 다리를 복구하랍니다."

"모레 아침 7시…? 다른 철도원을 차출하면 될 것을 굳이 바다에 있는… 우리는 곧 흥남으로 옮겨야 한다는 거 몰라?"

"그쪽 철도원들은 철원과 평강 쪽에서 후퇴하는 기차 때문에 빼낼 수가 없으니, 철도를 보수하고 난 뒤 남쪽에서 올라오는 기차를 타고 함흥역까지 갔다가 거기서 트럭을 타고 흥남으로 이동하랍니다."

"그쪽도 밀리고 있다는 거야?"

"서부는 유엔군이 송림까지 밀고 와서 평양이 위태롭답니다."

"뭐이라…? 평양이…?"

허준달은 눈알이 금세 빠져나올 것처럼 부라리고는 주먹으로 탁자를 내리치고서 입을 뗐다.

"빌어먹을… 배라고 해야 거룻배 세 척이 전분데, 곧 해도 떨어질 판에 저것으로 언제 노를 저어간단 말이야?"

"어떻게 할까요? 철도원들을 배에 태울까요?"

인민군하사는 지레 겁을 먹었는지 표정이 초췌하고 눈동자가 움푹했다. 허준달은 어쩔 수 없다며 낙심에 찬 표정으로 고개를 젓다가 인민군하사를 향해 "몇 명을 태울 수 있겠어?"라고 물었다. 인민군하사는 알 만한 것을 새삼스럽게 묻는다는 듯이 어리뜩한 표정으로 20명이라고 대답했다. 허준달은 "그렇다면…."이라며 양미간을 찡그리며 생각하는 표정을 짓다가 입을 뗐다.

"철도원들은 두 척에 나누어 30명 씩 타게 하고 나머지 한 척은 해병들만 태워."

"해병은 모두 일곱인데, 철도원들을 나누어 태우면 안 됩니까?"

인민군하사는 잘 못 들었나 싶은지 헷갈리는 표정이었다.

"뭐야? 철도원과 해병들을 함께…? 대체 무슨 생각으로…?"

허준달은 듣기가 거북한 소리를 들었다는 듯 불만스러운 어운으로 말하다가 시답잖은 표정을 지으며 "어서 나가서 태워."라고 소리쳤다. 인민군하사는 경례를 올려붙이고는 밖으로 나섰다.

"동무는 나와 함께 타시오."

허준달은 여필준을 향해 큰 선심이라도 쓰듯 말하고는 발걸음을 떼어 한쪽으로 기우듬히 걸린 지도 앞으로 가서 말을 이어갔다.

"이것을 보고 배가 기뢰를 피해서 갈마반도로 안전하게 갈 수 있는 길을 찾을 수 있겠소?"

여필준은 허준달 곁으로 다가가 지도에 나타난 여도에 손가락을 대고는 원산항으로 죽 그으며 입을 뗐다.

"여기서 기뢰를 피해 갈마반도로 갈 수 있는 방법은 서쪽으로 직선으로 이어지는 이곳밖에 없습니다."

"이대로 쭉 가면 문천역과 직선인데… 동정호역까지는 너무 멀지 않소?"

허준달은 동정호역과 가까운 곳을 찾으라고 했다. 여필준은 여도 바깥쪽으로 돌아 남쪽으로 내려갔다가 동정호 해안으로 가는 길밖에 없다고 했다.

"좋소. 동무는 기뢰부설을 표시한 해도와 서류를 챙겨 오시오."

허준달은 초연한 듯이 보이려고 부러 한껏 과장된 목소리로 배를 준비하겠다고 떠벌리고는 밖으로 나섰다. 허준달이 빠져나간 막사 문이 바람에 팔짝하더니 곧 잠잠해졌다.

여필준은 어디다가 한눈팔 겨를이 없다는 듯이 몸을 기민하게 움직여 해도와 서류들을 챙겼다. 모서리마다 해진 낡은 가방을 들고 바라진 문 밖으로 나서자 기습적으로 달려드는 초저녁 바닷바람 때문에 목이 선득선득했다.

여필준은 다리를 절뚝절뚝 절며 걸어가 바지선 곁에 붙은 거룻배로 다가갔다. 철도원을 빼곡하게 태운 두 척은 콩나물이 소복소복한 시루처럼 바람 한 점 파고들 빈틈조차 없었고, 인민군해병이 듬성듬성 앉은 한 척은 공간이 여유로웠다.

여필준은 어서 타라는 허준달의 손짓에 따라 낡은 가방을 꼭 보듬고서 인민군해병이 탄 거룻배에 몸을 실었다.

"가다가 기뢰를 잘못 건드리는 순간 모두 물귀신이 되니까 서로 멀찍멀찍이 떨어져서 우리를 따라오시오."

허준달은 머리와 어깨만을 내놓은 채 앉은 철도원들을 향해 큰 소리로 씨부렁대고는 출발하라고 했다. 인민군해병들이 노를 저으며 바지선을 이탈하자 두 척은 얼마간의 간격을 두고 차례로 바지선에서 이탈했다. 거룻배 세 척은 어둠을 가르면서 갈마반도 사이 서남쪽을 향해 천천히 나아갔다.

하늘에 송송히 뜬 별들이 잔풍이 부는 바다를 헤쳐 나가는 거룻배를 내려다보며 수런거릴 무렵 "꾸~ 꽝!" 하는 굉굉한 폭음이 울렸다. 순간 맨 뒤에서 따라오던 거룻배 한 척이 물줄기와 함께 공중 높이 치솟더니 이내 곤두박질쳤다.

"뭐야?"

몸을 홱 돌려 발끈하던 허준달은 곧 "멍청한 놈들, 기뢰를 왜 건드려?"라고 바스러지는 소릴 쳤다. 여필준은 충격을 받아 넋 나간 놈처럼 멍한 눈으로 철도원 30명이 흔적도 없이 사라진 바다를 쳐다보았다. 기뢰의 폭발력이 대단하다는 소리를 듣긴 했어도 막상 직접 보고 나니 머리는 아찔한데 정신은 반짝 들었다.

"뭘 꾸물거려? 빨리, 빨리 저어!"

허준달은 인민군해병들을 향해 고압적인 목소리로 닦달했다. 인민군해병들은 어깨를 움찔하고는 노군처럼 죽을힘을 다해 다시 노를 젓기 시작했다. 철도원들이 탄 한 척은 멀찌막이 떨어져 꾸물꾸물 따라갔다.

밤새도록 노를 저어 세상의 아름다움을 잉태하기 시작한 새벽녘의 퍼르무레한 하늘이 열리기 시작할 무렵 해변에 닿았다. 철도원들은 하나같이 기진맥진하여 하얀 거품이 파도에 실려 부글거리며 밀려오는 모래밭 언저리에 철퍼덕 쓰러져 드러누웠다.

"뭣들 해? 시간 없어. 어서어서 움직여!"

허준달은 눈깔을 부라리며 모질게 팩팩 악을 썼다. 인민군해병들은 덩달아 철도원들을 향해 악다구니를 쳐댔다. 철도원들은 뒤통수를 얻어맞고 쓰러진 놈들처럼 기신기신하며 겨우 일어나 발걸음을 떼기 시작했다. 그들의 등 뒤로 출렁거리는 바닷물이 막 고개를 내미는 햇살을 부비며 고기비늘처럼 반짝거렸다.

철도원들은 휘진 몸을 이끌고 해변 너머의 동정호를 건너서 야트막한 동산 두 개와 논바닥을 가로질러 동정호역에 도착했다. 숨 돌릴 겨를도 없이 철도 보선용 장비들을 챙겨 핸드카(Handcar) 네 대에 나누어 싣고 펌프질을 해가며 북쪽으로 향했다. 작은 터널을 지나자마자 폭격으로 끊어진 철로 다리와 하천바닥에 처박힌 기관차와 화차가 보였다.

"이걸 대체 무슨 수로 내일 아침까지 복구하라는 거야…?"

허준달은 눈앞에 펼쳐진 광경을 쳐다보며 허탈한 꼴로 씨부렁거렸다. 그도 그럴 것이 선로보다 끊어진 다리 복구가 급선무였다.

"네기, 빌어먹을!"

허준달은 눈알을 대굴대굴 굴리며 욕지거리를 내뱉고는 인민군하사를 불렀다. 인민군하사는 허준달 앞으로 다가가 차렷 자세로 섰다.

"저기 처박힌 화차에서 쓸 만한 나무를 뜯어서 다리를 복구해."

허준달은 하천에 뒤엎어져 헝클어져 있는 화차를 가리키며 말했다. 인민군하사는 경례를 올려붙이고는 돌아서서 철도원들을 향해 다가가 작업지시를 했다. 철도원들은 워낙 난감한 일을 앞에 두고서 말 같지 않은 말을 들어 기가 찬 듯 아예 끽소리조차 내지 않고 어슬렁어슬렁 하천으로 내려갔다.

"동작이 왜 그렇게 느질러? 빨리빨리 움직여!"

허준달은 길길이 화를 내며 고함을 질렀다. 철도원들은 놀란 참새 떼처럼 포닥포닥 움직였다. 여필준은 아픈 다리를 뒤뚝이며 철도원들 틈에 끼여 화차 바닥에 깔린 나무를 뜯어냈다.

철도원들은 허준달의 닦달질에 시달리면서도 목구멍으로 물 한 방울조차 넘기지 못한 채 목마름과 허기를 견뎌가며 쉬지 못했다. 부서진 멍에목을 고쳐 받침돌 위에 다시 세우고, 화차에서 뜯어낸 나무로 널다리를 만들었을 때는 해가 지고 철도원들은 초벌죽음이 되어 몸을 가누지 못할 지경이 되었다.

"선로가 모자라 더 이상 깔지 못하니 어쩐다?"

허준달은 낭패한 얼굴로 쿵쿵 애매한 콧소리를 냈다.

"선로도 부족하지만 어두워서 앞도 안 보이고 아무것도 먹은 것이 없어서 모두 곰지락거릴 힘조차 없습니다."

인민군하사는 달리 방도가 없으니 몸을 가눌 수 있도록 밤새 쉬게 하는 것이 좋겠다고 했다. 허준달은 시금털털한 낯짝이 되어 사방에 어지러이 널브러진 철도원들을 뺑히 쳐다보고는 "그렇게 해." 라고 마지못한 듯이 뿌루퉁히 대답했다. 인민군하사는 선뜻 대답하고는 돌아서서 철도원들을 향해 큰 소리로 "날이 밝을 때까지 쉰다." 라고 말했다. 철도원들은 기력이 부친다는 듯이 앉은자리에서 옴짝옴짝 움직여 누울 자리를 찾아 엿가래처럼 척 늘어진 몸을 뉘었다. 여필준은 철길 주변의 자갈 위에 드러누운 철도원들 틈바구니 속에서 녹초가 되어 잠들었다.

희미하게 밝아오는 하늘 뒤편으로 샛별이 까물까물 꺼져갈 무렵 산등성이 너머에서 기적 소리가 났다. 허준달은 남쪽 선로 끝을 숨긴 터널을 쳐다보며 "이제 나타나는군." 하며 인민군해병들을 향해 "철도원 모두 깨워!"라고 소리쳤다. 인민군해병들은 사지를 뻗고 누워 있는 철도원 속을 누비며 일어나라고 설쳐댔다. 철도원들은 마치 환자처럼 가냘픈 신음 소리를 내며 일어났다. 모두 얼마나 피곤한지 한 자나 들어간 눈을 하고서 철로 가장자리에 한 줄로 쭉 섰다.

잠시 후 터널 밖으로 할딱이는 숨소리를 내며 빠져나온 기차가 보였다. 기차는 연통에서 푹푹 내뿜은 시커먼 연기를 뒤꽁무니 쪽으로 흘러 보내면서 다가왔다. 객차는 화실 뒤에 두 량만 붙었고 나머지 일곱 량은 모두 화차였다.

기차는 서서히 속력을 줄여 "치이~ 익." 소리와 함께 하얀 수증기를 뿜어내고는 뜰 듯이 덜커덩거리고는 잠잠히 멈추었다.

두 번째 객차에서 인민군 여럿이 우르르 쏟아져 내려 철로에 쭉 늘어섰다. 뒤이어 첫 번째 객차에서 인민군대좌가 내려섰다. 허준달은 단박에 오른발을 들어 뒤꿈치가 소리 나도록 갖다 붙이고서 경례를 올려붙였다.

"어째서 아직 복구가 덜 된 거야?"

인민군대좌는 두 눈알을 주먹만큼씩이나 부풀리며 소리쳤다. 허준달은 꼿꼿한 자세로 선로가 부족해서 그렇다고 대답하고는 기차가 오기를 기다렸다고 했다.

"뭐야? 복구도 못한 채 기차를 기다려? 대체 어쩌자는 거야?"

인민군소좌는 볼끈 화를 내며 아귀 주둥이처럼 괴상하게 벌린 입으로 침을 튀기면서 소리쳤다.

"기차가 지나온 뒤쪽의 선로를 뜯어 옮겨서 보수하는 수밖에 없습니다."

허준달은 자못 준절한 음성으로 기차를 기다릴 수밖에 없었던 까닭을 설명했다. 인민군소좌는 거기까진 생각하지 못한 일이라는 듯 단연한 표정을 지으며 입을 뗐다.

"이럴 시간이 없어. 시중호역까지 밀린 우리 인민군 5사단이 언제 무너질지 모르고… 바다는 유엔군 놈들 배가 파리 떼처럼 몰려 있으니 어서어서 시작해."

허준달은 흠칫 몸을 도사리다가 불안한 눈빛으로 철도원들을 향해 터벅터벅 걸어가 작업지시를 했다. 철도원들은 휘진 몸을 이끌고 기차 뒤꽁무니 쪽으로 가 선로를 뜯기 시작했다.

17.

 그 시각 인천을 떠난 메러디스 빅토리 호는 전속력으로 달려 이틀 만에 원산 외항의 여도 동쪽 해상 20km 지점에 도착했다. 하지만 입항 대기하라는 명령을 받고서 주변에 점점이 떠 있는 여러 척의 수송선과 LST 그리고 미국 해군 군함들 틈에서 기다리는 중이었다.
 "인민군이 원산 앞바다에 기뢰를 깔아 소해(掃海)작전을 마치기 전까지 대기하라고 하니… 자칫하다간 입항도 못하고 김 대위 중대만 어뢰정으로 하선시키고 그냥 돌아갈 수도 있겠어."
 라루는 걱정스러운 낯빛으로 중얼거렸다.
 "그런 것은 유엔군사령부에 맡기시고, 김 대위님 중대가 하선하고 나면 마음 편하게 좀 쉬시지요."
 러니는 핼쑥한 라루의 표정을 읽어가며 차분하게 말했다.
 "한국 해군 어뢰정은 아직 도착할 때가 안 됐나?"
 라루는 마음 쓸 일이 아니라는 듯 빙긋빙긋 웃음까지 지어 보이며 물었다. 러니는 "곧 도착하겠죠."라고 짤막짤막하게 대꾸하고는 조금은 아리송한 표정을 지으며 말을 이었다.

"김 대위님 중대가 상륙한다고 해도 북으로 도주하는 기차를 저지할 수 있을까요?"

라루는 알 수 없는 일이라며 고개를 가로 흔들었다.

"그런데 왜 하필 김 대위님 중대원인가요?"

러니는 잘 모르겠다는 듯이 미간을 모으면서 고개를 갸웃거리고는 "그건 그렇다 해도… 미스터 리를 함께 보내도 괜찮을까요?"라고 물었다.

"참모장이 다 생각이 있어서 그랬겠지."

라루는 포니가 공연히 그런 결정을 했을 리 없다고 하고는 그물사다리를 내렸는지 물었다. 러니는 우현 현측에 2개를 내렸다고 대답했다. 그때 디노가 조타실 창을 가리키며 어뢰정이 나타났다고 했다. 라루는 망원경을 집어 들어 눈으로 가져갔다. 하늘과 연이은 수평선에 꽁무니에서 하얀 물살을 뿜어내며 다가오는 어뢰정이 보였다.

"드디어 오는군… 가만…? 저건…?!"

라루는 하던 말을 꿀꺽 삼키고는 눈에서 어뢰정을 좇던 망원경을 내리고는 러니를 쳐다보며 "사세보 항에서 보았던 밴데…."라고 했다. 러니는 미심쩍은 눈초리로 "그럴 리가요?"라고는 망원경을 들었다. 두 척의 어뢰정 중 맨 앞의 어뢰정에 'PT23'이라고 적힌 함종번호가 보였다.

"사세보 항을 떠나올 때 우리를 앞질러간 그 배가 맞습니다."

러니는 망원경에서 눈을 떼지 않은 채 마치 흥미로운 이야깃거리라도 찾아냈다는 듯이 목소리가 높았다.

"미스터 리가 아주 반가워하겠군."

라루는 생기가 도는 목소리로 말하고는 러니를 향해 "사무장, 김 대위에게 준비하라고 해."라고 지시를 덧붙였다. 러니는 망원경을 내리며 알았다고 대답하고는 선내방송 마이크를 집어 들고서 입을 뗐다.

"우현 계류요원 배치 붙어. 육군7보병사단 32연대 2대대 1중대원 하선준비 할 것. 이상 선장."

갑판에서 선내방송을 들은 김영옥은 이봉남을 향해 "준비 다 되었소?"라고 물었다. 이봉남은 입을 꾹 다문 채 허리에 찬 권총을 슬쩍 보이며 고개를 끄떡거렸다.

"미스터 리와 함께 작전에 투입되리라고는 생각지도 못한 일입니다."

김영옥은 다음 벌어질 일에 대한 긴장을 풀어줄 요량으로 함께 불길에라도 들어갈 기세로 말했다. 이봉남은 겸연쩍은지 씩 멋쩍은 웃음을 보이며 "임무가 뭡니까?"라고 물었다.

"북으로 도주하는 기차에 포로가 된 미군 장교가 있다는군요. 구출하여 한국 해군에게 인계하고, 우리는 고원읍으로 진격하여 32연대를 기다리는 것입니다."

김영옥은 엄중한 명령을 하달 받은 것처럼 사뭇 심상치 않은 표정으로 말했다.

"그런 중차대한 작전에 저를 왜…?"

이봉남은 포니가 자신을 딸려 보내는 까닭이 자못 궁금했다.

"참모장님께서 그만큼 미스터 리가 미덥다는 것이겠지요."

김영옥은 혼자서 인민군을 물리친 일을 거론하며 내심 이봉남을 추어올리고는 엷게 웃었다.

그사이 어뢰정 두 척이 메러디스 빅토리 호에 다가왔다. 이봉남은 눈에 익은 함종번호를 보는 순간 반가움과 기쁨으로 마음이 뒤설레었다. 승무원들이 모자를 벗어들고 흔들며 앞질러 가던 어뢰정이 어제의 일처럼 역연하게 떠올랐다. 맨 앞에 있는 PT23 호정에서 손을 흔들어 보이는 김상길이 보였다. 이봉남은 겨우 두 번째 만남이지만 예전부터 사귄 벗처럼 친밀한 사이라도 되는 듯이 반갑게 손을 흔들었다.

"아는 사람이오?"

김영옥은 괴이한 일이라는 듯이 의아한 눈빛으로 쳐다보며 물었다. 이봉남은 반가운 마음을 숨기는 눈치로 싱긋 웃어 보이고서 그렇다고 했다. 김영옥은 의외의 대답이라는 듯이 눈에 티가 들어간 것처럼 쨍긋댔다.

"사세보에서 만났는데… 저 어뢰정은 미국 해군99기동함대에서 한국 해군에게 준 것이랍니다."

이봉남은 묻지도 않은 말을 술술 쏟아 놓고서 지난 일의 얼거리를 간추려 자랑삼아 들려주었다. 이야기를 듣고 난 김영옥은 나직한 목소리로 "나라를 지키겠다는 마음들이…."라고는 사뭇 엄숙한 표정을 지었다.

그사이 어뢰정 두 척은 그물사다리가 내려져 있는 우현으로 나란히 계류했다. 김영옥은 중갑판에 대기 중인 중대원들을 향해 하선지시를 내리고, 중대원들은 네 줄로 나누어 그물사다리를 이용하여 어뢰정에 타기 시작했다. 이봉남은 조타실을 향해 손을 들어 보이며 작별을 고하고서 김영옥과 함께 그물사다리를 타고 어뢰정으로 내려섰다. 이봉남을 알아본 김상길은 반기기보다는 휘둥그런 눈으로 쳐다보고는 곧 조함에 열중했다. 어뢰정은 김상길의 지시에 따라 함미에서 하얀 물살을 뿜어내며 앞으로 나아가 메러디스 빅토리 호에서 이탈했다.

한편 여필준은 굼떠 뒤처지는 몸으로도 선로 보수작업을 위해 쉴 사이 없이 움직였다. 시간이 갈수록 어깨는 더욱 축 처지고 몸은 자꾸 비쓸거렸다.

"끌어모을 일꾼 동무가 얼마나 없었으면, 다리가 저 모양인 동무까지 동원시켰단 말이야?"

질질 끄는 걸음걸이로도 열성껏 일하는 여필준을 바라보던 인민군대좌는 허준달을 향해 조만히 책망하듯 말했다.

"60명이었는데, 반은 물속에 수장되는 바람에 그렇습니다."

허준달은 거룻배 한 척이 기뢰를 건드려 폭파했다고 설명했다.

인민군대좌는 몽둥이라도 한 대 맞은 꼴로 어리뜩한 표정을 지으며 두 눈만 끔벅거렸다. 허준달은 다음 말을 잇기가 난처하다는 듯 "그런데…."라며 어물어물 입을 떼고는 슬쩍 말머리를 돌렸다.

"대좌 동지, 이 기차는 대체 어디로 가는 것입니까?"

인민군대좌는 포로와 포탄을 사수역으로 이송하는 기차라고 대답했다.

"사수역…? 장진호가 있는 곳 말입니까?"

허준달은 전선에 있어야 할 포탄을 산속으로 옮기는 게 이상했다.

"그곳으로 옮겨서 다시 트럭으로 강계로 이동할 거야."

인민군대좌는 무엇에 쫓기는 듯이 다급한 표정으로 외치듯이 말했다.

"강계…? 왜 그 깊은 골짜기로 옮긴답니까?"

허준달은 뭔가 이상한 분위기에 휩싸인 것처럼 눈알을 도리반도리반 굴리며 물었다.

"해병 동무는 바다나 지키면 될 일이지, 뭐가 그리 궁금해?"

인민군대좌는 손바닥으로 허벅지를 탁 치며 역정 내듯 말했다. 허준달은 머릿속에 왱왱대는 미심쩍은 생각 때문에 몸을 도사리다가 입을 뗐다.

"우리는 이 기차로 함흥까지 이동하라고 지시받았습니다만…."

"나도 동무들을 함흥까지 태워주라는 지시를 받았어."

인민군대좌는 허준달의 말허리를 팍 꺾고는 약간 실눈을 지으며 맨 마지막 칸 화차가 비어 있다고 했다. 허준달은 동상처럼 딱딱하게 굳어진 표정으로 알았다고 대답했다. 그때 인민군하사가 허준달 앞으로 다가와 선로 보수작업이 끝났다고 했다.

"그래…?"

허준달은 표정이 일변하면서 철로를 쭉 훑어보았다. 다습게 내리쬐는 햇빛 아래 아지랑이가 가없이 피어오르는 철로가 다리 위로 쭉 이어졌고, 철도원들은 철로 가장자리에서 지친 몸을 배트작거렸다.

"뭐해? 끝났으면 빨리 태워."

허준달은 성미 급한 놈처럼 달아오른 얼굴빛으로 소리쳤다.

"군관 동지, 선로보수 장비는 어찌할까요…?"

인민군하사는 필요한 것인지 아닌지를 몰라 말꼬리를 도사렸다.

"이 판국에 무슨 얼뜨기 같은 소리야? 그까짓 것 버려."

허준달은 어처구니없는지 낭패스럽게 얼굴을 구기고는 고압적인 목소리로 철도원들을 맨 마지막 화차에 얼른 태우라고 소리쳤다. 인민군하사는 무뚝뚝한 얼굴로 대답하고는 돌아서서 인민군해병들을 이끌고 철도원들을 태우기 시작했다.

여필준은 낡은 신발조차 천근만근 무겁게 여겨지는 몸을 이끌고 철도원들과 함께 움직였다. 맨 마지막의 화차에 올라타려 할 때 허준달이 다가와 가방을 내밀었다.

"동무는 이 가방을 챙겨들고 나를 따라오시오."

여필준은 제 한 몸을 치레하기도 어려운 판이라는 얼굴로 가방을 받아들고서 허준달을 뒤따라 붙었다.

 허준달을 따라가 탄 객차에는 중령 계급장을 단 미군 장교가 뒷 짐결박을 당한 채 앉아 있었다. 여필준은 잠시 놀란 눈으로 포로를 보다가 인민군대좌의 눈치를 살폈다. 인민군대좌는 대뜸 여필준을 향해 "네놈은 뭐야?"라고 물었다. 허준달은 퍼뜩 제정신이 든 놈처럼 "아!" 하고는 여필준이 가진 가방을 가리키며 입을 뗐다.

 "원산만 기뢰부설 내용이 담긴 중요한 문서입니다."

 인민군대좌는 입을 딸막거리다가 이내 닫고는 출발지시를 내렸다. 기차는 길게 기적 소리를 두 번 울리고는 곧 연실에서 검은 연기를 뿜아내며 움직이기 시작했다.

 같은 시각, 김상길은 부장(副艇長)에게 조함을 맡기고서 이봉남을 흔연히 맞이하며 인사를 나누는 중이었다.

 "인연이 되면 보게 될 것이라고 했는데… 얼마 되지 않아 또 만나다니 참으로 뜻밖입니다."

 "저야말로 이렇게 늠름한 위용을 대하니 괜스럽게 가슴까지 설렙니다."

 이봉남은 혈육을 만난 것처럼 못내 감격스러운 표정을 지으며 칭찬인지 부러움인지 모를 말을 하고는 서둘러 김영옥을 가리키고는 인사를 시켰다. 김영옥은 "말씀 들었습니다."라고서 손을 내밀어 악수를 청했다. 김상길은 놀램과 반가움이 뒤섞인 표정으로 "한국사람이시군요?"라며 반겼다. 김영옥은 꼭 다문 입으로 고개를 까딱하며 목례를 하고는 입을 뗐다.

"북상하는 기차를 어뢰정과 협공하라는 지시를 받았습니다만… 작전이 어떻게 짜진 것입니까?"

김상길은 슬쩍 얼굴빛을 바루고는 돌격적인 어조로 "미국 비행기가 철교를 폭격했소."라고는 해안가가 나타난 지도를 끄집어내어 놓고서 원산 아래의 갈마반도 해변을 가리키며 입을 뗐다.

"이 지점의 다리를 끊었기 때문에 복구하려면 시간이 걸릴 겁니다. 그 때문에 남쪽에서 올라오는 기차가 바로 여기… 좌표 북위 39.135도 지점 통과시간이 늦을 수밖에 없습니다. 우리는….'

"잠깐, 이 지점이 왜 중요합니까?"

김영옥은 갑자기 견고한 음성으로 말을 자르고는 김상길이 말한 지점을 가리키며 물었다. 김상길은 차근차근 설명하겠다는 듯 또렷한 음성으로 입을 뗐다.

"보다시피 철길이 여기부터 해변과 나란히 2km가 넘도록 북쪽으로 이어져 있는데, 이쪽 끝부분에 다다르면 짧은 터널 세 개가 연달아 있습니다. 우리는 김 대위님 중대원들을 마지막 터널이 있는 지점에 상륙시킨 후 빠져나와서 마지막 터널이 있는 산의 북쪽 해안에 대기했다가 기차가 터널을 빠져나오면 나란히 북상하면서 공격할 것입니다."

"그러니까 해상에서 육지를 향해 포격하기 위해 기차 통과를 지

연시켰다는 말이군요?"

"그렇습니다. 우리가 기차를 포격하여 저지시키고 나면 김 대위님 중대원들이 들어가면 됩니다."

"미군장교가 타고 있는 것은 확실합니까?"

"강계로 끌고 가기 위해 기차에 태웠다고 미국 정보국(OSO)에서 알려왔습니다."

"그렇군요…. 이쪽 해안으로 상륙하는 데 문제는 없습니까?"

"백사장으로 들어가면 어뢰정이 해변으로 접안할 수 없기 때문에 부득이 헤엄쳐 상륙해야 합니다. 하지만 이곳은 접안이 힘들어도 갯바위가 부두역할을 하기 때문입니다."

"그렇군요. 헌데, 이 지역은 기뢰가 없습니까?"

"걱정 마십시오. 갈마반도 북쪽 해안에서 여도를 거친 호도반도까지의 해역만 피하면 됩니다."

두 사람이 이야기를 주고받는 사이 상륙지점 해안가가 보였다. 김상길은 "상륙준비를 해야겠습니다."라고는 부장에게서 조함을 인계받았다. 김영옥은 중대원들과 무장을 점검하고 상륙준비를 했다. 이봉남은 적을 향해 과감히 돌진하리라는 각오를 다지며 눈앞의 해변을 바라보았다.

김상길은 갯바위 가장자리에 함수를 갖다 붙였다. 중대원들은 어뢰정 함수갑판에 일렬로 늘어서서 갯바위 위로 차례차례 뛰어내렸다. 김영옥은 김상길을 향해 "당신과 당신의 승무원들에게 행운을 비오."라고서 경례를 했다. 김상길도 함께 경례를 하고는 "행운을 빕니다."라고 했다. 김영옥은 곧 돌아서서 갯바위로 뛰어내렸고 뒤를 따라 갯바위에 올라선 이봉남은 김상길을 향해 손을 들어보였다. 김상길은 손을 번쩍 들어 보이고는 곧 어뢰정을 후진시켜 갯바위에서 멀어졌다.

　김영옥은 중대원들의 전열을 정비하여 1소대와 2소대를 사주경계로 세우고서 조심스럽게 터널을 향해 진격했다.

18.

　마지막 터널이 있는 산의 북쪽 해안에 숨어 있던 김상길은 시커먼 연기를 뿜어대며 해안선을 따라 다가오는 기차를 발견하고는 전투 배치 지시를 내렸다. 승무원들은 "전투배치! 전투배치!"라고 복창하면서 일사불란하게 움직였다. 37mm 포를 비롯하여 20mm, 12mm 중기관총이 한바탕 난사할 준비를 갖추었다.
　이윽고 기차는 마지막 터널 속으로 기어들었다. 김상길은 전에 없이 고조된 목소리로 "방위 190, 앞으로 하나!"라고 조함 지시를 했다. 어뢰정 두 척은 꽁무니에서 물살을 밀어내며 일정한 간격을 두고 서서히 앞으로 나아갔다.
　김상길은 높은 기적 소리와 함께 기차가 터널을 빠져나오는 때를 같이하여 "전포 사격!"이라고 소리쳤다.
　"뚜르르륵!"
　"펑, 펑, 펑!"
　어뢰정의 포들이 일제히 불을 뿜어대기 시작했다. 해안을 따라 기차와 나란히 북으로 올라가면서 기차의 화실을 향해 집중적으로 포격을 가했다. 기차에서 쏘아대는 인민군의 소총 사격은 텅텅 소리만 날 뿐 어뢰정에게 아무런 위협이 되지 못했다. 기차는 일방적으로 몰매를 맞듯 흠씬 두들겨 맞고는 쾅 하는 폭발음과 함께 증기 돔이 파괴되면서 수증기를 쏟아냈다. 연돌에서 뿜어져 나오는 검은 연기와 하얀 수증기는 서로 섞여 들고일어나 난리를 쳤다. 기차는 급속히 속력이 줄어드는가 싶더니 연실이 터지면서 왼쪽으로 비스듬히 기울어 철길 가장자리의 논두렁에 처박혔다. 뒤에 연결된 화물칸들도 선로를 탈선하면서 덩달아 처박혔다. 기차에서 쏟아져 나온 인민군들이 어뢰정을 향해 소총 사격을 하다가 되레 어뢰정에서 뿜어대는 포탄에 태풍에 나뭇가지 꺾이듯 자빠졌다.

 터널 쪽으로 진격하던 김영옥은 탈선한 기차의 연실에서 꾸역꾸역 삐져나오는 검은 연기를 발견하고서, 3소대와 4소대는 언덕으로 돌아 기차 꽁무니 쪽으로 접근하도록 지시하고 자신은 1소대와 2소대를 이끌고 철길 좌우로 나누어 다가갔다. 이봉남은 1소대의 뒤를 따라붙었다. 기차 가까이 접근하자 연실에서 꾸역꾸역 삐져나와 사방을 자욱하게 덮은 연기 뒤쪽에서 "타, 타, 탕!" 앙칼진 총소리가 났다. 김영옥은 사격 명령을 내렸고 중대원들은 일제히 인민군을 향해 사격하기 시작했다. 인민군은 방향조차 분간 못 할 만큼 퍼부어대는 집중 사격에 맥없이 나동그라졌다.

 김영옥은 몸을 낮추어 재빠르게 엎어져 있는 객차로 접근했다. 중대원들에게 사주경계를 맡기고 자신은 두 명을 데리고서 객차 문을 박차고 뛰어들어 총부리를 겨누었다. 희미한 등불 하나가 어중간히 매달린 어두컴컴한 객차 안에는 침대와 책상이 포개져 한쪽 구석에 처박혔고, 바닥에는 깨진 술병에서 시큼한 술 냄새가 확확 풍겨났다. 안쪽에는 모가지에 쇠붙이가 꽂힌 인민군대좌와 가슴과 머리에 총알이 박힌 채 절명한 허준달이 엎어져 있고, 그 옆에는 얼빠진 눈으로 벽에 기댄 채 두 무릎 위에 맥없이 손을 올려놓고 앉은 여필준이 보였다. 여필준의 옆에는 손이 묶인 채 쓰러져 있는 미군 중령이 신음 소리를 내고 있었다. 김영옥은 총부리를 거두고는 미군 중령을 일으켜 앉히고서 묶인 손을 풀었다.

기차 꽁무니 쪽으로 접근하던 3소대와 4소대는 산발적인 총격전 끝에 여남은밖에 안 되는 인민군을 제압했다. 문이 열어젖혀진 화차 안으로 들어서자 철도원들이 여기저기 나뒹굴어진 채 신음 소리를 냈다. 중대원들은 철도원들을 모두 밖으로 몰아냈다. 철도원들은 혼이 반쯤 나간 것처럼 멍한 정신으로 철길로 쏟아져 나왔다.

김영옥은 객차를 수습하고서 미군 중령과 여필준을 데리고 밖으로 나왔다. 미군 중령을 부하들에게 맡기고는 철길 가장자리에 모여 있는 철도원들을 쳐다보고 있는 이봉남을 불렀다.

"미스터 리, 이 사람 좀 살펴보시오."

이봉남은 고개를 돌려 무심한 얼굴로 흘깃 뒤를 돌아보다가 갑자기 이상한 느낌이 드는 통에 바삐 다가갔다.

"이 자가 아무래도 심상치 않소."

김영옥은 보잘것없이 초라하도록 구저분한 차림새로 서 있는 여필준을 가리키며 낌새가 수상하다고 했다. 이봉남은 고개를 갸웃거려 얼굴을 살피다가 그만 영을 발하는 눈빛으로 "필준이…?"라고는 소스라치게 놀랐다. 여필준은 낯익은 목소리에 퍼뜩 잠이 깨버리는 것처럼 회동그랗게 뜬 눈으로 이봉남을 쳐다보았다.

"이… 이 친구…. 이게 대체…."

이봉남은 너무나 갑작스레 눈앞에 나타난 여필준의 몰골을 제대로 쳐다볼 수 없다는 듯이 말꼬리를 도사렸다.

"이… 이…."

여필준은 감격인지 하도 기가 막히는 것인지 여하간 말문을 열지 못하고 입술만 옴죽거렸다.

"아는 사이오?"

지켜보고 있던 김영옥은 둘 사이에 끼어들어 물었다. 이봉남은 하도 어처구니가 없어서 말이 안 나온다는 듯이 눈썹을 쫑긋하면서 입을 뗐다.

"일본군 13명을 때려죽이고 반란을 일으키고 탈출했다가 태평양 한가운데서 구출되었단 말 했었지요?"

김영옥은 눈초리를 올리면서 "그럼… 이 사람이…?"라며 여필준을 훑어보았다. 이봉남은 도무지 믿기지 않는다는 듯이 어리둥절한 표정으로 고개를 끄떡거렸다.

"이러고 있을 것이 아니라, 어서 자리를 떠야 하오."

김영옥은 이봉남을 향해 두 사람의 이야기는 나중에 듣자고는 돌아서서 무전병을 불러 어뢰정에게 상황을 알리라고 지시했다. 무전병은 곧 어뢰정을 호출하여 작전이 끝났음을 알렸다. 김영옥은 무전병을 향해 고개를 끄떡이고는 이봉남에게 한 걸음 다가가 나직한 목소리로 입을 뗐다.

"객차 안에 있는 인민군장교 둘은 당신 친구라는 사람이 쏘아 죽였소."

"뭐라고요…?"

이봉남은 펄쩍 놀라며 소리치듯 말하고는 여필준을 쳐다보았다. 김영옥은 "그래서 심상치 않다고 한 것이오."라고 운을 떼고는 의미심장한 눈빛으로 쳐다보며 말을 이었다.

"그뿐이 아니라 저 사람이 가진 가방에 중요한 것이 있는 것 같으니 무엇인지 알아보시오."

이봉남은 대체 뭐가 뭔지 모를 착잡한 심정으로 김영옥의 어깨 너머로 여필준을 쳐다보았다.

"어뢰정이 기다리니 어서 해안으로 이동합시다."

김영옥은 이봉남의 어깨를 가볍게 치고는 중대원들 곁으로 발걸음을 옮겨 놓았다. 이봉남은 머릿속에 많은 생각이 맴도는지 잠시 선 채 이맛머리를 쓸어 올리고는 여필준을 향해 다가갔다. 여필준은 초라한 자신의 몰골에 비해 당당한 이봉남을 마주 대하기가 어딘가 겸연쩍고 서먹한지 푸시시 웃고서 "일본에 있어야 할 자네가 대체 어떻게 된 일이야?"라고 물었다.

"설명하자면 길어…."

이봉남은 말하기가 어려운 듯이 말꼬리를 감아올리고는 멀뚱한 표정으로 쳐다보며 기차를 타고 어디로 가는 중이었는지 물었다.

"원산 기뢰창에서 노역을 하다가 흥남으로 가던 길이었어."

여필준은 가벼운 한숨을 섞어 조용히 말했다. 이봉남은 흐물흐물 감겨드는 표정으로 쳐다보며 믿기지 않는다는 듯이 "기뢰창…?"이라고 물었다.

"흥남 앞바다에 깔 기뢰는 소련 해군이 싣고 온다고 했어."

여필준은 아무렇지 않게 심상히 말했다. 이봉남은 문득 기뢰 때문에 원산 외항에 머무는 수많은 군함과 수송선이 떠오르면서 한 가닥 실마리 같은 것이 잡히는 듯 자신도 모르게 다소 떨리는 음성으로 "기뢰 부설한 곳을 안다는 소리네?"라고 물었다.

"원산 앞바다에 깔린 기뢰는 전부 다 이 가방에 있어."

여필준은 동쪽에서 맞은 뺨의 앙심을 서쪽에서 맘껏 화풀이하듯 공연히 큰 소리로 말했다. 이봉남은 갑자기 큰 비밀을 탐지해낸 듯이 가슴이 발룽거렸다. 두근거리는 마음을 진정시키고는 무슨 말을 할까 생각해보았다. 무조건 가방 속을 보여달라고 했다간 자칫 속이 빤히 보이는 수작으로 비칠 것 같아 태연한 태도로 "러니 중위 알지?"라고 물었다. 여필준은 좀 뜻밖이라는 표정을 지으며 "내가 어찌 잊어."라고 대꾸했다. 이봉남은 완약한 어조로 "나하고 함께 왔어."라고 했다.

"뭐어?!"

여필준은 단박에 화닥닥 놀라 소리치듯 말하고는 어디 있느냐고 물었다.

"함께 배를 타고 왔는데, 기뢰 때문에 들어오지 못하고 바다에 떠 있어."

이봉남은 짐짓 우울하게 가라앉은 목소리로 말했다.

"미국 군함을 타고 온 거란 말이야?"

"차차 설명해줄 테니 함께 가, 굉장히 반가워할 거야."

이봉남은 여필준을 데려갈 요량으로 러니를 앞세웠다. 여필준은 언뜻 떠오르는 반가운 마음과 도무지 가라앉지 않을 것 같은 설렘에다가 호기심마저 더불어 볼록거려 단박에 그러자고 했다.

"참… 자네 다리는 어떤가?"

이봉남은 뒤늦은 물음이라는 듯이 어색한 말투로 묻고는 부축하려 했다. 여필준은 괜찮다며 슬며시 뿌리치고는 입을 뗐다.

"비록 절음발이 병신이지만 보다시피 지팡이 없이 잘 걸어."

이봉남은 여필준의 말에 가시가 돋친 것 같아 대꾸를 못하고 멀뚱멀뚱 엉벌린 채로 쳐다보았다.

"저 사람들은 어쩔 것인가?"

여필준은 철도원들을 가리키며 물었다. 이봉남은 고개를 모로 젓고는 김영옥을 향해 귓속말로 어떻게 할 것인지 물었다. 김영옥은 엄밀한 목소리로 "데려갈 곳이 없지 않소?"라고 했다.

"데려간들 뭐하겠어? 죽이지만 말게."

여필준은 등잔 불빛에 젖은 창호지처럼 핏기가 없는 낯빛으로 아주 힘없이 말했다. 이봉남은 여필준의 심정을 헤아려 행여 마음을 다치게 할세라 대답 대신 고개를 끄떡거렸다.

"시간 없소. 어서 갑시다."

김영옥은 시간이 초급하다며 서두르자고는 이내 발걸음을 뗐다. 이봉남은 목구멍까지 차오르는 여필녀의 소식을 묻고 싶은 마음을 꾹 누르고서 여필준과 김영옥을 뒤따라갔다. 김영옥은 중대원들을 이끌고 어뢰정이 접안하기로 한 해안의 갯바위로 향했다. 철길 좌우로 쭉 늘어선 철도원들은 넋이 쑥 나간 사람처럼 멍한 눈으로 멀어지는 미군들을 쳐다보았다.

19.

　김영옥은 김상길에게 여필준과 미군 중령을 인계하고서 작별을 고한 뒤 중대원들을 인솔하여 육로를 통해 고원읍으로 향했다.
　김상길은 어뢰정 편대를 이끌고 곧장 기함인 마운트 맥킨리(Mt. Mckinley)함으로 향했다. 동쪽으로 한참 나아가자 빅토리 급 수송선을 빼닮은 배에 대공과 대함레이더 그리고 온갖 통신시설을 갖춘 마운트 맥킨리함이 나타났다.
　김상길은 가까이 다가가 현측계단에 어뢰정을 붙였다. 마운트 맥킨리함 현측에 파도가 출렁거리며 어뢰정이 흔들거렸다. 김상길은 어뢰정이 현측계단에서 벗어지지 않도록 타륜과 엔진 속도를 조절해가며 어뢰정 수병들을 지휘했다. 마운트 맥킨리함에서 미군 수병 넷이 내려와 여필준과 미군 중령을 부축하여 어뢰정에서 하선시키고서 마운트 맥킨리함 갑판으로 향했다. 이봉남은 김상길과 작별을 고하고는 뒤따라 갑판으로 올라갔다. 갑판에 오르자 현측계단이 들려지고 어뢰정은 물살을 일으키며 마운트 맥킨리함에서 멀어졌다. 미군 수병들은 여필준과 미군 중령을 곧장 의무실로 옮겼다.

갑판으로 내려온 포니는 이봉남을 반겼다. 이봉남은 잠시 놀란 표정이었으나 그도 잠시 곧 인사말을 건넸다. 포니는 정답게 인사를 나누고는 옆에 선 해군장교를 가리키며 "해군90기동함대의 3소해전대장 리처드 스포포드(Richard Spofford) 대령이오."라고 했다. 스포포드는 이봉남을 향해 손을 내밀며 반갑다고 했다. 이봉남은 악수를 나누고는 곧 포드를 향해 무슨 일이냐는 듯 오른쪽으로 고개를 까딱 젖혔다. 포니는 무전 연락을 받았다고 요점을 발라내고는 "기뢰에 대해 안다는 사람이 방금 의무실로 간 사람이오?"라고 물었다. 이봉남은 그렇다고 간단히 대답했다. 포니는 소해작전 때문에 애를 먹고 있던 참이었다며 함께 의무실로 가자고 했다. 이봉남은 그러자고는 함께 의무실로 향했다.

여필준은 침대에 누운 채 군의관에게 진료를 받는 중이었다. 이봉남은 군의관을 향해 가볍게 목례를 하고는 여필준에게 다가가 "어때?"라고 물었다. 여필준은 마음속으로는 만감이 교차하는지 입술을 지그시 깨물다 말고는 "남태평양에서 미국 해군에게 구조되던 때가 생각나."라고 대꾸했다.

"뼈가 드러나도록 앙상했던 몰골로 겨우 숨만 붙어 있던 그때보다는 낫지 안 그래?"

이봉남은 여필준이 안정을 잃지 않도록 될 수 있는 대로 부드러운 말투로 말했다. 여필준은 애써 안온한 표정으로 웃으며 그렇다고 대꾸하고는 곁에 선 포니를 쳐다보았다.

"아, 이분은 10군단 참모장님이시고, 이분은 3소해전대장님."

이봉남은 포니와 스포포드를 차례로 인사시켰다. 포니는 여필준을 향해 "마운트 맥킨리함에 승선한 것을 환영합니다."라고는 고개를 곱작했다. 여필준은 약간 당황한 기색을 드러내며 일어나려 했다. 포니는 괜찮다고 구태여 말려가며 일어나지 말라고 했다.

"실은…."

이봉남은 여필준이 가져온 가방 속에 든 내용을 알고 싶어서라고 말하고는 기탄없이 말을 이어나갔다.

"자네가 치료부터 받아야 도리지만 워낙 중요하고 급한 사안이라 이렇게 급히 온 것일세."

여필준은 고개를 보시시 들고는 포니를 향해 "What do you want to know?"라고 물었다. 포니는 순순히 응하는 여필준의 태도에 놀라기도 했지만 능숙한 영어에 또 한 번 놀랐다.

"원산 앞바다에 부설된 기뢰 숫자, 종류, 위치를 알고 싶소."

포니는 부설된 기뢰에 대한 정보를 알려달라고 했다. 여필준은 잠시 머뭇거리다가 이봉남을 향해 가방을 가져다달라고는 반쯤 일어나 앉았다. 이봉남은 의무실 한쪽에 버려진 듯 놓여 있는 낡은 가방을 집어 건넸다. 여필준은 가방을 무릎 위에 올려놓고 열고는 해도를 꺼내 펼쳤다.

"이것이 무엇이오?"

포니는 흰색과 붉은색 그리고 노란색으로 구역이 나누어져 있고 그 사이사이로 표시된 항로를 훑어보면서 물었다.

"보다시피 북쪽에서 남으로 내리뻗은 호도(虎島)반도와 남쪽에서 북으로 돌출된 갈마(葛麻)반도 사이로 서쪽으로 움푹 들어간 영흥만과 여도(麗島), 웅도(熊島), 신도(薪島), 모도(茅島) 등을 기점으로 구역이 나누어져 있습니다. 흰색 구역은 자기기뢰, 붉은색 구역은 음향기뢰, 노란색 구역은 접촉기뢰가 부설된 곳입니다. 이것만 있으면 원산만에 부설된 기뢰는 한눈에 파악됩니다."

여필준은 해도를 짚어가며 장황히 설명했다.

"웅도에서 서쪽으로 기다랗게 그어놓은 선은 무엇이오?"

스포포드는 눈에 띄게 표시된 빨간 선을 가리키며 물었다.

"기뢰부설 작업을 할 때 배가 드나들 수 있도록 비워둔 뱃길이었는데, 마지막 날 거기도 기뢰를 부설했습니다."

여필준은 아무런 의미가 없게 된 선이라고 했다. 스포포드는 혼자만의 골똘한 상념에 잠긴 듯 정물 같은 모습으로 해도를 노려보다가 포니를 향해 나직한 목소리로 입을 열었다.

"철재소해함(AM)은 음향기뢰와 접촉기뢰가 부설된 구역으로 투입하고 목재소해함(AMS)을 자기기뢰가 부설된 구역으로 투입하여야 하는데… 문제는 자기기뢰가 예상보다 많은 반면에 우리가 가진 21척의 소해함 중 목재소해함은 단 3척밖에 없으니… 소해작전에 시일이 많이 걸릴 것 같습니다."

포니는 난감하다는 듯 턱을 쳐들어 허리를 거우듬하게 뒤로 젖히며 "UDT(수중폭파반)를 동원하면 어떻겠소?"라고 물었다. 스포포드는 기뢰가 너무 많이 부설되었다며 고개를 가로저었다.

"하나씩 제거할 것이 아니라 한꺼번에 폭파시킬 수 없습니까?"

이봉남은 조심스럽게 입을 열어 끼어들었다.

"한꺼번에 터트린다…? 함재기를 출격시켜서 기뢰부설 지역에 집중적으로 폭탄을 투하하자는 소린데…."

포니는 복잡한 수학 공식을 생각해내듯이 눈을 내리깔고 중얼거리다가 한 박자 돌린 다음 말을 이어나갔다.

"음향기뢰는 먹혀들겠고… 자기기뢰는 알 수 없지만 접촉기뢰는 멀쩡할 것인데…."

심각한 표정으로 팔짱을 낀 채 묵연히 생각에 잠겨 있던 스포포드는 목이 타는 듯 침을 꿀꺽 삼키고서 포니를 향해 입을 열었다.

"먼저 수심 25피트에서 터지도록 수압식 신관으로 조종된 폭탄으로 폭격을 한 후 2차로 소해함을 투입하면 삼사일 정도면 될 것 같습니다."

"삼사일이라…?"

포니는 손가락 끝으로 턱을 찍듯이 만지며 생각하다가 "음." 하는 소리를 내고서 입을 뗐다.

"그렇다면 웨체스터함의 함재기를 출격시킬 것이 아니라 7합동기동함대 사령관님께 보고하여 7합동기동함대 예하의 함대가 출격시킬 수 있는 비행기를 모두 동원하여 융단 폭격합시다."

"그것이 더 좋겠습니다."

스포포드는 결연한 의지가 엿보이는 대답을 했다. 포니는 고개를 끄떡이고는 여필준을 향해 고맙다고 말하고는 빨리 완쾌하기를 빈다고 했다.

20.

 다음 날 7합동기동함대 사령관 아더 스트러블(Arthur Struble) 중장은 항공모함 필리핀시함과 레이테함의 함재기 스카이레이더와 코르세어기의 출격을 명했다. 수심 20피트에서 터지도록 조종된 수압식 신관을 장착한 1,000파운드짜리 폭탄 3개씩을 실은 39대의 함재기가 벌떼처럼 날아가 바다 위에 쏟아부었다. 바다로 떨어진 폭탄은 수중폭발을 일으켰고 폭발의 충격으로 터진 기뢰는 커다란 물기둥을 하늘로 치뿜었다. 해 질 녘이 되어서야 하늘도 바다도 조용해졌다.
 이튿날 동틀 무렵 스포포드는 3기뢰전대의 소해함을 모두 투입하여 대대적인 소해작전에 돌입했다. 김상길은 소해작전을 하는 동안 어뢰정 편대를 이끌고 여도 근처 해역에서 남북으로 오가며 주변해상을 경계했다. 오전이 채 지나기 전에 미국 소해함 두 척이 폭파하여 침몰하면서 긴장은 더욱 고조되었다. 그러다 해 질 녘이 다 되어 또 한 척이 반파되면서 소해작전은 멈추었다.
 날이 밝아지자 소해작전은 다시 시작되었다. 정오가 조금 지났을 때 여도 남쪽 해역을 탐색하던 한국 해군 516함이 천지를 진동시키는 굉음을 일으키며 폭발하면서 함체가 물 위로 떠올랐다가 폭삭 내려앉으며 침몰되고 말았다. 옆에 있던 LST영등포함은 대파되었지만 침몰은 면했다. 김상길은 위험을 무릅쓰고 어뢰정을 이끌고 영등포함으로 접근하여 승조원 구출에 안간힘을 쏟았다. 여러 피해에도 불구하고 소해작전은 멈추지 않았고 저녁 무렵에는 원산항으로 들어갈 수 있는 항로를 열었다.

다음 날 이른 아침부터 LST를 시작으로 연합군 군함들이 원산항을 향해 움직이기 시작했다. LST는 갈마 해변으로 몰려가 백사장에 횡대로 접안했다. 함수 램프가 열리자 며칠 동안 바다에 떠 있던 미국 해병1사단 병사들이 트럭과 탱크와 뒤엉키어 쏟아져 나왔다. 백사장에는 금세 찻길이 생겨나고 언덕진 곳에는 10군단사령부 임시 막사가 만들어졌다. 원산항 부두에 입항한 수송선들은 군수물자를 하역하느라 북적거렸다.

그새 몸이 완쾌된 여필준은 상거지 같은 몰골의 옷은 벗어던지고 계급장이 없는 미국 해군 군복으로 깔끔하게 갈아입고서, 이봉남과 함께 마운트 맥킨리함 갑판에서 눈앞에 펼쳐진 일대 장관을 지켜보는 중이었다.

"저 많은 병력과 군수물자가 꼼짝 못하고 바다에 묶여 있었다니… 기뢴지 뭔지 하는 쇳덩이가 이렇게 대단한 줄 몰랐어."

여필준은 허준달의 지시에 따라 기뢰를 부설했던 지난 며칠 사이의 일들을 떠올리며 말했다.

"모두가 자네 덕이야."

이봉남은 눈모서리에 잔주름을 모으며 대견한 표정을 지었다.

"자네가 타고 왔다던 배도 저기에 있는 건가?"

여필준은 멀리 아득히 보이는 부두에서 하역 중인 수송선들을 가리키며 딴소리를 했다.

"조금만 기다려, 포니 대령이 배를 준비해준다고 했어."

이봉남은 여필준을 마운트 맥킨리함으로 데려오고도 며칠이 지나도록 러니를 만나게 해주지 못한 것이 미안한 듯 계면쩍은 웃음을 입 끝에 달았다.

"자넨 그 배를 타고 다시 일본으로 돌아갈 거지?"

여필준은 다시 한 번 동문서답하듯 엉뚱한 소리를 했다.

"학도의용군으로 전쟁에 참여했으니 돌아가야지."

이봉남은 군인 신분이 아니니 당연하다고 했다. 여필준은 고개를 외틀고는 심상치 않은 시선으로 이봉남을 바라보며 "그럼 내 부탁 좀 들어줘."라고 말했다. 이봉남은 여필준의 눈을 면바로 쳐다보며 "무슨…?"이라며 말꼬리를 끌었다.

여필준은 입술을 잘끈 깨물고 나서 말문을 뗐다.

"내가 다리병신이 되고 보니 마음이 약해져서 그런지 몰라도… 이렇게 위태로운 세상에서 내 힘으로 내 식구를 보호할 힘이 없다는 자책이 들어 마음이 착잡해."

"무슨 말을 하려는지 알아듣게 말해봐."

이봉남은 여필준의 마음을 살펴서 나직하고 느린 어조로 말했다. 여필준은 우울한 표정으로 원산부두 쪽을 한참 응시하다가 혼잣소리처럼 나직한 음성으로 입을 뗐다.

"중공군이 넘어오면 막아내지 못할 거야. 그렇게 되면 또다시 인민군 세상이 되겠지. 인민군에게 당하고 산 거 한 번이면 족해. 두 번 다시는 인민군이 득세를 하는 세상에서 살고 싶지 않아."

"중공군이 내려오다니… 그게 무슨 소리야?"

이봉남은 적이 놀랐는지 눈을 반쯤 감았다가 쌍그렇게 뜨고 쳐다보았다.

"중공군은 머지않아 압록강을 넘어설 거야."

여필준은 마치 모든 사실을 알고 있다는 듯이 말했다.

"대체 무슨 소리를 하는 거야? 중공군이 무엇 때문에 넘어오며, 또 자네가 그것을 어떻게 안단 말이야?"

이봉남은 그저 어안이 벙벙해질 따름이어서 입 안이 텁텁하고 침이 말랐다.

"내가 기차에서 인민군 군관 둘을 어떻게 죽였는지 말해줘?"

여필준은 또다시 뚱딴짓소리를 뱉었다. 이봉남은 그렇지 않아도 궁금하던 차에 잘 되었다고 했다. 여필준은 "기뢰부설 정보가 담긴 가방 때문에 나만 기뢰창장과 객차에 탔는데…"라고는 옷매무새를 가다듬고서 말을 이어나갔다.

"무슨 객차에 침대도 있고 술도 있는지… 인민군대좌 한 놈이 호화로운 그 객차에서 미군 장교를 고문을 했는지 뭘 했는지 피 묻은 고문 도구들도 널브러져 있었어. 기차가 출발하자 그놈은 기뢰창장과 술을 나누어 마시며 이야기를 주고받기 시작했는데… 30만 명에 가까운 중공군이 밤중에만 압록강을 건너서 절반은 청천강 북쪽으로 이동시켜 숨기고, 나머지 절반은 개마고원으로 이동시켜 숨겨놓고 국군과 유엔군이 진격해오면 안으로 깊숙이 끌어들인 다음 포위해서 한꺼번에 쓸어버린다는 거야. 그 작전을 위해 중공군사령관 팽덕회(彭德懷)가 강계에 들어왔대. 그래서 국군과 미군의 병력 규모와 진격로를 캐내기 위해 미군 장교를 강계로 끌고 간다고 떠벌리더란 말이야."

귀를 기울여 듣던 이봉남은 점점 난처한 얼굴이 되더니 종국에는 불길한 예감이 머리를 건들고 지나갔다. 여필준은 알고 있는 것을 갈무리하겠다는 듯 "김일성이가 하필 산이 험악하기로 유명한 강계로 왜 숨어들었겠어?"라고 묻고는 유엔군을 깊숙한 곳으로 끌어들이려는 수작인 것이 분명하다고 했다.

이봉남은 여필준의 말에 조리가 있다는 것을 느끼면서도 동의하기가 썩 내키지 않는다는 듯 미적거리다가 천천히 입을 뗐다.

"에이, 인민군대좌 하나가 한 말에 대해 비약이 심하군. 생각을 해봐, 인천상륙작전을 한 지 겨우 한 달 조금 넘었어. 지금 꽁무니를 빼느라 군대를 재정비할 여유도 없는 게 인민군이야. 그리고 설사 중공군이 들어왔다고 해도 무엇을 어떻게 하겠어? 그보다 인민군 군관은 대체 어떻게 한 거야?"

여필준은 빼주름한 눈초리로 이봉남을 쳐다보며 "내 말이 별거 아니라고 생각해?"라고 물었다. 이봉남은 단박에 정색을 하고는 다시 준절한 음성으로 입을 떼고는 포니에게 전해주겠다고 했다.

"아무튼 나는 들은 것을 알려줄 뿐이야. 그 미국장교에게 말하면 뭐라고 하겠지."

여필준은 자신이 들려준 이야기를 헛듣지 말라고 당부하고는 "그 둘을 어떻게 했느냐 하면…."이라며 말머리를 잡기 위해 잠시 생각을 간추리고서 입을 뗐다.

"기차가 출발한 지 한참 되었을 때 신나게 떠들어대던 인민군대좌가 갑자기 내가 가진 가방을 빼앗더니 기뢰창장에게 나를 죽여야 한다는 거야. 기뢰창장이 소련군이 흥남 앞바다로 싣고 간 기뢰를 깔기 위해서는 안 된다고 하니까, 자기가 떠들은 이야기는 중요한 기밀사항인데 내가 들었으니 가만둘 수 없다며 권총을 빼들었어. 그 순간 나는 태평양에서 일본군 놈들 손아귀에서도 악착같이 살아남았는데 이렇게 죽는구나 생각하니 얼마나 원통하든지…. 그런데 그때 갑자기 기차 화통에서 폭발 소리가 나더니 대포 소리, 총소리가 미친 듯이 갈개치지 않겠어? 그러다가 기차가 기우뚱하더니 처박히더라고, 그러면서 객차 안이 하늘이 무너지고 땅이 뒤집힌 것처럼 아수라장이었는데… 인민군대좌가 내 옆에 고꾸라져 신음 소리를 내고 있기에 나는 그놈이 살아나면 내가 죽을 것이라는 생각에, 손에 잡힌 고문도구로 그놈 모가지를 찔러버렸어. 그 다음에는 뭘 어쩌겠어? 기뢰창장을 살려둬도 내가 죽을 게 빤한데, 그래서 인민군 대좌의 권총으로 정신을 못 차리고 있는 기뢰창장의 머리통을 쐈지. 그런 후 벽에 기대어 멍하니 앉아 있는데 미군들이 들어왔어."

이봉남은 긴 이야기를 끝막고 숨을 돌리는 여필준을 한편으로는 몹시 안타까운 눈초리로, 한편으로는 거의 감동에 겨운 눈초리로 쳐다보다가 대꾸하지 못하고 한숨을 내쉬었다. 여필준은 지금까지의 이야기는 본론을 끄집어내기 위한 전초전에 불과하다는 듯이 얼굴빛을 가다듬고는 고즈넉한 목소리로 "내 부탁 들어줄 거지?"라고 물었다. 이봉남은 어떤 육감 때문에 눈만 말똥거릴 뿐 대뜸 반응하지 못했다.

"자네가 일본으로 돌아갈 때 필녀를 데려가 주게."

여필준은 자신의 비참하고 괴로운 처지를 탓하듯 말했다.

"뭐어…? 필녀 씨를 일본으로 데려가라고?"

이봉남은 자신도 모르게 큰 소리로 말해놓고는 목소리가 너무 커져버린 것을 의식하고는 움찔 놀랬다.

"나는 내 동생만큼은 인민군의 손이 미치지 않는 곳에서 살게 하고 싶어. 어차피 자네와 혼인하기로 한 아일세, 부산으로 가든 일본으로 가든 배에 태워서 함께 떠나주게."

여필준은 깊이 생각한 일이라며 간곡하게 말했다.

"인민군의 손이 미치다니…? 국군과 유엔군이 대대적으로 북진하는 것이 안 보여?"

이봉남은 너무 지나친 군걱정을 하지 말라고 했다.

"중공군이 자그마치 30만 명이야… 상상이 돼? 아무리 미국이 강하다 해도 이걸 대체 무슨 수로 막아?"

여필준은 중공군이 참전하여 전세를 뒤집는 것이 결코 기우가 아니라고 말하고는, 자신의 말이 사실임을 증명이라도 하겠다는 듯이 부러 격앙해서 언성을 높여 말을 이어나갔다.

"사람들은 어떤 나라에 사느냐가 얼마나 중요한지 깨달았어. 일본군 놈들에게 짓밟혀 숨도 제대로 못 쉬고 산 것도 모자라서… 그놈의 빌어먹을 이데올로기 놀음에 놀아나다가 나라까지 동강나더니 결국 총부리를 겨누고는 백성들을 죽음으로 내모는 이 나라 꼬라지를 좀 봐. 이런 나라에서 사는 사람들에게 무슨 희망이 있어? 해방되어서 좋아했더니 좌익이니 우익이니 갈라져 난리칠 때부터 저주가 시작되었어. 남북이 완전히 등을 돌리고 삼팔선이 굳어지더니 나라가 쑥대밭이 되고 나서야 빌어먹을 이데올로기가 얼마나 무서운 괴물인지 깨달았지만… 마르크스하고 레닌의 지도지침을 신봉해야 하는 그 망할 놈의 공산주의자들 머릿속을 무슨 수로 뜯어고쳐? 이젠 너무 늦어서 돌이킬 수 없게 되었어."

조용히 이야기를 듣고 난 이봉남은 여필준의 뜻을 측량했다는 듯 엄숙한 얼굴로 "자네 말처럼 너무 멀리 와버렸어."라고는 가느다랗게 한숨을 뱉으며 함흥에 있는 여필녀를 어떻게 원산으로 데려올 것인지 물었다. 여필준은 그렇게 해준다면 데려올 뾰족한 방법을 찾아보겠다고 했다.

"무슨 이야기를 그렇게 정겹게 나누시오?"

그때 포니가 언제 다가왔는지 불쑥 나타나 말을 걸었다. 이봉남은 놀랐다는 듯 고개를 빨딱 잦히고는 이러저러한 이야기를 나누는 중이라고 했다.

"친구와 이야기를 나누는 일은 언제나 즐거운 일이지요."

포니는 지극히 의례적인 말투로 인사치레를 하고 나서 원산으로 들어갈 상륙정이 곧 도착한다며 하선할 준비를 하라고 했다. 이봉남은 안색을 달리하면서 꼭 들려줄 말이 있다고 했다. 포니는 무슨 말이냐는 듯이 의아한 시선으로 쳐다보았다.

이봉남은 완약한 어조로 입을 떼어 여필준에게서 들은 이야기를 추려서 들려주고는 대책을 세워야 하지 않겠느냐고 했다. 멀거니 듣고 난 포니는 충충하게 그늘진 안색으로 천천히 입을 뗐다.

"그렇지 않아도 당신들이 구출한 미군 중령에게 그 이야기를 들은 바가 있소. 하지만 이미 트루만 대통령과 맥아더 사령관이 중공군은 개입하지 않을 것이라는 판단을 내린 사안이기 때문에 극동군사령부에서 크게 신경을 쓰지 않고 있소."

"어째서 그런 판단을 내린 겁니까?"

이봉남은 도무지 극동군사령부의 속셈을 모르겠다고 했다.

"내전이 끝난 지 불과 1년밖에 안 된 중공군이 움직일 수 있는 병력이라고 해야 중국 동북부지방에 있는 30만 가운데 압록강 연안에 배치되어 있는 5만 정도일 것이라는 판단이오. 그마저도 공군력이 없는 중공군이 압록강을 넘는다면 우리 공군의 폭격만으로 충분히 저지시킬 수 있다는 것이오. 중국도 그런 사실을 잘 알기 때문에 무모하게 넘어오지 못할 것이라는 겁니다. 그래서 유엔군 지휘부는 다음 달 말까지 전쟁을 끝내고 병사들에게 크리스마스를 고향에서 보낼 수 있도록 해주겠다고 한 것이오."

포니는 전후곡절을 알아듣도록 조곤조곤한 말씨로 말하고는 할 말을 다 했다는 그런 얼굴로 쳐다보았다. 이봉남은 마땅히 대꾸할 말이 떠오르지 않아 혓바닥에 쓴맛이 돌 듯 입을 우물거리고 말았다. 포니는 다시 한 번 하선할 준비를 하라고는 돌아섰다.

"유엔군이 이렇게 허술한 생각으로 전쟁을 한다는 게 믿을 수가 없어. 이러다간 커다란 낭패를 당할 수 있어."

여필준은 포니의 이야기가 하나도 마음에 들지 않는 소리라는 듯이 실망한 어조로 독백처럼 중얼거렸다. 이봉남은 여필준의 어깨를 가볍게 치고는 상륙정을 타러 가자고 했다.

21.

　상륙정을 타고 들어선 원산항 부두에는 얼기설기 쳐진 철조망 안쪽으로 수송선에서 하역된 수많은 군수품이 산더미처럼 쌓여 있고 하역작업에 동원된 미군들과 트럭이 북적거렸다. 쉴 새 없이 움직이는 수송선 기중기에 매달린 군수품은 날아다니듯이 수송선에서 부두로 이동했다.

　이봉남은 10군단사령부 임시막사로 이동하는 포니에게 인사를 하고서 여필준을 데리고 부두 맨 끄트머리에 있는 메러디스 빅토리 호로 향했다. 메러디스 빅토리 호는 주둥이를 쩍 벌린 바가지와 굵은 밧줄로 된 그물망에 무수한 군수물자들을 담고서 부두로 퍼 나르느라 여러 대의 기중기가 요란한 쇠 톱니바퀴 갈리는 소리를 내며 바삐 움직였다.

　이봉남이 여필준을 데리고 현문으로 들어서려고 할 때 어디선가 "미스터 리!!"라고 부르는 소리가 들렸다. 번쩍 고개를 들어 소리 나는 곳을 쳐다보니 윙 브리지에서 두 팔을 높이 들고 가로젓는 러니가 보였다.

"러니 중위야."

이봉남은 여필준을 향해 윙 브리지를 가리키며 말했다. 여필준은 고개를 뒤로 젖힌 채 침을 꿀꺼덕 삼켰다.

"반가워할 거야. 어서 올라가."

이봉남은 바닷물처럼 마음이 부딪치도록 설레는지 어린애처럼 벙싯대며 말하고는 현문계단으로 올라섰다. 여필준은 계단 난간을 잡고서 한 걸음, 한 걸음 따라붙었다. 갑판으로 올라서자 그사이 윙 브리지에서 내려온 러니가 양팔을 벌리며 반갑게 맞이했다.

"배에서 훌쩍 내릴 때는 걱정을 많이 했는데… 이렇게 반가울 수가…?"

러니는 말을 하다가 슬쩍 몸을 뒤로 젖히고서 여필준을 쳐다보며 눈꼬리를 올리며 "미스터 여…?"라고는 놀라 자빠질 듯이 입을 떡 벌렸다.

"알아보는군요?"

이봉남은 러니를 향해 빙긋 웃었다. 여필준은 "러니 중위님…."이라며 입가의 살을 실룩거릴 뿐 말을 잇지 못했다.

"미스터 여가 맞군요!"

러니는 호들갑스러운 탄성을 지르고는 믿기지 않는다는 표정을 지으며 말을 이었다.

"세상에 이럴 수가…? 여기서 이렇게 만나다니… 이게 얼마 만입니까?"

여필준은 도시 무슨 말을 해야 좋을지 몰라 말을 할 듯 말 듯 머 뭇거리다가 꿈만 같다고 했다. 러니는 여필준의 아픈 다리를 멀거니 쳐다보다가 "그때 다쳤던 다리…?"라고는 말하기가 난처하다는 표정을 짓다가 이윽고 조심스레 말을 이었다.

"절단할 걸로 생각했는데… 이만하기가 참으로 다행이오."

"호놀룰루 포로수용소의 군의관이 치료를 잘해주어서 이렇게 붙어 있답니다."

여필준은 부러 천연한 표정을 지으며 말했다. 러니는 다행이라고 말하고는 이봉남을 쳐다보며 어떻게 만났느냐고 물었다. 이봉남은 무슨 말부터 해야 할지 모르겠는 듯 눈알을 들들 굴려가며 서투른 어조로 "그러니까….'라며 입을 떼고는 기차를 폭파시켰을 때 만났던 일부터 소해작전에 결정적인 정보를 제공했던 일들을 윤색하여 들려주고는 여필녀를 메러디스 빅토리 호에 태워서 남쪽으로 보내고 싶어 한다는 말을 덧붙였다.

이야기를 듣고 난 러니는 한편으로는 감격하고 다른 한편으로는 아주 뜻밖의 일이라는 듯 깜짝 놀라는 표정을 짓다가 여필녀가 어디 있는지 물었다. 이봉남은 함흥에 있다고 말하고는 데려오려면 닷새 걸린다고 했다. 러니는 미간을 찌푸린 채 잠시 생각하다가는 머리를 가로저었다. 이봉남은 무척 낮고 조심스러운 목소리로 여필녀를 태우기가 어려운 것이냐고 물었다.

"아! 그런 것이 아니라… 우리 배는 부상병을 후송하라는 지시를 받고 하역을 서두르고 있소. 오늘 중으로 하역을 마치고 내일 부상자를 싣고 여기를 떠나야 하기 때문에 시간이 맞지 않아 그러오. 선장님도 그 때문에 10군단사령부 막사에 가셨소."

사정을 설명하던 러니는 안타까운 듯 말꼬리를 깔았다. 이봉남은 마른침으로 목을 다듬고 나서 "길이 엇갈렸군."이라고 중얼거리고는 러니를 향해 가라앉은 목소리로 "10군단사령부 막사로 가봐야겠소."라고 했다.

"굳이… 한 시간 정도 있으면 오실 텐데."

러니는 배에서 기다리는 것이 나을 것이라고 했다.

"선장님도 선장님이지만, 참모장님도 만나야 할 것 같아요."

이봉남은 포니를 만나서 부탁할 일이 생겼다고 했다. 러니는 이봉남의 말을 대강 어림한다는 듯이 어서 가보라고 했다. 이봉남은 고개를 끄떡이고는 여필준을 향해 가자고 했다.

"할 이야기도 못하고 만나자마자 헤어지다니… 아쉽소."

여필준은 암만해도 이대로 헤어지기가 섭섭한 모양인지 눈가에 아쉬움의 빛이 비껴갔다.

"미스터 리가 있으니 또 만나지 않겠소?"

러니는 위로조의 말로 아쉬움을 달랬다. 이봉남은 다녀오겠다는 말을 내던지듯이 뱉고서 여필준과 돌아서서 하선하여 바쁜 걸음으로 10군단사령부 임시막사로 향했다.

10군단사령부 임시막사 입구에 도착하자 헌병이 앞을 막고서 무슨 일이냐고 물었다. 이봉남은 신분을 밝히고서 포니가 어디 있는지 물었다. 헌병은 여러 막사 중에 한 곳을 가리키며 그곳으로 가라고 했다. 이봉남은 고맙다는 말을 던지고 포니가 있다는 막사로 바삐 다가갔다. 안으로 들어서자 마침 포니는 라루와 함께 이야기를 나누는 중이었다.

　라루는 이봉남을 보자마자 "미스터 리?" 하고 말꼬리를 치올리며 반가운 표정을 했다. 이봉남은 라루와 반갑게 악수를 나눈 뒤 "사무장님을 만나고 오는 길입니다."라고 입을 떼고는 내일 출항하는 것이 사실이냐고 물었다. 라루는 그렇다고 대답하고는 이상스럽다는 듯이 쳐다보며 무슨 일이냐고 물었다. 이봉남은 대답하기가 궁색한 듯 얼굴에 난처한 빛을 띠다가 뒤에 서 있는 여필준을 가리키고는 인사를 시켰다. 여필준은 한 걸음 앞으로 나아가 라루와 인사를 나누었다.

　"소해작전에 결정적인 도움을 준 바로 그 사람입니다."

　옆에 서 있던 포니는 라루를 향해 여필준을 가리키며 해군 소해전대가 못한 일을 해낸 사람이라고 치켜세웠다.

　"아! 참모장님께서 입이 닳도록 자랑하시던 사람이 바로…?"

　라루는 깜짝 놀란 표정으로 포니와 여필준을 번갈아 쳐다보며 말하다가 고개를 외틀어 이봉남을 쳐다보았다. 이봉남은 메러디스 빅토리 호가 이만저만한 낭패가 아니라는 듯, 포니를 향해 우울하게 가라앉은 목소리로 입을 떼어 출항을 3일 뒤로 미룰 수 없냐고 물었다. 포니는 고개를 가로젓고는 왜냐고 물었다. 이봉남은 말투가 개개풀어지게 달라지면서 "실은 이 친구의 여동생을 태우고 싶은데…."라고는 말끝을 놓아버렸다. 라루는 광채가 나는 눈빛으로 여필준을 유심히 살펴보다가 이봉남을 향해 "처남 매제가 되기로 했다던…."이라며 말꼬리를 감추고서 다시 여필준을 쳐다보았다.
"맞습니다. 사무장님이 나와 함께 구출해준 사람입니다."
이봉남은 말하기가 쑥스러우면서도 한편으로는 답답했다.
"태우겠다는 사람이 바로 사진 속의 그 여자로군요?"
라루는 구김살 없이 밝은 표정을 지으며 확인이라도 하듯이 묻고는 포니를 향해 이봉남과 여필준의 관계를 들려주었다.
이야기를 듣고 난 포니는 사뭇 놀랍다는 표정을 지으면서도 어딘가 가련히 여기는 측은지심이 우러나는 말투로 입을 뗐다.
"그렇다면 다른 배를 태우도록 합시다. 원산에는 수많은 수송선이 있지 않소?"
"그게 아니라… 미스터 리에게 맡겨야 안심이 되겠다는…."
라루는 이봉남의 대변인이 된 것 같으면서도 다른 한편으로는 굳이 자신의 배에 태우고 싶은 두 개의 마음을 드러냈다. 포니는 삼시 어리둥절한 표정이었으나 이내 짚이는 것이 있는 듯 눈빛을 반짝이고는 여필녀가 어디 있는지 물었다. 이봉남은 러니에게 말했던 것처럼 함흥에 있다고 했지만 데려오는 데 사흘이면 족하다고 이틀을 앞당겨서 말했다.

"국군3사단하고 미군7사단이 함흥으로 들어가기는 했지만… 아직도 인민군 패잔병들이 있을 것이고 길은 포격으로 엉망진창일 테니 사흘 안으로 데려오기란….”

포니는 설계도의 치수를 계산하듯 심엄한 표정으로 중얼거리다가 고개를 잘래잘래 흔들고는 표정을 바꾸어 "이렇게 합시다."라고서 입을 뗐다.

"메러디스 빅토리 호의 출항을 연기시킬 수는 없소. 하지만 부상자들을 부산으로 후송한 뒤 다시 흥남으로 들어갈 것이오. 그러니 그때까지 준비했다가 흥남에서 타면 되지 않겠소? 함흥에서 흥남은 가까운 곳이니… 어떻소?”

"정말입니까?"

이봉남은 꿈속에서 깨어난 듯 갑자기 정신이 짜릿하게 들었다.

"흥남 앞바다의 소해작전이 끝나는 대로 10군단사령부를 흥남으로 옮길 것이고 또 군수지원부대를 설치할 예정이오. 북진할 한국군과 유엔군을 지원하려면 엄청난 양의 탄약, 식량, 기름이 필요하지 않겠소? 그걸 누가 다 실어 나르겠소?”

포니는 많은 수송선이 흥남으로 들어가야 한다고 했다. 이봉남은 대뜸 밝아진 표정으로 여필준을 쳐다보며 그렇게 하자고 했다. 여필준은 포니를 향해 고맙다는 말을 하고는 서둘러 함흥으로 올라가야겠다고 했다. 포니는 여필준을 눈빨리 살펴보고는 지프를 지원해주겠다고 했다. 여필준은 대뜸 놀라 자빠질 듯이 입을 떡 벌리고는 고맙다고 했다.

"무슨 말이오? 고마운 것은 우리요. 우리가 도울 수 있는 것은 다 돕겠소."

포니는 적이 감동 어린 목소리로 말하고는 부관을 불렀다. 부관은 어깨를 곧추세우며 큰 소리로 대답했다. 포니는 부관을 향해 지프를 준비하고 여필준이 필요할 때 미군에게 지원을 요청할 수 있는 증명서를 만들라고 했다. 부관은 알았다는 대답과 함께 경례를 올려붙이고는 돌아섰다. 여필준은 생각지도 못한 일에 어안이 벙벙하여 입을 떼지 못했다.

"미스터 여가 원하는 모든 것을 협조하라는 증명서요. 도움이 필요할 때 한국군이든 미군이든 유엔군이든 아무 부대에게 보여주면 도와줄 것이오."

포니는 여필준을 향해 공손한 태도와 차분한 어조로 말하고는 소해작전에 도움을 주어서 고맙다는 말을 덧붙였다. 여필준은 생급스러운 말에 당황하면서도 일시에 눈가가 번질거렸다. 포니는 입을 꾹 다물고 숨을 들이그으면서 고개를 끄떡이고는 천천히 입을 열었다.

"여기서 함흥까지 가는 중간에 인민군 패잔병들을 만날지도 모르오. 원산고급중학교로 가면 곧 함흥으로 진격할 미군 해병1사단 7연대와 육군7사단 32연대의 2대대 1중대 병력이 집결해 있는데 그들과 함께 움직이면 안전할 것이오. 그리고 지프는 어차피 함흥으로 갈 것이니까 부담을 갖지 말고 편안하게 타고 가시오."

"그리해도…."

여필준은 고마운 마음을 어떻게 표시해야 좋을지 몰라 우물쭈물하기만 했다. 포니는 살며시 뻥긋 웃으며 고개를 끄떡였다.

"김영옥 대위님 중대는 고원으로 간다고 들었는데, 지금 여기 원산에 있단 말입니까?"

곁에서 묵묵히 듣고만 있던 이봉남은 생뚱맞은 소리를 들었다는 듯 맹맹한 얼굴로 눈알을 휘굴렸다.

"기뢰를 피하다 보니 육군7사단 병력이 이원으로 상륙하게 되었소. 그 때문에 고원에서 32연대를 합류하게 되어 있던 2대대의 1중대는 방향을 돌려 해병1사단과 합류하여 함흥으로 올라가 육군7사단과 합류하기로 했소."

포니는 작전이 변하게 된 까닭을 개괄하여 설명했다. 그때 부관이 들어서며 포니를 향해 경례를 하고는 증명서를 내밀며 바깥에 지프를 대기시켰다고 했다. 포니는 증명서를 여필준의 손에 쥐어주며 어서 떠나라고 했다. 여필준은 포니의 손을 꼭 잡으며 감격스러운 목소리로 고맙다고 했다.

"김 대위님 중대가 원산고급중학교에 있다고 하니 제가 이 친구를 김 대위님께 바래다주고 배로 돌아가겠습니다."

이봉남은 마치 어색해진 분위기를 깨트리기라도 하겠다는 듯 라루를 향해 큰 소리로 말했다.

"다리가 불편한 사람이니 잘 바래다주고 오시오."

라루는 타의 없는 말투로 맞장구를 쳐주었다. 여필준은 포니와 라루를 향해 차례로 작별 인사를 하고서 밖으로 나섰다. 막사 밖으로 나서자 군용 지프에 앉았던 운전병이 벌떡 일어나 내려서고서 포니를 향해 경례를 했다. 포니는 운전병을 향해 함흥까지 안전하게 데려다주라는 말을 하고는 여필준을 향해 올라타라고 손짓했다. 이봉남은 여필준을 부축하여 앞자리에 태우고 자신은 뒷자리로 훌쩍 올라탔다.

"섭리의 작용이 없는 인연이 없다고 하지 않았소?"

라루는 이봉남을 향해 여필녀와 인연이 깊으니 잘 될 것이라고 했다. 이봉남은 한 손을 번쩍 들어 흔들어 보이고는 큰 소리로 "Thank you!"라고 짧게 말했다. 지프는 곧 부르릉 소리와 함께 매연을 뿜어내고는 고르지 못한 노면 위로 바퀴를 덜컹거리며 앞으로 나아갔다.

지프가 10군단사령부 임시막사를 벗어날 때 이봉남은 "이참에 자네도 식구들과 함께 떠나."라며 마음속에 담아두었던 것을 끄집어냈다. 여필준은 부석부석한 눈으로 앞을 응시하다가 천천히 고개를 가로저으며 입을 뗐다.

"아내가 만삭이야…. 겨우 3살 먹은 딸도 있고, 몸이 불편하신 어머니도 계시고…."

"무슨 소리야? 자네만 마음먹으면 참모장님이 온갖 편의를 다 봐줄 텐데…."

이봉남은 군격정일랑 하지 말고 여필녀와 함께 준비하라고 했다.

여필준은 밝지 못하고 어딘가 개운치 않은 낯빛으로 엷은 한숨을 뱉었다.

"고민 많은 사람처럼 왜 그래?"

이봉남은 눈을 껌벅거리며 여필준의 낯빛을 눈여겨 살폈다.

"무엇보다⋯ 생사를 알 수 없는 장인어른을 기다려야 해."

여필준은 무거운 짐이라도 떠안은 듯이 착 가라앉은 소리로 배명호를 기다려야 한다고 했다.

"장인어른?"

이봉남은 의문에 가득 찬 시선으로 쳐다보며 물었다.

"사실 나는⋯ 전쟁이 나기 몇 해 전에 마치 영혼이 폐기처분 당한 인간들이 사는 섬뜩한 공산주의 세상에서 벗어나려고 남쪽으로 내려갈 생각을 했다네. 일전에 편지에도 썼지만⋯ 이 다리 때문에 발목이 잡혀 미루다가 목사님의 주선으로 결혼을 하게 되었는데⋯ 그 목사님이 바로 장인어른이야."

여필준은 어딘가 허한 기운이 떠도는 힘없는 어투로 배명호의 이야기를 끄집어냈다. 이봉남은 여필준의 얼굴에 한 가닥 검은 그림자가 흘러가는 것을 놓치지 않고 "무슨 일이 있었던 거로구나?"라고 짐작을 건너짚었다.

여필준은 고개를 뒤로 젖히고 하늘에 떡 붙어서 꼼짝 않는 솜뭉치 같은 뭉게구름을 쳐다보았다. 착잡한 표정을 지으며 입을 떼어 배명호를 만난 일부터 배명호를 돕기 위해 기독교민주당에 합류했다가 기독교민주당과 북조선기독교연맹 간의 분쟁이 터지자 불순분자로 찍혀 인민교화소에 끌려가 고문을 당했던 일, 교인들을 두고 떠날 수 없다는 배명호 때문에 남하하겠다는 뜻을 이루지 못한 일, 배명호가 선생 자리를 주선해주면서 배정희와 결혼하게 했던 그간의 일들을 자늑자늑 설명했다.

딱딱하게 굳어진 표정을 하고 묵묵히 듣고 난 이봉남은 흙먼지가 내려앉은 옷을 툭툭 털며 헐렁헐렁한 말투로 "일본에 있는 나보다 고국에 있는 자네가 어째서 더 힘들었단 말인가?"라고는 한숨을 지었다.

운전병은 핸들을 거머쥐고 운전에만 열중했고 지프는 낮잠에 빠진 한낮의 길을 천천히 달렸다. 바퀴가 지나갈 때마다 놀라 풀썩풀썩 깨어난 뽀얀 흙먼지가 지프의 꽁무니를 따라붙었다.

22.

지프는 정문 오른쪽에 붙은 나무 팻말에 '원산고급중학교'라고 적힌 글씨를 뒤로하고 운동장으로 들어섰다. 운동장 가장자리에는 위장망을 덮어쓴 여러 대의 트럭들이 세워져 있고 미국 해병1사단 7연대 깃발이 내걸린 곳에 출전을 기다리는 병사들이 북적거렸다. 그 오른쪽에는 이봉남의 눈에 낯설지 않는 병력이 집결하여 있는 것이 보였다.

이봉남은 지프에서 내려 여필준과 함께 그쪽으로 다가갔다.

"이게 누구신가?"

어디서 나타났는지 김영옥이 등 뒤로 다가서며 반갑게 소리쳤다. 이봉남은 획 돌아서고는 놀라움과 반가움이 뒤섞인 표정으로 흰 눈자위를 굴리며 "김 대위님!"이라며 반겼다. 김영옥은 이봉남과 반가이 인사를 나누다가 쉽게 여필준을 알아보고는 "인민군장교 둘을 해치운 사람이 아니오?"라며 눈꼬리를 말아 올렸다. 이봉남은 지금까지와는 판이하게 자랑스러운 어조로 "그렇습니다."라고 대꾸했다.

"그런데 여기는 어쩐 일입니까?"

김영옥은 어리둥절한 표정으로 번갈아 쳐다보며 물었다.

"육군7사단 병력이 이원으로 상륙하는 바람에 김 대위님 중대가 고원으로 가지 못했다는 소리를 들었습니다."

이봉남은 싱긋 웃으며 묻는 말과는 동떨어진 소리를 했다.

"맞습니다. 미국 해병1사단 7연대와 함흥까지 올라가 우리 사단의 연대와 합류할 예정입니다."

김영옥은 자연스러울 정도로 사무적인 투로 대답했다.

"그래서… 참모장님께서 김 대위님께 이 친구를 부탁하시지 뭡니까?"

이봉남은 포니가 함흥까지 안전하게 데려가주기를 바란다며 지프까지 내주었다고 했다. 김영옥은 상황의 전개가 혼란하여 이해가 되지 않는다는 듯 여필준의 축난 얼굴을 물끄러미 쳐다보았다. 이봉남은 무슨 말을 할까 잠시 망설이다가 "이 친구가 가지고 있던 가방 기억납니까?"라고 물었다. 김영옥은 이봉남을 향해 "중요한 것이 있는 것 같으니 무엇인지 알아보시오."라고 했던 말이 떠올랐다.

"그 낡은 가방 말이오?"

이봉남은 "그렇습니다."라고 운을 떼고는 사뭇 진지한 표정으로 말을 이어나갔다.

"실은… 유엔군이 단시간에 소해작전을 성공할 수 있었던 것은 이 친구가 제공한 정보 때문이었는데, 바로 그 가방에 기뢰부설에 대한 정보가 있었던 것입니다."

김영옥은 그제야 일의 앞뒤가 재어졌다는 듯이 "아…! 그렇게 된 것이군요."라고는 진지한 표정으로 바뀌며 입을 뗐다.

"함흥으로 가야 하는 특별한 이유라도 있습니까?"

"그게…."

이봉남은 소가 쟁기를 끌 듯 힘겹게 말꼬리를 모으고는 여필녀를 메러디스 빅토리 호에 태우기 위해서 여필준이 함흥의 집으로 가는 내용을 구구한 사정 이야기를 털어놓듯 들려주었다.

"그런 일이라면 걱정하지 마시오. 참모장님께서 각별히 부탁하신 일 아닙니까?"

김영옥은 잘된 일이라며 여필준을 향해 길벗 삼아 함께 가자고 했다. 여필준은 고맙다는 말을 뱉지 못하고서 "미안합니다."라고 대꾸했다.

"아닙니다. 우리를 위해서 큰 공을 세운 분이신데… 그런 말이 다 뭡니까?"

김영옥은 정색이 되어 당치도 않은 소리 하지 말라고 했다.

"자, 그러면 두 분은 사이좋게 함께 올라가면 되고…."

이봉남은 우스갯소리를 툭 던져 경직된 대화 분위기를 풀고는 주변을 휘둘러보며 언제 출발하느냐고 물었다. 김영옥은 왼편 소매를 들추어 손목시계를 보고는 입을 뗐다.

"호도(虎島)반도로 상륙한 한국 해병3대대와 5대대가 미국 해병7연대와 임무교대를 하기 위해 이쪽으로 이동 중입니다. 그들이 도착하면 떠날 것이오."

"한국 해병대라면 미국 해병1연대로 배속된 부대 아닙니까?"

이봉남은 도시 감이 잡히지 않는다고 했다.

"후퇴하던 인민군 패잔병들이 태백산맥을 타고 북상하다가 금강산 남쪽 건봉사 일대와 북쪽 통천 산악지역에서 밤바다 인근 마을에 출몰하여 양민을 약탈하고 아군의 보급로를 공격하는 일이 잦아서 소탕해야 하는데, 그쪽 지형을 잘 아는 한국군을 내려 보내고 미국 해병1사단 7연대를 북쪽으로 진격시킨다고 합니다."

김영옥은 부대가 전투지를 옮겨야 하는 까닭을 말해주었다. 이봉남은 모든 것이 아리송한지 "군사작전이란 여러 가지로 복잡하군요." 하고 중얼거리다가 "그래서 김 대위님 중대원들이 미국 해병1사단 7연대와 함께 함흥으로 가는 거군요."라고 대꾸했다.

김영옥은 그렇다고 대답하고는 교문 쪽으로 시선을 던지며 입을 뗐다.

"드디어 한국 해병대가 도착하는군요. 우리는 떠날 준비를 해야 할 것 같습니다."

이봉남은 교문 쪽으로 고개를 돌렸다. 철모를 쓰고 소총을 둘러맨 한국 해병3대대와 5대대가 깃발을 앞세우고 부연 먼지를 일으키며 운동장으로 들어서는 게 보였다.

"그럼… 이 친구를 잘 부탁합니다."

이봉남은 김영옥을 향해 한 걸음 다가가 손을 내밀며 가보겠다고 했다.

"10군단사령부 막사로 오가는 트럭을 타고 가겠소?"

김영옥은 원산 부두로 가는 차편을 마련해주겠다고 했다. 이봉남은 선뜻 "그래 주시겠습니까?"라고서 여필준과 눈길을 마주치며 입을 뗐다.

"내일 원산을 떠나면 이틀 후 부산에 도착할 거야. 부상자를 하선시키고 물자를 싣고 다시 흥남으로 올라가려면 보름 정도 걸릴 것 같아. 그 안에 준비해두었다가 꼭 나와. 그리고 혹시라도 자네 장인께서 오시면 식구들 다 함께 오도록 해."

여필준은 입술을 꾹 다물고 이봉남의 손을 꼭 잡으며 고개를 끄떡거렸다.

"저기… 저 트럭이 부두로 가는 트럭이오."

김영옥은 이봉남을 향해 운동장 한쪽에 있는 트럭을 가리키며 어서 타라고 했다. 이봉남은 고개를 돌려 김영옥의 눈길을 좇아 가다가 손을 번쩍 들어 보이고는 발걸음을 뗐다.

"자, 우리도 떠납시다."

김영옥은 여필준을 지프에 오르게 하고 자신은 중대원 앞으로 향했다. 다른 쪽에서는 미국 해병7연대 병사들이 대대별로 출발하고 물자를 실은 트럭들도 서서히 움직이기 시작했다. 김영옥은 중대원들을 인솔하여 해병7연대 병력 뒤를 따라붙었다.

썰물처럼 교문으로 빠져나간 군인들은 신작로 양쪽으로 나누어

걷기 시작했다. 세워 걸친 야전삽 아래쪽에 둘둘 말린 모포가 붙은 군장을 짊어진 군인들은 묵묵히 줄지어 북으로 나란히 뻗은 철길과 도로를 따라서 행렬을 지어 나아갔다. 자갈로 다져진 신작로로 가는 트럭과 지프는 군인들의 행군속도에 맞추었다. 신작로와 철길로 줄지어 가는 행렬은 3km나 이어졌다.

신작로는 폭격을 맞아 움푹 파인 곳이 드문드문 있고 가장자리 아래 논두렁에는 널브러진 인민군 시체도 보이고 인민군에게 끌려가다가 학살당한 민간인 시체도 즐비했다. 철길에는 비스듬히 드러누운 채 시커먼 연기를 가느다랗게 뿜어내며 마지막 숨을 할딱거리는 기차도 보였다.

행렬이 문천, 천내를 거쳐 금야에 이르자 도로와 나란히 뻗었던 철길이 동쪽으로 갈라지는 바람에 나누어졌던 행렬이 신작로로 합류하면서 행렬의 꼬리는 두 배로 길어졌다.

한참 행군하다가 신작로가 험준한 골짜기 사이로 들어설 무렵 동쪽 골짜기에서 비를 실은 먹장구름이 수런거리며 다가왔다. 하늘에서 떠돌던 구름은 곧 골짜기로 몰려들어 행렬의 머리 위까지 바짝 내려앉더니 꽈르릉거리는 벼락과 함께 굵은 빗발이 떨어지기 시작했다. 빗줄기가 어찌나 패연히 퍼붓는지 한 치 앞이 보이지 않았다. 지프를 탄 여필준은 굵직이 내리는 비를 함씬 맞고도 걷지를 않으니 몸이 점점 오슬오슬하여 금방이라도 감기가 들 지경이었.

깊은 밤중이 되었을 때 퍽퍽 쏟아지는 장대비에 푹 파묻힌 마을

이 나타났다.

"수색대를 보냈으니 문제가 없으면 저곳에서 숙영할 것이오."

김영옥은 지프와 나란히 걸으면서 여필준을 향해 조금만 참으라고 했다. 여필준은 두 팔로 빗물에 흠씬 젖어 몸뚱이를 피막처럼 척척하게 휘감기는 옷을 쥐어짜듯 포개고는 알겠다고 했다. 해병7연대장은 행군을 중지시키고 마을로 분산 투입시킨 정찰병 10개 소총분대가 돌아오기를 기다렸다.

잠시 후 수색을 마친 정찰병들이 돌아와 모두 빈집뿐이라고 했다. 보고를 받은 해병7연대장은 마을로 들어가 경계 병력을 배치시키고 나머지 병력은 쉬게 했다. 병사들은 소대 혹은 중대별로 무리를 지어 젖은 몸을 이끌고 빈집으로 들어갔다.

여필준은 도로에서 가까운 게딱지만 한 초가집으로 들어갔다. 발자국으로 더럽혀진 마루를 밟고 올라서 비스듬히 걸린 허름한 방문을 젖히자 방 안에 어지러이 널브러져 있는 세간이 눈에 띄었다. 방문을 닫는 둥 마는 둥 하고 부엌으로 향했다. 부엌세간도 제각각 흩어져 뒹굴고 깨진 질그릇 파편들이 바닥에 널려져 있었다.

여필준은 두리번거리다가 한쪽 구석진 곳에 있는 나뭇가리를 발견하고는 자끈자끈 부러뜨려 아궁이 속으로 밀어 넣고 불을 지폈다. 차차 불길이 타오르자 이빨이 부딪히도록 덜덜 떨리던 젖은 몸에서 김이 무럭무럭 나기 시작했다. 물 젖은 솜처럼 무거운 몸을 추슬러 일시에 몰려오는 피로를 떠밀어낼 때, 부엌 입구에 병사 서넛이 모여들어 고개를 기웃거렸다.

여필준은 손짓으로 병사들을 아궁이 앞으로 불러들였다. 병사들은 생전 처음 보는 아궁이 불을 낯설고 신기해하면서도 젖은 몸을 내맡겼다. 뒤따라 하나둘 모여든 병사가 금세 부엌을 가득 메웠다. 부엌은 따뜻한 온기가 가득했고 부뚜막에 올라간 병사는 하나같이 쪼그리고 앉아 무릎 사이에 머리를 박은 채 졸기 시작했다. 여필준은 병사들 틈에 끼어 고단한 것도 잊고 새우잠을 잤다.

날이 채 밝기 전에 출발을 알리는 신호가 떨어졌다. 여필준은 부스스 일어나 바깥으로 나서는 병사들을 따라나섰다. 늦가을의 싸늘한 하늘은 언제 비를 뿌렸냐는 듯이 몹시 맑고 투명했다.

"억수같이 퍼붓던 비도 그치는데 전쟁은 언제 끝나나?"

여필준이 쾌청한 하늘을 올려다보며 중얼거릴 때 "미스터 리!" 하고 부르는 소리가 들려왔다. 나귀처럼 귀를 빨쪽하며 뒤를 돌아다보니 열 살 남짓해 보이는 소년 하나를 데리고 다가오는 김영옥이 보였다. 얼굴은 온통 새가 똥을 깔기고 간 것처럼 흙투성이고 남루하고 찢겨진 옷에다가 신발조차 없는 맨발에 깨엿처럼 덕지덕지 묻은 흙이 무릎까지 올라온 차림새였다.

"아니…? 웬 아이입니까?"

여필준은 눈을 동그랗게 뜨고서 소년과 김영옥을 번갈아 쳐다보며 물었다.

"우리 중대원이 발견하여 데려왔습니다. 이 아이의 말로는 원산에서 여기까지 걸어왔다고 하는데… 혹시 아는 아이입니까?"

김영옥은 걱정꾸러기 하나를 꿰찬 듯이 어떻게 해야 할지 난감한 표정이었다. 여필준은 대답은 않고 쪼그리고 앉으며 소년을 향해 "원산 어디에 살아?"라고 물었다. 소년은 겁먹은 얼굴로 문천리에 산다고 대답했다.

"문천리에서 여기까지 왜 왔어?"

여필준은 애써 궁금함을 짓누르고는 부러 지나가는 말투로 물었다. 소년은 선뜻 입을 열지 않고 우물쭈물했다.

"말을 해야 집에 데려다 줄 거 아니야?"

여필준은 한결 눅눅하고 다정한 속삭임으로 물었다. 소년은 금세 얼굴이 울상으로 일그러지더니 토색이 짙게 밴 말투로 인민군에게 끌려가는 아버지 뒤를 따라가다가 이리되었다고 했다. 여필준은 소년의 아버지가 어디로 갔는지 물었다. 소년은 고개를 가로저으며 모른다고 했다.

여필준은 갑자기 콧마루가 시큰해지는 바람에 턱을 까딱 쳐들고는 콧바람을 들이켜고서 나이와 이름을 물었다. 소년은 열 살이며 백성학이라고 대답했다.

"아버지께서는 어디로 가셨는지 모르지만… 오실 때까지 아저씨 집에 가 있을래?"

여필준은 필경 백성학의 아버지가 잘못되었을 것이라 짐작하고서 데려갈 생각을 했다. 백성학은 무어라 대답할 바를 알지 못하는 듯 입만 옴질거렸다.

"여기서 아버지를 기다릴 거야?"

여필준은 은근한 말투로 물었다. 백성학은 말은 않고 고개를 가로 내저었다.

"그럼 원산으로 돌아갈 거야?"

여필준은 대답이 미협하다는 듯 재우쳐 다시 물었다. 백성학은 다 죽어가는 목소리로 "집에 아무도 없어요."라고 대답했다. 여필준은 가지런한 눈으로 백성학의 눈을 쳐다보다가 "조금만 가면 정평이지?" 하며 대답을 듣자고 한 물음이 아니라는 듯이 서둘러 입을 뗐다.

"이렇게 하자. 요기 성천강을 건너면 아저씨 집이 있어. 아저씨 집에 가서 성학이 아버지를 기다리자."

백성학은 대답을 하지 못하고 오물쪼물 망설였다.

"이거 먹어."

곁에서 지켜보고만 있던 김영옥은 초콜릿 하나를 건넸다. 백성학은 냉큼 받아 쥐고는 두 손을 등 뒤로 감추었다.

"이 아저씨 집에 가서 아버지를 기다리면 초콜릿 많이 줄게."

김영옥은 백성학을 향해 너울가지 있게 다독이는 소리로 말했다. 백성학은 김영옥을 힐끗 쳐다보며 고개를 끄떡였다.

"그래, 가자."

김영옥은 기다렸다는 듯 손을 쑥 내밀어 백성학의 손을 잡고 이끌었다. 여필준은 부스스 일어나 뒤를 따랐다. 김영옥은 신작로로 나가 병사들 틈 사이로 빠져나가 백성학을 지프에 태웠다.

"이 아이를 데려가서 어쩌려고 그러시오?"

김영옥은 절룩거리며 다가오는 여필준을 향해 물었다.

"전쟁고아가 된 아이 아닙니까?"

여필준은 제대로 된 대책이 없다는 말을 빗대어 얼렁뚱땅 넘기고는 지프에 올라앉아 백성학의 머리를 쓰다듬었다. 김영옥은 그냥 물끄러미 여필준을 쳐다보았다. 지프는 부르릉 소리를 내며 출발하여 병사들의 행군속도를 맞추어 천천히 움직였다. 간밤에 내린 비로 신작로는 물웅덩이로 얼룩지고 길바닥이 질척거려 병사들의 군화가 온통 흙투성이였다.

얼마 가지 않아 고원에서 동쪽으로 방향을 틀었던 철길이 다시 도로를 만나 나란히 가더니 곧 정평역이 나타났다. 해병7연대장은 병력을 재정비하여 수송대대와 전투공병대대와 화기중대만 신작로에 남기고 보병은 철길을 따라 걷도록 했다.

"김 대위님 중대는 왜 철길을 따라가지 않습니까? 질척거리는 신작로보다 침목 위로 걷는 게 편안할 텐데요."

여필준은 자신이 탄 지프와 나란히 걷는 김영옥을 향해 물었다.

"참모장님께서 내게 미스터 여를 함흥까지 안전하게 호송하라는 임무를 주지 않았소?"

김영옥은 익살스러운 표정으로 말하고는 약간 멋쩍은 듯 푸시시 웃는 얼굴을 하고서 말을 이었다.

"해병7연대 집결지는 함흥역이어서 철길로 가도 되지만… 우리 육군7사단 32연대 집결지는 함흥고급중학교요. 그래서 우리 중대가 해병7연대 수송대대와 전투공병대대를 호위하면서 신작로로 걷기로 했으니 마음 쓰지 마시오."

여필준은 "아, 그렇군요."라고 고개를 끄떡거렸지만, 생각하자니 저절로 마음이 저렸다.

행군 행렬이 봉대리, 다호리, 재안리를 거치고 다시 함주를 지나쳐 수흥리와 상중리를 차례로 지난 지 얼마 되지 않아 눈앞에 성천강이 나타나고 강 너머로 함흥시가 보였다.

'식구들은 무사할까?'

여필준은 성천강을 가로지른 만세교를 건너면서 마음속으로 가족의 안녕을 비는 듯 중얼거렸다.

23.

 원산항을 떠난 메러디스 빅토리 호는 다음 날 부산항에 입항하여 부상자를 하선시키느라 갑판이 왁자지껄했다. 메러디스 빅토리 호 앞뒤로 정박한 여러 척의 빅토리 급 수송선은 물자 하역과 선적 작업을 하느라 기중기가 분주히 움직이고 부두에는 노무자와 트럭이 바삐 오갔다.
 "한쪽에서는 내리고 한쪽에서는 선적하고… 온통 전쟁물자뿐이군요?"
 러니와 함께 윙 브리지에 나와 서서 부두를 바라보는 이봉남은 자신의 어수선한 마음을 드러내듯이 말했다.
 "하역하는 배는 사세보에서 물자를 싣고 온 배이고, 선적하는 배는 전쟁터로 향하는 배… 한국의 인근에 떠 있는 배는 전쟁물자 수송선과 군함뿐이잖소?"
 러니는 극히 당연한 일이 아니겠느냐고 했다. 이봉남은 씁쓸하게 웃고는 멀리 산자락에 벌집처럼 다닥다닥 붙은 판잣집과 움막을 바라보고는 입을 뗐다.

"이 나라 사람들은 전쟁 때문에 모든 것을 잃고 부산으로 다 모여든 것 같습니다."

러니는 이봉남의 시선을 좇아 함께 바라보다가 하나하나가 측은하고 마음이 쓰인다는 듯이 "안타까운 일입니다."라고 했다.

"바람이라도 불면 금세라도 날아갈 것만 같은 저런 곳에 수십 명이 모여 웅크리고 잠을 자며 살아도 공산치하에서 벗어났다는 것만으로도 다행으로 생각한다니… 이놈의 전쟁이 빨리 끝이 나야 될 텐데 걱정입니다."

이봉남은 분한 마음에 심통이 난 듯 불퉁하게 말했다.

"맥아더가 빨리 끝내겠다고 했으니 믿어봅시다."

러니는 위로의 말을 건네다가 현문계단으로 올라서는 라루를 발견하고서 "선장님이 오시는군요."라고 했다. 이봉남은 손목시계를 들여다보며 "많이 늦었군요."라고 했다.

"8군 군수지원사령부에는 선적물자와 항해지시를 받으려는 선장들이 모여들어 늘 시끌벅적하지 않습니까?"

러니는 상황을 훤히 꿰뚫고 있다는 듯이 말했다.

"그러게 말입니다. 이번에는 무엇을 선적하게 될까요?"

이봉남은 그렇게 물었지만 실상은 흥남항에 입항하는 날짜가 더 궁금했다.

"선장님이 올라오시면 알게 되겠지요."

러니는 어떤 새로운 기대라도 하는 듯 혈색이 도는 얼굴로 말하고는 "조타실로 들어갑시다."라며 돌아섰다. 이봉남은 걱정이 섞인 눈으로 멀리 산자락에 걸쳐져 있는 벌집 같은 판잣집을 쳐다보며 한숨을 내쉬고서 돌아서서 조타실로 향했다.

타륜을 비롯해서 기관실로 내려 보내는 엔진 명령 전신(Engine Order Telegraph)과 여러 통신방비 그리고 수많은 계기들이 멈춘 조타실은 메러디스 빅토리 호가 쉬는 중이라는 것을 말해주는 듯 쥐 죽은 듯이 조용했다.

잠시 후 조타실로 들어선 라루는 러니를 향해 "이번에는 항공유야."라며 묻지도 않은 말을 던지고는 서류봉투를 해도용 탁자 위에 놓았다. 러니는 짐짓 놀라는 표정을 지으며 "항공유라고요…?"라고 물었다.

"해병1사단이 흥남에 활주로를 건설하여 비행기를 상주시킨다는군."

"탄약보다 더 위험해서 자칫했다간 배가 잘못될 수도…."

"전쟁 자체가 잘못된 것이지…."

라루는 러니의 말끝을 빼앗고는 말끄트머리에 "무슨 뜻인지 알지?"라고 부언을 달았다. 러니는 머리를 갸웃거리고는 언제부터 선적하는지 물었다. 라루는 "내일 아침."이라고 간단하게 대꾸하고는 이봉남을 향해 밝은 표정으로 입을 뗐다.

"8군 군수사령부에서 들은 소식인데… 바로 어제 한국 대통령이 평양시민환영대회에 참석을 했다는 것이오."

이봉남은 눈알을 반짝 굴리며 "평양에서 말입니까?"라고 물었다.

"더 좋은 소식은 시민환영대회장에서 국군이 압록강에서 떠온 강물을 대통령에게 전달했다는 것이오."

라루는 기운을 북돋게 해주겠다는 듯이 극적인 어투로 말했다.

"네에?! 그게 정말입니까?"

이봉남은 놀라움을 금치 못하고서 외치듯이 물었다.

"압록강이면 중국 국경과 맞닿은 강 아니오?"

러니는 반색하며 이봉남을 쳐다보았다. 이봉남은 사뭇 감격하는 표정을 지으며 그렇다고 대답했다.

"그것 보시오. 맥아더가 장병들에게 크리스마스를 집에서 보내게 해준다고 하지 않았소? 전쟁은 곧 끝날 것이오."

러니는 기쁨을 누리겠다는 듯 감격적인 어조로 말했다. 라루는 러니의 말에 흥을 돋우겠다는 듯이 "그렇지."라고 추임새로 맞장구를 치고서 이봉남을 향해 입을 뗐다.

"강계로 진격하는 서부전선은 진격속도가 조금 늦긴 해도 이미 초산까지 진격했으니, 동부전선만 치고 올라가면 강계에서 서부전선과 합류하는 것이 어렵지 않을 것이라 하니 우리가 항공유를 잘 수송해야 하지 않겠소?"

"맞습니다. 잘해야 하고말고요."

러니는 새롭게 힘이 솟구치는지 온몸에 싱싱한 활기를 띠며 밝게 말했다.

"아, 전쟁이 이렇게 끝나는가?"

이봉남은 감격하여 말문 막힌 듯 입술만 옴죽거렸다.

"그렇게 되는군요."

라루는 활짝 웃으며 축하한다고 했다.

"모두에게 고마운 일이지요."

이봉남은 딱히 뭐라 표현하기 어려워 고맙다는 말을 했다. 그러다가 기뢰창장에게서 들었다던 여필준의 말이 번개처럼 뇌리를 뚫고 지나갔다. 그러면서 날카로운 섬광처럼 뒤따라온 이상한 예감은 머릿속에서 떠나지 않고 머물렀다.

그 시각 여필준은 함흥 시내에 들어섰다. 포격과 시가전으로 엉망이 된 시가지는 초입부터 파손된 가옥이 늘비했고 타버린 집터에서는 매캐한 연기 냄새만 풀풀 났다. 거리에는 무너진 담장과 부서진 기왓장이 나뒹굴고 비스듬히 드러누운 전봇대에는 전깃줄이 어지럽게 엉키어 거미줄 같았다.

여필준은 지프에 탄 채 김영옥 중대의 집결지인 함흥고급중학교로 향했다. 학교 안으로 들어서자 운동장에는 트럭과 탱크의 바퀴 자국이 도주한 자의 비(悲)와 정복한 자의 희(喜)를 쌍곡선처럼 쭉쭉 그어놓았다. 학교 건물은 포격을 맞아 벽 사이에 깨진 벽돌과 나뭇조각들이 뒤엉키어 흩어졌고, 지붕이 폭삭 주저앉은 교무실의 형해는 마치 썩은 이빨처럼 흉했다. 인공기가 나부꼈던 국기게양대에는 전쟁의 풍상에 시달린 것처럼 낡은 태극기가 풀렁댔다. 변하지 않은 것이라고는 모서리에 우두커니 선 향나무뿐이었다.

여필준은 전쟁이 났다며 자신을 깨우던 김석호가 생각났고, 상위 계급장을 단 인민군 군복을 입은 곽준식이 학생들 앞에 나서서 조국해방전쟁을 위해 펜 대신에 총을 들고 모두 나가 싸우자고 외쳐댔던 일, 거기에 학생들이 함성을 지르던 일이 어제의 일인 것처럼 도렷이 떠올랐다.

여필준은 지프에서 내려 백성학을 데리고 우물가로 갔다. 선생들이 세수를 하고 학생들이 걸레를 씻기도 했던 세숫대야는 온데간데없고 총구멍이 숭숭 난 두레박만 덩그러니 남았다. 두레박을 우물 속으로 탐바당 던져 물을 퍼 올렸다. 물은 총구멍으로 쏼쏼 흘러나가 폭포처럼 우물 속으로 떨어지고 조금 남았다. 남은 물로 백성학의 갈증을 해소시키고 나서 입으로 가져갔다. 벌컥벌컥 속을 식히고 났을 때 김영옥이 상자 하나를 든 병사 한 명을 데리고 다가와 받으라고 했다.

"이게 무엇이오?"

여필준은 눈빨리 김영옥과 상자를 번갈아 쳐다보며 어리둥절히 물었다.

"대대장님께서 고맙다며 비상식량 한 상자를 주라고 했소."

김영옥은 능청스러운 웃음을 지으며 말하고는 병사를 향해 운동장 한쪽에 있는 지프를 가리키며 실으라고 했다. 병사는 짧게 대답하고는 돌아서서 지프로 향했다. 여필준은 갑자기 어딘가 모욕을 당한 기분이 든 나머지 "대대장이 무엇 때문에요?"라고서 얼굴빛을 붉혔다. 김영옥은 여필준이 톡 쏘는 말투를 쓰자 뜻밖의 일에 마주쳤다는 듯 일시 당황스러워 하다가 "실은 내가⋯."라며 정색을 하고서 백성학을 가리키며 천천히 입을 뗐다.

"전쟁 통에 고아가 된 아이 하나 거두기가 얼마나 힘든지 아오. 이 아이를 미스터 여가 돌보겠다고 했지만, 나한테도 그런 마음이 왜 없겠소? 하지만 나는 전장으로 가야 하니 어쩌겠소? 그래서 내가 우리 대대장님께 사정 이야기를 하고서 비상식량으로나마 돕고 싶었던 거요. 비록 보잘것없는 것이라도 요긴하게 쓰일 때가 있을 것이니 노여워하지 말고 받으시오."

이야기를 듣고 난 여필준은 자기 생각이 좁았던 것 같아 도리어 부끄러운 생각이 들어 고개를 슬며시 돌렸다. 김영옥은 여필준이 어떤 말을 뱉을 것인지 기다리다가, 잠잠하게 있자 숨을 흑 들이쉬었다. 여필준은 갑자기 의기가 소멸돼버린 듯 의식이 멍하게 마비된 표정으로 지프에 실린 상자를 물끄러미 쳐다보았다.

"이제 보니 눈이 똘망똘망한 게 영리하게 생겼구나."

김영옥은 하릴없이 백성학의 머리를 쓰다듬으며 말했다.

"글도 쓰고 읽을 줄도 알아요."

백성학은 김영옥을 올려다보며 자기 자랑을 하듯 뽐냈다.

"그래?! 정말 똑똑하구나?"

김영옥은 부러 아둔한 얼굴로 허둥지둥 맞장구를 치고는 뒷주머니에서 모자를 꺼내어 백성학의 머리에 씌워주고 나서 "아저씨가 주는 선물이야." 하며 싱긋 웃었다. 백성학은 모자를 벗어들고서 이리저리 만져보다가 여필준을 빤히 쳐다보았다. 여필준은 김영옥의 다른 뜻 없는 순된 마음을 읽고는 무안한지 백성학을 향해 적이 감동 어린 목소리로 "고맙습니다, 해야지."라고 했다. 백성학은 김영옥을 향해 고개를 꾸벅 숙이며 밝고 싱싱한 목소리로 "고맙습니다."라고 말했다.

"똑똑하기만 한 게 아니라 싹싹하기까지 하구나?"

김영옥은 백성학의 눈을 맞추며 칭찬이 섞인 어조로 말하고는 가벼이 헛기침을 하고서 여필준을 향해 "그사이 아이와 많이 친해진 것 같습니다."라고 말을 붙였다. 여필준은 공연히 어색하고 겸연쩍어서 딴기적은 목소리로 "성학이가 워낙 붙임성도 좋은 아이라서…."라며 말꼬리를 감추었다. 김영옥은 어딘가 머쓱한 기분이 드는지 멋쩍게 씩 웃고는 "어쩌다가 혼자가 되었답니까?"라고 물었다. 여필준은 백성학을 뚫어지게 쳐다보다가 공연히 쿨룩 기침을 한 번 하고서 입을 뗐다.

"배가 고파서 친구들과 갈마항에 조개를 캐러 갔답니다. 조개 몇 마리를 잡아 집으로 돌아가 보니 집은 엉망이고 할머니와 어머니는 죽어 있더랍니다. 이웃 사람들 말로는 후퇴하는 인민군들이 들이닥쳐 성학이 아버지를 강제로 인민군에 입대시키려다가 벌어진 일이라고 했답니다. 그래서 무작정 아버지를 찾아 나섰다가 정평까지 걸어와서 배가 고파 빈집마다 다니며 먹을 것을 찾다가 지쳐 잠이 들었다는 것입니다."

"그러다가 우리 중대원들 눈에 띈 거로군요."

김영옥은 애처로운 사연을 들여다보았다는 듯 눈썹 근처에 수심이 스쳤다. 여필준은 그렇다고 고개를 끄떡이고는 부대기가 걸린 임시막사가 있는 곳을 기웃기웃하다가 김영옥을 향해 "김 대위님 부대는 어디로 움직입니까?"라고 물었다. 김영옥은 곧 목전에 벌어질 일을 떠올리는 듯 잠시 생각하다가 입을 뗐다.

"동해안 쪽은 한국 육군1군단이 올라가는 중이고 우리 육군7사단과 해병1사단은 내륙으로 진격합니다. 하지만 우리 육군은 실전경험이 전무한 병사들이 많아 걱정입니다. 더구나 32연대에는 농사를 짓거나 집에 있다가 끌려와 제대로 된 군사훈련도 받지 못하고 급히 보충된 한국군이 3,000명도 넘습니다. 세계대전에 참전한 경험이 있는 지휘관이라 해도 사실… 한국의 지형을 잘 모르는데다가 특히 공산군과 처음 겪는 전쟁이다 보니 생소한 것은 마찬가지입니다."

"아직 김 대위님 부대가 어디로 진격할지 결정되지 않았다는 말이군요?"

여필준은 자신의 물음에 대한 대답을 바라듯이 물었다.

"그래서 우리 육군7사단은 이원으로 상륙한 17연대를 북청, 풍산, 혜산진으로 진격시키고, 31연대를 북청, 신흥을 거쳐 부전호로 진격하라고 하는데… 한국군 3,000명이 포함된 32연대만 해병1사단과 함께 영광까지 갔다가 거기서 신흥 쪽으로 진격하여 부전호에서 31연대와 합류하여 혜산진으로 진격하라고 합니다."

김영옥은 32연대에 배속된 자신의 중대는 영광 쪽으로 진격한다고 했다. 여필준은 마음에 뭔가 개운치 않은 게 있는지 아랫입술을 안쪽으로 감아들여 물고서 고개를 끄떡이고는 천천히 입을 뗐다.

"제가 함흥에서 태어나 쭉 살았기 때문에 그쪽 지역을 조금 압니다. 영광읍 안쪽으로 들어갈수록 길은 점점 좁아지고 산은 험악해져 진격속도가 생각만큼 빠르지 않을 것입니다. 거기다가 그 지역이 우리나라에서 겨울이 가장 빨리 오고 가장 추운 곳이어서…. 벌써 11월인데… 지금도 밤에는 얼어 죽을 수 있습니다. 잘 알아서 하겠지만 여러모로 신경을 써서 꼭 무사하기를 바랍니다."

"잘 알겠습니다."

김영옥은 신경 써주어서 고맙다는 말을 하고서 흠 하고서 목청을 가다듬고는 집까지 바래다주겠다고 했다.

"부대를 비워도 됩니까?"

여필준은 운전병이 있으니 그럴 필요가 없다고 했다.

"대대장님께서 허락하신 일입니다. 원산 소해작전에 공이 컸던 사람이어서 참모장님께서 각별한 부탁을 하신 것이라고 했는데, 대대장님께서 뭘 어쩌시겠습니까?"

김영옥은 말끝에 계면쩍은 웃음을 달고는 어줍게 손을 내밀며

"갑시다."라고 했다. 여필준은 짐짓 놀란 척 엉거주춤하다가 고맙다는 말을 하고서 백성학을 향해 "가자." 하며 지프로 향했다.

24.

 함흥고급중학교 교문을 빠져나간 지프는 여필준이 여필녀와 함께 학교로 다니던 길을 거슬러 가 'ㄱ'자로 된 기와집의 대문 앞에 멈추어 섰다. 구멍이 숭숭한 흙벽은 모로 기울어져 있고, 허물어져 입을 벌린 한쪽 지붕은 분화구 모양으로 하늘을 향해 구멍이 뻥 뚫려 있었다.
 여필준은 백지장처럼 창백한 안색으로 "아, 집이…."라고는 엉덩이를 들어 반쯤 일어나 "식구들이…."라고 웅얼거렸다. 김영옥은 당혹감이 스치는 안색으로 집을 바라보다가 지프에서 내려 여필준을 부축했다. 여필준은 급히 내려서느라 불편한 다리의 발을 헛디디고 휘청거리다가 이내 바로 서고서 허겁지겁 대문 안으로 들어서며 "어머니!"라고 소리치고는 연달아 식구들 이름을 불렀다.
 "여보! 필녀야!"
 별안간 방문이 열리더니 배정희가 얼굴을 내밀다가 소스라치듯 놀라며 한 손은 방바닥을 짚고 다른 손으로는 허리를 짚고는 만삭이라서 굼닐기가 쉽지 않은 몸을 어기죽대며 일어났다.

"여보!"

여필준은 절룩거리며 마루로 올라가 배정희를 부축하며 반가움에 겨운 목소리로 "몸은 괜찮은 거요?"라고 물었다.

"경자 아버지요…."

배정희는 말을 잇지 못하고서 입술을 깨물고는 훌쩍거리다가 끝내 눈물을 쏟아냈다. 여필준은 두 팔로 배정희를 감싸 안고는 등을 어루만졌다. 배정희는 꿀꺽꿀꺽 울음을 멈추려고 애를 썼지만 마음뿐이었다.

"손님이 있으니 그만 우시오."

여필준은 곰살갑게 말하고는 김영옥을 향해 배정희를 가리키며 "딸애 엄마입니다."라고 했다. 김영옥은 엉거주춤 굳어버린 묘한 자세로 배정희를 향해 인사를 했다. 배정희는 소맷자락으로 눈가를 찍어내고는 김영옥을 향해 고개를 까딱 숙였다. 김영옥은 들고 있는 상자를 마루에 올려놓고서 한 걸음 뒤로 물러나 입을 뗐다.

"나는 이만 가보겠소. 부디 무탈하게 잘 지내시오."

여필준은 고맙다는 말과 함께 허리를 숙였다. 김영옥은 백성학의 머리를 쓰다듬으며 "아저씨랑 잘 있어."라고는 돌아섰다. 여필준은 김영옥이 대문 밖으로 나서자 기다렸다는 듯 배정희를 향해 "경자는 어디 있소?"라고 물었다. 배정희는 방에서 잔다고 했다.

여필준은 방으로 들어가 여경자의 손을 잡고 자신의 볼에다 비비고는 밖으로 나서며 "어머니와 필녀는 어디 있소?"라고 물었다. 배정희는 두 사람이 신창리교회에서 미군 군목이 주재하는 예배를 보기 위해 갔다고 했다.

"장인어른께서는 아직도 못 돌아오신 것이오?"

여필준은 인민군에게 끌려갔던 배명호가 돌아오지 못해서 미군 군목이 예배를 올리는 것이냐고 물었다.

"당신이 고산역으로 떠난 뒤 며칠 지나지 않아 돌아오셨어요."

배정희는 울먹이는 음성으로 대답하고는 다시 울음을 터트렸다. 여필준은 놀란 얼굴로 쳐다보며 왜냐고 묻고는 재빨리 배정희의 얼굴을 살폈다. 배정희는 목구멍 아래에 응어리져 걸려 있는 울음을 뽑아 올리고는 인민군이 도주하면서 교회에 사람들을 모아놓고 죽였다고 했다. 여필준은 떨리는 목소리로 "뭐요…?"라고는 눈알을 되록 굴리다가 배명호는 어찌되었는지 물었다. 배정희는 끌려갔다는 대답을 겨우 내놓고는 흐느끼더니 걷잡을 수 없을 만큼 격렬해지다가 끝판에는 황소울음을 울었다.

여필준은 사태가 심상치 않음을 직감하고서 일어나 마당으로 내려섰다.

"경자 아버지!"

여필준은 등 뒤에서 들려오는 배정희의 울부짖음을 뒤로하고 대문 밖으로 나섰다. 장승처럼 우두커니 서 있던 백성학은 여필준의 뒤를 강아지처럼 졸졸 따라나섰다. 여필준은 갑자기 돌아서더니 감감하게 잊었던 것을 찾았다는 듯이 좀 너누룩한 표정을 짓고는 백성학을 이끌고 다시 안으로 들어섰다.

"이 아이와 함께 있으시오. 자세한 사정은 나중에 말해주겠소."

여필준은 마당에 선 채로 배정희를 향해 입장을 통보하듯 말하고는 백성학을 붙들고 착 가라앉은 음성으로 "금방 다녀올 테니 집에서 기다려, 알았지?"라고서 후딱 몸을 돌려 허둥지둥 대문 밖으로 나섰다. 불편한 다리에 들러붙어 질질 끌리는 급한 마음의 무게 때문에 땀을 뻘뻘 흘리며 총총걸음을 쳤다.

신창리교회에 다가서자 종탑기둥에 걸린 'WELCOME'이라는 비뚤어진 글씨가 적힌 구질구질한 하얀 플래카드가 여필준을 반기듯 펄럭거렸다. 지붕은 반쯤 날아가고 벽마저 여러 군데 허물어진 교회는 돼지우리처럼 볼썽사나웠다. 입구로 다가가 자그시 문을 열어젖혔다. 순간 낡은 의자에 경건히 앉은 교인들과 강대 앞에 나와 기도를 올리는 미군 군목이 동공 속으로 확 빨려들었다.

여필준은 새삼 지난 일로 서글픈 감회가 되살아나 넋 나간 꼴로 우두커니 멈추어 서 버렸다. 허물어진 벽 틈 사이로 비집고 들어오는 햇살을 받으며 기도하는 미군 군목은 마치 재림한 예수처럼 눈이 부셨다. 조용히 안으로 들어가 한쪽 귀퉁이로 비켜서서 군목의 기도가 끝나도록 기다렸다.

이윽고 기도가 끝나고 사람들이 일어나기 시작했다. 여필준은 두리번거리다가 최점순과 여필녀를 발견하고는 냉큼 다가갔다.

"어머니, 무탈하세요?"

최점순은 두 눈을 끄먹끄먹하며 "하이고~ 애비야!"라고 소리치고는 여필준의 두 팔을 덥석 잡았다.

"오빠!"

곁에 있던 여필녀는 금세 눈에 눈물이 글썽 괴었다.

"경자 외할아버지는 대체 어떻게 된 겁니까?"

여필준은 아무래도 배명호의 신변에 이상이 생긴 것 같아 마음이 불안했다.

"어… 그, 그게…."

최점순은 말을 구기적거리고는 여필녀를 향해 종이쪽지를 건네며 "어서 가서 줄을 서."라고 말했다. 여필녀는 종이쪽지를 받아들고서 눈대답을 하고는 꼬기작거리던 옷고름을 잡아채며 돌아섰다. 여필준은 여필녀의 뒷모습을 쳐다보다가 무엇을 찾는 것처럼 눈알을 휘굴리며 최점순을 향해 "무슨 줄을 서요?"라고 물었다.

"예배 보러오면 표를 줘. 끝난 뒤 저어기로 가서 표를 주면 미군들이 초콜릿으로 바꾸어줘."

최점순은 사람들이 교회에 오는 것이 바로 그 때문이라고 했다. 여필준은 약간 언짢은 소리를 들었다는 듯 표정이 좋지 않았다.

"먹을 것이 없어 썩은 무를 삶아 먹거나 배추꼬랑이를 캐먹는 판이니 어쩌겠어?"

최점순은 추연한 기색으로 여경자를 먹이기 위해 교회에서 초콜릿을 타간다고 했다. 여필준은 갑자기 현기증이 몰려오면서 김영옥이 가져다 준 비상식량이 홀연히 떠올랐다. 요긴하게 쓰일 때가 있을 것이라던 그 말이 이처럼 귀에 쏙 들어올 줄 몰랐었다.

"일본군 놈들한테 끌려가서도 살아 돌아온 너여서 걱정은 안 했다만, 그래도 무사히 돌아온 모습을 보니 이제 한시름 놨다."

최점순은 무거운 짐을 부려버린 것처럼 마음이 거든거든한지 홀가분한 기분으로 말하고는 "경자 외할아버지는…."라며 말꼬리를 목구멍 안으로 끌어넣었다.

"경자 엄마가 인민군이 도망가면서 교회에 사람들을 모아놓고 죽였다고 하던데… 혹시…?"

여필준은 뜨겁게 울던 배정희의 곡소리 속에 배명호의 불행이 감추어져 있는 느낌을 지울 수 없었다. 최점순은 눈에 뭐가 들어간 것처럼 눈을 슴뻑거리며 "경자 엄마는 끌려간 줄로만 알지."라고는 한숨을 푸 내쉬고서 말을 이었다.

"경자 애미가 충격을 받으면 뱃 속의 아이가 잘못될까 봐 끌려갔다고 했다만…. 사실은 인민군들 손에 죽었다."

"뭐라고요?"

여필준은 놀라 자빠질 듯 눈알을 뒤집으며 입을 떡 벌렸다.

"그렇게 죽은 사람이 한둘이 아니어서 집집마다 초상이 안 난 집이 없다."

최점순은 흡사 지친 병든 닭처럼 매가리 없이 말했다.

"대체 인민군들이 왜 죽였단 것입니까?"

여필준은 당장 인민군 숨줄이라도 끊을 태세로 소리쳤다.

"네가 집을 떠나고 나서다."

최점순은 배정희의 말대로 여필준이 고산역으로 간 뒤 얼마 지나지 않아 배명호가 돌아왔다는 소리로 말머리를 잡았다. 그러고는 잠시 생각을 간추리고서 이어나간 이야기는 이러했다.

국군과 유엔군이 인천상륙전을 성공한 뒤 서울을 수복하고 북진을 계속하자 내무성의 정치보위부가 나서서 300명이 넘는 사상범들을 동굴 속에 가두고 질식사시켰다. 그 뒤로 불순분자를 색출한다는 미명하에 목회를 하거나 수감되어 있던 성직자들을 죽이기 시작했다. 뿐만이 아니라 교회로 모여드는 신도들도 눈에 띄는 대로 끌고 가 하나님을 섬긴다는 것은 조선인민군 최고사령관 김일성의 뜻을 거역하는 불순한 사상을 가진 반동분자라며, 굴비처럼 엮어서 장작더미 위에 올려 태워죽이거나 우물 속에 던져놓고 총을 쏘기도 했다. 북한 사회주의에 호의를 보이거나 협력한 성직자라고 해도 예외를 두지 않고 죽였다.

최점순은 악몽보다 더 무서운 이야기를 줄달아 하고는 힘겹게 한숨을 매달아 내고서 입술을 떨며 간신히 말을 이어나갔다.

"도살장도 그렇지는 않을 거다. 함흥인민교화소, 충령탑 지하실, 정치보위부 지하실, 덕산니켈광산, 반용산 방공호… 여기서 죽은 사람만 해도 1만 2,000명이 넘고… 함흥천주교 신자들은 하나도 남김없이 모두 다 학살당했고, 전쟁나기 전에 토지개혁 반대 대모를 했던 윗동네 과수원에서는 2,000명을 모아놓고 기관총을 난사하여 다 죽였어. 인민군들이 얼마나 악독하면 도망가면서 다친 인민군들도 거치적거린다고 데려가지 않고 남김없이 죽이고 갔어."

여필준은 하나하나 짚어가며 상황을 사실적으로 그려내는 최점순의 이야기에 정신을 가누지 못하면서도 머릿속에는 자신을 멀리하라던 배명호가 떠올라 가슴이 울컥거렸다. 의식이 없어져가는 정신을 가다듬고서 배명호의 장례를 어떻게 했는지 물었다.

"죽은 사람이 수를 헤아리기 힘든데다가 모두 정신이 나가 혼이 없는 판에 장례는 무슨…? 아무도 장례를 치를 엄두를 못 냈어."

최점순은 배명호도 여러 사람들과 한곳에 묻혔다고 했다. 여필준은 고개를 푹 숙이고 잠시 동안 말없이 가만있다가 손바닥으로 얼굴을 훑어 내렸다. 그때 여필녀가 손에 작은 종이봉투 하나를 들고 나타났다.

"왜 하나야?"

최점순은 영문을 모르겠다는 듯이 얼떨떨한 눈으로 종이봉투를 쳐다보며 물었다.

"오늘은 표 두 장에 하나밖에 안 준대요."

여필녀는 시큰둥한 말투로 대꾸하고서 입술을 씰룩거렸다. 여필준은 초콜릿을 담은 봉투를 보자 그만 가슴이 갈기갈기 찢어지듯 마음이 아프고 여필녀가 가련했다. 슬픔의 극치를 머금은 눈망울을 불구슬같이 번쩍거리며 여필녀를 감싸 안고는 "네가 고생이 많았구나."라고 했다. 여필녀는 어깨를 쌜긋거리며 주뼛대다가 서러움이 북받치는지 애긍한 목소리로 "언니가 너무 가여워."라고 울먹거리며 제대로 먹지 못하는 배정희가 불쌍하다고 했다.

그 무렵 부상자 하선을 마친 후 이틀을 쉬고 난 메러디스 빅토리 호는 또 다른 항해 준비로 눈코 뜰 새 없이 바빴다. 패트릭은 군수품을 선적하는 갑판선원들을 지휘하고, 허버트는 주방선원들과 식량을 비롯한 주방 물품들을 챙기고, 존은 기관부선원들과 발전기, 주엔진, 펌프, 보일러를 점검하고, 그린은 통신기 상태를 점검하고, 러니는 본사에 보낼 메러디스 빅토리 호의 항해일지와 그동안 수송했던 군수물자 목록을 정리하고, 라루는 수시로 8군 군수지원사령부에 가서 전황을 전해 듣기도 하고 부산에 정박 중인 빅토리 급 수송선 선장들과 서로의 정보를 교환하는 등, 모두가 각자에게 맡겨진 일들을 충실하게 엉구어 나갔다.

그 와중에 딱히 할 일이 없는 이봉남은 부산 남포동으로 나가 보았지만 각지에서 몰려든 수많은 피난민과 전쟁고아와 상이용사와 걸인 등이 길거리에 느즈러진 모습만 보고 무거운 마음으로 메러디스 빅토리 호로 돌아왔다.

어느새 밤이 되어 둥근 달이 두둥실 떠올랐지만 수송선의 기중기 움직이는 소리는 목구멍에 걸린 가래 소리처럼 그르렁댔고 부두는 불빛으로 황황했다.

이봉남은 조타실로 올라와 바깥 풍경을 쳐다보며 여필녀의 생각에 몰두했다. 이번에 흥남으로 들어가면 만나게 된다는 생각을 하자 마음이 한껏 부풀었다. 함께 일본으로 갔을 때 어머니가 좋아할 모습을 상상만 해도 기분이 좋았다.

"유엔군이 압록강까지 올라갔다고 하니 크리스마스 전에 전쟁이 끝나겠지. 어머니께 좋은 크리스마스 선물이 되겠어."

이봉남은 맥아더의 말을 의심하지 않고 믿는다는 듯이 입가에 미소를 걸었다. 그때 라루가 농기가 섞인 어조로 "좋은 일이 있으시오?"라며 들어섰다. 이봉남은 한 번 엄벙하게 웃고 나서 다시 얼굴빛을 바루고는 자리에서 일어나며 "어디 다녀오는 길입니까?"라고 물었다.

"레인 빅토리 호가 출항한다기에 다녀오는 길이오."

라루는 필립을 만나고 오는 중이라고 했다.

"아, 어디로 가나요?"

이봉남은 레인 빅토리 호가 징집에서 해제되어 본국으로 가는 것인지 물었다.

"극동군사령부에서 해군90상륙지원단의 제임스 리버 예비선단에 배속된 수송선을 순차적으로 징집해제를 시키겠다는 소리가 있긴 했었지만… 아직은 아닌 것 같소."

라루는 수송선의 징집해제는 당분간 어려울 것 같다고 했다.

"어렵다니요…. 왜요?"

이봉남은 갑자기 불길한 생각에 가슴이 덜컥 내려앉고 정신이 팽도는지 준엄한 표정으로 물었다.

"이 전쟁은 북한이 독단적으로 쳐내려온 것이 아니라는 거요."

라루는 8군 군수지원사령부에 떠도는 말이라고 운을 떼고는 김일성이 모택동과 스탈린과 모의하여 벌인 전쟁이라고 했다.

"그 말은… 인민군 뒤에 중공군과 소련군이 있다는 소리가 아닙니까?"

"확실하지는 않지만 모택동은 8로군에 소속된 2만 명이 넘는 한국 출신 병사를 인민군에 편입시켜 주었고, 스탈린은 7개 사단 병력과 3개 기계화사단을 움직여 탱크 250대, 대포 1,300대, 항공기 150대, 군사고문 3,000명을 지원해주었다는 겁니다. 원산과 흥남 앞바다에 깔아놓았던 기뢰도 소련군이 지원해준 것이라는군요."

"맥아더가 중공군이 개입하지 않을 것이라고 한 것은 뭡니까?"

"그것이 잘못된 판단이라고 말들이 많은 모양이오."

"그럼, 대체 앞으로 어떻게 된다는 것입니까?"

"지금으로서는 어떤 것도 확신할 수는 없지만 최악의 상황을 염두에 두는 분위기라오."

"최악의 상황…?"

"자칫하다간 전쟁이 길어질 수 있다는 소리가 돈다는 것이오. 워싱턴에서도 그 때문에 수송선 징집해제를 미루고 또 작전이 끝난 군함들은 사세보로 불러들여 대기시키겠다는 것이오."

라루는 전쟁이 치열의 도를 더해 상황이 점점 어렵게 될 것이라는 말로 지금까지 들려주었던 이야기를 정리했다. 이봉남은 이야기를 듣고 보니 낙관했던 전쟁의 판세가 뭔가 좋지 않은 징조가 나타난 게 틀림없는 것 같아 어리뻥뻥하게 입을 뗐다.

"그 때문에 항공유를 싣고 가기로 했던 것을 탄약과 식량으로 바뀌었나요?"

"흥남 앞바다의 기뢰제거가 늦어져 공병을 실은 LST가 늦게 접안했고 그 때문에 활주로 공사가 늦어져 그런 것이랍니다."

  라루는 선적물자가 바뀐 까닭을 설명하고는 항공유는 다음 항해 때 흥남으로 수송할 것이라고 했다. 이봉남은 자칫 여필녀를 데려올 수 없을지 모른다는 위기감이 엄습하여 소화가 안 되는 것처럼 속이 답답했다.

25.

여필준은 김영옥이 준 비상식량마저 떨어지자 겉보리 속거에 썩은 무 꼬랑이를 썰어 넣은 범벅으로 배를 채워야 할 지경이었다.

마루에 앉아 밥을 먹던 중 밥그릇 바닥이 반들반들하도록 싹싹 긁어 먹은 백성학이 손바닥으로 입가를 훔치며 "제가 먹을 거 구해올까요?"라고 물었다. 여필준은 하도 당돌한 소리에 기가 탁 막힌다는 듯 당혹한 얼굴로 백성학을 쳐다보았다.

"남잔데, 그런 거 하나 못하겠어요?"

백성학은 만지작거리던 숟가락을 놓기 바쁘게 일어났다.

"아서라, 네가 뭘 한다고…?"

여필준은 백성학을 향해 그 자리에 앉으라며 손을 저었다.

"선생님은 집에 계세요."

백성학은 여필준이 한때나마 선생이었다는 것을 알고부터 선생님이라고 불렀다.

"네가 어디서 무엇을 구해온단 말이야?"

여필준은 몸을 뒤적뒤적 움직이며 가지 말라고 소리쳤다. 백성학은 들은 척도 않고 모자를 벗어들고서 최점순을 향해 머리를 꾸벅하면서 "할머니 다녀올게요."라고는 돌아섰다.

"성학아…."

백성학은 여필준의 우람한 목소리에도 뒷덜미를 잡히지 않고 부리나케 뛰어나갔다.

"어쩌면 구변머리까지 저리도 좋을꼬…?"

최점순은 미안한 기색을 감추려는 듯이 과장된 말투로 말했다.

"오빠, 성학이가 무슨 생각으로 저러는 걸까?"

여필녀는 백성학의 돌발적인 행동이 혼란스럽다는 듯이 정신이 쑥 빠졌다. 여필준은 어딘지 허하게 비어오는 공허함을 지우지 못하고 멍하니 대문을 바라보다가 여필녀를 향해 "할 말이 있다. 따라오너라."라고서 일어나 방으로 향하며 최점순을 향해 "어머니도요."라고 했다. 두 사람은 여필준을 따라 방으로 들어섰다.

방에서 여경자를 안고 누워 있던 배정희는 세 사람이 들어서자 배스듬히 몸을 일으켰다.

"아니다. 그냥 누워 있거라."

최점순은 배정희의 어깨를 두드리며 말했다. 배정희는 한 손으로는 방바닥을 짚고 일어나 앉고는 머리카락을 쓸어 넘기며 괜찮다고 했다. 제대로 먹지 못해 알아보게 초췌해진 배정희의 얼굴을 쳐다보는 여필준은 자신도 모르게 속눈썹을 가늘게 떨 만큼 가슴이 아렸다.

"오빠, 무슨 일인데…?"

여필녀는 무슨 영문으로 방으로 불렀는지 어리벙벙한 눈치였다. 여필준은 말문을 열어야 할지 말아야 할지 잠시 난감한 표정을 짓다가 주먹으로 입을 가려 헛기침 소리를 메기고는 입을 뗐다.

"필녀도 식구들 두고 가기 싫다 하고, 어머니도 필녀 혼자 보내는 것이 마음 편치 않다고 하시니 여러 날 생각해보았는데… 우리 식구들 다 함께 떠나는 것이 좋겠어."

"오빠?"

"여보?"

"에비야, 그게 무슨 소리야?"

세 여자는 하나같이 봉변이라도 당한 것처럼 깜짝 놀란 표정으로 몸을 도사리며 불안한 눈빛이었다. 여필준은 아름작아름작 배정희의 눈치를 살피다가 무슨 결심을 한 듯이 분명한 어조로 입을 뗐다.

"당신의 마음을 모르는 것이 아니지만… 장인어른의 안부가 궁금하기는 나도 당신 못지않소. 그렇지만 내가 이런 말을 할 수밖에 없는 것은 또다시 함흥이 인민군 세상이 될지 모른다는 불안감 때문이오."

"함흥이 인민군 세상이 된다니 그게 대체 무슨 소린지 알아듣게 해보거라."

최점순은 여필준이 굳이 떠나려는 속마음을 알 수 없었다.

"지금 국군과 유엔군이 들어와 있지만 결국 30만 명이 넘는 중공군에게 밀려서 후퇴하고 말 것입니다."

여필준은 어디가 아픈 사람처럼 핏기 없는 얼굴이 매가리가 없어 보였다.

"중공군은 뭐고, 30만 명은 뭔데?"

최점순은 들어도 모를 말이라는 듯이 어리뜩한 표정이었다.

"당신도 필녀도 잘 들어."

여필준은 세 여자를 향해 어려운 처지에 놓였다는 것을 이해시키겠다는 듯 완약한 어조로 말머리를 잡고는 허준달과 인민군대좌에게서 엿들은 이야기의 실마리를 차근차근 더듬어 들려주었다.

세 여자는 이야기를 듣고도 세상 물정 모르는 고답적인 선비의 고루하게 굳은 생각처럼 시세의 변화를 살피지 못하는 눈치였다.

"나는 그것이 걱정되어서… 필녀만큼은 공산주의가 아닌 세상에서 살게 하고 싶어서, 필녀를 보내려고 했던 것인데, 이제는 경자도 곧 태어날 경자 동생도 당신도 어머니까지… 오래지 않아 덮칠 불행이 빤히 보이는 것 같아 이대로 있어서는 안 되겠다 싶어서 힘든 결정을 한 것입니다."

여필준은 남쪽으로 내려가지 못했던 지난날에 대한 가슴 아픈 응어리가 있다는 여운이 도는 말을 하고는 말꼬리에 이봉남이 가족들을 배에 태워주겠다고 했던 일을 털어놓았다.

"우리가 여기를 떠나서 어떻게 산단 말이냐? 그리고 애미는 몸이 무거워 움직일 수도 없고 경자 저 어린것도 있는데… 꼭 그렇게 해야 되겠느냐?"

최점순은 집을 나선다는 것이 아무래도 자신이 없다고 했다.

"말씀드렸듯이 여러 날 고민하고 결정한 일입니다. 배가 있을 때 떠나야 할 것 같습니다."

여필준은 더 꾸물거리다가는 꼭 무슨 낭패를 당하고야 말 것 같은 불안이 마음의 밑바닥에 은연중 깔려 있음을 드러냈다.

"오빠, 아무리 그래도 아기가 태어난 뒤 떠나면 안 돼?"

여필녀는 보름달처럼 둥실 부른 배를 힘없이 쓰다듬는 배정희를 쳐다보기가 민망하다는 듯 전에 없이 힘없는 목소리로 말했다.

"우리가 흥남으로 가서 배를 타기만 하면 봉남이가 다 알아서 해 줄 거야. 그 배 선장도 그렇게 하겠다고 약속했고 배에는 약도 있기 때문에 걱정할 것이 없어."

여필준은 여필녀가 납득하도록 설득시키는 투로 말했지만 실상은 배명희에게 동의를 구하듯 말끄러미 쳐다보았다.

"하지만… 아직 경자 외할아버지 생사를 모르는데…."

배정희는 마음속에 담아두었던 이야기를 힘들여 끄집어내놓고 눈물을 비쳤다. 여필준은 배명호의 죽음을 알리지 못하는 안타까움 때문에 생각을 다잡지 못하고 마음을 썩이다가 기어드는 목소리로 입을 뗐다.

"내가 혼자 남아서 장인어른을 기다릴 테니 당신은 필녀와 함께 어머니를 모시고 떠나."

"그건 안 될 말이다. 애비도 없이 여자 셋이서 어디로 간단 말이야? 안 떠나면 몰라도 떠나려면 다 함께 가야 한다.”

최점순은 단박에 새빨개진 얼굴로 변하고는 목소리까지 높았다. 그때 밖에서 인기척이 나더니 백성학이 숨을 헐떡거리며 방문을 열고 들어섰다.

"무슨 일인데 금세 숨넘어갈 것처럼 할딱거려?"

여필준은 상기된 얼굴로 숨을 시근벌떡거리는 백성학을 쳐다보며 물었다. 백성학은 가쁜 호흡을 가다듬으며 손에 들고 있는 모자를 내밀었다. 최점순은 불룩한 모자를 받아들고서 속에 든 것을 보고는 "이게 무엇이냐?"라며 뒤적거렸다. 백성학은 방문 앞에 우두커니 선 채 앉을 생각도 않고 발가락을 포개고서 꼬물거리기만 했다.

"이건 대두미 찌꺼기, 이건 주먹밥, 이건 보리쌀…?"

최점순은 모자 속에서 끄집어낸 것들을 방바닥에 펼쳐놓고도 믿기지 않는다는 듯이 입을 다물지 못하다가 백성학을 올려다보며 어디서 난 것이냐고 물었다. 백성학은 잠시 꾸무럭거리던 끝에 일해주고 받아온 것이라고 대꾸했다.

"일…? 어디 가서 무슨 일?"

여필준은 깐깐하고 찬찬한 눈초리로 쳐다보며 따지듯이 캐물었다. 백성학은 대답을 내놓지 못하고서 두 손을 모은 채 손가락을 꼼작거리기만 했다.

"너, 이거…?"

여필준은 눈알을 번뜩대며 훔친 것이 아니냐고 따졌다.

"훔치려고 한 것이 아니란 말이에요."

백성학은 찔끔하여 기어드는 목소리로 간신히 대답했다.

"대체 어디서 훔친 것이야?"

여필준은 윽박지르는 조로 사실을 곧이곧대로 말하라고 했다.

"얼마나 배가 고팠으면 그랬겠어? 그렇다고 애를 그렇게 다그쳐서 어쩌자는 것이야?"

최점순은 여필준을 향해 나무라듯 제지하고서 백성학을 향해 준조리 타이르듯이 입을 뗐다.

"성학아, 그러니까 어디서 가져왔는지 말해 보거라."

우물쭈물하던 백성학은 여필준의 눈과 마주치자 짐짓 놀란 척 엉거주춤하다가 천천히 입을 뗐다.

"가축시장 근처를 지나가는데 어떤 할머니가 들어오라고 해서 갔더니 심부름을 해달라고 했어요."

여필준은 눈알을 되록 굴리며 "성천동 가축시장…?"이라고는 이내 아연한 표정으로 바꾸어 여필녀를 쳐다보며 "김 선생 집이 그 근처지?"라고 물었다.

"맞아, 김석호 선생님 어머님 같아."

여필녀는 자리를 고쳐 앉으며 멀건 눈으로 멀뚱히 여필준을 쳐다보며 대답했다. 여필준은 눈알을 굴리며 뭔가 이상하다는 듯 고개를 갸웃거리고는 여필녀를 향해 "김 선생은 인민군으로 간다고 하지 않았던가?"라고 물었다.

"맞아요."

백성학은 빠져나갈 구멍을 찾았다는 듯이 은근히 아는 채 참견하고는 서둘러 말을 이었다.

"그 할머니가 이것을 주시면서 아무에게도 들키지 말아야 한다고 당부했어요. 국군이나 유엔군이 알면 죽을 거라면서요."

"오빠, 성학이가 지금 무슨 소리를 하는 거야?"

여필녀는 말뜻을 모르는 귀먹은 사람처럼 물었다. 여필준은 여필녀를 향해 민첩하게 "가만."이라고는 백성학의 손을 잡아 앉히고서 입을 뗐다.

"그러니까… 네가 김 선생에게 갖다 주라고 한 것을 가져와버렸단 말이야?"

"가져오려고 한 것이 아니라…."

백성학은 우물거리며 콧구멍을 벌름거리다가 김석호를 찾아갔지만 없어서 그냥 가져왔다고 했다. 여필준은 뭔가 이상하다는 듯 턱을 쳐들며 머리를 거우듬하게 뒤로 젖히고는 어디로 가져갔었는지 물었다. 백성학은 지나가는 말투로 "운흥리 성당이오."라고 대답했다.

"성당…?"

여필준은 충분히 납득이 갈 만한 대답이 아니라는 듯이 물었다. 백성학은 어리뜩한 표정으로 눈을 끔벅거리며 "집에 숨어 있다가 며칠 전에 그쪽으로 옮겼다고 했어요."라고 대답했다.

"김 선생님 어머님께서 가시면 될 것을 왜 너보고 시켰대?"

이야기를 듣고만 있던 여필녀는 무심히 한 마디 말참견을 하고는 이상하다는 듯이 고개를 갸우뚱했다.

"할머니는 며칠 전에 넘어져 다친 허리 때문에 갈 수가 없어서 저보고 시키는 거라고 했어요."

백성학은 곧이 말해서는 안 될 비밀을 까발리듯이 낮은 목소리로 말했다.

"발각되면 빨갱이로 몰려 죽을 수 있으니 걱정이 되어 그랬을 거야. 반공청년단과 반공치안대, 국군협조보안대 사람들이 숨어 있는 인민군들을 찾으려고 혈안이 되어 있을 거란 말이야."

여필준은 지금까지 나누었던 이야기의 전모를 간단히 정리하듯 말 하고는 "내가 김 선생에게 한번 찾아가봐야 되겠어."라고 중얼거렸다.

26.

메러디스 빅토리 호는 군수물자 선적을 마치자마자 부산항을 떠났다. 이봉남은 조타실 뒤쪽으로 나와서 멀어지는 부산항을 바라보았다. 우암 반도와 영도 사이 안으로 깊이 들어앉은 부산만에는 수많은 수송선들이 즐비했다. 그 뒤로 솟은 구덕산과 구봉산에는 얼키설키 엉킨 채 중턱까지 올라붙은 판자촌이 보였다. 그 아래로 쥐대기처럼 모여 모진 삶을 붙들고 살아가는 피난민들을 생각하니 일본군 군홧발에 짓밟혀 살았던 때와 다를 것이 없어 가슴이 아렸다. 그리고 보니 해방이 되었음에도 어머니가 일본을 떠나지 않고 눌러앉았던 것은, 아버지의 혼백이 보살폈든지 어머니의 선견지명이 있었든지 둘 중 하나인 것 같았다. 그런 어머니에게 여필녀를 소개해줄 생각을 하니 조금이나마 자식의 도리를 하는 것 같아 가슴이 설레었다. 흥남에 입항하여 여필준을 만나면 그의 가족을 모두 데리고 나와 함께 일본으로 가서 힘을 보태어 사는 것이 낫겠다는 생각도 굳혔다.

이런저런 기억을 더듬으며 생각에 젖어 있다 보니 어느새 조도를 지나 태종대 끄트머리가 나타났다. 그때 라루가 다가서며 말을 걸었다.

"아까부터 무슨 생각을 그리 골똘히 하시오? 설마 사무장 생각을 하는 것은 아닐 테지요?"

"글쎄요…. 이번 항해에 사무장님이 없다고 생각하니 허전한 것은 사실인데요."

"8군 군수지원사령부와 정리해야 할 것도 있고 본사에 보내야 할 보고서도 많아서 남았습니다."

"무어 맥코맥 회사에서 나온 수송선 4척의 화물 수송에 관한 업무처리를 러니 사무장님이 다 처리합니까?"

"그렇지 않습니다."

라루는 수송선마다 각각 행정업무를 보는 사무장이 한 명씩 있다고 했다. 이봉남은 "네~에."라고 대답을 하면서 고개를 끄떡거리고는 입을 뗐다.

"1등 항해사에게 넘겨도 될 만큼 넓은 바다로 나왔나 보죠?"

"미스터 리는 이제 항해에 대해 웬만한 것은 다 깨우쳤습니다. 하하…."

라루는 능청스레 둘러대고는 표정을 희극적으로 몰아갔다.

"아이고. 무슨 말씀을… 사방이 탁 트여 보이니까 그럴 것이다 하고 생각한 것이지요."

이봉남은 나 같은 올챙이가 뭘 알겠느냐고 했다. 라루는 정색하며 "올챙이라니요? 상륙작전만 두 번이나 참여한 베테랑 항해사인 것을요." 하고서 대꾸할 틈을 주지 않고 말을 이었다.

"항로를 북동쪽으로 조금 가다가 북쪽으로 잡으면 됩니다. 동해는 서해와는 다르게 섬이 없어 태풍만 없으면 여유가 있는 편입니다. 하지만 흥남 앞바다에 깔린 기뢰 때문에 걱정입니다."

"한국 해군 PC704함이 연합군 상륙을 지원하기 위해 함포사격을 하다가 폭풍에 기뢰구역으로 떠밀려 폭파하는 바람에 승조원 중 살아남은 자가 없었다는 소리를 듣긴 했습니다만… 아직도 기뢰를 다 제거하지 못했다는 것입니까?"

이봉남은 설핏 떠오르는 불안함으로 마음이 다잡아지지 않았다.

"제거를 했다지만… 물속에 잠겨 있는 그것을 다 찾아낸다는 게 어디 말처럼 쉬운 일이겠습니까?"

라루는 찾지 못한 기뢰가 바다에 떠다닐지 모른다며 걱정했다.

"흥남 앞바다에 도착하면 항로를 안내하는 배가 나오지 않겠습니까?"

이봉남은 무슨 일이 생기지 않을 테니 걱정하지 말라는 투로 말했다.

"한국 해군의 어뢰정이 항로를 안내한다지만 기뢰라고 하는 것이 이리저리 떠다니니 문젭니다…."

라루는 안심할 일이 못 된다는 듯 무슨 말인가 더 하고 싶어 하는 표정으로 입을 둔하게 오물거렸다. 이봉남은 어떤 말을 입에 담아야 할지 몰라 어정쩡한 표정을 짓다가 라루를 안심시키려 일부러 가벼운 말투로 "조타실을 넘겼으면 편하게 쉬지 않고 여기는 왜 왔습니까?"라고 물었다.

"아 참…."

라루는 숨겨 놓은 할 말을 찾아낸 것처럼 표정이 금세 일변하고는 입을 뗐다.

"출항 전에 8군 군수지원사령부에 갔다가 들었던 이야기를 해주려고 한다는 것이… 딴소리만 하고 말았습니다."

"무슨 이야기를 들었다는 것입니까?"

이봉남은 신경을 한곳에 모으고 물었다.

"중공군이 속을 섞이기 시작했다는군요."

라루는 전하고 싶지 않은 소식이라는 듯이 약간 풀 죽은 표정으로 말했다.

"중공군이 속을 섞이다니…? 압록강을 건너기라도 했다는 말입니까?"

이봉남은 놀란 눈으로 땀직땀직 물었다.

"그렇답니다. 조짐이 아주 안 좋답니다."

"대체 무엇이 어떻게 되었기에… 조짐이 안 좋다는 소리까지 나온단 말입니까?"

"김영옥 대위가 육군7사단이라고 했지요?"

라루는 돌연 말머리를 돌려 물었다. 이봉남은 눈빛을 빛내며 그렇다고 대답했다.

"육군7사단 31연대와 32연대가 부전호까지 진격했다가 중공군 42군 126사단의 습격을 받았답니다."

"뭐라고요?"

"더 심각한 것은 장진호 방향으로 진격한 해병1사단 5연대와 7연대가 유담리 북쪽 지역에서 중공군 9병단의 습격을 받아 큰 피해를 입었다는데 예사롭지가 않답니다."

"이거 보통 일이 아니군요. 인민군 뒤에 중공군과 소련군이 있다는 말이 틀린 말이 아니지 않습니까?"

"그렇습니다. 전쟁이 새로운 국면에 들어선 것 같습니다."

"크리스마스 전에 끝날 것으로 생각했던 전쟁인데… 정말 낭패로군요."

"그 때문에 이번에 흥남에 입항하면 이틀 만에 하역을 마치고 항공유를 선적하러 내려와야 합니다."

"그렇다면 징집해제는 어렵겠군요?"

이봉남은 전적으로 안색이 굳으면서 어찌해야 할지 몰라 당황하는 기색이 역력했다.

"그럴 것 같습니다. 얼마 전에 사세보로 갔던 레인 빅토리 호는 나흘 전에 사세보 항을 떠나 이틀 전에 원산항에 입항했답니다."

라루는 새로운 사실을 알리고서 짐짓 별일 아니라는 듯 침착한 척했다.

"징집해제를 하지 않을 만큼 상황이 안 좋다는 거로군요?"

"글쎄요… 그건….".

"이런 사실을 선원들도 알고 있습니까?"

"8군 군수지원사령부에서 돌아오자마자 바로 출항하느라 아직 말도 못했으니 이따가 저녁 식사 때 말할 생각입니다."

"그 소식을 들으면 선원들 실망이 크겠습니다."

"크리스마스 전에 돌아갈 것으로 믿었으니, 안 그러겠습니까?"

"어느 정도 차질은 있겠지만 중공군이 들어왔다고 상황이 크게 달라지기야 하겠습니까?"

이봉남은 애써 초려한 기색을 감추어 말했다.

"그렇겠지요. 그러니까 한국 대통령이 그곳에 가겠지요."

라루는 이승만이 함흥에 간다고 했다.

"대통령이 어디에 간다고요?"

이봉남은 잘못 들었다는 듯 아혹한 눈초리로 물었다. 라루는 거듭 함흥이라며 "오늘 아침에 떠났다고 들었습니다."라고 했다.

"중공군을 물리칠 방안이 있어서 갔답니까?"

이봉남은 승세를 뒤엎을 만한 대책을 가졌을 것이라는 일말의 기대를 가지고 물었다.

"제발 그러기를 바라야지요."

라루는 자신이 없다는 듯 기연미연한 투로 말하고서 새하얀 갈매기들이 높이 비상하는 푸른 하늘을 올려다보았다.

그 시각 여필준은 이승만이 온다는 소리에 함흥공회당으로 갈 채비를 하면서도 못마땅한 것이 있다는 듯이 구시렁거렸다.

"전쟁이 나기 전까지만 해도 볼셰비키혁명이 어쩌고저쩌고 해가며 소련 말을 자랑삼아 씨부렁거리던 자들이 유엔군이 들어왔다고 국군 정훈국 학도호국단 함흥분실에 자청하여 들어가 친구 이름을 영어로 불러대는 꼬락서니를 생각하면…."

"선생님, 시간 없어요. 벌써 연포비행장에 도착했을 건데…."

백성학은 서두르라는 듯이 빨랑대는 몸짓을 해가며 뒤퉁스럽게 말했다.

"네가 대통령이 비행기로 오는지 기차로 오는지 어떻게 알아?"

여필준은 어딘가 산뜻하지 못한 기분을 배설하려는 듯 죄 없는 백성학의 말에 어깃장을 놓았다.

"포병 연대장이 그랬단 말이에요."

백성학은 초콜릿을 얻으러 미군부대에 들락날락거리는 자신이 그런 것도 모르겠느냐는 투로 말했다. 여필준은 그 말에 귀가 솔깃한지 어조를 바꾸어 "네가 영어를 알아들어?"라고 물었다.

"아~ 참, 그게…. 포병 연대장하고 함께 있던 통역하는 아저씨가 그랬다니까요."

백성학은 귀찮다는 듯 대답을 길게 뺐다. 여필준은 시쁘장스러운 어투로 알았다고 대꾸하고는 방문을 향해 "어머니 다녀오겠습니다."라고 했다. 방문이 열리면서 최점순이 고개를 삐쭉 내밀고는 "대통령이 이런 데를 뭐한다고 와?"라고 물었다.

"인민군을 쫓아냈으니 와보고 싶은 거겠지요. 어머니도 함께 가시면 좋은데…."

여필준은 배정희를 돌보느라 나서지 못하는 최점순에게 미안하다는 듯 얼쯤얼쯤 대꾸했다.

"날도 추운데 그런 데를 뭣하러 가? 보리쌀이라도 한 됫박 준다면 몰라도…."

최점순은 짐짓 아무런 관심도 없다는 듯이 말하다가 우두커니 서 있는 여필녀를 향해 "같이 가려고?"라고 물었다. 여필녀는 그렇다고 고개를 끄떡거렸다.

"알겠다. 니들이나 어서 갔다 와라."

최점순은 힘없이 손을 내저으며 시르죽은 소리로 말했다.

"아니에요, 어머니. 다녀오세요."

방 안에서 흘러나온 모깃소리보다 더 약하고 기운 없는 배정희의 목소리가 여필준의 귀로 찾아들었다.

"그 사이 아이라도 나오면 어쩌려고?"

최점순은 몸을 돌려 배정희를 향해 말하고는 곧 문고리를 잡아당겨 방문을 닫았다. 여필준은 성큼 다가온 배정희의 출산일 때문에 마음이 무거운지 엉거주춤하다가 방문을 향해 "어머니, 다녀올게요."라고서 백성학과 여필녀를 앞세우고 집을 나섰다.

공회당 건물에는 커다란 태극기가 세로로 걸려 있고 대통령 방문을 환영한다는 현수막이 내걸려 있었다. 태극기를 들고서 줄을 선 사람들은 입구에서 미군 헌병에게 한 사람씩 몸수색을 당한 뒤 안으로 들어섰다. 입장을 제지당한 사람들은 공회당 건물 멀찌감치 격리되어 접근을 막았다. 여필준은 여필녀와 백성학과 함께 몸수색을 당한 뒤 안으로 들어가 구석진 곳에 자리 잡았다.

얼마 뒤 연단에 알몬드가 참모들을 대동하고 나타나 의자에 앉기 시작했다. 사람들은 이승만이 나타나기를 숨죽여 기다렸지만 좀처럼 나타나지 않았다.

"고모, 대통령이 온 거 맞아?"

백성학은 여필녀를 향해 갑갑증이 나서 못 견디겠다는 듯이 목을 길쭉이 빼고 물었다.

"얘는… 또 고모야…?"

여필녀는 못마땅한 눈초리로 쳐다보고는 "누나라고 부르라고 했지?"라며 면박을 주었다. 그때 미군 장교가 연단 앞으로 나서서 "대통령 각하께서 도착하셨습니다."라고 했다. 알몬드를 비롯한 참모들이 자리에서 일어나자 모든 사람들이 우르르 일어났다.

잠시 후 한복 두루마기에 중절모를 쓴 이승만이 치마저고리의 옷차림이 어색해 보이는 프란체스카와 함께 등장했다. 사람들은 감격스럽기 그지없다는 듯이 열광적인 박수를 치기 시작했다. 한동안 박수의 소용돌이가 된 공회당 안은 뙤약볕의 열기를 받은 것처럼 후끈거렸다. 이어 박수 소리가 잠잠해지고 이승만이 단상으로 나서서 자못 감개무량한 듯 흥분된 기색으로 천천히 입을 열었다.

"동포 여러분… 나, 이승만은 동포 여러분을 만나고 싶어서 함흥에 왔습니다."

순간 또다시 우레 같은 박수 소리가 터져 나오고 눈물을 흘리는 사람들도 부지기수였다. 이승만은 울컥대는 사람들을 진정시키고 다시 입을 뗐다.

"나, 이승만은 그동안 공산치하에서 온갖 고통을 치른 동포 여러분을 이렇게 보게 되어 얼마나 기쁜지 모릅니다. 스탈린과 모택동의 지원을 받아 평화로운 이 땅에 침략전쟁을 일으킨 김일성과 공산당집단은 용감한 우리 국군과 유엔군에게 밀려 압록강까지 쫓겨가 이제 강물에 빠질 일만 남았습니다. 서부전선의 국군과 유엔군은 신의주와 초산까지 진격했고, 동부전선은 미군7사단 17연대가 바로 어제 압록강 강가인 혜산진을 점령하여 신갈파진을 눈앞에 두고 있습니다. 청진으로 올라간 국군3사단은 곧 백암을 점령할 것입니다. 머지않아 강계를 점령하여 두더지처럼 땅속에 꼭꼭 숨은 김일성을 잡아내어 전쟁을 끝낼 것입니다."

여기저기서 울음소리가 섞인 박수갈채가 터져 나왔다. 이승만은 두 팔을 내밀어 흥분이 최고조에 달한 사람들을 진정시키고 하던 말을 이어나갔다.

"나, 이승만은 도지사를 파견하여 함흥시민 여러분의 생활을 안정시키고, 곧 남한처럼 유엔의 감시 아래 선거를 치러서 여러분들을 통일된 대한민국의 국민으로 다시 태어나도록 하겠습니다."

사람들은 다시 한 번 우레와 같은 박수를 쏟아내며 열광했다. 이승만은 손을 흔들어 사람들의 환호성에 답하고는 알몬드를 비롯하여 참모들과 일일이 악수를 나누고서 경호원들에게 둘러싸여 연단에서 사라졌다. 알몬드는 참모들과 함께 이승만의 뒤를 따라나섰다. 사람들은 가슴에 남은 감동의 여운이 번하기라도 하는 듯이 일어선 채 텅 빈 연단을 바라보면서 자리를 떠나지 못했다.

여필준은 김일성 일당을 압록강 너머로 몰아낸다던 이승만의 말을 곰곰이 생각해보았다. 그 말이 사실이라면 굳이 만삭인 아내를 이끌고 집을 떠나야 할 까닭이 없다. 가족들에게 배를 타자고 한 말이 섣부른 행동이 아닌지 마음이 번잡스러웠다.

"오빠."

여필준은 나가자는 여필녀의 목소리에 눈을 크게 뜨고 흰자위를 한 번 번득 움직였다. 사람들은 입구 쪽으로 몰려가 고래조래 밖으로 빠져나가는 중이었다. 백성학은 어느새 앞서 나갔는지 보이지 않았다. 여필준은 가벼운 한숨과 더불어 발걸음을 떼어놓으며 여필녀를 향해 "너 혼자 배 탈 수 있겠어?"라고 물었다.

"무슨 소리야?"

여필녀는 갑작스러운 소리에 놀랐는지 눈을 똥그랗게 떴다.

"아니다, 그냥 해본 소리야."

여필준은 옹색한 말로 둘러대고는 사람들 틈에 파묻혀 밖으로 나섰다.

"선생님, 눈 와요."

백성학은 마치 무슨 좋은 일이라도 있었다는 듯이 환한 표정으로 다가와 말했다. 여필준은 두 손바닥을 펴고서 고개를 들었다. 눈발을 희끗희끗 흩뿌리는 하늘은 곧 천산이라도 다 덮을 것처럼 먹구름을 머리 위까지 바짝 내려 보냈다.

"폭설이 쏟아지겠어. 어서 가자."

여필준은 걱정 섞인 눈으로 말하고는 발걸음을 떼었다. 여필녀는 백성학의 손을 잡고서 부드러운 눈을 잡기라도 하겠다는 다른 한 손을 회회 저어대며 따라갔다.

27.

집으로 향하는 길에 함박눈이 푹푹 내렸다. 세 사람의 걸음걸이는 빠사삭 소리를 내며 눈길 위에 옴팍옴팍 발자국을 찍어갔다. 한참 동안 말없이 걷던 여필녀가 무슨 생각이 들었는지 "오빠, 성당에 가 봤어?"라며 김석호를 만나보았는지 물었다. 여필준은 고개를 끄떡하며 건성으로 그렇다고 대답하고는 입을 뗐다.

"없어. 어디로 떠났는지… 잡혔는지…. 아니야, 잡혔다면 소문이 다 났을 텐데 조용한 것을 보면 아마… 북쪽으로 도망갔거나 다른 곳으로 옮겼을 거야. 김 선생 어머니가 반공치안대에 끌려가셨다는 것을 알고 뜬 것 같아."

"김 선생님 어머니께서 잡혀가신 것을 어떻게 알았을까?"

여필녀는 어딘가 이상하다는 듯이 약간 헷갈리는 얼굴로 어눌하게 물었다.

"미처 도망가지 못했거나 지하조직으로 움직이는 인민군들이 서로 연락을 주고받겠지."

여필준은 무심코 뱉은 지하조직이라는 말에 어디가 아픈 것처럼 안색이 창백해졌다. 만약 은밀히 지하조직을 구축하여 후방 봉기를 준비하는 것이라면 예삿일이 아니었다. 한번 그쪽으로 생각이 미치자 마음이 불안하고 다급해졌다. 그러자 청천강 북쪽과 개마고원에 중공군 30만 명을 숨겨놓은 이야기를 주고받던 허준달과 인민군대좌의 목소리가 머릿속에서 망치질하듯 광광 울렸다. 그때 등 뒤에서 달려오는 지프의 경적 소리가 들려왔다. 백성학은 우뚝 걸음을 멈추어 뒤돌아서더니 이내 번쩍 손을 들었다.

"성학아!"

여필준은 백성학이 먹을 것을 구걸하는 것으로 여기고서 나무랐다. 백성학은 조금 전의 쾌활함은 온데간데없고 시무룩한 표정으로 지나치는 지프를 향해 손을 흔들었다. 지프에 탄 사내는 백성학을 안다는 듯이 한 손을 흔들며 지나쳤다. 여필준은 백성학을 향해 "아는 아저씨야?"라고 물으면서 궁금스러운 표정으로 지프를 쳐다보았다.

"포병 연대장하고 이야기한 그 아저씨."

백성학은 어깨를 우쭐거리며 통역관이라고 했다. 여필준은 알았다는 듯 "어~."라며 고개를 끄떡거렸다. 그때 저만치 지나친 지프가 빽 소리를 내면서 멈추어 서더니 이내 후진으로 다가왔다. 지프는 곧 여필준 앞에 다다라 길옆으로 비켜서더니 사내가 훌쩍 뛰어내렸다. 여필준은 간잔지런한 눈으로 다가오는 사내를 쳐다보다가 그만 입을 떡 벌리며 놀라고 말았다.

"맞구나, 필준이…!"

사내는 반가움에 겨운 목소리로 먼저 소리쳤다.

"이 친구, 봉학이!"

여필준은 반가움과 기쁨으로 자기도 모르게 사나운 목소리로 크게 소리쳤다.

"그래, 나야. 현봉학."

현봉학은 두 손으로 여필준의 양 팔뚝을 움켜쥐었다.

"이게 얼마 만이야? 함흥고등보통학교를 졸업하고 못 봤으니…."

"졸업한 지 10년이 다 됐어, 이 친구야."

"그래, 그래…. 그런데 이 옷은 뭐야? 자네 국군이야?"

"아…!"

현봉학은 고개를 배스듬히 젖히며 미군 통역관이라고 말하고는 여필준을 대강 훑어보며 "자네는 어떻게 된 거야?"라고 물었다. 여필준은 대답하지 못하고서 여짓여짓하다가 여필녀를 향해 현봉학을 가리키며 "인사해."라고 했다. 여필녀는 수줍은 듯이 너부죽이 고개를 숙이며 "안녕하세요?"라고 했다. 현봉학은 덩달아 가볍게 고개를 숙이며 "네, 필준이 친구 현봉학입니다."라고 인사했다.

"내 여동생이야."

여필준은 현봉학을 향해 여필녀를 가리키며 말하고는 옆에 선 백성학의 어깨에 손을 얹었다. 현봉학은 백성학을 가리키며 "조카인가…?"라고 물었다. 백성학은 머리를 꾸벅 숙이며 "안녕하세요?"라고 인사를 건넸다.

"이 아이를 알아?"

여필준은 자못 궁금한 눈초리로 현봉학을 쳐다보며 물었다.

"알지, 얼마나 싹싹하게 구는지 안 좋아하는 미군이 없어."

현봉학은 백성학의 머리를 토닥이며 칭찬을 하고서 여필준을 향해 다시 한 번 조카냐고 물었다.

"이 아이는 난리통에…."

여필준은 한마디로 다잡아서 설명하기 어렵다는 듯이 애매한 표정을 짓고서 말꼬리를 어물거렸다. 현봉학은 약삭빨리 눈치를 채고서 "이런 아이가 어디 한둘이야?"라고는 백성학과 눈이 마주치자 적절한 말이 아닌 듯 머쓱해서 웃고는 입을 뗐다.

"집으로 가는 모양인데, 태워줄 테니 타."

백성학은 기다렸다는 듯 지프를 향해 쪼르르 다가가 뒷자리에 올라탔다. 여필준은 현봉학을 향해 "그럴 시간이 돼?"라고 물었지만 싫지 않은 표정이었다.

"눈이 많이 쌓여 길도 미끄러운데, 어서 타."

현봉학은 눈을 펑펑 쏟아내는 시커먼 하늘을 올려보며 말했다. 여필준은 약간은 서먹하고 미안한 듯 어색하게 웃고는 여필녀를 향해 타라고 했다. 여필녀는 주춤거리는 걸음발로 지프에 올라 뒷자리로 가서 백성학 옆에 앉았다.

"자네 다리가 왜 그래?"

현봉학은 절룩거리며 지프 조수석으로 다가서는 여필준을 향해 무엇에 놀란 듯이 쏘아보며 물었다.

"일본군으로 끌려가서 부상당했어."

여필준은 퉁명부리듯이 말하고는 지프에 올랐다.

"일본군…?"

현봉학은 놀랐다는 듯이 뚫어지게 쳐다보고는 "어쩌다가…."라고 서 지프에 올라앉아 시동을 걸며 "어느 쪽으로 가?"라고 물었다. 여필준은 손을 들어서 어떤 방향을 가리키며 "저쪽으로 가서 내가 알려주는 대로 가."라고 했다. 현봉학은 알았다고 하고서 가속페달을 밟았다. 지프는 뒷바퀴가 한 번 겉돌며 눈을 차내더니 이내 앞으로 나아갔다. 현봉학은 어지러이 흩날리는 눈발을 맞으며 지프를 몰아 여필준이 알려주는 대로 길을 찾아갔다.

지프가 집 앞에 이르자 여필준은 시간이 괜찮으면 들렀다가 가라고 했다.

"얼마 만에 만난 친군데 그냥 가, 니 다리가 왜 그런지도 좀 알아야겠다."

현봉학은 노골적으로 들이닥치겠다고 말하고는 지프에서 내려서더니 뒷자리에 앉은 여필녀가 내리도록 도왔다. 그사이 백성학은 훌쩍 뛰어내린 뒤 대문을 열어젖히고서 "할머니!"라며 안으로 들어갔다.

"그 녀석 참, 빠르기가 꼭 다람쥐 같구만."

현봉학은 객쩍이 말하고는 여필준을 따라 집 안으로 들어섰다.

"누가 왔다고…?"

백성학의 손에 이끌려 마루로 나온 최점순은 눈을 똑바로 뜨고 오도카니 현봉학을 쳐다보며 물었다. 현봉학은 최점순을 향해 허리를 숙여 공손히 인사를 하고는 "어머니, 저 봉학입니다."라고 했다. 최점순은 "봉학이…?"라고는 어리뜩한 표정으로 눈을 끔벅거리다가 이내 표정이 밝아지며 입을 열었다.

"네가 성진에서 내려와 학교 다니던… 목사 아들이라고 하던 바로 그 봉학이란 말이야?"

"네, 함흥에 유학 왔던 성진의 욱정 촌놈이 바로 접니다."

현봉학은 또 한 번 허리를 곱작 구부리며 말했다.

"하이고… 이게 얼마 만이냐?"

최점순은 아들의 친구가 만 리 길이나 찾아온 것처럼 반갑게 맞이하고는 약간 흥분한 듯 다급한 목소리로 말을 이었다.

"눈 맞고 서 있지 말고 어서 안으로 들어가. 애비야 어서 문간방으로 안내하고…. 필녀야 넌 방에 불 좀 넣어라, 어서."

여필준은 여필녀에게 부탁한다고 말한 뒤 현봉학에게 문간방으로 가자고 했다. 현봉학은 최점순을 향해 "어머니, 그럼…."이라며 너부죽이 고개를 숙이고서 여필준을 따라 문간방으로 향했다.

"안방에는 만삭인 아이 엄마가 누워 있어서…."

여필준은 방 안으로 들어서며 미안하다는 듯 어눌한 말투로 말했다. 현봉학은 뒤따라 들어서며 지나가는 말투로 "장가 간 모양이구나?"라고 물었다. 여필준은 아랫목을 가리키며 앉기를 권하고서 세

살 먹은 딸 하나를 두었다고 대답하고는 "자네는?"이라고 물었다. 현봉학은 "아직."이라고는 앉아 손으로 방바닥을 짚어 보았다.

"조금 있으면 따뜻할 거야."

여필준은 미안스러운 티를 내며 말했다.

"괜찮아, 곧 갈 건데 뭐."

현봉학은 잘게 신경 쓸 일이 아니라고 말하고는 여필준의 다리를 가리키며 "일본군이 어째서 그렇게 만든 거야?"라고 물었다.

"이 다리 때문에…."

여필준은 다리를 만지며 서두를 꺼냈지만 말문이 콱 막히는지 땅이 꺼질 듯이 한숨을 내쉬고는 힘없는 목소리로 입을 뗐다.

"자네 이야기부터 들어보자, 해방이 되고 나서 학교를 그만두고 욱정으로 돌아간 줄 알았는데… 대체 어디에 있다가 통역관이 되어 고향땅에 온 건지 말해봐."

현봉학은 뭔가 여운이 가시지 않은 목소리로 "그때 욱정으로 돌아갔지."라고는 지난날 어수선했던 이야기의 말머리를 끄집어냈다.

"해방이 되자 아버지께서는 일본군 놈들 눈치 안 보고 선교활동을 할 수 있을 것이라며 기대가 컸어. 그런데 정치판이 사회주의 쪽으로 흘러가면서 교회까지 기독교민주당이니 기독교자유당이니 하면서 갈라져 갈등이 생기더니… 자네도 알다시피 해방 이듬해에 북조선 임시인민위원회가 구성되고 김일성이 위원장을 맡으면서 평양신학교를 졸업한 강양욱 목사를 서기장 자리에 앉히고는 북조선기독교도연맹을 결성하게 하여 위원장을 맡긴 일이 있었지. 그리고 얼마 뒤 있었던 삼일운동 기념예배에서 교회와 정치 간의 충돌이 생기고 소련군의 약탈과 폭력까지 날로 심해지자 아버지께서는 종교를 인민의 아편으로 여기는 사회주의정권에서 신앙생활을 지탱할 수 없다고 판단하시고서 우리 가족들을 이끌고 38선을 넘었어. 그 후 나는 서울에서 세브란스의학전문학교를 졸업하고 서울적십자병원에서 일하다가 대학에서 영어를 가르치던 윌리엄스 부인의 주선으로 미국으로 건너가 의학공부를 하던 중이었는데… 전쟁이 터지는 바람에 돌아와 10군단사령관 알몬드 소장의 민사부 고문으로 있다가 함흥으로 오게 되면서 해병1사단의 통역을 맡았어."

이야기를 듣고 난 여필준은 배명호의 얼굴과 회한처럼 질척한 지난날의 기억이 역력하게 떠올랐다. 배명호를 도와 공산주의를 비판하는 데 앞장섰다가 인민교화소에 끌려가 고문을 당하고 기독교민주당에서 떠나겠다는 각서를 쓰고서 풀려난 뒤로, 배명호에게 함께 남쪽으로 내려가자고 했던 일들이 봄에 흙덩이 사이로 비죽비죽 돋아나는 새싹처럼 머릿속에서 쪼뼛이 비집고 나오는데다가 한 가닥 아리고 따가운 것까지 가슴을 파고들었다.

"어디 아파…? 왜 그래?"

현봉학은 어딘지 모르게 창백하고 초조해 보이는 여필준의 낯빛을 살피며 물었다.

"아니야, 너 참 잘했다고…."

여필준은 천연스럽게 뜬금없는 소리를 뱉어내고는 짐짓 히죽 웃었다. 현봉학은 일시 당황한 듯 눈살을 찌푸리며 침울한 목소리로 "뭐를…?"이라며 쳐다보았다.

"38선 넘은 것이 잘 한 거라고… 만약 그때 너의 아버님께서 남쪽으로 넘어가실 생각을 하지 않았다면 인민교화소나 정치보위부에 끌려가 본보기로 부르주아 앞잡이로 몰려 처형당하고 말았을 거야. 나도 그때 38선을 넘을 생각을 했다가 이 다리 때문에…."

여필준은 말을 하다가 깊은 회한이 묻어나는 통에 그만 입술을 깨물고는 말을 잇지 못했다. 현봉학은 여필준의 말을 곰곰이 반추하는 듯 슬며시 눈을 감았다고 뜨고는 천천히 입을 뗐다.

"운동도 잘 하던 자네가 다리가 그리되다니… 대체 일본군 놈들이 어떻게 한 거야?"

"엄밀하게 말하자면 목숨하고 바꾼 다리야."

"바꾸다니…?"

"일본군으로 끌려가 남태평양의 마셜제도라는 한 작은 섬에 버려졌는데, 거기서 탈출을 하다가…."

여필준은 이봉남과 함께 겪었던 지난 일들을 대강 간추려 들려주고는 목이 마른지 마른침을 꿀꺽 삼켰다.

이야기를 듣고 난 현봉학은 가벼운 한숨을 뱉어내고는 "그런 일이… 그래도 살아와서 다행이야."라고 위로했다.

"다행이지, 그런데 왜 그런 생각이 안 드는지 몰라."

여필준은 심통이 난 것처럼 불퉁스럽게 말을 뱉었다.

"해방이 되었다지만 좋은 꼴을 보지 못했으니 그렇지."

현봉학은 심정을 만분 이해한다고 했다.

"그러다가 장가가서 아이를 낳고 보니 영영 38선을 넘지 못하게 되었는데…."

여필준은 비감스러운 어조로 입을 열고는 함흥고급중학교 선생 자리를 얻은 것과 고산역으로 갔다가 기뢰창으로 차출되어 기뢰를 부설했던 일이며, 후퇴하는 기차를 탔다가 국군과 미군의 습격을 받아 포로가 되어 기뢰를 제거하도록 도와준 일들과 이봉남의 도움으로 메러디스 빅토리 호를 타고 떠나기로 했다는 이야기까지 들려주었다.

긴 이야기를 듣는 동안 기침 소리 하나 내지 않고 심각한 표정이던 현봉학은 전에 없이 엄숙한 목소리로 천천히 입을 뗐다.

"자넨 그렇게 힘들었으면서도 정말 대단한 일을 했군. 자네만 준비되면 흥남부두까지는 내가 데려다주겠네."

"고맙네, 하지만 오늘 대통령이 여기까지 와서 안전하고 잘 살게 해주겠다고 했는데… 대통령이 그렇게까지 말했는데 굳이 떠나야 하나 싶기도 해."

여필준은 함흥공회당에 나타난 이승만이 했던 말 때문에 식구들에게 배를 타자고 했던 것이 번잡스러운 일이었다고 했다. 현봉학은 잠시 생각하는 듯 숨을 죽인 채 있다가 또렷한 음성으로 "그렇게 낙관적이지 않아."라고 대꾸했다. 여필준은 석연치 않은 표정으로 쳐다보며 무슨 소리냐고 물었다. 현봉학은 "더 두고 봐야 안다는 거야."라고는 가봐야 할 시간이라며 서둘러 일어섰다.

"이제 방이 뜨거워졌는데, 더 녹이고 가면 좋을 걸…."

여필준은 덩달아 일어서며 아쉽고 허전한 마음을 터놓았다.

"이렇게 만났으니 앞으로 자주 만나면 될 일인데 뭐."

현봉학은 얄궂은 표정으로 눈을 흘기며 말하고는 방문을 열었다. 마당에는 막소금같이 굵은 눈발이 어지러이 흩날려서 앞이 흐렸다.

28.

　메러디스 빅토리 호가 흥남부두에 입항하자마자 라루는 포니로부터 호출을 받고는 10군단사령부로 갔다. 포니는 라루를 보자 퍽 초췌해진 안색으로 "요코하마에서 보고 처음이오."라고 인사를 했다. 라루는 "얼마나 고생이 많습니까?"라고 의례적인 인사를 던졌다. 포니는 힘없는 미소를 띠고는 "급하게 보자고 한 것은…."이라며 말끝을 미적거렸다. 라루는 무덤덤한 어조로 무슨 일이냐고 물었다. 포니는 애써 사무적인 자세를 되찾고서 청진까지 진격했던 국군1군단이 중공군의 공격으로 생기령까지 밀려났다고 했다. 라루는 말뜻을 모르는 귀먹은 사람처럼 말끄러미 쳐다보며 무슨 뜻이냐고 물었다. 포니는 내키지 않아 하는 표정으로 마지못해 입을 떼고서 장진호로 올라간 해병1사단과 육군7사단이 위험에 처했다는 뜻이라고 했다. 라루는 입을 딱 벌리고는 "중공군에게 습격을 받아 큰 피해를 입었다는 것이 사실인가 보군요?"라고 물었다.
　"알고 있었소?"
　포니는 충충하게 그늘진 안색으로 물었다. 라루는 부산에서 출항하기 전에 8군 군수지원사령부에서 들었다고 대답했다. 포니는 난처한 얼굴로 상황이 아주 나쁘다고 말하고는 괜스레 모자를 고쳐 쓰고서 말을 이어나갔다.

"장진호뿐만이 아니라, 요덕을 거쳐 상성리까지 남하한 또 다른 중공군이 방향을 동쪽으로 돌려 원산으로 향하는 바람에, 강원도 고성지구에 주둔했던 한국 해병1대대와 목포에 주둔했던 한국 해병3대대를 급히 원산 갈마반도에 상륙시켰지만 중과부적이오."

포니는 원산이 함락될 위기에 처할지 모른다고 했다.

"원산이 떨어진다면 남쪽으로 이어지는 길이 끊어질 것이고, 연합군은 흥남에서 고립되지 않습니까?"

라루는 어두운 그늘이 서린 얼굴로 쳐다보며 물었다. 포니는 약간 두려움에 찬 목소리로 그렇다고 대답했다.

"이러다간 후퇴병력 모두 자칫…."

라루는 입 안에서 뱅뱅대는 '몰살'이라는 말을 차마 뱉어내지 못했다.

"그래서 미국 육군7사단의 일부 병력과 한국 해병2대대와 5대대를 함흥 일대에 투입했고, 흥남 앞 해상에 항공모함을 비롯하여 구축함, 로켓포함 등을 집결시키는 중인데, 항공모함이 도착하는 대로 해병항공대 전투기를 연포비행장으로 이동시킬 것이오."

포니는 함흥과 흥남을 사수하기 위하여 전력을 집중시키고 있다고 했다. 포니는 근심이 감도는지 얼굴 근육이 경련을 일으키다가 입을 떼어 자신을 보자고 한 까닭을 물었다. 포니는 입장이 난처한 듯 잠시 여짓거리다가 입을 떼고는 "병력을 많이 태울 수 있도록 화물창을 개조할 수 있겠소?"라고 물었다. 라루는 난데없는 말을 들었다는 듯 눈이 휘둥그레지며 무엇 때문이냐고 물었다.

"이건 어디까지나 만약인데….'

포니는 눈을 내리깔며 말머리를 꺼내놓고는 낮은 목소리로 후퇴 병력을 태울 공간을 마련하기 위해서라고 했다.

"군단장님의 계획입니까?"

라루는 알몬드가 내린 지시냐고 물었다. 포니는 힘없이 고개를 가로저으며 알몬드는 낭림산맥을 넘으려는 계획을 바꾸지 않았다고 했다.

"그런데 왜…?"

라루는 뭔가 일이 고약하게 뒤틀려간다는 느낌이 들었다.

"연합군 부상병과 피난민을 태우기 위해 LST를 비롯한 많은 배를 원산항으로 보냈소. 이미 들어서 알고 있겠지만 그중에 사세보 항에 있던 레인 빅토리 호도 있소."

포니는 자신의 말을 오랫동안 상륙작전에 임해왔던 사람으로서의 직관적인 판단으로 이해해달라고 했다. 라루는 굳었지만 진지한 포니의 표정을 대하자 더 이상 이러저러한 말을 묻지 못하고 "해보겠습니다."라고 맥없는 소리로 대답했다.

그 시각 현봉학은 급한 마음에 지프를 내리몰고서 여필준의 집으로 향했다. 마당으로 들어서자 인사를 건네는 백성학을 향해 다급한 목소리로 "집에 계시냐?"라며 여필준이 있는지 물었다. 백성학은 고개를 끄떡이고는 마루로 뛰어올라 방문을 열어젖히며 "선생님, 통역관 아저씨 오셨어요."라고 했다.

여필준은 썰렁한 얼굴에 눈알을 크게 하고 방문을 나서면서 현봉학을 향해 "어쩐 일인가?"라고 물었다. 현봉학은 다짜고짜 여필준을 향해 마당으로 내려오라는 손짓을 했다. 여필준은 옷깃을 여미며 마루로 나서고는 마당으로 내려섰다.

"지난번에 타겠다던 배가 메러디스 빅토리 호 맞지?"

현봉학은 무턱대고 물었다. 여필준은 별안간 그게 웬 소리냐는 듯이 약간 어리둥절한 표정을 지으며 그렇다고 대답했다.

"흥남부두에 입항했네. 가족들 데리고 떠날 준비해둬."

현봉학은 여필준의 곁으로 몸을 바싹 붙이며 내일 흥남으로 태워주겠다고 했다. 여필준은 난감한 빛이 역력한 얼굴로 쳐다볼 뿐 대꾸를 하지 못했다. 현봉학은 어리둥절한 표정으로 쳐다보며 "무슨 문제 있어?"라고 물었다. 여필준은 배정희가 곧 해산할 것 같다고 대답했다.

"뭐?"

현봉학은 자신도 모르게 영악히 소리치고는 눈알을 해반닥거리며 "이거 야단났군. 그럼 어떻게 하지…?"라고 중얼거렸다.

"무슨 일인데 그래?"

여필준은 현봉학의 새까만 눈썹 위에 떠도는 심상치 않은 기운을 감지하고는 불안한 목소리로 물었다. 현봉학은 마음이 편치 않다는 듯이 침중한 목소리로 "상황이 아주 안 좋아."라고 서두를 꺼내놓고서 해병1사단이 함흥으로 후퇴할 것이라고 했다. 여필준은 도살장에 끌려온 소처럼 어리벙벙한 눈으로 현봉학을 쳐다보았다.

"어쩌면 함흥도 포기해야 할지 몰라."

현봉학은 서둘러 떠나지 않으면 위험에 처할 수 있다고 했다. 여필준은 아주 힘없는 목소리로 "함흥을 포기한단 말이야?"라고 물었다. 현봉학은 그런 것 같다며 고개를 끄떡이고는 입을 뗐다.

"사람들이 동요할까 봐 숨기고 있지만… 원산항에서는 이미 LST로 철수하기 시작했어."

"원산이 더 위험하다는 거야?"

"원산은 곧 중공군 손에 떨어질 것 같아."

"대통령이 여기까지 올라와서 인민군이 압록강물에 빠질 일만 남았다고 큰소리친 지가 며칠이나 되었다고…?"

여필준은 벌겋게 달아오른 볼을 씰룩거리며 격앙된 어조로 소리치다가 그만 억울한 분김에 울컥하여 말을 잇지 못했다.

"자신감만 가졌지, 중공군들이 떼거지로 몰려와 인해전술을 할 줄을 몰랐던 거지."

현봉학은 때늦은 후회를 하기에는 너무 늦었다고 했다.

"대통령이 그런 것도 파악 못했다는 게 말이 돼?"

여필준은 누그러지지 않은 목소리로 소리치며 하늘에 대고 화풀이하듯 상앗대질을 해댔다.

"지금 그런 거 따질 때가 아니야. 여기가 아수라장이 되기 전에 떠나는 게 좋아."

"하지만 아내가 저러고 있는데 어떻게 움직인단 말인가?"

"내가 방법을 찾아볼 테니 자네 아내가 해산을 하고 나면 바로 알려줘."

"어떻게 하려고?"

"아기가 태어나는 사이에 메러디스 빅토리 호가 떠나고 없으면 다른 배라도 알아봐야지. 정 안 되면 연포비행장으로 가서 비행기라도 타든지."

현봉학은 자신이 도울 수 있는 일을 미리 알아봐둘 테니 떠날 준비만 해두라고 했다.

"우리 식구가 몇이나 되는지 알고 하는 소리야?"

여필준은 불현듯 일어나는 고마운 마음을 표현한다는 것이 그만 딴말을 뱉어내고 말았다.

"그래 봐야 태어날 아기까지 여섯밖에 더 돼?"

현봉학은 여필준의 심정을 헤아려 말하고는 옆에서 손을 호호 불며 웅크리고 서 있는 백성학을 향해 "너, 아저씨 부대 알지?"라고 물었다. 백성학은 추위로 얼얼해진 볼을 손바닥으로 감싸며 고개를 끄떡거렸다.

"경자 동생이 생기면 네가 곧장 아저씨한테 달려와서 알려줘야 한다. 알았지?"

현봉학은 허리를 숙여 두 손바닥으로 백성학의 양 볼을 만지며 말했다.

"걱정 마세요. 다리 아픈 선생님을 대신해서 제가 쌩하게 달려갈 게요."

백성학은 자기가 뭐라도 되는 양 늠름한 장부처럼 대답했다.

"그래, 넌 똘똘하고 붙임성도 좋지만, 언제나 씩씩하고 명랑해서 쏙 마음에 들어…."

현봉학은 백성학의 머리를 토닥이며 칭찬하다가 뭔가 파뜩 생각났다는 듯이 주머니를 뒤적거리고는 초콜릿을 꺼내 건네면서 "아기가 태어나면 꼭 아저씨한테 와."라고 재차 존조리 당부했다. 백성학은 냉큼 초콜릿을 받아 쥐고는 "알았습니다."라고 대답했다.

"그럼, 난 간다. 날씨가 너무 춥다. 어서 들어가."

현봉학은 여필준을 향해 준비를 잘 해두고 기다리라는 말을 남기고서 대문 밖으로 나섰다. 여필준은 배웅도 잊은 채 우두커니 서서 현봉학이 나간 대문을 노려보다가 지프차 엔진 소리가 사라지자 비로소 마루로 올라섰다. 방으로 들어서자 그제야 언 손끝과 발끝이 몸에서 떨어져 나간 듯 쑤시기 시작했다.

"무슨 일이기에 봉학이가 안 들어오고 밖에서…."

최점순은 여필준의 안색을 살펴가며 물었다. 여필준은 "말씀 드릴게요."라고는 따끈한 아랫목으로 내려가 언 몸을 맡겼다.

잠시 후 몸이 풀리고 얼굴이 와락와락 달아오를 때 입을 떼고는 식구들 모두가 남쪽으로 떠나야 할 것 같다고 했다.

"애비야, 대통령이 인민군을 다 몰아낸다고 해서 필녀도 안 가기로 했잖아?"

최점순은 심장이 후드득거릴 만큼 깜짝 놀라 얼굴까지 벌게졌다.

"그런데 그것이…."

여필준은 아무 말도 못할 것처럼 입을 깨작거리다가 따듬작따듬작하며 말문을 열고는, 현봉학에게 전해 들었던 이야기를 보따리 풀어놓듯 술술 끄집어내놓았다.

이야기를 듣고 난 세 여자는 하나같이 놀라 말머리를 잡지 못하고 멍한 눈으로 여필준의 얼굴에 시선을 꽂은 채 꿈쩍하지 않았다. 방 안은 깊다란 침묵에 잠긴 듯 침잠했다.

여필준은 어색한 침묵을 참을 수 없다는 듯이 헛기침으로 목청을 가다듬고는 입을 뗐다.

"대통령의 말만 믿고 있기에는… 돌아가는 판세가 심상치 않아 가만있을 수가 없게 되었습니다."

"그렇다고 해도 애미가 저 몸으로 어찌 움직인단 말이야?"

최점순은 도시 엄두를 못 낼 일이라고 걱정했다.

"아이를 낳으면 봉학이가 도와주기로 했습니다."

여필준은 식구들이 무사히 떠날 수 있을 것이라며 안심시켰다. 최점순은 절실한 눈빛으로 배정희를 쳐다보며 떠날 수 있겠는지 물었다. 하지만 배정희는 정작 출산이 문제가 아니라 배명호를 걱정했다.
"나보고 야속하다고 하겠지만… 장인어른께서도 이해해주실 거라고 믿어."
여필준은 배명호가 인민군에게 학살당한 사실이 목구멍까지 차오르는 것을 누르고 말했다. 말 못하기는 매한가지인 최점순과 여필녀는 죄지은 사람처럼 고개를 숙이고 입을 꾹 다물었다.

29.

 사흘 뒤 메러디스 빅토리 호는 물자하역을 마친 뒤 부상병을 싣고서 부산으로 향하여 출항했다.
 "항공모함에서는 수시로 비행기가 이착륙하고 수많은 군함들은 밤낮을 가리지 않고 서쪽을 향해 함포사격을 해대는 것을 보니 전황이 불리하게 돌아가는 것 같습니다."
 이봉남은 심상치 않은 시선으로 흥남 앞바다에 모여든 군함들을 바라보며 말했다.
 "부산에 남은 사무장도 극동군사령부의 분위기가 심상치 않다며 우리에게 이상이 없는지 물어보는 전문이 왔었소."
 라루는 마음이 어수선하다는 듯 표정이 침울했다.
 "심상치 않다면…?"
 "원산항으로 들어갔던 레인 빅토리 호가 연합군 부상병과 7,000명이 넘는 피난민까지 태우고 부산항에 입항했답니다."
 "이거… 전황이 심각한 것 같습니다."
 이봉남은 얼굴에 수심의 그늘이 짙게 드리워졌다.

"친구가 오지 않은 것이 마음에 걸리시오?"

라루는 이봉남의 마음을 읽었다는 듯이 물었다.

"중공군이 들어올 거라던 그 친구의 말이 틀리기를 바랐는데… 일이 된통 꼬인 것 같습니다."

이봉남은 비로소 불안한 속내를 살짝 드러냈다.

"부산에 부상병을 내리고 나면 항공유를 싣고 다시 올 텐데, 그때는 나오지 않겠소."

라루는 지나치게 걱정하지 말라고 했다.

"그렇겠지요."

이봉남은 짐짓 태연을 가장하여 말하고는 탁 가슴에 복받쳐 오르는 감정의 덩어리를 감추기 위하여 끝닿은 데 없이 펼쳐진 수평선 멀리로 시선을 던졌다. 메러디스 빅토리 호는 고요히 부산으로 향하고 이봉남의 얼굴에는 진한 걱정과 일말의 희망이 겹쳐졌다.

그 무렵 장진호 북쪽 신흥리에서 수색정찰 임무를 띠고 적진으로 떠났던 김영옥의 1중대는 중공군의 습격으로 동쪽으로 후퇴하다가 천신만고 끝에 풍산군의 부전령산맥에서 국군3사단을 만나 성진으로 향했다. 국군1군단의 수도사단이 집결해 있는 성진항에는 해안에 LST 3척이 접안하여 후퇴를 준비하는 중이었고, 주둔지 주변에는 수많은 피난민들이 몰려와 떠들썩했다.

김영옥은 국군1군단장 김백일 소장에게 수색정찰을 나섰다가 중공군을 만나 전투를 치르고서 간신히 포위망을 벗어났지만 본대와 연락이 끊어졌고, 후퇴 중에 국군3사단을 만나 함께 성진으로 오게 된 경위와 중대원 70명 중 15명이 전사하고 12명이 부상을 입었다고 보고했다.

"우리는 LST에 부상자를 실어 보내고 나머지는 걸어서 함흥으로 내려가 10군단과 합류할 계획인데, 함께 가면 당신의 부대를 만날 수 있을 것이오."

김백일은 미국 해병1사단과 육군7사단도 함흥으로 집결할 것이라고 했다.

"함께 갈 수 있어서 여간 다행한 일이 아닙니다."

김영옥은 마음이 좀 놓이는지 굳었던 얼굴을 풀고는 피난민들은 어떻게 할 것인지 물었다.

"노인들과 어린아이, 아픈 사람들은 LST에 태우고 나머지는 흥남까지 같이 갈 생각입니다. 여기까지 데려왔으니 끝까지 가야지 어쩌겠소?"

김백일은 완약한 어조로 말했지만 앞으로의 일이 막연하다는 듯 눈살을 찌푸리다가 한숨을 쉬었다.

"보아하니 족히 4,000명은 넘겠는데… 저렇게 많은 사람들을 이끌고 여기까지 후퇴했단 말입니까?"

김영옥은 놀란 듯이 대꾸하고는 새삼스러운 눈길로 피난민들을 휘둘러보았다. 김백일은 청진에서 배를 못 타고 여기까지 따라온 사람들이 반이 넘는다고 말하고는 석고처럼 딱딱하게 굳어진 표정으로 말을 이어나갔다.

"우리 군단의 수도사단 일부 병력이 청진항에서 LST로 철수할 때 수많은 피난민을 태웠는데… 못 탄 사람들 중에는 낡은 목선을 타고 떠나는 사람들도 있었소. 이 혹한의 날씨에 바다로 나가면 죽을 것이라고 말렸지만 막무가내였는데, 그 사람들에게 탈출하는 것은 그만큼 절실했소. 그래서 그때 못 탄 사람들을 데리고 여기까지 오는 도중에 저렇게 불어난 것이라오."

김영옥은 이야기를 듣고는 가슴이 아픈지 짐짓 숙연한 어조로 "흥남에 가면 해결됩니까?"라고 물었다.

"맥아더 장군이 함흥과 흥남을 방어선으로 정하고 미군10군단과 우리 1군단 병력을 모두 흥남으로 집결시키라는 명령을 내렸소. 지금 흥남 앞바다에 항공모함을 비롯해서 많은 군함들이 모여 있고 흥남에서 대규모 철수작전을 준비하고 있으니 피난민들에게도 길이 있지 않겠소?"

김백일은 아무리 절박한 상황이라 하지만 설마하니 죽기야 하겠느냐고 했다.

"2개 군단이 넘는 병력과 탱크, 화포, 군수품 등을 옮길 건데… 저 많은 피난민들을 태울 자리가 있기는 하겠습니까?"

김영옥은 헛수고가 되고 말 일에 힘을 빼서는 안 된다고 했다.

"그건 나중의 일이오. 지금 저 사람들에게 안전한 곳은 그곳 말고는 없소. 공산치하에서 보낸 5년이 얼마나 처참했으면 저렇게 모여들었겠소? 나는 그런 저 사람들을 못 본 채 할 수는 없소."

김백일은 피난민들을 결단코 버리지 않을 것이라고 대답했다.

한편 알몬드는 결국 낭림산맥을 넘으려던 계획을 철회하고 전선의 모든 병력을 함흥과 흥남으로 집결시키는 한편 해상철수계획을 세웠다. 또한 함흥과 흥남을 연결하는 유리한 지세와 해안선 확보에 필요한 방어선이 허물어지지 않도록 함흥 외곽의 동흥리와 오로리, 고개동, 지경, 연포로 이어지는 찰리(Charlie), 조지(George), 퀸(Queen)으로 나눈 3단계 방어벽을 쳤다.

연포비행장 서쪽의 주이천에서 함흥 남쪽 5km 지점과 흥남항 동쪽의 마전리로 연결된 1방어선은, 미국 해병1사단이 장진호에서 완전히 철수한 후 물러나게 했다. 주이천에서 성천강으로 이어지는 2방어선은 10군단사령부와 국군1군단이 철수하면 미국 육군3사단과 7사단이 방어임무를 맡도록 했다. 흥남부두와 동쪽의 서호진 외곽으로 연결된 3방어선은 미국 육군7사단이 철수한 후 미국 육군3사단이 남아 방어하도록 했다.

흥남 해안은 에이블(Able)과 폭스(Fox) 구역으로 나누어 한국 해군의 어뢰정에게 해안방어 임무를 주었다. 이 같은 작전이 진행되는 동안 흥남 외항에 집결한 항공모함 7척, 전함 1척, 순양함 2척, 구축함 7척, 로켓포함 3척은 화력지원을 돕게 했다. 게다가 미국 해군90

상륙지원단에게 해군 수송선 125척과 징발된 빅토리 급 수송선을 모두 동원하여 병력과 물자를 실어 나르도록 하고 극동군사령부의 공군 전투화물사령부도 연포비행장을 이용하여 부상자를 후송하도록 했다.

알몬드는 체계적이고 신속하게 철수하기 위해 병력 승선과 화물 탑재를 감독할 통제단을 조직하여 선박의 입항과 출항, 정박지, 투묘지 등을 통제하고 함흥에 주둔한 10군단임시사령부를 흥남으로 철수하라는 지시를 내렸다.

현봉학은 10군단임시사령부가 떠날 준비를 하기 시작하자 애가 탔다.

"이틀밖에 안 남았는데… 이거 큰일이네…."

초조한 얼굴로 나지막하게 구시렁구시렁 중얼거릴 때 마침 백성학이 찾아왔다.

"경자 동생이 태어났구나?"

현봉학은 반색하며 백성학을 맞이하고는 모자에 쌓인 눈을 털어주며 말했다. 백성학은 담담한 표정으로 고개를 끄떡거렸다.

"이럴 것이 아니라 어서 가자."

현봉학은 서둘러 말하고는 백성학을 번쩍 들어 지프에 태우고서 운전석에 올라앉아 시동을 걸었다. 곧 가속페달을 밟으며 "아들이야? 딸이야?"라고 물었다. 백성학은 무덤덤한 어조로 "몰라요."라며 고개를 가로저었다. 현봉학은 별달리 대꾸할 말이 없다는 듯 "그래~ 에?"라고는 지프를 몰았다. 거리로 나서자 곳곳에는 어깨에 짐 보따리를 뒤짚어지고 집을 나선 피난민들이 즐비했다.

"이 추위에 대책도 없이 졸지에 집을 나선 저 사람들을 다 어쩐단 말이야?"

현봉학은 하나같이 함흥역으로 꾸역꾸역 몰려가는 피난민들을 쳐다보며 혼잣말로 중얼거렸다. 지프는 피난민을 피하고 눈길을 헤쳐 나가며 여필준의 집 앞에 도착했다.

백성학은 먼저 지프에서 폴짝 뛰어 내려서고는 대문으로 뛰어 들어가 "선생님!" 하고서 소리쳤다. 마루로 나서던 여필준은 백성학을 따라 들어서는 현봉학을 향해 "어서 오게."라며 반겼다. 현봉학은 달리 할 말이 없는 사람처럼 대뜸 "아들인가? 딸인가?" 하고 물었다.

"대를 잇게 되어서 한시름 놓긴 했지만… 모두 피난 간다고 난리니 어떻게 해야 할지 모르겠네."

여필준은 기쁜 빛이라고는 조금도 찾아볼 수가 없는 얼굴로 쳐다보며 말했다.

"아들이구만… 축하하네. 어쨌든 떠날 준비는 다 했어?"

현봉학은 반가운 표정을 지으며 말끼리까지 추어올렸다.

"이 추위에 산후 조리도 하지 못하고 어디로 간단 말인가? 어머니께서도 해산 수발 때문인지 너무 힘들어하셔."

여필준은 당장 떠나기가 힘든 실정이라고 어려움을 토로했다.

"지금은 그런 거 따질 계제가 못 돼. 장진호에서 철수한 미군들은 오늘 배로 떠나고, 함흥역에는 흥남으로 가는 기차를 타기 위해 사람들이 구름처럼 모여들고 있다니까."

현봉학은 선택의 여지가 남아 있지 않다고 했다.

"아내가 사나흘만이라도 몸을 풀고 떠나면 안 되겠나?"

여필준은 형편을 살펴달라는 투로 말했다.

"이런 답답한… 자네 귀에는 비행기 소리도 폭탄 터지는 소리도 안 들려? 지금 함흥 방어선을 지키는 병력이 점점 밀리고 있어. 연포 비행장에 있는 전투기가 계속 번갈아가면서 중공군 머리 위에다 폭탄을 퍼붓고 흥남 앞바다에 떠 있는 군함에서도 함포사격을 퍼붓지만 몰려드는 중공군 숫자가 워낙 많아 역부족이야. 곧 1차 방어선이 무너질 것이고 함흥을 포기해야 한단 말이야. 벽동(碧潼)과 창성(昌城)의 소처럼 굴지 말고 내 말대로 해."

현봉학은 돌아가는 사태를 모르는 벽창호처럼 어두운 소리를 그만하라고 소리쳤다.

"며칠만이라도 따뜻한 방에서 몸을 풀어주고 싶네."

여필준은 거의 애원에 절은 목소리로 사정하듯 말했다. 현봉학은 더 이상 대꾸하고 싶지 않다는 듯 킁킁 애매한 콧소리를 내고는 입을 뗐다.

"며칠은 안 되고, 내일 아침까지 떠날 수 있도록 하게. 나는 이만 갔다가 내일 아침에 다시 오겠네."

여필준은 어떻게 해야 할지 난감한 표정이 되어 대답을 내놓지 못했다. 현봉학은 내일 아침에 보자고는 돌아서서 밖으로 나섰다.

다음 날 현봉학은 해가 뜨자마자 여필준의 집으로 가 대문을 열고 들어서면서부터 여필준을 불렀다. 백성학이 방문을 열고는 냉큼 마루로 나서서 "안녕하세요?"라고 인사를 했다. 뒤따라 나선 여필준은 불안한 목소리로 "추운데, 들어오게."라고 했다.

"이 친구야, 그렇게 한가한 때가 아니야. 어서 나와."

현봉학은 조급하게 서둘렀다.

"그러지 말고⋯ 좀 들어와."

여필준은 한사코 들어오라고 했다. 현봉학은 내키지 않았지만 군화를 벗고 방 안으로 들어섰다가 머리를 싸매고 드러누워 있는 최점순을 보자 그만 안색이 굳었다. 비스듬히 일어나며 인사를 하는 배정희를 향해 괜찮으니 누워 있으라는 손짓을 하고는 최점순의 옆으로 다가앉으며 "어머님, 어디가 편찮으세요?"라고 물었다.

"아무래도 아이를 받아내시느라 몸살이 난 모양이야. 밤새도록 앓음소리를 치시면서 신음하시다가 까무러치기도 하셨어."

여필준은 어찌해야 좋을지 막막한 표정이었다.

"애비야, 내 걱정 말고 어서 떠날 준비하거라."

최점순은 얼굴에 핏기 하나 없이 모기 소리보다 가냘프고 기운 없는 목소리로 말했다.

"엄마."

여필녀는 최점순의 손을 꼭 잡은 채 울먹거렸다.

"곧 1차 방어선을 포기할 텐데… 낭패로군. 이걸 어쩐다…?"

현봉학은 이럴 수도 없고 저럴 수도 없어 아주 난감한 표정이었다. 여필준은 잠시 주춤하다가 미리 생각을 해두었다는 듯이 "그래서 말인데…."라고 말머리를 잡고는 입을 뗐다.

"내 동생과 경자, 성학이만이라도 데리고 가주게."

"무슨 소리야? 자네와 다른 식구들은 다 어쩔 거야?"

현봉학은 어림없는 소리 말라는 투로 다그쳤다.

"어머니의 몸이 조금 나아지면 모시고 뒤따라갈 걸세."

여필준은 아침에 식구끼리 결정을 본 일이라고 했다.

"이봐. 사람들이 흥남으로 가는 기차를 타기 위해 함흥역에 모여드는 거, 자네 눈으로 안 봐서 한가한 소리를 하는 모양인데, 함흥역이 어떤 줄 알아? 지금 철도시설을 폭파할 준비까지 마친 상태란 말이야. 그리고 기차에 피난민들이 얼마나 매달렸으면 흥남까지 가는 데 3시간 넘게 걸려."

현봉학은 맥없이 볼끈 화를 내며 목소리를 높였다.

"몰라서 그러는 것이 아니라 나도 곧 뒤따라간다잖아."

여필준은 이미 마음먹은 일이니 개의치 말라고 했다.

"내가 떠나고 나면 뭐 타고 갈 건데? 그 몸으로 기차를 타겠다고? 그나마 기차마저도 곧 끊어질 거란 말이야."

현봉학은 자신과 함께 가지 않으면 흥남까지 갈 방법이 없다고 했다. 여필준은 안주머니를 뒤적거려 문서를 꺼내 보였다.

"이게 뭐야?"

현봉학은 받아들고 살피다가 눈알을 반짝이며 "아니…?"라고는 어리둥절한 표정으로 여필준을 쳐다보았다. 여필준은 원산에서 포니가 써준 것이라고 했다.

"참모장이 자네에게 이런 것을 써주었단 말이야?"

현봉학은 보고도 믿지 않는다는 듯 머리를 갸웃거렸다.

"자네가 10군단사령부 민사부 통역을 담당한다니까 그 사람 잘 알거야. 그 사람이 이것을 써주면서 미군에게 보이면 무엇이든 도와줄 거라고 했어. 나도 함께 떠나고 싶지만 이런 추위에 몸을 제대로 가누지 못하시는 어머니를 길가로 내몰았다가는 무슨 변을 당할지 몰라. 몸을 조금만 추스른 다음에 뒤따라갈 테니 동생하고 경자, 성학이만이라도 먼저 태우고 가주게."

현봉학은 잠시 생각하는 듯 눈을 끔벅거리다가 곧 입을 열었다.

"정 그렇다면 내가 먼저 가서 기다릴 테니 늦지 않도록 해. 중공군이 코앞까지 왔으니 며칠 안으로 함흥에 들이닥칠 거야. 그전에 길이 다 끊어지고 말 것이니 오래 있지 마."

여필준은 고맙다고 말하고는 여필녀와 백성학을 향해 떠날 준비를 하라고 했다. 여필녀는 꾹 누르고 있던 울음을 터트리다가 여필준이 나무라자 입술을 깨물며 울음을 삼켰다.

"아가씨, 어머니 잘 모시고 뒤따라갈 테니 걱정 말아요."

배정희는 여필준을 믿고 먼저 가 있으라고 말했다.

"애미 말이 맞다…."

최점순은 덩달아 뭔가 말하려다가 멈추고는 어서 떠나라고 떠밀었다. 여필준은 미리 챙겨둔 보따리 짐을 집어 여필녀에게 쥐어주며 일어나라고 했다. 여필녀는 훌쩍거리며 작별을 하고서 여경자를 등에 업고는 백성학의 손을 잡았다.

"그럼, 먼저 가서 기다리겠네. 흥남에 도착하거든 10군단사령부 임시막사로 찾아오게."

현봉학은 여필준을 향해 당부의 말을 남기고는 최점순과 배정희를 향해 차례로 작별인사를 하고서 밖으로 나섰다.

대문까지 따라나선 여필준은 현봉학을 향해 "자네만 믿네."라는 짧은 말로 작별을 고했다. 현봉학은 "기다리겠네."라고는 지프에 올라탔다. 여필준은 지프에 올라탄 백성학을 향해 다가가 정감이 어린 목소리로 "네가 남자니까 경자하고 고모를 잘 보살펴야 한다. 알았지?"라고는 두 손으로 뺨을 매만졌다. 백성학은 전에 없이 씩씩하고 큰 목소리로 "걱정 마세요. 선생님."이라고 답하고는 아이답지 않게 결연한 표정을 지었다.

현봉학은 여필준을 향해 침울한 목소리로 "간다."라고는 가속페달을 밟았다. 지프가 출발하자 여필녀는 울먹이는 얼굴로 뒤를 돌아보며 손을 흔들어댔다. 멀리서 들려오는 포탄 소리는 지프가 사라지는 골목길 위로 날아들고 하늘에는 서쪽으로 줄지어 날아가는 전투기들이 보였다.

30.

 메러디스 빅토리 호는 부산항에 입항하자 부상병들을 모두 하선시키기 전에 흥남으로 싣고 갈 항공유 선적을 시작했다.

"만 톤이나 되는 항공유를 단 이틀 만에 선적하라니? 상황이 얼마나 다급해졌기에 이런단 말이오?"

조타실에서 갑판을 내려다보던 이봉남은 막 조타실로 들어서는 러니를 향해 걱정스러운 빛으로 말했다.

"동부전선의 병력 모두를 38선 아래로 물릴 것 같다는 소리가 떠도는 것을 보면, 상황이 생각보다 심각한가 봅니다."

러니는 8군 군수지원사령부에서 주워들은 자자한 소문들을 간명하게 요약하여 들려주었다.

"뭐요? 그렇다면 함흥이 또다시 김일성이 손아귀로 넘어간단 말입니까?"

이봉남은 대뜸 흥분하여 투우사를 앞에 둔 소처럼 사나운 얼굴로 쇳소리를 질렀다. 러니는 인기척에 놀란 노루처럼 움찔하더니 이봉남이 여필준 때문에 신경이 곤두섰을 것으로 여기고서 개개풀어지는 어투로 입을 뗐다.

"중공군이 개입한 후로 서부전선이 무너져 평양을 내주었고, 동부전선은 퇴로가 막혀 해상으로 철수하기 위해 모든 병력이 함흥과 흥남으로 모여든답니다."

"아, 이 무슨…."

이봉남은 당장 눈앞에 어려운 일들이 들이닥쳐 어찌할 바를 몰라 탄식하듯 목에 걸린 소리를 뱉지 못했다.

"이번에 올라가면 나오지 않겠소?"

러니는 여필준을 걱정하는 이봉남의 심정을 헤아려 위로하다가 부두에 시선을 던지며 "선장님이 오시는군요."라고 말했다.

"선장님이 오시는 대로 출항하는 것입니까?"

이봉남은 가슴속에 벌집이라도 들어앉은 듯 마음이 복잡하고 뒤숭숭하다는 듯 엄벙덤벙 물었다. 러니는 "글쎄요…."라며 말끝을 얼버무리고는 기중기 움직이는 소리가 요란한 갑판을 가리키며 입을 뗐다.

"항공유 선적이 덜 되었는데, 떠나기야 하겠습니까?"

이봉남은 드럼통을 털거덩거리며 옮기는 인부들을 쳐다보다기 이상한 느낌이 드는지 꼬부장한 눈초리로 러니를 쳐다보며 입을 뗐다.

"모든 병력을 철수시킨다면서 항공유는 왜 싣고 간답니까?"

"연포비행장에 있는 비행기가 쉬지 않고 중공군 진지를 포격해야 하기 때문이랍니다."

"그럼, 빨리 선적해서 당장 떠나야겠군요."

"그렇습니다. 원산에서 피난민들을 싣고 내려왔던 레인 빅토리 호도 항공유를 싣고서 흥남으로 떠났습니다."

두 사람이 흥남의 앞날에 대해 이러저러한 이야기를 나누고 있을 때 라루가 뭔가 낭패한 표정으로 들어서며 러니를 향해 "급하게 되었어."라고 말했다.

"8군 군수지원사령부에서 무슨 지시가 떨어졌단 말씀입니까?"

러니는 뭔가 헛갈리는 듯 어눌한 말투로 물었다.

"지금 선적한 항공유만 싣고 당장 출항하라는군."

"아직 반도 선적하지 못했는데요?"

"그만큼 상황이 급하다는 거겠지."

라루는 계획이 뒤틀려 못마땅하다는 듯 입을 빼죽거리며 뚝뚝이 대꾸하고는 선내방송장치를 집어 들었다.

"메러디스 빅토리 호 선원들에게 알린다. 본선은 1시간 후 출항할 것이다. 현 시각으로 항공유 선적작업을 중지하고 각 부서별로 출항 사전 점검을 할 것. 이상, 선장."

같은 시각, 흥남에 도착한 현봉학은 눈앞에 나타난 광경에 아연 실색하여 말이 나오지 않았다. 흥남부두는 온통 모여든 피난민들로 북새통을 이루었다. 짐을 가득 실은 달구지와 피아노를 실은 수레,

바퀴를 빼깍대며 간신히 굴러가는 손수레, 등짐을 지고 꼬마를 붙든 남자, 머리에 보따리 짐을 이고 어린아이를 업은 여자, 두 팔로 산닭을 끌어안은 3살짜리 여자아이, 바이올린을 에지중지 끌어안은 남자, 재봉틀을 머리에 인 여자 등 각양각색의 모습과 차림으로 모여든 이루 헤아릴 수 없이 수많은 피난민들이 해변을 개미 떼처럼 까맣게 뒤덮었다.

피난민들은 LST가 접안 되어 있는 해안으로 몰려들었고, 헌병들은 줄을 쳐놓고 피난민들의 접근을 막느라 정신이 없었다. 그들 머리 위로는 흥남 앞바다에 모인 미주리호를 비롯한 수십 척의 군함에서 쉴 새 없이 불을 뿜어대는 포탄이 쓔욱, 쓔욱 소리를 내며 날아다녔다.

현봉학은 헌병의 도움을 받아 10군단사령부 임시막사로 찾아가 포니를 만났다. 포니는 현봉학과 간단히 인사를 나누고는 여필녀와 백성학을 가리키며 누구냐고 묻고서, 여필녀의 치맛자락을 꼭 잡아쥔 여경자를 처다보았다. 여경자는 홍시처럼 빨갛게 언 얼굴에 줄줄 흘러내린 콧물을 손등으로 쓱 닦았다.

"이 사람들 거처할 만한 곳이 없겠습니까?"

현봉학은 물음과는 전혀 상관없는 엉뚱한 소리를 뻗고는 어색하게 부탁한다는 말을 덧붙였다. 포니는 약간 어리둥절한 표정을 짓다 말고는 막사에 민간인을 출입시켜서는 안 된다고 했다.

"갈 곳이 없습니다. 오늘밤 이 추위에 얼어죽고 말 것입니다."

현봉학은 어벌쩡하는 말눈치 같으면서도 애원하는 눈빛이 역력했다.

"피난민들이 모두 다 똑같은 처지요."

포니는 셀 수 없이 많은 피난민들의 처지를 헤아려줄 수 없다고 했다.

"그걸 몰라서 이러는 것이 아니라 보살펴줘야 할 만한 사람들이라서 그런 것입니다."

"개인 사정이야 있겠지만 병력의 안전을 위해서는 안 되오."

"이 연약한 여자와 어린아이가 위협이라도 가한다는 말입니까?"

현봉학은 말꼬투리를 잡았다는 듯 딱 정색을 하고서 물었다. 포니는 별소리를 들었다는 듯 고개를 갸우뚱하다가 여필녀와 백성학을 훑어보며 천천히 입을 뗐다.

"피난민을 가장한 인민군들 때문에 골머리를 앓고 있소."

"피난민 틈에 인민군들이 끼어들어 있다고요?"

현봉학은 놀라 자빠지는 표정을 지으며 입을 떡 벌렸다.

"그 때문에 헌병과 방첩부대원들에게 수상한 피난민들을 모두 서호진으로 옮기라고 지시를 했지만 워낙 많아서 쉽지가 않소."

포니는 피난민들을 다루는 데 애로가 이만저만한 것이 아니라고 했다.

"그렇다고 살겠다고 집을 나선 피난민들을 차가운 바닷바람이 몰아치는 선창으로 몰아넣으면 어떻게 합니까?"

현봉학은 서호진은 사방이 훤히 터진 곳이라 밤사이 바닷바람에 얼어죽는 사람이 많을 것이라며 옮기지 말아달라고 했다.

"저대로 그냥 두었다가는 트럭과 장비, 화물을 선적할 수가 없소. 더구나 병력이 탈 LST가 접안하면 막무가내로 달려들어 뛰어드는 통에 총을 쏘아대야 할 지경이란 말이오. 애초 철수작전의 계획에 피난민들은 염두에 두지 않았기 때문에 저들을 수송할 배가 없는 것도 문제요. 안타깝지만 방법이 없지 않소?"

포니는 철수작전을 하는 데 가장 어려운 것이 피난민 처리라고 고충을 토로했다. 현봉학은 듣고 보니 과연 난감하지 않을 수 없게 되어 어눌한 음성으로 "하지만…"이라고 말꼬리를 길게 끌다가 돌연 포니가 써준 문서가 떠올랐다.

"혹시 미스터 여를 아십니까? 여필준…."

"미스터 여…?"

포니는 놀라는 표정으로 "그 사람을 아시오?"라고 되물었다. 현봉학은 약간 상기된 표정으로 여필녀를 가리키며 "이 여자가 바로 여필준의 여동생입니다."라고 했다. 포니는 눈을 크게 뜨고 펄쩍 놀라는 시늉을 하며 "뭐요?"라고는 여필녀를 쳐다보았다.

"지금 함흥에 있슴니다. 아내가 출산하고 어머니마저 아픈 바람에 함께 오지 못했지만 곧 이곳으로 올 것입니다."

현봉학은 여필준의 가족에 관한 사연을 쭉 들려주었다. 포니는 극적인 어투로 "그래요?"라고는 다음 말을 이었다.

"미군의 도움을 받을 수 있도록 문서를 하나 써주었는데…."

"그 문서 봤습니다."

"헌데… 그 사람을 어떻게 만난 것이오?"

"함흥에서 이 아이 때문에 우연히 길에서 만났습니다."

현봉학은 지프를 몰고 가다가 마주치게 되었다고 설명하고는 동창생이라고 했다. 포니는 뜻밖이라는 표정으로 "그래요?"라고는 무슨 생각이 떠올랐다는 듯 입가의 살을 실룩거리며 입을 뗐다.

"알았소. 이 사람들을 수송기에 태울 수 있는지… 나와 함께 군단장님을 만나러 갑시다."

현봉학은 그러자고 대답을 하고서 여필녀를 향해 돌아올 때까지 막사 밖으로 나가지 말라고 당부했다.

"어머니와 오빠는 어떻게 와요? 갓난아기까지 있는데…."

여필녀는 급한 고비를 넘겼다는 듯 식구들 걱정을 했다.

"걱정하지 마, 참모장님께서 써주신 문서를 보여주면 미군들이 도와줄 거야. 너도 방금 들었잖아?"

현봉학은 여필녀가 영어를 알아들을 리 없다는 것을 알면서도 말을 갖다 붙였다. 여필녀는 안심이 안 되는지 아픈 사람처럼 창백한 안색으로 고개를 끄떡거렸다.

"금방 다녀올 테니 네가 잘 보살피고 있어야 돼, 알았지?"

현봉학은 백성학을 향해 단단히 이르고는 급히 막사 밖으로 나서서 포니를 따라 알몬드가 있는 10군단장 막사로 향했다.

막사 안으로 들어서자 알몬드는 국군1군단장 김백일과 이야기를 나누는 중이었다. 포니는 알몬드를 향해 경례를 하고서 현봉학이 방금 도착했다고 말했다. 알몬드는 현봉학을 향해 고생했다는 말로 인사닦음을 하고는 김백일과 나누던 이야기를 이어나갔다.

"연포비행장에 있던 수송기는 대구와 부산으로 내려보내고 전투기는 항공모함으로 물렸소. 1차방어선을 포기했으니 이제 우리에게 남은 시간은 겨우 5일… 병력과 무기를 비롯한 탄약, 유류, 트럭 이 모두를 철수시키기에는 너무 촉박한 시일이오. 더욱이 엄청나게 많이 몰려든 피난민들 때문에 이만저만 차질이 있는 것이 아니오. 화물 선적 통제단조차 제대로 역할을 하지 못해 화물 선적이 제때제때 안 되는 지경이오. 피난민들은 애초에 철수작전을 계획할 때 염두에 두지 않았던 일이어서 당혹스럽기도 하지만, 저들을 태우고 갈 배가 없으니 도리가 없지 않소? 나도 마음 아프지만 어쩔 수가 없소."

"우리가 피를 흘려가며 공산당들과 싸우는 것은 공산치하에서 억압받는 사람들을 구하기 위해서입니다. 그런데 우리가 물러난다고 해서 공산치하에서 벗어나려고 따라나서는 사람들을 버릴 수는 없습니다."

김백일의 얼굴은 엄숙하고 어조는 단호했다.

"태울 배가 없는데, 무려 10만에 가까운 사람들을 무슨 수로 데려가겠다는 것이오?"

알몬드는 극동군사령부에서 내린 작전 지시대로 움직일 수밖에 없다고 했다.

"배고픔도 잊고 차가운 겨울바람을 맞아가면서도 오로지 저 바다로 나갈 배를 타기만을 열망하는 사람들의 눈빛을 보았습니까? 미국 사람들은 한겨울에 먹이를 구하러 집으로 찾아든 짐승에게도 온정을 베푼다고 들었습니다. 그런데 공산당의 악행을 피해 미군에게 찾아든 사람들을 외면하겠다는 것입니까? 저들은 지금 매서운 찬바람이 불어대는 차디찬 길바닥에서 서로 끌어안고 잠을 자면서도 배를 탈 수 있다는 희망 하나로 버티는 사람들입니다. 그런데 그 희망이 점점 사라지는 것 같아지자 마음이 조급한 사람들은 이를 참지 못하고 소형 어선을 타고 무작정 바다로 나가다가 항해금지구역으로 들어가 기뢰가 터져 몰살한 피난민들도 있습니다. 지금 피난민들은 저 바다가 아니면 이 세상 어디에도 갈 곳이 없습니다. 나는 비록 저들의 재산을 지켜주지 못한 군인이 되었지만 저들의 생명만은 지켜줘야겠습니다. 만약 군단장님께서 외면하신다면 나는 우리 국군1사단이 타고 갈 배를 포기하고 대신 그 배에 피난민들을 태울 수 있는 데까지 태우도록 하겠습니다."

한낱 죄인이 된 것처럼 참담한 심정으로 설명하는 김백일의 목소리는 애원까지 절어 눅눅했다.

"그건 안 될 말이오. 배에 누구를 태우고, 누구를 안 태우고는 내 마음대로 하는 것이 아니라 극동군사령부에서 내려온 철수계획의 지시대로 하는 것이란 말이오. 김 장군의 요구대로 피난민들 중에 국군 입대지원자 2,500명을 노르웨이 병원선에 태우기로 한 것만도 감지덕지한 일이라는 것을 왜 모르시오? 거기다가 함경남도 도지사와 교인 수백 명을 함께 태우기로 했으니… 그 정도에서 매듭을 지읍시다."

알몬드는 LST에 피난민 모두를 태우는 일은 불가한 일이라며 타협점을 제시했다.

"도지사 목숨은 소중하고 당신처럼 예수를 믿는 사람들 목숨만 생명입니까? 어린아이, 노인, 여자… 이 사람들은 대체 뭡니까? 하나님이 신분이나 종교에 따라 목숨을 차별해도 좋다고 했습니까? 나는 저 불쌍한 사람들이 죽음으로 내몰리는 것을 보고도 모른 척할 수가 없습니다."

김백일은 격하게 떨리는 속을 들키지 않으려 치솟는 감정을 억누르며 말했다. 알몬드는 눈을 자그시 감고 김백일의 말을 곱씹어 생각하다가 살포시 눈을 뜨고서 더디게 입을 열었다.

"모른 척하자는 것이 아니라… 5공군 군종목사 러셀 블레이즈델 대령은 부대 주변에 모여든 고아들을 수송기에 태워 남쪽으로 보냈다가 징계를 받지 않았습니까? 그러니까…. 내 말은… 군인은 명령대로 행동해야 한다는 뜻입니다."

"좋습니다. 군단장님의 뜻이 정히 그러시다면 우리 국군1사단은 타지 않겠습니다."

김백일은 골난 소리로 불만을 토로했다.

"타지 않으면, 어떻게 하겠다는 것이오?"

알몬드는 안색이 획 달라지면서 말소리까지 어눌했다.

"피난민들과 육로를 뚫고 남하하는 방법밖에 더 있습니까?"

김백일은 뿔난 얼굴로 알몬드를 쳐다보며 말했다.

"안 될 말이오. 흥남을 포위하고 있는 중공군을 뚫고 나가기 전에 모두 전멸하고 말 것이오. 이미 원산이 중공군 수중에 넘어갔는데, 무슨 수로 남하한단 말이오?"

알몬드는 무모한 시도는 절대로 허락할 수 없다는 말로 지휘체계의 난맥을 좌시하지 않겠다고 쐐기를 박았다.

"극동군사령부의 뜻이 변하지 않는다면 우리 국군1군단이 할 수 있는 것은 하나밖에 없습니다…. 나는 10만에 가까운 저 피난민들을 내 손으로 다 죽이고 나도 여기서 죽겠습니다."

김백일은 반은 협박조였지만 반은 애원조였다. 알몬드는 단박에 형언할 수 없이 복잡하게 거친 표정으로 "뭐요?"라고 소리쳤다.

"저 사람들…! 우리가 버리고 가면 공산당 놈들에게 죽을 것이 뻔한데… 그럴 바엔 차라리 함께 다 죽겠다는 것이오."

김백일은 비장한 각오가 넘쳐흐르는 표정을 지어 보이며 단호한 어조로 말했다. 두 사람의 말을 시종 묵묵히 듣고만 있던 현봉학은 부드럽게 가라앉은 목소리로 "군단장님."이라고 알몬드를 부르고는 예의 바른 목소리로 입을 뗐다.

"러셀 블레이즈델 대령은 1,500명의 어린 고아들을 구출한 것 때문에 비록 징계를 받았어도 그 일을 후회하지 않으며, 오히려 자신의 인생에서 가장 자랑스러운 일이라고 했답니다. 지금이 매우 어려운 상황이라는 것 잘 압니다. 그렇다고 우리가 저 수많은 생명들을 외면한다면 훗날 우리는 우리의 가족과 벗들에게 무슨 말을 할 수 있겠습니까? 오늘의 일을 되돌아볼 때마다 죄책감이 들어 우리를 부끄럽게 만들지도 모릅니다. 부디 다시 한 번 잘 생각해주셨으면 합니다."

알몬드는 현봉학의 말에 동감이라도 하는지 입을 꾹 다문 채 사뭇 숙연한 표정으로 생각에 잠겼다가 신음인지 침음인지 알쏭달쏭한 소리를 "끙." 하며 내뱉고는 천천히 입을 뗐다.

"좋소, 한번 모험을 해봅시다. 하지만 수송선은 일본상선 2척을 포함해서 고작 4척밖에 없으니 얼마 태우지 못할 거요. 그렇다고 LST에… 어쨌든 LST와 수송선에 피난민들을 태우되 병사들이 우선되어야 하오."

"군단장님, 감사합니다!"

김백일은 단박에 밝고 싱싱한 목소리로 말했다.

"그 대신… 김 장군은 국군들과 함께 떠나시오."

알몬드는 국군1군단 병력이 LST에 나누어 타고 난 후 남은 공간에 탈 수 있는 피난민들만 태우고 떠나는 조건부로 수락했다. 그러겠다고 대답하는 김백일은 눈가가 번질거렸다.

"2차방어선도 위태로우니 시간이 없소."

알몬드는 시시각각으로 중공군의 포위망이 죄어들어 오니 서두르라고 독촉했다. 김백일은 알몬드의 결정에 고마움을 나타내는 듯 잔뜩 기합이 든 자세로 거수경례를 올리고서 밖으로 나섰다. 알몬드는 걱정이 되어 속이 타는지 한숨을 길게 내뿜더니, 그제야 포니가 눈에 들어온다는 듯이 "무슨 일인가?"라고 물었다. 포니는 천천히 입을 떼어 현봉학이 데려온 세 사람이 영흥만 소해작전에 공이 큰 여필준의 식구들이니 도와야 하지 않겠느냐고 했다.

알몬드는 고개를 끄떡이고서 암울한 표정을 짓다가 착 가라앉은 소리로 힘겹게 입을 뗐다.

"특별히 돌봐야 마땅하겠지만, 현재로서는 국군1군단 병력이 타는 LST가 가장 안전하니 거기 태우도록 하게."

포니는 뭐라 대답할 처지가 아니라는 듯 현봉학을 쳐다보았다. 현봉학은 돌아가는 상황에 비추어 속 편한 소리를 할 입장이 못 된다는 듯이 알몬드를 향해 그리하겠다고 대답했다.

31.

서둘러 포니의 막사로 돌아온 현봉학은 여필녀를 향해 당장 떠날 준비를 하라고 했다.

"어머니와 오빠는 어쩌고요?"

여필녀는 당혹감을 감추지 못한 채 안절부절 어쩔 줄 몰랐다.

"참모장님이 써준 증명서 알잖아? 오빠는 그것만 있으면 걱정 안 해도 돼. 지금쯤 어머님 몸이 나아졌으니 떠났을 거야."

현봉학은 부러 가벼운 말투로 안심시키고자 했다. 여필녀는 마음 놓이지 않는 기색으로 여경자와 백성학을 쳐다보았다. 백성학은 어리뜩한 표정으로 두 눈만 끔벅거리며 꿀떡 침을 삼켰다.

"지금은 배를 놓치면 못 갈지 몰라."

현봉학은 1시간 앞을 내다볼 수 없는 급박한 상황이라며 어서 나가야 한다고 했다.

"성학이하고 경자만 태우세요."

여필녀는 자신이 할 일을 결심하기라도 한 듯 결연한 목소리로 말하고는 백성학을 향해 "경자를 잘 돌볼 수 있지?"라고 물었다. 백성학은 가늘게 떨리는 목소리로 "누나…." 하며 여필녀를 쳐다보았다. 현봉학은 안색까지 변하고는 여필녀를 향해 "어쩌려고?"라며 따져 물었다.

"엄마는 몸도 안 좋고 언니는 갓난아기 때문에 힘이 더 들 것이고… 다리를 저는 오빠 혼자 어떻게 감당을 해요?"

여필녀는 자신이라도 도와야 한다고 했다. 그때 막사 안으로 들어선 포니는 난감한 빛이 역력한 현봉학의 얼굴과 마주치자 막연하게나마 짐작이 간다는 듯 끈끈히 눌어붙는 어투로 입을 뗐다.

"내가 미스터 여의 얼굴을 알고 있으니, 이 사람들을 데리고 먼저 LST를 타시오."

"아닙니다."

현봉학은 자신이 기다려야 한다고 했다.

"얼마나 위태로운 상황인지 알잖소? LST에 군인들과 피난민들이 발 디딜 틈 없이 탈 텐데, 여자 몸으로 이 아이들을 어떻게 간수하겠소? 이 어린아이를 생각해서라도 함께 타시오. 미스터 여가 우리 군단이 다 철수할 때까지는 오지 않겠소? 그때는 내가 책임지고 데리고 가겠소."

포니는 여필준이 도착하면 아무 문제가 없도록 해줄 것이라며 거듭 배를 타라고 했다. 현봉학은 더는 대꾸를 하지 못하고 여필녀를 쳐다보았다. 여필녀는 마치 나쁜 소식을 들은 것처럼 얼굴빛이 흐려졌다.

"뭘 꾸물거리오? 시간이 없소. 어서 갑시다."

포니는 단호한 어조로 말하고는 여경자를 듬쑥 안고서 밖으로 나섰다. 현봉학은 별수 없이 여필녀와 백성학을 이끌고 뒤따라 나섰다.

LST가 접안해 있는 폭스 구역의 해안가에는 국군1군단 병사들이 발 디딜 틈 없이 빽빽하게 모여 LST를 타기 위해 꾸물거렸다. 그 옆으로 조금 떨어진 곳에서는 미군 병력이 외항에 투묘 중인 LST로 가기 위해 LCU에 승선 중이었다. 미군을 실은 LCU는 꽁무니에서 하얀 물살을 일으키며 마치 물오리 떼처럼 쉴 새 없이 수송선과 해안가로 오갔다.

알몬드는 헤이그를 대동하고서 비애에 젖은 눈으로 그런 모습을 지켜보면서 꿈쩍하지 않았다.

"군단장님, 날씨가 너무 춥습니다."

헤이그는 알몬드를 향해 막사로 돌아가자고 했다.

"날씨가 아무리 춥다한들 꽁꽁 얼어붙은 내 가슴만 하겠나?"

알몬드는 군사작전을 잘못했다는 죄책감과 회한으로 전신이 옥죄인다고 했다.

"그렇지가 않습니다. 몇 십만의 중공군이 개입할 것이라는 것을 백악관에서도 예측하지 못했던 것 아닙니까?"

헤이그는 나직한 소리로 위로했다. 알몬드는 한탄을 금치 못하겠다는 듯 입술을 지그시 감쳐물 뿐 말이 없었다. 헤이그는 알몬드의 눈치를 한번 살펴보고는 조심스럽게 "서호진에 격리되어 있는 피난민들은 어떻게 할까요?"라고 물었다. 알몬드는 미간을 찌푸린 채 잠시 생각에 잠겨 있다가 음음하게 가라앉은 마음을 추스르기라도 하듯 목소리까지 가다듬어 입을 뗐다.

"만약 위장한 인민군이 있다면 배에서 폭동을 일으키거나 나포를 꾀할 수 있으니, 먼저 김 장군에게 병력 지원을 받아 피난민을 가장한 인민군을 색출해낸 뒤 순서대로 배에 태워."

"그 많은 사람들을 일일이 색출하려면….."

헤이그는 피난민들의 숫자만 생각해도 기가 질린다는 듯 말을 잇지 못했다.

"그래서 국군에게 맡기는 것이지, 국군은 인민군을 쉽게 가려낼 수 있어. 인천상륙작전 후에 서울을 수복했을 때도 피난민으로 가장한 인민군들을 국군이 가려냈어. 그리고 LST는 조타실과 기관실, 통신실에 무장병력을 배치시키고 민간인 수송선에는 국군헌병과 무장병력을 승선시켜 혹시라도 피난민으로 위장한 인민군에 의해 피랍되는 일이 없도록 조치를 취해."

알몬드는 피난민으로 위장한 인민군이 일으킬지 모를 사태에 미리 대비책을 세워두라고 하고는 연락기를 띄울 준비를 하라고 지시했다. 헤이그는 경례를 올려붙이고는 알았다고 대답했다.

잠시 후 피난민들 사이에 배를 타게 되었다는 소식이 금세 퍼져나갔다. 피난민들은 갈팡질팡 넘어지며 엎드러지며 갑자기 물을 만난 개미 떼처럼 허둥대며 죽을 둥 살 둥 LST 앞으로 꾸역꾸역 몰려들기 바빴다. 하얀 눈이 쌓였던 백사장은 몰려든 피난민들로 까맣게 뒤덮였다. 아기를 업은 여자, 등에 짐을 짊어진 늙은이, 머리에 짐을 인 노파, 우는 아이, 온갖 군상들로 망라된 피난민들이 가마솥 안에서 바글바글 끓는 팥죽처럼 바쁘게 복작거렸다.

함수 아랫부분의 램프를 악어주둥이처럼 열어젖힌 LST 15척은 줄지어 들어서는 국군1사단 병사들을 꾸역꾸역 받아 삼켰다.

헌병을 동원하여 피난민들을 통제하던 김백일은 국군1사단 병력이 얼추 다 승선했을 즈음 피난민들 승선을 허락했다. 피난민들은 앞다투어 LST의 램프 앞으로 우르르 몰려들었다.

"밀지 말고 차례차례로 타시오!"

헌병들은 호루라기를 요란하게 호르르 불어가며 소리를 질러댔다. 피난민들은 넓은 굴처럼 뻥 뚫린 LST 램프 안으로 밀려 저절로 쓸려 들어갔다. 램프 안 천정에 붙은 백열등은 너무 흐려서 앞이 잘 보이지 않은데다가 발 디딜 틈이 없었다. 그나마 다행인 게 추위와 두려움으로 발발 떨어 입술까지 시퍼렇게 변한 피난민들의 몸은 녹아내렸다.

상갑판까지 몰려 올라가 꽉 채우고도 타지 못한 피난민들은 가져온 보따리를 내던져서라도 타고자 발버둥을 치며 난폭하게 밀치기도 했다. 게다가 어디서 왔는지 피난민들과 짐을 가득 실은 작은 어선들이 LST 주변으로 몰려들었다. 그중에는 선미에 태극기를 매달은 배도 있고 태극기를 매단 작대기를 흔들어대는 배도 여럿 보였다. 어선들은 서로 가까이 다가가겠다고 막대기로 다른 배를 밀쳐내느라 혼잡이 가중되었다.

여경자를 안은 포니와 양손에 여필녀와 백성학을 붙잡은 현봉학은 인파 속을 간신히 빠져 나와 가까이 있는 LST 앞으로 다가갔다. 포니는 램프 앞에서 피난민을 통제하는 해군장교 하나를 불렀다. 해군장교는 지체 없이 포니를 향해 경례를 올려붙였다.

"함장에게 이 사람들 모두 특별히 모시라고 전하게. 이건 군단장님의 지시야."

포니는 현봉학과 여필녀, 백성학 그리고 안고 있는 여경자를 일일이 가리키며 말하고는 잘 챙겨야 할 사람들이라고 주의를 주었다. 해군장교는 다시 경례를 붙이고는 알았다고 대답했다. 포니는 경례에 답을 하고서 현봉학을 향해 어서 타라고 했다.

"고맙습니다. 이 아이의 아버지도 꼭 부탁합니다."

현봉학은 포니를 향해 여필준을 챙겨달라는 당부의 말을 남기고는 여경자를 건네받았다. 해군장교는 현봉학을 향해 따라오라는 손짓을 하고서 발걸음을 뗐다. 현봉학은 한 손으로 백성학의 손을 잡아끌며 해군장교 뒤를 따라갔다. 눈치를 보며 바장거리던 여필녀는 뒷걸음질 치더니 갑자기 돌아서서 후다닥 피난민들 속으로 사라졌다.

"누나!"

백성학은 큰 소리로 부르며 현봉학이 잡은 손을 뿌리치고서 여필녀가 사라진 쪽을 향해 뛰었다.

"성학아!"

현봉학은 여경자를 안은 채 홱 돌아서며 호령하듯 큰 소리로 불렀다. 포니는 재빨리 백성학을 쫓아가 붙잡고는 번쩍 들어 보듬고서 현봉학 앞으로 갔다.

"가족들 걱정에 발길이 떨어지지 않아서 그런 모양이오. 하지만 걱정 마시오. 내가 찾아서 가족들과 함께 배를 태울 테니 이 아이들과 먼저 떠나시오."

포니는 여필녀의 복잡한 심경을 이해하자는 말을 뱉고서 현봉학에게 백성학을 넘겨주었다. 현봉학은 여필녀의 처지가 딱하여 난감하기 이를 데 없다고 말하다가 이내 포니만 믿고 먼저 떠나겠다고 했다.

"그렇게 하시오."

포니는 현봉학을 향해 가라는 손짓을 하며 말했다. 현봉학은 백성학의 손목을 단단히 부여잡고서 해군장교의 안내를 받으며 LST 램프 안으로 들어섰다.

그 시각 알몬드는 흥남역 광장을 가로질러 북쪽으로 멀찍이 떨어진 비포장도로에 비상대기 중인 연락기 L-19를 타고 하늘로 날아올랐다. 비행기에서 내려다보는 흥남 바닷가는 부두든 해안가든 할 것 없이 개미 떼같이 오글거리는 사람들로 을축갑자로 뒤엉켜 뒤죽

박죽이었다. LST는 하나둘씩 백사장에 내렸던 램프를 들어 올리며 후진하기 시작하고, 타지 못한 수많은 피난민들이 LST를 타기 위해 차가운 바닷물 속으로 뛰어드는 모습도 보였다. LST 갑판에서 수병들이 허공에다 총을 쏘아댔지만 달려드는 피난민들을 막지는 못했다. 필사적으로 매달리다가 닫히는 램프의 문틈 사이에 끼이는 사람도 있고, 램프에서 떨어져 바닷물 속으로 곤두박질치는 사람들도 보였다.

오직 배에 오르겠다는 피난민들의 일념이 빚어낸 혼잡과 어지러움은 말 그대로 아비규환이었다. 백사장에서 빠져나가던 몇 척의 LST는 함미의 스크루가 모래 흙탕물을 팡팡하고 쏟아내어도 백사장에 얹힌 함수가 뭉그적거리며 쉬이 빠져나가지 못했다.

알몬드의 눈에 비치는 일련의 긴급하고 심각한 사태의 모습들은 가슴을 후비고도 남았다. 착잡한 심정으로 내려다보던 알몬드는 훗날 가족과 벗들에게 무슨 말을 할 수 있겠느냐든 현봉학의 목소리가 귓가에 맴돌면서 가슴이 답답한 기운으로 내리눌렀다.

같은 시각, 부산항을 떠난 메러디스 빅토리 호는 전속력으로 동해를 가르며 북상 중이었다. 어디를 보나 푸르다 못해 쪽빛에 가까운 겨울바다가 가없이 펼쳐져 끝없이 넓고 아득했다.

"언제쯤 도착되겠습니까?"

이봉남은 항해에 열중하고 있는 라루를 향해 물었다.

"다행히 바다 날씨가 좋아서 이 속도를 유지한다면 20일 19시쯤 도착할 것 같습니다."

라루는 조타실 앞쪽에 걸린 항해용 벽시계를 쳐다보며 말했다.

"너무 걱정하지 마시오. 미스터 여는 분명히 나와 있을 것이오. 태평양 한가운데에서도 살아남은 사람이 아니오?"

러니는 부쩍 조바심을 치는 이봉남을 달래고자 부러 난관을 극복했던 이야기까지 끌어다 넣었다.

"그래서가 아니라…."

이봉남은 태연을 가장한 다른 대꾸로 불안한 속마음을 감추었다. 그때 그린이 조타실로 들어서며 라루에게 전문을 내보였다.

"선적한 것이 항공유가 맞느냐고? 다 아는 사항을 왜 확인한다는 거야? 모를 리가 없는데… 무슨 일이지?"

라루는 전문을 읽으면서 조금 아리송한 표정으로 중얼거렸다.

"여기 또 하나 있습니다."

그린은 다른 전문을 넌지시 건넸다. 라루는 받아들고 읽다가 뭔가 알쏭달쏭하다는 듯 고개를 갸웃거리며 입을 뗐다.

"흥남에 입항한 빅토리 급 수송선 모두가 화물선적을 중단하고 피난민들을 승선시켰다고…?"

"그렇답니다."

그린은 잔뜩 속힘이 진 소리로 짧게 대답했다.

"상황이 심상치 않다는 것은 알았지만… 뭔가 단단히 잘못되어

가는 것 같군. 바다도 고요한 것이 모든 게 마치 폭풍전야 같은 그런 느낌이 들어… 각오를 단단히 하고 가야겠어."

라루는 머지않아 닥쳐올 어떤 엄청난 일을 예견하는 듯 중얼거리다가 선내 전화기를 집어 들고는 기관실을 연결했다.

"기관장, 흥남에 도착할 때까지 엔진 알피엠을 현 상태로 계속 유지할 것이니 엔진과 발전기 상태 잘 점검하도록."

같은 시각, 하늘에서 피난민 철수 상황을 살펴보고 내려온 알몬드는 포니를 불러 김백일이 잘 떠났는지 물었다. 포니는 국군1군단 병력을 싣고 난 여분의 공간에 피난민들을 빽빽하게 채워서 떠났다고 했다. 알몬드는 우수를 띤 표정으로 고개를 끄떡이고는 "민사부 통역관은?"이라고 물었다.

"LST736함을 탔습니다."

포니는 부러 현봉학이 탄 함종번호까지 일러주었다. 알몬드는 지그시 눈을 감았다 뜨고는 떠난 피난민들이 얼마나 되는지 물었다. 포니는 잠시 생각하는 듯 쥐틀에 갇힌 쥐처럼 눈동자를 두리번거리다가 곧이어 입을 뗐다.

"81척의 LST와 11척의 LSD, MSTS(해상수송부대) 그리고 해군90 상륙지원단의 제임스 리버 예비선단 소속 수송선 76척 등 190척에 달하는 크고 작은 배에 모두 8만 7,500명이 떠났고… 소를 두고 떠나지 못한다고 버틴 사람, 아픈 사람, 식구를 잃어버린 사람 그리고

서호진에 격리되어 있던 피난민 중 검문을 하지 못한 자들… 모두 합치면 8,000명가량이 더 남았습니다."

"8,000명…? 그렇게 많이 남았단 말이야?"

알몬드는 머리통을 된통 얻어맞은 것처럼 눈알을 부라렸다. 포니는 약간 쉰 음성으로 그렇다고 대답했다.

"이거 야단났군. 남은 배라고는 방어선을 사수하는 병력과 엄호부대, 폭파부대 병력을 싣고 갈 배뿐인데…."

알몬드는 우울하리만치 착 가라앉은 목소리로 말했다.

"한 척이 더 있긴 합니다만…."

포니는 일말의 희망적인 기분이 다분히 가미된 음성으로 말했다. 알몬드는 지친 목소리로 "어떤 배가 남았지?"라고 물었다. 포니는 항공유를 싣고 올라오는 메러디스 빅토리 호라고 대답했다. 알몬드는 "빅토리 급 수송선…?"이라며 머리를 갸웃 기울이다가 몇 명을 태울 수 있는지 물었다.

"사람을 태울 수 있는 최대인원은 300명 정도입니다. 하지만 원산에서 버지니아 빅토리 호가 6,500명을 태웠고 레인 빅토리 호도 7,000명 넘게 태우고 떠난 일이 있습니다."

포니는 잘만 하면 더 태울 수 있을 것이라고 했다. 알몬드는 미심쩍은 눈초리로 "7,000… 그게 가능해?"라고 물었다.

"지금 상황에서 상식적인 것은 아무것도 없습니다."

포니는 절박한 상황이 상상을 초월한 일을 만들어낸다고 했다.

"그렇다면 메러디스 빅토리 호에 7,000명을 태우고 1,000명 정도는 병력을 철수시키는 배에 태우면 되겠군."

알몬드는 한 줄기 희망을 가진 양 안색에 한 점 화색이 돌았다.

"하지만 지금도 꾸역꾸역 몰려들고 있기 때문에, 피난민들이 얼마나 더 늘어날지는 산술적으로 정리하기가 어렵습니다."

포니는 안심할 수 없는 상황이라고 했다.

"어쨌든… 메러디스 빅토리 호가 도착하는 대로 직접 선장을 만나서 얼마나 태울 수 있는지 상의해봐."

알몬드는 여러 말을 자꾸 하는 것이 지친다는 듯 이야기를 매듭지었다. 포니는 그러겠다고 대답했다.

"그리고… 모레 밤 자정을 기해 2방어선을 뒤로 물릴 거야. 그러니 마지막 병력이 여기를 떠날 때 엄호할 부대를 잘 점검하고 공병단장에게는 피난민들 태우느라 싣지 못했던 전투물자들과 항만시설을 폭파할 준비를 서두르라고 해."

알몬드는 명령적 어조로 말하고는 끝나는 대로 보고하는 것을 잊지 말라고 했다. 포니는 알았다고 대답하고는 폭파시각을 언제로 맞출 것인지 물었다. 알몬드는 잠시 우물거리다가 "아직."이라고 말하고는 3방어선을 물릴 때 결정할 것이라고 했다.

32.

 여필준은 중공군이 동흥리까지 밀고 왔다는 소식을 접하고는 더 이상 머물 수 없음을 깨닫고서 집을 떠나기로 결심했다.
 "중공군이 내일 중으로 함흥에 들이닥칠지 모른답니다. 몸도 성하지 않은데 괜찮겠어요?"
 여필준은 최점순의 목에 목도리를 휘휘 둘러 감으며 말했다.
 "애미하고 핏덩이가 걱정이지 나는 괜찮다."
 최점순은 힘이 없어 회창거리는 몸을 여필준의 팔에 의지하고 간신히 일어서며 말하고는 "애비는 이렇게 입고도 괜찮겠어?"라며 수심에 찬 눈으로 여필준을 쳐다보았다.
 "이런 추위쯤은 아무렇지 않아요."
 여필준은 애써 웃음을 지어내며 최점순을 안심시켰다. 기실 여필준은 자신의 내복과 두꺼운 옷들은 최점순과 배정희에게 입히고 홑바지와 홑저고리만 덧껴입은 상태였다. 최점순은 든든한 아들이 미더운 구석이 있으면서도 자못 불안한지 애먼 배정희를 향해 "집문서는 잘 챙겼지?"라고 물었다.

"다시 돌아와 살 집인데 잘 챙겨야죠. 이 보따리에 잘 넣었으니 걱정 마세요."

배정희는 최점순의 마음을 가라앉히기 위해 될 수 있는 한 부드러운 말씨로 대꾸했다.

"그래야지… 꼭 돌아와야지."

최점순은 가슴속으로 차가운 겨울바람이 스며드는 것처럼 공허한 표정으로 한숨을 짓고는 이내 "오늘도 눈이 많이 오겠다이, 단단히 준비하고 나가자."라고 했다. 배정희는 "네, 어머님."이라고 대답하고는 보따리를 머리에 이었다.

"지금 함흥역은 사람들이 너무 몰려서 기차 타기가 어렵다고 하니 우리는 걸어서 가야 합니다. 신작로를 따라가다 보면 철수하는 미군 트럭을 얻어 탈 수 있으니까 너무 걱정하지 마세요."

여필준은 최점순을 안심시키고서 배정희를 향해 침통한 목소리로 "갑시다."라고는 등짐을 짊어졌다. 한 손에는 보따리를 들고 한 손으로는 최점순의 손을 잡고서 마루로 나섰다. 배정희는 아기를 업은 채 머리에 보따리를 이고서 뒤를 따라나섰다.

여필준은 마당으로 내려서서 우울한 눈빛으로 잠시 집을 팽 휘둘러보고는 식구들을 이끌고 밖으로 나섰다. 무겁게 내려앉은 하늘은 금방이라도 눈을 쏟아부을 것처럼 잔뜩 찌푸린 채 대문을 나서는 세 사람을 내려다보았다.

여필준은 길거리로 나서자 당찮게 추운데다가 바짓가랑이 속으로 파고드는 찬바람이 종아리를 따갑게 쑤시는 통에 가뜩이나 꽁꽁 얼어붙은 가슴이 깨지듯이 아팠다. 그럼에도 배정희의 등에 업힌 아기에게 찬바람이 들까 봐 겹겹이 둘러싼 포대기를 단속해가며 뒤따랐다.

큰길로 나서자 거리는 눈덩이처럼 불어난 피난민들로 흡사 시골 장터처럼 소란하고 번잡했다. 수레를 끌고 가는 사람, 소 등에 짐을 얹은 사람, 이거나 지거나 끌 수 있는 모든 것을 가지고 나선 바람에 혼잡이 가중되었다. 여필준은 부모의 손에 이끌려가는 아이들의 잔뜩 겁먹은 눈을 대하자 사태의 심각성이 올바로 파악되는 듯했다.

얼마 가지 않아 눈이 펄펄 내리더니 금세 길바닥에 수북하게 쌓여갔다. 하염없이 내리는 눈은 피난민들의 머리며 어깨며 보따리에 쌓이고 걸음은 더디었다. 시간이 지날수록 온천지에 수북하게 불어나는 눈처럼 피난민들도 급격히 늘어났다. 병약한 사람들은 길가에 쓰러지고 심지어 숨줄을 놓은 사람들도 생겨났다. 하지만 어느 누구도 길가에 쓰러진 사람에게 관심을 둘 여력이 없다는 듯 그저 묵묵히 걷기만 했다.

여필준은 최점순이 힘들어하는 줄 알면서도 발걸음을 멈출 수 없었다. 추위는 점점 더 깊어가고 한 발짝도 떼어 옮기기가 힘든 걸음은 영원히 끝날 것 같지가 않을 것처럼 고통스러웠다.

성천강과 나란히 동쪽으로 향하는 신작로를 따라 한참 걸었을 때 뒤쪽에서 자동차 경적 소리가 들려왔다. 여필준은 요행을 바라는 마음으로 걸음을 멈추고서 돌아서서 살폈다. 피난민들을 향해 길을 비키라며 경적을 울리고 다가오는 것은 미군을 가득 태운 트럭이었다.

"어머니, 이젠 됐어요."

여필준은 단박에 먹이를 발견한 맹수처럼 눈을 반뜩거리며 말하고는 트럭이 다가오기를 기다렸다. 트럭은 피난민들을 헤쳐 가며 천천히 다가왔다. 여필준은 다리를 절룩거리며 트럭 앞으로 가 두 팔을 벌리고서 산처럼 딱 가로막았다. 운전병은 신경질적으로 경적을 울려대다가 삐죽 고개를 내밀고는 비키라고 고함을 질렀다. 여필준은 꽁꽁 언 손으로 주머니 속에 넣어둔 증명서를 끄집어내어 흔들어대며 "헬프미, 헬프미."라고 소리쳤다. 그러자 조수석에 앉았던 장교가 내려서 다가오더니 몹시 놀란 표정으로 "미스터 여!"라고 소리쳤다.

"당신은…?"

여필준은 장교를 보자 그만 전율이 일어나 온몸에 닭살이 일어날 만큼 반가웠다.

"맞소. 나요, 김영옥."

김영옥은 반가움과 기쁨으로 마음이 뒤설레는지 여필준의 얼굴을 두리두리 살폈다. 여필준은 갑자기 구세주라도 출현한 듯 마음이 턱 놓였다.

"이건…? 참모장님께서 준 증명서가 아니오?"

김영옥은 여필준이 들고 있는 종이를 보고는 포니가 준 것이 아니냐고 묻다가 행색을 훑어보고는 사정을 짐작한다는 듯이 "지금까지 뭐하고 있다가 이제 간단 말이오?"라고 다시 물었다. 여필준은 배정희의 출산과 최점순까지 아픈 바람에 늦었다고 설명했다. 김영옥은 안타까운 듯 "저런."이라며 탄식을 자아내고는 "성학이는 어디 있소?"라고 물었다.

"미군 통역관인 학교 동창을 만났는데… 그 친구의 도움으로 내 여동생과 함께 흥남으로 먼저 떠났소."

여필준은 현봉학을 만난 그간의 사정을 뼈만 추려 들려주었다. 김영옥은 이야기를 듣고 보니 너무 안쓰럽다는 듯 눈을 세차게 껌벅대다가 저만치 서 있는 최점순과 배정희를 발견하고는 냉큼 다가가 인사를 했다. 여필준은 최점순을 향해 "어머니, 저를 우리 집에 데려다 준 사람인데 알아보시겠어요?"라고 물었다.

"어머니께서는 아가씨하고 교회에 가셔서 보지 못하셨잖아요?"

곁에 선 배명희는 여필준을 향해 잘못 된 것을 바로잡아 주듯이 낮은 목소리로 가만히 말하고는 최점순을 향해 "어머니, 군인들이 먹는 식량을 주고 간 그 군인입니다."라고 했다. 최점순은 단박에 허리를 곱게 숙이며 "아이고, 이를 어째…?"라며 어찌할 바를 몰랐다. 김영옥은 최점순의 손을 덥석 잡으며 "아니에요."라고는 고개를 돌려 여필준을 향해 입을 뗐다.

"이러고 있을 것이 아니라 어서 트럭에 태워드려야겠어."

여필준은 그 소리를 듣자 비로소 안도의 한숨이 나오고 콧등이 찡하면서 눈가에 눈물 한 줄기가 휙 스쳐갔다. 김영옥은 조수석에 자리를 만들어 최점순과 배정희를 태웠다.

"참모장님께서 비행기라도 지원할 수 있으면 하라고 하셨는데, 겨우 트럭 조수석이라니…."

김영옥은 마치 자신의 잘못이라도 되는 양 참담한 심경을 형용하듯 한마디 내뱉고는 여필준을 트럭 뒤로 이끌고 갔다. 여필준은 뒤에 타고 있는 미군들의 도움으로 올라 미군들 틈에 끼어 탔다. 김영옥은 뒤따라 오르고서 출발신호를 알렸다. 트럭은 곧 피난민들 틈바구니를 헤치며 앞으로 나아갔다. 신작로를 꽉 메운 피난민들 속을 뚫고 나가자니 속도가 더디었다. 게다가 달구지 하나를 만나기라도 하면 좀처럼 비켜날 줄 몰랐다.

온갖 군상들의 피난민들을 물리치고 이런저런 모양의 손수레와 달구지를 헤집고 나아가다가, 사포시장을 지난 지 얼마 되지 않았을 무렵 우마차를 피하려다가 폭격으로 움푹 파인 도로에 왼쪽 앞바퀴가 푹 빠지고 말았다. 순간 덜컹거리는 소리와 함께 트럭이 한쪽으로 천천히 쏠리더니 눈길에 미끄러지면서 엎어졌다. 트럭 뒤 칸에 탔던 미군들은 튕겨나가 둑 무너진 저수지에서 쏟아지는 물처럼 걷잡을 수 없이 눈밭 위로 떨어졌다. 눈 속에 얼굴을 처박은 여필준은 벌떡 일어나 정신을 차리느라 잠시 두리번거리다가 엉금엉금 기다시피 운전석으로 향했다. 하마 입처럼 쩍 벌어진 트럭 보닛에서는 수증기가 자욱하고 문을 열고 나온 운전병이 보였다.

"어머니! 여보!"

여필준은 바스러지는 소리를 치며 운전병이 기어 나온 문으로 달려들었다. 최점순과 배정희는 구석에 처박혀 서로 꼭 껴안은 채 사색이 깃든 얼굴로 혼이 반쯤 나간 것처럼 멍하니 있었다. 여필준은 너무 놀라고 당황하여 확확 달아오른 얼굴로 두 사람을 불러댔다. 뒤늦게 다가온 김영옥과 미군들이 힘을 합세하여 두 사람을 차례로 끄집어냈다. 요행히 두 사람과 아기는 외관상 다친 데 없이 무사했다.

"어머니, 괜찮으세요?"

여필준은 최점순의 어깨를 흔들며 소리쳤다. 최점순은 흐릿한 눈으로 여필준을 쳐다보며 "여기가 어디냐?"라며 머리가 돈 것처럼 헛소리를 했다. 여필준은 잠시 정신이 섞갈리다가 최점순의 정신 상태가 문제가 있음을 짐작하고는 "어머니!"라고 부르짖으며 안달을 냈다.

김영옥은 급히 의무병을 불러 진찰을 시켰다. 의무병은 최점순의 얼굴색을 자세히 살펴본 후 두 눈을 차례로 까보고는 잘 모르겠다는 듯 고개를 좌우로 흔들었다. 김영옥은 들것에 최점순을 누이고 병사 둘로 하여금 들게 했다.

"얼마 남지 않았으니 도착해서 군의관에게 진찰을 받으면 괜찮을 거요."

김영옥은 뒷걱정하는 여필준을 안심시키고는 미군들에게 행군을 지시했다. 미군들은 트럭을 버리고 열을 지어 행군을 시작했다. 여필준과 배정희는 병사들의 보호를 받으며 함께 눈길을 걸었다.

행군의 대오가 반나절쯤 갔을 때 멀리 어둠이 내려앉는 흥남부두가 눈에 들어왔다.

그 시각 메러디스 빅토리 호는 흥남 앞바다에 도착했다. 흥남 외항에 떠 있는 많은 군함들은 하나같이 서쪽을 향해 포격을 하느라 함포가 극성스럽게 불을 뿜어댔다. "쾅!" 하는 소리와 함께 포화를 번쩍이며 포신에서 빠져나간 포탄은 바다 위로 불줄기를 그으며 서쪽을 향해 날아갔다. 포탄이 떨어진 곳에는 현란한 불꽃이 번쩍번쩍거리며 어둠을 찔렀다.

"중공군이 코앞까지 몰려온 모양입니다."

러니는 걱정스러운 눈빛으로 콩 볶듯 포탄을 토해내는 군함들을 바라보며 말했다.

"통신장, 우리 배 입항허가는 어찌되었나?"

그린을 향해 기운차게 묻는 라루는 목소리와는 달리 얼굴에 수심이 가득했다.

"소해함에서만 연락이 왔습니다."

그린은 10군단사령부에서는 아직 연락이 없다고 했다. 라루는 함포사격을 해대는 군함을 향해 시선을 고정한 채 "소해함…? 뭔가?"라고 했다. 그린은 곧 어뢰정 한 척이 항로를 안내하러 올 것이라고 했다.

"어뢰정…? 무슨 항로를 안내한단 말이야?"

라루는 고개를 외틀어 그린을 쳐다보며 물었다.

"야간에는 흥남항 입구에 기뢰를 제거한 표시 부표가 보이지 않기 때문에 어뢰정의 안내를 받아 움직인답니다."

그린은 지정된 항로를 벗어나는 것을 막기 위해서라고 했다. 라루는 알아들었다 하고는 공연히 어금니를 꽉 지르물며 코로 숨을 크게 들이마셨다가 훅 내뿜고는 "곧 크리스마슨데… 이곳은 하나님의 은총도 없는 땅인가?"라며 중얼거렸다. 그때 저 멀리서 어뢰정 한 척이 12인치 탐조등 불줄기로 어둠을 가르며 빠른 속도로 다가왔다.

"어…? 저 어뢰정은 김 대위님 배가 아닌가?"

쌍안경으로 어뢰정을 살피던 라루는 뜻밖이라는 듯 별쭝난 어투로 말했다. 이봉남은 대뜸 쌍안경을 집어 들고서 가까이 다가온 어뢰정을 살펴보았다. 함수 아래에 적혀 있는 'PT23'이라는 함종번호가 가물가물 눈에 들어왔다.

"맞습니다."

이봉남은 반가움에 겨운 목소리로 말하고는 자신도 모르게 윙 브리지로 나가 손을 흔들어댔다. 하지만 물체가 어리어리 안 보일 만큼 어두운지라 김상길은 이봉남을 보지 못했다.

어뢰정은 곧 12인치 탐조등 불빛으로 모스부호를 보내왔다. 같은 방법으로 어뢰정과 모스부호를 주고받은 그린은 조타실로 들어와 라루에게 "어뢰정을 따라오랍니다."라고 했다. 라루는 고개를 끄떡이고는 어뢰정을 따르도록 지시했다.

메러디스 빅토리 호는 어뢰정의 안내로 폭스 지역 외곽으로 이동하여 투묘했다. 투묘를 마치고 나자 어뢰정은 임무를 다 했다는 듯이 불빛으로 행운을 빈다는 모스부호를 보내왔다. 그린은 같은 방법으로 고맙다고 답례했다. 어뢰정은 곧 메러디스 빅토리 호 옆으로 지나쳤다. 이봉남은 윙 브리지에 서서 두 팔을 머리 위로 쳐들고서 엇비슷하게 흔들었다.

"미스터 리가 반가운 모양입니다."

조타실에서 지켜보던 러니는 라루를 향해 말했다.

"그렇겠지… 나라도 그럴 것 같아."

라루는 당연하지 않느냐고 했다. 그때 그린이 라루에게 다가서며 "10군단사령부에서 연락이 왔습니다."라고는 포니가 곧 도착할 것이라고 했다. 라루는 멀뚱한 표정으로 쳐다보며 "무슨 일로?"라고 물었다. 그린은 용건은 모른다고 했다.

"저기 다가오는 저 배인가 봅니다."

러니는 해안 쪽에서 파도를 가르며 다가오는 LCU 한 척을 가리키며 말했다. 라루는 패트릭을 향해 현측계단을 내리라고 지시했다. 패트릭은 갑판선원들을 동원하여 현측계단을 내렸다.

LCU가 메러디스 빅토리 호 현측에 붙자 포니가 헤이그를 대동하고 갑판으로 올라왔다. 두 사람은 갑판으로 오르자마자 득달같이 조타실로 향했다. 라루는 포니를 향해 서서 오라며 반겼다. 포니는 악수를 하는 둥 마는 둥 하고서 곁에 선 이봉남과도 악수를 하고는 다시 라루를 향해 "부탁한 건 어찌되었소?"라고 물었다. 라루는 갑작스러운 말이라도 들은 듯 어리뜩한 표정으로 눈만 끔벅거렸다. 포니는 신음 섞인 말투로 "화물창 말이오."라고 물었다.

"아!"

라루는 그제야 말뜻을 알고는 단박에 머리를 한 대 맞은 꼴로 입을 다물었다.

포니는 난처한 빛을 띠다 말고 이내 딱 정색한 표정을 지으며 "태울 수 있는 인원이 몇 명이오?"라고 물었다.

"정원은 60명이고 현재 승무원은 저를 포함해서 49명입니다."

라루는 여분으로 승선시킬 수 있는 사람이 11명이라고 했다.

"300명을 태울 수 있다고 알고 있소만…."

포니는 군인을 수송할 수 있는 인원이 그렇지 않느냐고 했다. 라루는 무장군인을 수송할 때는 그렇게 한다고 대답했다.

"피난민들을 태운다면 얼마나 태울 수 있겠소?"

포니는 자못 절실한 눈빛으로 쳐다보며 물었다. 라루는 다소 놀랍기도 했지만 전혀 예측하지 못한 일이 아니어서 침착한 어조로 "피난민이오?"라고 물으며 확인했다. 포니는 그렇다고 짧게 말했다.

"노인과 여자, 어린아이들이 많을 텐데… 그들에게 줄 물과 음식도 없고, 화장실도 마련되지 않았고, 의사도 약도 없습니다. 게다가 구명보트나 구명의는 턱없이 부족합니다."

라루는 피난민을 태우기가 벅찰 뿐더러 안전하지 않다고 말했다.

"그걸 몰라서 묻는 것이 아닙니다. 똑같은 배가 7,000명을 태우고 떠났습니다."

포니는 레인 빅토리 호가 태운 만큼만 태워달라고 했다. 라루는 일시에 불안한 생각이 고개를 쳐들리면서 내놓을 대답이 궁색하여 입을 떼지 못했다.

"어려운 일인 줄 알지만⋯ 남아 있는 피난민들이 8,000명이 넘는 데다가 아직도 모여들고 있어 앞으로 얼마가 될지 예측이 어렵소. 방어선은 곧 무너질 것인데, 지금은 바다에 떠 있는 것이라면 무엇이든 끌어모아야 할 만큼 절박합니다."

포니는 메러디스 빅토리 호야말로 남은 피난민들에게 마지막 희망이라고 했다. 라루는 고뇌에 찬 얼굴로 잠시 무언가 궁리하더니 곧 입을 뗐다.

"저들을 모른 척한다는 것은 도리가 아니어서 돕고 싶습니다. 하지만 저도 지금 이 배에 얼마나 태울 수 있는지 몰라 먼저 참모장님께서 말씀하신 것처럼 화물창부터 개조해봐야 알겠습니다."

라루는 그러기 위해서는 항공유 하역이 급선무라고 했다. 포니는 항공유가 얼마나 실렸는지 물었다.

"52갤런 드럼통 1,500개입니다."

라루는 300톤이 넘는 항공유가 실렸다고 대답했다.

"시간이 촉박한데, 그 많은 것을 언제 하역한단 말이오?"

포니는 고개를 잘래잘래 흔들며 난색을 표했다.

"항공유를 선적한 채 태웠다가는 이 추위를 견디지 못한 피난민들이 불이라도 지피는 날에는… 바다에서 모두 타 죽고 말 것입니다. 항공유 휘발성은 참모장님께서도 아시지 않습니까?"

라루는 무슨 일이 있어도 항공유를 하역해야 한다고 했다.

두 사람의 이야기를 듣고만 있던 헤이그는 포니를 향해 조용한 말씨로 입을 뗐다.

"참모장님, 3방어선을 포기하고 떠날 때 공병단에게 항공유를 주는 것은 어떻겠습니까? 전투물자들과 항만시설을 폭파할 때 요긴하게 쓰일 것 같습니다."

포니는 눈을 내리깔고 생각에 잠겼다가는 이내 라루를 향해 입을 뗐다.

"배를 부두로 옮겨 공병단 육상 기중기와 트럭을 동원하여 하역할 테니… 메러디스 빅토리 호의 기중기도 가동할 수 있도록 준비를 해주시오."

라루는 그렇게 하겠다고 대답을 하고는 언제 부두로 입항할 것인지 물었다. 포니는 내일 새벽에 예인선을 보내겠다고 말하고는 하역을 마치는 대로 피난민들에게 먹일 미군전투식량을 선적하겠다고 했다. 라루는 고개를 끄떡이고는 예인선이 오기 전까지 모든 준비를 마치겠다고 했다.

포니는 라루를 향해 "그럼 그때 봅시다."라고 말하고는 곁에 있는 이봉남에게 할 말이 있다고 했다. 이봉남은 의아하다는 표정으로 "무슨…?"이라며 말꼬리를 목구멍 안으로 끌어넣었다. 포니는 나직한 어조로 입을 떼고는 현봉학이 여필녀를 데리고 찾아왔었다고 말했다. 이봉남은 단박에 눈꼬리를 쫑긋 세우고는 "그게 정말입니까?"라고서 입이 떡 벌어지고 말았다. 포니는 그렇다고 대답하고는 현봉학이 여필녀를 데려온 일과 여필준이 오지 않아 LST를 타지 않았던 일들을 들려주었다.

"그… 그럼 지금 행방을 모른단 말입니까?"

이봉남은 전에 없이 굳은 표정으로 쳐다보며 느릿느릿한 말투로 물었다. 포니는 자신이 꼭 찾아서 배에 태우겠으니 너무 걱정하지 말라고 했다. 이봉남은 엉겁결에 고개를 끄떡이고는 여필준은 왜 오지 않았는지 물었다.

"아! 미스터 여는…."

포니는 잊고 있던 것을 찾기라도 한 듯 살짝 놀라는 시늉을 하고는 현봉학에게서 들었던 말을 빌려서 배정희의 출산 때문에 여필녀만 먼저 떠나온 가정사를 들려주고는 지금쯤 여필준이 흥남 어딘가에 도착했을 것이라고 했다.

이야기를 듣고 난 이봉남은 불안한 기색이 역력한 얼굴로 포니를 쳐다보며 "그 친구를 만나면 내가 여기서 기다린다고 꼭 말해주십시오."라고 당부했다. 포니는 이봉남의 손을 잡으며 걱정하지 말라고 하고서 고개를 들어 라루를 쳐다보며 "그럼 내일 부두에서 다시 봅시다."라고 했다.

포니가 돌아가고 나자 라루는 비로소 화물창 개조의 필요성이 절실함을 깨닫고서 선원들을 모아 상황을 설명했다. 선원들은 9,000명 가까운 피난민을 태워야 한다는 소리에 놀라면서도 라루의 말에 귀를 기울였다.

라루는 피난민을 태울 5개의 화물창에는 공기가 잘 통하도록 통풍장치를 점검하고 필요하다면 별도의 공기구멍을 더 내도록 했다. 또한 배의 구조를 전혀 모르는 사람들이 한꺼번에 많이 몰려들 경우 빚어지는 혼란을 피하기 위해 통행 안내표시를 만들어 각 통로마다 붙이라고 했다. 특히 피난민들이 계단을 이용하여 화물창으로 내려가다가 밀치기라도 하면 압사당할 위험이 있으니 기중기를 이용하여 내리도록 준비하라고 했다. 그리고 가급적 많이 태우기 위해 화물창을 덮을 수 있는 임시 발판을 만들되 발판 위에 사람이 올라설 수 있도록 하라고 했다. 뿐만이 아니라 주갑판에는 파도 때문에 피난민들이 떨어지지 않도록 구명삭(救命索)을 한 줄 더 튼튼하게 치는 것도 잊지 말라고 했다. 거기다가 항해하는 동안 주갑판에 있는 피난민들은 추위를 참지 못하고 불을 지필 것을 우려하여, 갑판선원은 물론 기관선원들 중에서도 항해에 필요한 최소한의 선원을 제외한 나머지는 6개조로 나누어 피난민들을 감시하는 한편, 안전과 건강을 보살필 수 있게 항해 당직표를 짜도록 지시했다.
 선원들은 라루의 그 같은 계획에 누구도 군소리를 하거나 불평을 달지 않고 서로 도와가며 일을 시작했다.

33.

　10군단사령부 임시막사로 찾아간 김영옥은 여필준을 대동하고서 포니를 만나는 중이었다.
　"이제서 나타나다니 대체 어떻게 된 것이야? 함께 온 미스터 여 가족들은 또 어떻게 된 것이고…?"
　포니는 김영옥을 향해 무엇부터 물어봐야 할지 모르겠다는 듯이 눈동자가 두 개의 초점으로 분열됐다.
　"장진호에서 수색정찰 임무를 띠고 나섰다가 중공군의 습격으로 동쪽으로 후퇴하던 중 부전령산맥에서 국군3사단을 만나 함께 성진으로 갔습니다. 그곳에서 국군1군단 병력과 합류하여 흥남으로 내려오던 중 신포를 지날 때 장진호에서 철수하던 병력이 황초령에서 고전분투 중이라는 소식을 듣고서 영광으로 방향을 돌려 도착하니 이미 진흥리로 빠져나간 후였습니다. 그러다가 마침 거기에 버려진 트럭이 있기에 고쳐서 타고 왔습니다."
　김영옥은 미국 해병1사단에 전력을 보낼 욕심이었지만 결과는 그렇지 못했다고 하고는 오던 길에 여필준의 가족을 만나 데려올 수 있었다고 했다.

"이런 미련한…."

포니는 어이없어 말이 안 나온다는 듯 김영옥을 쳐다보다가 픽 바람이 새는 헛웃음을 치고는 "몬테카시노 전투에서도 그렇게 무모하게 소대원들을 지휘했었나?"라며 면박을 줬다.

"참모장님께서 그걸 어떻게…?"

김영옥은 대뜸 서먹서먹한 낯빛을 보이며 우물쭈물했다.

"나도 몬테카시노 수도원 때문에 가슴 아픈 사람 중 하나야."

포니는 알 듯 모를 듯 암시적인 소리를 퉁명스럽게 툭 내뱉고는 여필준은 향해 "미스터 여에게는 미안한 이야기지만…."이라며 말끝을 흐렸다. 여필준은 갑자기 좀 불안했으나 천연스럽게 포니와 김영옥을 번갈아 쳐다보았다. 포니는 좋잖은 심사를 무마하려는 듯 길게 빼는 어투로 "미스터 여의 동생은 배를 타지 못했어."라고 했다. 여필준은 섬뜩 놀라는 표정으로 포니를 쳐다보고는 "못 탔다고요?"라고는 잠깐 아연한 눈길로 김영옥을 쳐다보다가 이내 고개를 돌리고는 "그럼 지금 어디 있나요?"라고 물었다. 포니는 여경자와 백성학은 현봉학이 데리고 잘 떠났다고 말하고는 여필녀가 LST를 타기 전에 피난민들 속으로 사라진 일을 들려주었다.

그간의 사정을 듣고 난 여필준은 안색이 어두워지면서 눈가에 후회하는 빛이 비껴갔다.

"너무 걱정하지 마시오. 메러디스 빅토리 호가 내일 아침 일찍 부두에 정박할 것이오. 그때는 동생을 볼 수 있지 않겠소?"

포니는 흔들리는 여필준의 마음을 바로잡아 주려는 듯 말하고는 이봉남이 메러디스 빅토리 호에서 기다리고 있다는 말까지 전달해 주었다. 여필준은 기진한 듯 맥없는 소리로 고맙다고 말하고는 돌아서더니 막사 밖으로 뛰쳐나갔다.

"상심이 큰 모양이군."

포니는 여필준이 사라진 막사 문을 바라보며 말했다.

"가족들이 아파서 그럴 겁니다."

김영옥은 사정을 잘 알고 있다는 듯이 말했다.

"참… 가족들은 어디 있는가?"

포니는 그제야 생각이 났다는 듯이 물었다.

"어머니와 아내의 몸이 안 좋아 도착하자마자 의무실로 데려가 치료를 부탁했습니다."

김영옥은 배정희가 출산한 것과 최점순의 건강이 안 좋은 이야기를 들려주었다. 포니는 안쓰러운 마음이 든다는 듯 암울한 표정으로 고개를 끄떡이다가 입을 떼어 말머리를 돌렸다.

"적진을 뚫고 내려오느라고 중대원들이 많이 지쳤을 거야…. 하지만 어쩔 수 없이 힘을 보태어줘야겠어."

"우리 중대가 해야 할 일이 무엇인지 말씀해주십시오."

김영옥은 갑자기 무뚝뚝하고 군인다운 충실감으로 넘치는 우람한 목청으로 말했다.

"2방어선의 테어(Tare) 구역 방어진지에 합류할 수 있겠나?"

포니는 미안해하는 기색을 감추고 물었다. 김영옥은 큰 소리로 당장 떠나겠다고 했다.

"오늘밤 자정을 기해 뒤로 물릴 거라는 거 염두에 두어."

포니는 조심하라는 말을 그렇게 돌려 말했다.

"그곳은 7사단 방어구역이지 않습니까?"

김영옥은 사단본부에서 전해 들어 아는 사항이라고 대답했다. 포니는 용의주도한 눈초리로 김영옥을 이리저리 살펴보며 "그러니까 조심하란 이 말이야."라고 무뚝뚝하지만 애정이 스민 말투를 뱉었다. 김영옥은 "감사합니다."라며 경례를 붙이고서 돌아서려다 말고 입을 뗐다.

"미스터 여에게 야전잠바 하나 구해주면 어떻겠습니까?"

"왜?"

포니는 갑작스러운 소리가 낯설다는 듯이 눈꼬리가 올라갔다.

"입은 옷이 모두 여름옷입니다. 두꺼운 옷은 아픈 노모와 아기, 산모를 위해 준 것 같습니다."

김영옥은 여필준이 홑바지와 홑저고리만 덧껴입었다고 했다. 포니는 놀랍다는 듯 눈알을 되록 굴리며 "그래?"라고 대꾸했다.

"이 추위에… 아무튼 보통사람은 아닌 것 같습니다."

김영옥은 여필준을 다시 보았다면서 야전잠바 이야기를 다시 꺼냈다. 포니는 고개를 끄떡거리며 입을 뗐다.

"내가 알아서 할 테니 김 대위는 어서 테어 구역으로 출발해."
"알겠습니다."
김영옥은 거수경례를 턱 올려붙이고는 돌아섰다.

막사 밖으로 뛰쳐나간 여필준은 여필녀를 찾아 나섰다. 피난민들 사이로 헤집고 다니며 헤매다가 누군가가 부르는 소리에 걸음을 멈추고서 돌아다보았다.
"자네… 신창리 교회 배 목사님 사위가 아닌가?"
누추한 차림의 노인이 말끄러미 쳐다보며 물었다. 여필준은 "그렇습니다만…."이라며 노인의 요모조모를 뜯어보았다.
"날세, 덕천교회 이계실 목사…."
이계실은 아주 힘없는 목소리로 배명호와 동문수학한 친구 사이라고 했다.
"아니…? 제 주례를 보셨던 목사님 아니십니까?"
여필준은 그제야 얼굴을 알아보고는 너무 놀라 부지중에 큰 소리로 말했다.
"그렇네. 그때 보았으니… 얼마 만인가?"
이계실은 처음부터 대답을 원했던 것이 아니라는 듯 곧바로 자신이 견뎌낸 쓰라린 역정을 말하고야 말겠다는 심정인지 "나는 미군의 도움으로 여기까지 살아서 왔네."라고 했다. 여필준은 그러냐고 대답하고는 "모두 몇 명이나 떠나왔습니까?"라고 물었다.

"400명은 더 되었는데… 오던 길에 중공군 습격을 받아 여러 명 죽고, 여러 명은 이틀 전에 떠난 LST를 탔고, 남은 사람이 124명인데 배가 오지 않을까 걱정일세."

이계실은 흡사 지친 패잔병 모양 매가리 없는 말본새로 느릿느릿 말했다.

"걱정하지 마세요. 지금 앞바다에서 수송선이 대기 중인데 내일 아침 일찍 부두로 들어온답니다."

여필준은 포니에게서 들은 말을 전해주었다.

"그게 정말인가?"

이계실은 가슴속에 실오라기 같은 희망을 서리어 넣기라도 하듯 목소리에 생기가 묻어났다.

"남은 피난민들을 태우려고 들어오는 것 같습니다."

여필준은 이번에는 놓치지 않도록 잘 준비를 하라고 당부했다. 이계실은 "알려줘서 고맙네."라고는 뭔가 떠오른 듯 눈을 깜박거리며 입을 뗐다.

"혹시 필녀를 찾지 않나?"

"필녀를 보셨습니까?"

여필준은 대뜸 눈알을 굴리며 신문하듯 다그쳐 물었다.

"자네를 기다리는 중이라던데, 아직 못 만난 모양이군."

"지금 어디 있습니까?"

"여기서 이러고 있다가는 얼어 죽기 알맞네."

이계실은 따라오라는 손짓을 하고서 발걸음을 뗐다. 여필준은 돌아선 이계실의 등을 향해 허리를 굽혀 고맙다고 말하고는 따라붙었다.

"사람들은 밀치고 당기고, 아이들은 울부짖고… 애끓는 소리가 뒤범벅된 해안가가 난리가 아니었는데 그런 곳에서 자네 동생을 볼 것이라고 생각도 못했지."

이계실은 여필녀를 만난 곡절을 자랑삼아 들려주고는 "자네를 보면 반가워하겠군. 어서 가세."라며 종종걸음을 쳤다. 여필준은 여필녀를 찾았다는 안도감이 들면서도 한쪽으로는 현봉학이 데려간 여경자와 백성학은 잘 갔는지, 잘 갔다면 어디로 갔는지, 이대로 생이별을 하게 되는 것이 아닌지, 식구들을 데리고 무사히 이곳을 벗어날 수 있는지, 또 그 다음은 어떤 어려운 일들이 닥칠지 등 이런저런 상념의 부스러기들이 머릿속에서 실타래 엉키듯이 검불덤불 꼬여 맴돌았다. 머리 위로는 미국 군함에서 쏘아대는 함포의 포탄이 밤하늘을 유성처럼 날아다녔다.

이계실은 염분을 담뿍 먹은 바닷바람이 부는 부두를 벗어나 반쯤 타다 남은 허름한 창고 안으로 들어섰다. 창고 안에는 하나같이 초라하다 못해 참담한 행색 일색인 피난민들이 여러 무리로 나누어져 저마다 불을 지펴놓고서 복닥복닥 붐볐다.

이계실은 불티가 어지럽게 날아다니는 모닥불 주위에 둘러앉은 한 무리로 다가가 여필녀를 불렀다. 불을 쪼이던 여필녀는 누가 부르는 것 같아 고개를 뒤로 돌리다가 여필준을 알아보고는 벌떡 일어나 "옵빠!"라며 달려들었다. 여필준은 여필녀를 듬쑥 끌어안고서 등을 도닥거리고는 한 발짝 뒤로 물러나 얼굴을 살피며 "괜찮아?"라고 물었다. 여필녀는 설움에 겨워 훌쩍거리며 고개를 끄떡이고는 "엄마와 언니는…?"이라고 물었다. 여필준은 미군 의무실에 있으니 걱정 안 해도 된다고 안심시켰다.

"의무실…?"

여필녀는 사실로 믿기지 않는다는 듯이 눈을 땡그랗게 하고 쳐다보았다. 여필준은 그렇다고 대답하고서 다정스럽고 은근한 목소리로 입을 뗐다.

"봉남이 그 친구가 너를 데리러 왔어."

"누가 왔다고…?"

여필녀는 무슨 소리를 하고 있느냐는 듯 어리둥절한 표정을 하다가 이내 설렘과 불안이 동시에 일렁이는 듯 옷고름을 만지작거리며 "어디에…?"라고서 사방을 두리번거렸다. 여필준은 지금은 바다에 있으며 내일 아침에 입항한다고 했다. 여필녀는 한순간 엉키었던 기대와 초조감이 풀리는지 얼굴빛이 살그머니 변하면서 "그 사람이 우리 식구를 데려간대?"라고 물었다.

"그러니까 왔지. 그러니까 너도 기운 내, 알았지?"

여필준은 너울가지 있게 다독이는 소리로 여필녀를 달랜 뒤 돌아서서 이계실을 향해 "목사님, 고맙습니다."라며 감사의 마음을 전했다.

"아닐세, 하나님께서 우리 배 목사님을 생각하셔서 보살펴주신 것이야."

이계실은 사람의 목숨이 하늘에 달렸으니 도와주신 하나님의 은혜라고 했다. 그러다가 뭔가 긴요한 말을 빼먹은 것처럼 삐주룩이 내밀던 입을 뗐다.

"자네는 아직도 자네가 선생이 되었던 것이 배 목사님께서 함흥교육청에 부탁을 했기 때문이라고 생각하는가?"

"무슨…?"

여필준은 얼른 대꾸하지 못하고 이계실을 이상스레 쳐다보았다. 이계실은 약간 무거운 어투로 "그렇지가 않아."라고는 마치 딴사람이라도 된 것처럼 잠긴 음성으로 변조하여 말을 이어나갔다.

"그건 자네를 아끼는 마음에… 정치색에 물들어가는 자네를 교회에서 빼내고자 생각해낸 것이었네. 배 목사님은 자네가 함흥인민교화소에 끌려가 고문을 당하고 기독교민주당에서 떠나겠다는 각서를 쓰고서 풀려난 뒤로 여러 날 고심했네. 자네가 다시 기독교민주당에 발을 디디기라도 하는 날에 자칫 목숨까지 위태로울 수 있다고 생각했거든… 그래서 손수 함흥교육청에 찾아가 선생 자리를 부탁한 걸세. 하지만 그 때문에 기독교민주당을 떠나 북조선기독교도연맹에 가입해야 한다는 요구를 뿌리치지 못했어."

"그게 다 무슨 말씀입니까? 장인어른께서 북조선기독교도연맹에 가입하셨다니요?"

여필준은 금시초문을 들으면서, 배명호에게 있었던 어떠한 내막에 대해 아무것도 모르고 있었다는 것에 몹시도 부끄럽다는 생각이 획 머릿속을 지나갔다.

"배 목사님께서 어느 날 내게 사람을 보내 딸이 시집가게 되었으니 나더러 주례를 맡아달라고 하지 않겠어? 나는 배 목사님께서 아내도 없이 혼자 키운 여식을 시집보낸다고 하니 기쁜 마음으로 덕천에서 함흥까지 단걸음에 갔지. 그리고 그날 밤에 나는 배 목사님에게서 북조선기독교도연맹에 가입했다는 소리와 그 까닭을 들을 수 있었어. 배 목사님은 자네를 처음 볼 때부터 딸을 맡기기로 점찍었던 것이야. 그래서 자네를 살리고자… 아니 자네 가족을 살리기 위해서 어쩔 수 없는 선택이었다고 했네."

이계실은 배명호가 그리된 일의 얼거리를 간추려 들려주었다. 여필준은 이계실의 말이 도무지 요령부득이라는 듯이 황급한 목소리로 알아듣기 쉽게 말해달라고 했다.

"자네가 결혼을 하고 나자 자네가 몸담았던 함흥고급중학교 교장이 배 목사님께 북조선기독교도연맹 가입을 미루면 자네 가족들을 가만두지 않겠다고 협박을 했는데…."

"교장이라니요? 곽준식 교장선생 말입니까?"

여필준은 귀를 의심한 나머지 이계실의 말허리를 자르고서 멍한 표정으로 그게 정말이냐고 물었다. 이계실은 사실이라고는 입을 꾹 다물고 고개를 끄떡였다.

"교장선생이 무엇 때문에…?"

여필준은 생각이 헝클어져서 갈피를 잡지 못했다.

"그자는 원래 민청의 선전부장을 하던 자야."

이계실은 냉소에 찬 목소리로 말했다.

"그것은 또 무슨…?"

여필준은 연거푸 이어지는 놀라움에 당혹감을 금치 못하여 말을 잇지 못했다.

"일본 놈 앞잡이 노릇을 하다가 해방이 되자 인민위원회에 뇌물을 갖다 바쳐 친일 꼬리를 감춘 것은 알 만한 사람들은 다 아는 일이니 자네도 모르지는 않을 거야."

이계실은 곽준식의 과거사를 슬쩍 들추었다.

"교장이 된 까닭은 들었습니다만…."

여필준은 웬만한 사람은 다 아는 일을 새삼스럽게 입에 담을 이유가 뭐냐는 듯 쳐다보았다.

"그게 아니라… 정치보위부에서 함흥의 각 학교에 꼭두각시 교장을 내세우려다 보니 끄나풀이 필요하게 되었고, 그 끄나풀들을 직맹과 민청에서 조달한 것이지."

이계실은 민주주의청년동맹에서 선전부장을 하던 곽준식이 함흥고급중학교의 교장이 된 까닭을 들려주고는 "그러니까 인민군 군관이 되었지."라고 덧붙였다.

"목사님께서는 그런 일들을 어떻게 아시나요?"

여필준은 함흥에서 외떨어진 덕천에 살면서 소상히 아는 까닭이 궁금했다.

"기독교민주당에 연이 닿은 목회자들은 다 알고 있는 일이야."

이계실은 당초부터 알았던 일이라고 말하며 나직한 음성으로 "그런데 말이야…"라고는 침을 한 번 꿀꺽 삼킨 뒤 서호진에 격리되어 있는 피난민들 속에 곽준식이 있는 것을 본 사람이 있다고 했다.

"그럴 리가요…?"

여필준은 인민군 군관이 된 곽준식이 홀로 피난민 속에 섞여 있을 리가 없다고 했다.

"어떤 사람 말로는 남쪽의 빨치산에게 지령문을 전달하라는 밀명을 받고 피난민을 가장하여 배를 타려고 한다는데…."

이계실은 마치 비밀을 털어놓듯 신중한 목소리로 말하고는 "인민군 군관이니까 그런 임무를 받을 수 있겠지."라고서 기정사실로 못박는 투였다. 여필준은 앞뒤가 뒤엉킨 애매하고 모순된 말이 당최 무슨 소린지 모르겠다는 듯 흐트러진 머리칼을 가다듬고는 "그런데… 저의 장인어른께서는 그 뒤로 북조선기독교도연맹에 가입하셨나요?"라며 먼저 못다 한 이야기의 말머리를 잡았다. 이계실은 턱을 들어 올리며 "아!"라고는 입을 뗐다.

"그럴 수밖에 없었지. 그러다가 인민군이 후퇴할 때 끌고 가려고 하자 교회를 두고 떠날 수 없다고 버텼지. 그래서 인민군이 우물 속에 던져놓고 총을 쏘아 죽였어. 그놈이 바로 곽준식이야."

"네에?!"

옆에서 가만히 듣고만 있던 여필녀는 그만 자신도 모르게 소리를 치고 말았다. 여필준은 순간 기대가 허물어지는 만큼 머리가 몽롱해 오며 의식과 전신까지 뭉그러진 것 같은 허탈에 빠져 비칠비칠 주저앉았다. "자네 처와 어린 경자를 지키기 위해서라도 자네가 더 이상 나를 도와서는 안 되네."라던 배명호의 말이 귓전에서 마치 소용돌이처럼 맴돌았다.

34.

 겨울 새벽의 꽁꽁 얼어붙은 차디찬 공기는 콧속으로 들어서면서부터 뼈마디마다 냉기가 스며들 만큼 매서웠다. 흥남부두의 하늘은 침침하게 깨어나고 멀고 가까운 산들이 여명 속에서 여러 다른 농도로 시커먼 윤곽을 드러냈다. 눈을 뜬 피난민들은 손끝과 발끝이 완전히 얼어 몸에서 떨어져 나간 듯 아렸다. 그나마 창고에서 불을 지피고 밤을 지새운 자들은 나은 편이었다. 바람 피할 곳이 없는 피난민들은 길바닥에 웅크린 채 간밤의 추위를 견딘 탓에 입술이 새파랗거나, 피부가 푸르죽죽하게 변색되거나, 혹은 뼈마디가 지르르하거나 하나같이 병색이 짙은 몰골들이었다.
 여필녀는 간밤에 최점순과 배정희와 재회의 기쁨을 나누었을 뿐만이 아니라 쌩쌩 몰아치는 매서운 겨울바람을 피할 수 있는 막사에서 밤을 보냈다. 게다가 미군들이 준 우유가루를 탄 따뜻한 물과 빵으로 아침 끼니를 때울 수 있게 되었다.
 여필준은 포니의 도움으로 막사를 하나 얻은 것만도 감지덕지한데 야전잠바까지 입고 나니 당장 살 것 같았다.

"어머니, 조금만 참으세요. 곧 배가 들어올 건데 그 배를 타면 약도 있고 먹을 것도 많답니다."

 여필준은 최점순을 안심시키다가 아기에게 젖을 물린 배정희를 향해 "당신도 조금만 참아."라고 다독였다.

 "아범아, 피난민들이 어마어마하게 많이 몰려왔다는데, 다 태울 수 있겠나?"

 최점순은 막사에 있으면서도 바깥 사정을 훤히 꿰뚫고 있다는 듯이 물었다.

 "필녀 신랑 될 친구가 왔으니 걱정하지 마세요."

 여필준은 마음 놓으라고 부러 과장하여 말했다. 최점순은 두 눈을 끔벅이며 "누구?"라고는 여필녀를 쳐다보았다.

 "일본에 있는 그 남자 말입니다."

 배정희는 아기를 무릎 위에 앉히고서 통통 불은 젖을 꺼내 물리며 여필준의 말을 거들었다.

 "아! 그 남자가 필녀를 데려가려고 일본에서 여기까지 온 거란 말이냐?"

 최점순은 눈을 부리부리 번쩍이며 고조된 목소리로 묻고는 시름을 훌훌 털어냈다는 듯 환한 표정으로 눈을 굴렸다. 여필녀는 입 떼기가 어렵다는 듯 멀뚱히 한쪽 벽만 쳐다보았다.

 "네~에, 봉남이 그 녀석이 우리 필녀를 데려가겠다고 일본에서 커다란 배를 몰고 왔답니다."

여필준은 듣기 좋은 소리로 최점순의 기분을 맞추고 싶었다.

"아이고 세상에… 이제 됐다. 언제 온다냐?"

최점순은 마음이 설레도록 기쁜지 어린아이처럼 새물새물 좋아했다. 여필준은 새벽에 부두로 들어온다고 했다.

"뭐? 그럼 벌써 왔겠다. 뭐하고 있냐? 어서 가지 않고?"

최점순은 보채듯 말했지만 흥이 난 듯 목소리가 청청했다. 여필준은 최점순의 밝은 표정을 보자 자신도 모르게 우울했던 감정과 작별이라도 한 듯이 울리는 목소리로 그러겠다고 했다.

"여보, 참모장 아저씨를 기다려야 하지 않아요?"

배정희는 포니가 와서 없으면 찾지 않겠느냐고 했다.

"중공군이 코앞까지 들이닥쳐서 지금 정신이 없을 거요. 괜히 성가시게 하지 말고 밖에 있는 미군한테 말해두면 돼요. 어차피 배를 타러 갈 건데…."

여필준은 이래저래 배를 타는 것은 마찬가지니 최점순의 말대로 하자고는 여필녀를 향해 피난 보따리를 챙기라고 했다. 여필녀는 고개를 간닥거리고는 보따리를 챙기기 시작했다.

"목사님은요?"

배정희는 간밤에 여필준에게 전해들은 이계실을 찾아야 하지 않겠느냐고 말하고는 쫄쫄 젖을 빨아먹는 아기를 떼어내고서 풀어진 옷고름을 여미었다.

"그렇지 않아도 어제 그 말씀을 드렸는데, 목사님은 교인들과 함께 움직여야 한다며 나보고 부산에 가서 보자고 했소."

여필준은 자늑자늑 설명하면서도 이계실에게 들었던 배명호의 이야기는 끝내 입에 올리지 못했다.

"오빠, 이거…."

여필녀는 간단히 묶은 피난 짐을 가리키며 어떻게 해야 하는지 물었다. 여필준은 배정희가 아기를 업고 포대기 두르는 것을 도와주면서 "넌 보따리 두 개만 들어."라고 했다.

"거기에 집문서가 들었어."

최점순은 여필녀를 향해 보따리를 잊어버리지 않도록 잘 간수하라고 했다. 여필녀는 "집문서…?"라고는 보따리 두 개를 가져다가 하나는 머리 위에 이고 하나는 들었다.

"어머니, 이제 배를 타러 가요."

여필준은 최점순을 향해 착잡한 심경으로 말하고는 제일 큰 짐을 어깨에 뒤짊어지고서 세 여자를 이끌고 막사 밖으로 나섰다.

밖으로 나서자 비릿한 해기를 품은 차디찬 겨울바람이 사정없이 속곳 가랑이 사이로 스며들었다. 하지만 아랫도리와는 달리 허리께를 질끈 동여맨 야전잠바 덕에 윗몸은 견딜 만했다.

멀리 부두가 보이는 널따란 곳에는 벌써부터 빽빽이 모여든 피난민들로 벅적벅적 들끓었다. 여필준은 아이를 업은 아낙네, 어린아이, 노인, 목발을 짚은 환자, 늙고 젊고를 가릴 것 없고 여자 남자도 가릴 것 없이 썩은 생선에 모여든 파리 떼처럼 새까맣게 모여든 피난민들을 보자 낭패를 당한 것처럼 절로 한숨이 났다.

피난민들은 머리 위로 날아다니는 포탄 소리에 적응이 되었는지 이골이 났는지 무감각한 얼굴들이었다. 그러나 중공군이 코앞까지 다가왔다는 것을 암시라도 하듯 항공모함에서 이륙한 비행기가 포격하는 지점은 부두에서 먼발치로 보일 만큼 가까웠다. 하지만 새벽에 들어온다던 메러디스 빅토리 호는 아직 나타나지 않았다.

그 시각 알몬드는 포니를 비롯한 정보참모, 군수참모, 수송단장, 공병단장 그리고 헤이그와 함께 마지막 회의를 하는 중이었다. 그들은 하나같이 며칠 동안 면도도 못하고 씻지도 못한 티를 내듯이 더부룩한 수염에다가 흉한 몰골이었다.

"간밤에 불어댄 바람 때문에 떠내려간 기뢰를 찾아 제거하는 데 시간이 걸려 예인선이 조금 전 11시에 출발했습니다."

포니는 계획에 없었던 소해작전 때문에 시간이 지체되었다고 했다. 알몬드는 침울한 표정으로 포니를 향해 방어선이 얼마나 버틸 수 있는지 물었다.

"현 시각 방어선은 여기서 불과 10km 떨어진 지점까지 물러난 상태입니다. 중공군 9병단의 3개 군단에다가 인민군 4군단과 5군단이 합세했기 때문에 해군77기동항모단의 전함, 순양함, 구축함, 로켓포함의 함포사격을 밤낮없이 퍼붓고 항공모함의 비행기까지 동원한다고 해도 잘 버텨야 3일, 그렇지 않으면 이틀입니다."

포니는 상황이 매우 위급하여 철수작전을 서둘러야 한다고 했다. 알몬드는 침통한 기색으로 훅 콧바람을 한 번 불고는 에드워드 로우니 대령을 향해 입을 뗐다.

"공병단장, 남은 무기와 트럭, 장비, 부두를 폭파할 폭약은 어찌 되었어?"

"400톤의 다이너마이트와 230톤의 폭약은 어젯밤에 90상륙지원단에서 지원 나온 비고르함의 수중폭파부대원들에게 넘겼고, 메러디스 빅토리 호가 싣고 온 항공유 1,500드럼을 하역하는 즉시 폭발물과 함께 처리하면 됩니다."

로우니는 긴장한 탓인지 쇳덩이에 눌린 듯이 무거운 목소리로 대답했다. 알몬드는 고개를 끄떡이고는 로우니를 향해 항공유 하역작업 준비를 마쳤는지 물었다.

"3번 부두에 기중기 5대 동원을 마치고 메러디스 빅토리 호의 정박만 기다리고 있습니다."

로우니는 고개를 세우며 대답했다. 알몬드는 다시 고개를 끄떡이고는 포니를 향해 입을 뗐다.

"밤사이에 몰려온 피난민들은 얼마나 늘어났나?"

포니는 모두 합하여 1만 5,000명이라고 대답했다.

"밤새 6,000명이나 늘었단 말이야?"

알몬드는 난감한 상황이 가로놓였다는 듯 의자에서 빠드득거리는 소리가 나도록 몸을 뒤로 젖히며 놀라는 시늉을 하다가 피난민을 통제하는 데 문제가 없는지 물었다.

"한쪽이 바다라서 통제가 가능하지만 문제는 피난민들이 가져온 짐입니다."

정보참모는 피난민들의 짐을 버려야 한다고 했다.

"1차 철수 때 모두 가지고 타지 않았나?"

알몬드는 안 된다는 듯 내씹듯이 말하고는 "모두 가지고 타도록 해."라고 했다.

"남은 배라고는 메러디스 빅토리 호 한 척뿐인데다가 피난민들은 1만 5,000명이 넘고 심지어 소를 가져온 사람들도 많습니다. 사람 탈 곳도 모자라는 판국이어서 어렵습니다."

정보참모는 1차 철수 때와는 사정이 많이 안 좋다고 했다.

"우리가 보기에는 피난민들의 짐이 하찮을지 몰라도 그 사람들에게는 그게 전 재산이야. 그런 것을 버리라고 한다면 어떻겠나?"

알몬드는 강경한 어조로 말했다. 정보참모는 알몬드에게 눌려 무슨 말을 하려던 것을 그만두고 입을 다물었다.

"소는 힘들겠지만… 방법을 찾아봐."

알몬드는 소를 제외한 짐은 가지고 탈 수 있게 하라고 지시하고는 모인 사람들을 쭉 훑어보고는 입을 뗐다.

"배가 부두에 들어오면 피난민들이 앞뒤를 가리지 않고 달려들 거야. 피난민들의 질서를 통제하지 못한다면 걷잡을 수 없는 사태가 벌어질 수 있으니, 헌병을 총동원하여 승선 명령이 하달될 때까지 피난민을 통제하도록 하고, 공병단장은 배가 정박하는 대로 서둘러 항공유를 하역해서 폭파부대원들에게 인계하고… 또 피난민들을 먹일 전투식량을 최대한 준비해."

로우니는 알았다고 대답했다.

"서호진에 격리시켰던 피난민들이 모두 섞여버렸는데 어떻게 처리하면 좋겠습니까?"

헌병단장은 골치 아픈 문제를 떠맡았다는 듯이 뜨뜻미지근한 말투에 애가 덜렁 붙어 나왔다. 알몬드는 인상을 찌푸리며 모두 몇 명이냐고 물었다. 헌병단장은 500명이 넘는다고 말하고는 피난민으로 위장한 인민군을 색출하지 못하면 태울 수 없지 않겠느냐고 했다.

"그러니까 헌병과 방첩부대에서 색출해내도록 해."

알몬드는 위장 인민군 몇 명 때문에 피난민 철수에 차질이 있어서는 안 된다고 말하고서, 로우니를 향해 마지막 병력 철수준비는 어디까지 준비되었는지 물었다.

"3방어선에서 빠져나올 병력을 태울 수송선 노큐바(Norcuba)호는 승선준비를 마친 상태로 비상대기 중이고, 폭파대원은 LCU를 이용하여 비고르함으로… 군단장님과 참모들은 예인선으로 철수작전 기함인 맥킨리함으로 철수할 수 있도록 준비를 마쳤습니다. 마지막까지 남은 엄호부대는 폭파스위치를 누른 뒤 한국 해군 어뢰정 4척으로 분산 승선하여 철수합니다."

로우니는 부대와 단계별로 짜진 철수작전의 계략을 소상히 설명했다. 입을 꾹 다문 채 듣고 난 알몬드는 자못 비장한 결의를 갖춘 듯이 엄숙한 어조로 입을 뗐다.

"메러디스 빅토리 호가 입항하면 먼저 무장병력과 헌병을 승선시켜서 조타실과 기관실을 비롯한 주요 시설물에 배치시키고, 특히 현문에는 피난민들이 승선할 때 수상한 자를 색출할 수 있도록 2개 소대병력의 헌병을 배치시켜. 그리고 메러디스 빅토리 호가 안전하게 출항할 때까지 이곳을 사수하다가 폭파대원들이 철수하기 직전에 통신장비를 폭파시키고 암호 문서를 폐기시킨 다음 맥킨리함으로 철수한다. 맥킨리함으로 이동하는 순간 흥남철수작전의 모든 지휘권은 90상륙지원단장 제임스 도일 제독에게 넘어간다는 것을 잊지 말고 그에 따른 준비를 철저하게 하도록."

작전 계획에 대한 장황한 설명이 끝나자 모두 결의하듯 거세고 무거운 목소리로 알았다고 대답했다.

그 시각 부두에서 안쪽으로 멀찍이 떨어진 곳에는 어디서 오는지 새로운 피난민들이 꾸역꾸역 모여들었다. 헌병들이 밧줄을 쳐서 구역을 나누어 피난민들을 통제하느라 요란하게 호루라기를 불어 대지만 질서는 엉망이었다. 시커먼 창고 옆의 삐딱하게 기운 말뚝에는 'DANGER EXPLOSIVES'라는 팻말이 붙었고, 그 옆으로 늘어진 녹슨 가시철조망은 황량하고 을씨년스럽게 찝찔한 바닷바람에 젖어갔다.

여필준은 식구들과 피난민들 틈에 끼어 벌써 여러 시간째 배를 기다리는 중이었다. 목을 갈쯔막하게 빼고서 바다를 살펴보아도 바삐 오가는 LCU와 멀리 점점이 떠 있는 여러 척의 배들만 보일 뿐 메러디스 빅토리 호는 그림자도 비치지 않았다. 남쪽 부두 멀리에는 대기 중인 어뢰정 네 척과 LCU 여러 척이 보이고, 북쪽에는 가동을 멈춘 지 오래된 비료공장에 우뚝 솟은 굴뚝 세 개가 포연에 잠기어 아스랗게 보였다.

"애비야, 필녀를 데리러 온다던 그 사람은 언제 오냐?"

최점순은 기력이 허해졌는지 목소리가 메조처럼 찰기가 없었다.

"큰 배를 가지고 오느라 시간이 걸리나 봐요. 곧 올 테니 걱정 마세요."

배명희가 나서서 안존히 그야말로 별일 없다는 듯 침착한 목소리로 최점순을 안심시켰다. 최점순은 배명희의 등에 업힌 아기를 덮은 너절너절하게 낡은 포대기를 끌어올리는 시늉을 하며 "애미가 고생이 말이 아니구나."라고 했다.

"아니에요, 어머님."

배명희는 최점순이 더 고생이라고 말하고는 두 손으로 포대기 아래를 받치고서 한 번 쳐올렸다.

"어서, 이 녀석 이름을 지어줘야 할 텐데…."

최점순은 손바닥으로 포대기를 두드리며 말하고는 '그렇지?'라고 묻는 눈빛으로 여필준을 쳐다보았다.

"남쪽으로 내려가면 아기 이름부터 지을게요."

여필준은 될 수 있는 대로 최점순의 마음을 편하게 하려고 부드러운 어조로 대꾸했다.

"배가 온다!"

그때 누군가가 외쳐대는 고함 소리에 피난민들이 술렁거렸다. 여필준은 얼른 피난민들 틈을 비집고서 바다를 살펴보았다. 멀리 수평선 위에서 이쪽으로 향하는 달걀만 한 검은 점이 보였다. 점점 가까워지자 좌우현에 붙은 예인선에 이끌려오는 수송선의 윤곽이 나타났다. 원산에서 소해작전이 끝난 뒤 이봉남을 따라가 러니를 만났던 바로 그 배가 틀림없었다. 아무리 작게 보여도 한눈에 알아볼 수 있는 메러디스 빅토리 호를 다시 보자 자신도 모르게 그만 가슴이 발룽댔다.

라루는 쌍안경으로 피난민들이 가득가득히 차 있는 부두를 바라보자니 놀랍기도 하지만 착잡하다 못해 떨리기까지 했다.

"저 사람들을 좀 보세요. 참모장님이 8,000명 조금 넘을 거라고 했는데… 두 배는 더 되어 보입니다. 저 많은 사람들을 무슨 수로 다 태울 수 있겠습니까?"

러니는 쌍안경을 내리며 걱정 섞인 눈으로 라루를 향해 말하고는 윙 브리지에 나가 있는 이봉남을 쳐다보았다.

"피난민이 이렇게 많을 줄이야…."

라루는 상상하지 못했다는 듯 망연한 눈으로 쳐다보았다.
"다 태우지는 못할 것 같습니다."
러니는 다시 쌍안경으로 부두를 면면히 훑어보며 말했다.
"누구를 태우고 누구를 안 태우고… 이건 사람이 할 짓이 못 되는 거 같아."
라루는 동정과 안쓰러움과 미안함이 더덕더덕 분칠된 어투로 말했다.
"마음을 독하게 먹어야 하지 않겠습니까?"
러니는 쌍안경을 내리고는 다 못 태우는 것은 불가항력이니 마음을 보께지 말라고 했다. 라루는 여전히 안쓰러움이 묻어나는 표정으로 러니를 쳐다보며 "사무장… 내 이름을 누가 지었는지 알아?"라고 느닷없는 소리를 했다. 러니는 생뚱맞은 소리를 들었다는 듯 눈을 멀뚱거리더니 의아하다는 표정으로 "누가 짓다니요?"라고 물었다.
"할아버지께서 지어주셨는데… 프랑스어로 길이라는 뜻이야."
라루는 자신의 이름처럼 피난민들에게 자유를 찾아가는 길이 되어주고 싶다고 했다. 러니는 라루의 말뜻을 알아차린 모양으로 "알겠습니다. 힘을 모아보겠습니다."라고 대꾸했다.
"그리고…."
라루는 잠시 어름어름 뜸을 들이다가 천천히 입을 뗐다.
"부두에 미스터 리 친구의 여동생이 있을 거야. 찾기가 힘들겠지만… 사진을 한 번 보았으니…. 아니지, 미스터 리에게 사진을 달라고 해서 잘 찾아봐."

"그렇지 않아도 제가 사진을 받아두었습니다."

러니는 객쩍이 말하고는 주머니 속에서 사진을 끄집어내어 라루에게 보여줬다.

"어디보자… 나도 잘 기억해둬야겠지."

라루는 사진 속의 여필녀를 요모조모 뜯어보며 이봉남을 걱정해주는 애틋한 속마음을 드러냈다.

"저는 기억할 수 있으니, 선장님께서 가지고 계세요."

러니는 라루를 향해 혹여 필요할지 모르니 사진을 챙겨두는 것이 좋겠다고 했다. 라루는 눈을 가라뜨고 사진을 쳐다보다가는 어색한 표정으로 뺑시레하며 "그럴까?"라고 했다.

"참모장님께서도 각별히 신경을 쓰고 있으니 어쩌면…."

러니는 포니가 여필녀를 챙겨서 보호하고 있을지도 모른다고 했다. 라루는 "그렇다면 얼마나 좋겠어." 하며 윙 브리지로 눈을 돌렸다.

윙 브리지에 서서 미동도 앉고 부두를 바라보는 이봉남은 생각할수록 여러 가지가 마음에 걸려 걱정이 태산이었다. 여필준이 여필녀를 일본으로 데려가달라고 했을 때만 해도 사태가 이 지경이 될 줄 몰랐다. 머리 위로 요란한 휘파람 소리를 내면서 쉴 사이 없이 육지로 날아가는 포탄을 보자니 "내 동생만큼은 인민군의 손이 미치지 않는 곳에서 살게 하고 싶어. 부산으로 가든 일본으로 가든 배에 태워주게."라던 여필준의 말이 귓구멍 속으로 쏙쏙 들어오는 것 같았다.

"이 친구, 식구들을 데리고 나왔겠지."

이봉남은 원산고급중학교 운동장에서 헤어질 때 여필준에게 식구들을 데리고 나오라고 했던 말을 되새김질하며 중얼거렸다. 머리 위로 날아가는 포탄은 부두에서 그리 멀지 않은 언덕에 떨어져 펑펑 터지고 폭죽 같은 불꽃과 연기가 끊이지 않고 피어올랐다.

예인선에 이끌려 흥남부두로 들어선 메러디스 빅토리 호는 오후 5시가 다 되어서 3번 부두로 들어섰다. 갑판선원들은 부산스럽게 뛰어다니며 부두로 계류삭을 내보내고 부두에 있는 군인들은 계류삭을 계주(繫柱)에 걸쳤다. 부두의 기중기들은 갑판선원들이 계류삭을 채 매듭지기도 전에 으르렁 움직이기 시작하고, 메러디스 빅토리 호의 선수갑판과 중갑판 그리고 선미갑판에 있는 기중기들도 일제히 움직였다. 부두에는 트럭들이 줄줄이 줄지어 들어서고 무장병력 50여 명과 20여 명의 헌병이 메러디스 빅토리 호에 승선하여 주요 격실 앞에 배치 붙었다.

"선장님, 저 하선하겠습니다."

이봉남은 라루를 향해 포니를 만나러 가봐야겠다고 했다.

"참모장님이 어디 계신 줄 알고요?"

라루는 멀뚱한 표정으로 쳐다보며 물었다. 이봉남은 완약한 어조로 10군단 막사로 가면 만날 수 있을 것이라고 했다.

"알겠소. 어서 가서 알아보시오."

라루는 포니가 여필녀를 보호하고 있을지도 모른다던 러니의 말을 곁들여 말하고는 애타는 심정을 이해한다고 했다. 이봉남은 고맙다고 대답하고는 돌아서서 갑판으로 내려갔다.

갑판에는 하역작업을 하느라 개미처럼 분주하게 움직이는 갑판선원들이 들랑날랑했다. 기중기들은 항공유 드럼을 물어서 부두에 있는 트럭에 차곡차곡 쌓았다. 짐칸에 항공유 드럼이 수북한 트럭들은 부릉부릉거리며 부두를 빠져나가고 빈 트럭이 들어와 자리를 메웠다. 부두에서 시작된 트럭들은 폭파부대 창고가 있는 곳까지 개미행렬처럼 뻗히어 꾸물꾸물 움직였다.

"곧 크리스마스인데… 가슴이 텅 비는 것 같아."

라루는 조타실에서 멀찍이 웅성웅성하는 피난민들을 바라보며 울적한 심사를 달래듯 말했다.

"고향에는 집집마다 크리스마스 장식등을 밝히고 거리마다 사람과 차들로 그득그득할 텐데… 추위에 떨고 있는 저 사람들을 보니 마음이 안 좋습니다."

러니는 라루와 똑같은 감정의 요동을 느끼는 듯이 말했다. 라루는 몸을 돌려세우며 러니를 향해 "현문가교를 서너 개 더 만들어야겠어."라고 했다.

"선원들 모두 하역작업 때문에 정신들이 없습니다."

러니는 따로 빼낼 인원이 없다고 했다. 라루는 갑자기 빳빳한 시선으로 러니를 쳐다보았다. 러니는 어리뜩한 표정으로 "그러니까, 그게…"라며 우물거리다가 이내 정색하고는 "뭐하게요?"라고 물었다. 라루는 살며시 돌아서서 부두 멀리를 쳐다보며 나직한 음성으로 입을 뗐다.

"저기를 좀 봐…. 노인도 많고 불구자, 아기에게 젖을 물린 여자, 아이 업은 노인, 우는 아이를 업은 산모… 어린아이들까지 수두룩한 데다가 짐까지 가득 가졌는데… 배를 타기 시작하면 우르르 몰려들 거 아니야? 아무리 헌병들이 통제를 한다지만 서로 타겠다고 밀치는 일이 다반사일 텐데, 바닷물 속으로 떨어지는 사람들이 있지 않겠어? 현문가교를 여러 개 걸쳐놓아야 안전하게 탈 것 아닌가?"

러니는 반박의 여지가 없다는 듯 "그럼, 기관선원들에게 말해두겠습니다."라고 했다.

"기관장에게 알아듣게 말해서 빨리 만들도록 해."

라루는 조금 전과는 대조적으로 낮고 차분하게 가라앉은 목소리로 말하며 "미스터 리는 지금쯤 10군단 막사에 도착했겠지?"라고 물었다. 러니는 몸을 한 번 배트작거리고는 "참모장님을 만났을 겁니다."라고 대답했다.

35.

"배에서 기다리고 있자니 답답해서 참모장님께 오면 뭐라도 알 수 있을까 해서 왔습니다."

이봉남은 포니에게 찾아온 용건을 굳이 숨기지 않았다.

"아, 그렇지 않아도…!"

포니는 마음이 약간 들뜬 듯 흥뚱대다가 이내 표정이 싹 굳어지면서 "그렇지 않아도…."라며 했던 말을 한 번 더 반복하고는 말하기가 난처하다는 표정을 짓다가 이윽고 조심스레 말을 꺼냈다.

"미스터 여 가족이 나를 찾아왔는데… 미스터 여의 어머니 몸이 좋지 않아 의무실에서 치료를 받게 한 뒤 막사 하나를 내주어 밤을 보내게 했었소. 그런데… 아침에 군단장님께서 참모들을 모아놓고 철수작전 회의를 하신다기에, 병사들에게 아침식사를 넣어주라고 하고서 회의를 마치고 가보니 없어졌소."

"어디로 갔는지 모릅니까?"

이봉남은 너무 아쉽다는 듯 심상한 표정으로 뚝뚝하게 물었다.

"갈 곳이라고는 부두뿐이니 그곳으로 갔을 것이오."

포니는 걱정할 일이 아니라고 말하고는 "이왕 이렇게 왔으니 나를 좀 도와주시오."라고 했다. 이봉남은 머리를 갸웃하며 무슨 일이냐고 물었다. 포니는 피난민들 속에 숨어든 인민군 때문에 걱정이라고 했다.

"네? 인민군이 숨어들다니… 얼마나요?"

이봉남은 긴장감이 약간 스치는 얼굴이었다.

"많지는 않지만… 우리가 피난민들을 남쪽으로 데려가 다 죽일 것이라며 선동하여 폭동을 일으키도록 조장하든지, 다른 어떤 짓을 저지를지 모른다는 정보가 입수되었기 때문에 긴장되는 것이오. 그래서 수상한 자 500여 명을 조사하기 위해 따로 서호진으로 격리시켜 두었는데, 소동이 일어나면서 혼란에 빠지는 통에 그만 섞여버렸소. 그래서 피난민들을 승선시키기 전에 메러디스 빅토리 호 현문에다가 헌병을 배치시켜 검문할 것이오."

포니는 난감한 상황이라며 어려움을 토로했다. 이봉남은 애로점을 이해한다는 듯 고개를 끄떡이면서 자신이 도와야 할 것이 무엇이냐고 물었다. 포니는 헤이그를 향해 손짓으로 사인을 보냈다. 헤이그는 권총집이 붙은 탄띠를 가져와 이봉남에게 건넸다. 이봉남은 암갈색 권총집에서 묵직한 권총을 꺼내 이리저리 살피다가 포니를 향해 무엇 때문에 주는 것이냐고 물었다.

"부산까지 내려갈 동안 수고를 해달라는 것이오."

포니는 메러디스 빅토리 호의 안전한 항해를 위해 이봉남의 힘을 보태달라고 했다.

"군인도 아닌 제가 무엇을 어떻게 돕겠습니까?"

이봉남은 어색한 말투로 슬쩍 빠져나가려 했다.

"메러디스 빅토리 호와 선원들을 구한 공로로 훈장까지 받지 않았소?"

포니는 거절할 일이 아니라며 재차 부탁했다. 이봉남은 더는 대꾸할 일이 아니라는 듯 권총띠를 허리에 둘러찼다.

그 시각 항공유 드럼통을 모두 하역한 메러디스 빅토리 호는 전투식량을 싣는 중이었다. 기관장 존은 기관선원들과 급히 만든 현문가교를 메러디스 빅토리 호의 현측과 부두 사이를 연결했다.

"해가 넘어가고 나니 너무 어둡습니다. 곧 피난민들을 태울 것인데 어두워서 여럿 넘어질 것 같지 않습니까?"

러니는 불빛이 없어 어두컴컴한 현문가교를 가리키며 불을 밝히자고 했다.

"불이 중공군 포격의 표적이 될지 모른다고 10군단사령부에서 지시가 내려올 때까지 기다리라는군."

라루는 어딘가 불안한 구석이 있다는 듯이 현문가교에서 눈을 떼지 못한 채 말하고서 시계를 들여다보고는 급하게 서두르는 기색으로 말을 이었다.

"얼추 준비가 되었으니 10군단사령부에 보고하게. 꾸물거리다가는 출항하기 전에 중공군이 쏘아대는 포탄이 날아들겠어."
러니는 알았다고 대답하고서 급히 통신실로 향했다.

한편 여필준은 점점 몸이 안 좋아지는지 부르르 떨기까지 하는 최점순 때문에 걱정이 이만저만이 아니었다. 거기다가 배정희는 아까부터 빽빽 울어대는 아기에게 보대끼며 산후 조리가 변변찮았던 탓에 부기까지 올라 몸이 천근 무게여서 움직이는 것조차 힘들었다. 이래저래 바윗덩이처럼 마음을 짓누르는 걱정 때문에 하시라도 빨리 배를 타고 싶은 마음뿐이었다.
그때 포니를 태운 지프가 피난민들 앞에 나타났다. 조수석에 앉았던 포니가 벌떡 일어나 보닛으로 올라가 뒷좌석에 앉은 이봉남을 향해 옆으로 올라오라고 했다. 이봉남은 벌떡 일어나 포니 옆에 나란히 섰다.
"가만… 저 친구는…?"
멀찍이 떨어진 곳에서 피난민들 틈에 끼여 있는 여필준은 사위가 어둑해서 사람의 얼굴을 분간하지 못했지만 포니와 이봉남만은 알아보았다.
"여러분! 지금부터 내 말을 잘 들으시오!"
포니는 큰 소리로 입을 떼고는 이봉남을 향해 통역을 해달라고 했다. 이봉남은 목청을 가다듬고서 큰 소리로 통역했다.
"어머니, 저 친구가 필녀를 데려가려고 일본에서 배를 가져온 봉남이입니다."

여필준은 최점순의 생기를 북돋우려고 일부러 부풀려 말했다.

"뭐라고?"

최점순은 정신이 버쩍 든 것처럼 활기를 띠고는 여필녀의 손을 잡으며 "이제 다 됐다."라며 힘없이 웃었다. 여필녀는 삽시간에 얼굴이 홍당무가 되어 어찌할 바를 몰랐다.

"여러분들을 태울 배는 저어~기에 정박된 수송선 한 척뿐이오. 저 배에 이 많은 사람들이 다 타려면 여러분들의 협조가 필요하니 잘 듣고 따라주시오. 여러분들이 가져온 짐 중에 중요하지 않은 것은 모두 버리시오."

"세상에 말도 잘하네."

최점순은 포니의 말을 통역하는 이봉남의 목소리를 듣고는 아픈 것도 잊은 채 만면에 미소를 머금었다.

"난 앞으로 가서 봉남이를 만날 테니, 넌 천천히 따라 나와."

여필준은 여필녀를 향해 최점순과 배정희를 데리고 뒤따라오라고 하고는 피난민들 틈 속을 헤집었다. 이봉남이 통역하는 목소리는 피난민들 틈 속으로 계속 흘러들었다.

"여러분 중에 짐을 싣고 오느라 소달구지를 끌고 온 사람도 많소. 사람이 탈 공간이 부족한 배에 100마리가 넘는 소를 실을 수는 없습니다."

여필준은 다리를 절룩거리며 피난민들을 헤치고 이봉남의 목소리가 들려오는 곳으로 나아갔다.

"오늘밤을 꼬박 새더라도 여러분들을 모두 태울 것이니 서두르지 말고 질서 있게 타야 합니다."

이봉남의 통역은 계속 이어졌고 여필준은 아무짝에도 쓸모가 없어 보이는 낡은 보따리를 신주처럼 보듬은 여자, 큼지막한 이불 보따리를 둘러멘 학생, 지게의 짐에 여러 세간 너부렁이를 매달은 남자, 솜두루마기로 몸을 감싼 노파, 머리에 털모자를 깊이 뒤집어쓰고 그 위에 귀마개까지 덧씌운 아이 등 사람의 숲을 결사적으로 헤집어 가며 지프가 있는 곳으로 향했다.

"중공군이 포 사정거리까지 왔기 때문에 부두에 불을 밝히면 표적이 될 수 있어 불을 켜지 못하니, 배에 오를 때 바다에 떨어지지 않도록 조심해서 타야 합니다. 앞으로 1시간 뒤부터 승선을 시작할 것이니 미리미리 짐들을 준비해주세요."

이봉남이 통역을 마치고 지프의 보닛에서 내려섰을 때 여필준은 피난민 무더기 속에서 빠져나왔다.

"이보게, 봉남이!"

이봉남은 낯익은 목소리가 나는 곳으로 퍼뜩 고개를 돌리다가 초라한 몰골로 쳐다보는 여필준을 보자마자 단박에 준엄한 표정이 되어 "이 친구… 필준이!"라고 소리쳤다. 여필준은 엉거주춤 다가서며 겸연쩍게 웃었다.

"꼴이… 이게 뭐고…."

이봉남은 정신이 쏙 빠져나간 표정으로 이리저리 두리번거리며 "혼자야?"라는 말로 여필녀가 어디 있는지 물었다.

"사람들 때문에…."

여필준은 피난민들 속에 뒤섞여 있어서 이리로 빠져나오는 데 시간이 걸린다고 했다. 이봉남은 "그래~에?"라며 설레는 마음을 가다듬고서 포니를 불렀다. 두 사람 앞으로 다가온 포니는 여필준을 알아보고는 대뜸 "미스터 리, 어떻게 된 것이오?"라며 말없이 막사를 벗어난 것을 탓했다.

"이 친구가 배를 가지고 온다는데 막사에서 기다리고 있을 수만 없었습니다."

여필준은 어린아이처럼 좋아하던 최점순의 흥을 깨트리고 싶지 않았던 것을 그렇게 둘러댔다.

"어쨌든 이렇게 다시 만나게 되어 다행이오."

포니는 이봉남이 여필준이 막사를 떠났다는 소리에 애가 탔다고 했다. 그때 세 여자가 피난민들 틈바구니에서 움실움실 빠져나와 여필준에게 다가왔다. 여필준은 훔쳐보듯 힐끗 한 번 보고는 이봉남을 향해 최점순을 가리키며 어머니라고 인사시켰다.

"어머님, 처음 뵙겠습니다. 제가 이봉남입니다."

이봉남은 허리를 굽혀 공손히 인사를 하면서도 신경은 여필녀를 향해 곤두세웠다.

"하이고~오. 어서 오시게."

최점순은 담박한 반가움에 손을 내밀며 어쩔 줄 몰랐다. 하지만 어쩐 일인지 어린아이처럼 좋아했던 아침나절의 표정은 온데간데없고 얼굴에 병자의 기색이 돌았다.

"어머니, 어디 편찮으세요?"

이봉남은 볼이 움푹 들어가고 눈이 퀭하게 깊어진 최점순의 안색을 대하자 반가움보다는 걱정이 앞섰다.

"아니… 괜찮아…."

최점순은 얼굴에 억지웃음을 흘리고는 여필녀를 향해 "뭐하고 섰어?"라며 인사를 하라고 맞갖잖은 눈치를 주었다. 여필녀는 수줍음을 감춘 어색한 표정으로 엉거주춤하며 "무슨 말을 해."라고 했다. 이봉남은 시선을 엇비끼고 선 여필녀를 향해 "안녕하세요, 이봉남입니다."라며 나붓이 인사를 했다. 여필녀는 반쯤 몸을 돌려 너부죽이 고개를 숙였다.

"그럼 나는 이만 가보겠소."

포니는 이봉남에게 긴한 용무가 있다는 듯이 말하고는 여필준을 향해 "나중에 봅시다."라며 악수를 청했다. 여필준은 악수를 나누며 고맙다고 말하고는 "부산에서 뵙겠습니다."라고 했다. 포니는 한 발 뒤로 물러나 짧게 경례를 하고는 지프로 향했다.

"저~어, 여보."

가만있던 배정희는 수심이 서린 까만 눈으로 여필준을 쳐다보며 어깨를 달막댔다. 여필준은 무슨 일이 있느냐는 듯 멀뚱한 눈빛으로 쳐다보았다.

"어머님 몸이 너무 좋지 않아요."

몹시 어두운 얼굴로 말하는 배정희는 음성마저 불안정했다. 여필준은 대뜸 최점순을 향해 "어머니, 어디가 안 좋으세요?"라고 물었다. 최점순은 몸을 으슬으슬 떨면서 비쓸거리다가 쓰러지며 여필준의 팔에 안겼다.

"어머니!"

여필준은 냉큼 최점순을 받쳐 안고 소리쳤다. 최점순은 기절한 사람같이 기운이 싸늘하게 빠져버려 몸을 추스르지 못했다.

"어머니, 정신 차려요!"

여필준은 최점순을 흔들어대며 소리쳤다. 여필녀는 손을 입술에 포갠 채 기어드는 소리로 "엄마, 엄마."라며 발을 동동 굴렸다.

"정지!"

이봉남은 막 출발하는 포니를 향해 고함을 질러 지프를 세우고는 획 돌아서서 최점순을 업었다. 지프를 세우고 고개를 돌려 그 모습을 보던 포니는 운전병을 향해 지프를 뒤로 몰라고 지시했다. 운전병은 후진 기어를 넣고서 가속페달을 밟아 이봉남 옆에 세웠다.

"의무실로 가주세요."

이봉남은 최점순을 지프에 실으며 포니를 향해 다급하게 말했다. 포니는 "무슨 일이오?"라고 물으며 최점순을 쳐다보다가 이내 운전병을 향해 의무실로 가라고 했다.

"자네도 함께 가야지?"

이봉남은 여필준을 향해 급한 소리로 말했다. 여필준은 배정희와 여필녀를 번갈아 쳐다보다가 의무실이 어딘지 안다며 먼저 가라고 했다. 이봉남은 침착한 어조로 이따가 보자는 말을 남기고 운전병을 향해 가자고 했다. 지프는 꽁무니의 폐기관에서 시커먼 매연을 펄썩 뿜어내고서 앞으로 나아갔다.

"오빠, 엄마 어떻게 해?"

여필녀는 전조등을 반뜩반뜩하며 사라지는 지프를 바라보며 잔뜩 걱정이 들러붙은 목소리로 말했다.

"봉남이가 어머니를 잘 보살펴줄 것이니 걱정 말고… 곧 배를 타게 한다고 했으니 너는 언니하고 배에 타고 있어."

여필준은 여필녀와 배정희를 메러디스 빅토리 호에 태우고 난 뒤 의무실에 갈 것이라고 했다.

"그러다가 만나지 못하면 어떻게 해요?"

배정희는 행여 닥쳐올 잘못될 일이 걱정되었다. 여필준은 걱정 말라며 이봉남이 타지 않고는 배가 출항하지 못할 것이니 괜찮다고 했다.

"오빠…."

그때 여필녀가 여필준의 팔을 끄집으며 턱으로 한 곳을 가리켰다. 여필준은 여필녀가 가리키는 쪽으로 고개를 돌려 갸웃갸웃 살피다가 그만 얼굴이 굳었다. 피난민이 둘러멘 단봇짐 사이로 보였다

안 보였다 하는 사내는 틀림없는 곽준식과 김석호였다.

"교장선생님하고 김 선생님 맞지?"

여필녀는 어찌해야 좋을지 모르겠다는 듯 조심스럽게 물었다. 여필준은 순간 이계필에게서 들었던 "우물 속에 던져놓고 총을 쏘아 죽였어. 그놈이 바로 곽준식이야."라는 말과 "인민군 군관이니까 그런 임무를 받을 수 있겠지."라던 말이 겹쳐 떠오르면서 불안한 생각이 뻔쩍 머리를 스쳐갔다.

"어떻게 해?"

여필녀는 모른 척할 수 없지 않느냐고 했다. 여필준은 까닭 없이 머릿속에 맴도는 불길한 예감 때문에 머리가 혼란스러웠다. 그때 이쪽으로 쳐다보던 김석호와 눈길이 딱 마주쳤다. 하지만 김석호는 반갑지 않은 사람을 회피하는 것처럼 고개를 돌리고서 곽준식을 막아서며 피난민들 속으로 사라졌다.

"김 선생님이 우리를 보고도 모른 척하네?"

여필녀는 웬 까닭인지 모르겠다는 듯이 어리둥절히 쳐다보았다. 여필준은 갑자기 구름처럼 몰려드는 시름에 싸여 착잡한 궁리에 묻혔다.

36.

　라루는 승선준비를 마치고서 조타실에서 찬찬한 눈으로 피난민들이 그득하게 모여 있는 어두운 부두를 살피는 중이었다. 벌써 몇 시간째 배고픔과 혹독한 추위를 견뎌가며 승선 신호만 기다리는 피난민들을 보기만 해도 가슴이 뭉클해지는 애수가 돋아났다.
　"과연 저 사람들을 다 태울 수 있을까요?"
　러니는 산술적으로 논리적으로 물리적으로 따져보았지만 다 태울 수 없을 것이라고 했다.
　"나도 마음이 무거워."
　라루는 피곤이 잠뿍 실린 얼굴로 힘없이 말하고는 화물창에 사람들이 빼곡하게 들어차도 질식하지 않겠느냐고 재차 확인했다.
　"기관선원들이 선장님께서 지시하신 대로 화물창마다 임시 통풍장치를 3개씩 만들었으니 문제가 없을 것입니다."
　러니는 추운 겨울이니 그만하면 될 것이라고 했다. 라루는 고개를 끄떡이고는 피난민들을 안내할 선원들이 제 위치에 배치 붙었는지 물었다.

"벌써 2시간째 자리를 지키는 중이라 지쳐 있습니다."

러니는 무엇 때문에 승선을 미루는지 알 수 없다는 듯 불편한 기색을 드러냈다.

"피난민으로 위장한 인민군을 색출하느라 늦어진다고 하잖아?"

라루는 안전을 위해서라는 것을 알면서 그러느냐고 했다.

"하지만 포탄 소리는 점점 가까워지는데… 선장님은 조바심도 안 나십니까?"

러니는 속을 끓이는 까닭을 말하다가 돌연 퉁명스러운 어투로 물었다. 라루는 해쓱하게 가라앉은 얼굴로 "나도 불안해."라며 초조함을 드러냈다. 그때 헤이그가 헌병을 대동하고 조타실로 들어서며 경례를 했다. 라루는 말끄러미 쳐다보며 "승선 지시가 떨어졌소?"라고 물었다.

"10분 후부터 시작될 것입니다. 어렵더라도 지시가 내려오기 전에 불을 켜서는 안 됩니다."

헤이그는 중공군의 포격 사정권에 들었으니 조심하라고 했다.

"저 사람들을 다 승선시키기 전에 중공군이 들이닥치기라도 한다면 어찌 되는 것이오?"

러니는 헤이그를 향해 비책을 세워서 만약의 사태에 대비해둔 것이라도 있는지 물었다.

"24시간 쉬지 않고 쏘아대는 이 소리가 안 들리오?"

헤이그는 부두의 하늘 위로 쇠붙이를 절삭하는 것 같은 소름 끼치는 소리를 내며 날아가는 포탄이 무엇을 의미하는지 아느냐고 했다.

"그거야 미주리함과 구축함, 순양함 등 수많은 군함들이 중공군 진지를 향해 응사하는 포탄이 아니오?"

러니는 그것만으로 물밀 듯이 몰려오는 중공군을 막아낼 수 있느냐는 듯이 물었다.

"지금 보병3사단과 7사단의 2개 대대병력이 2방어선을 악착같이 지켜내고 있소. 무슨 일이 있어도 피난민들을 철수시키기 전까지는 사수하라는 명령이 떨어졌기 때문에 목숨을 걸고 지켜낼 것이오."

헤이그는 확신에 찬 음성으로 말하고는 답변이 충분하냐는 듯이 러니를 빤히 쳐다보았다. 러니는 공연한 트집거리라도 잡힌 듯 딴기적은 목소리로 알았다고 했다. 헤이그는 볼일이 끝났다는 듯 "그럼." 이라고는 경례를 하고서 돌아섰다.

"사무장만 걱정되는 거 아니야. 나도 그렇고 선원들 모두 다 사무장 마음과 같아. 그런데 피난민들은 저렇게 태연한데 우리가 불안해하는 모습을 보여서는 안 될 거야."

라루는 두려움에 질리지 말고 담담하고 침착하자고 했다. 러니는 어색한 어조로 알았다고 대답했다.

"곧 승선이 시작된다고 했으니 선원들에게 알리게."

라루는 승선준비 방송을 하라고 말하고는 윙 브리지로 나서서 어두컴컴한 부두를 바라보았다. 승선이 임박했음을 알리듯 헌병들이 줄을 쳐놓은 바깥쪽으로 먹구름처럼 새까맣게 몰려 있는 피난민들이 술렁거리고 호루라기 소리와 고함 소리가 요란하게 났다. 메러디스 빅토리 호 선내방송에서는 곧 피난민들이 승선한다는 러니의 목소리가 흘러나왔다.

그 시각 의무실로 실려간 최점순은 주사를 맞고도 의식이 혼미했다. 이봉남은 파한 번개시장에 덩그러니 남은 말뚝처럼 추레하게 누운 최점순의 몰골을 보자 일본에 있는 어머니 모습이 떠올라 가슴이 밤송이 가시에 찔린 듯 아렸다.
"긴장이 풀려서 의식을 잃은 것 같습니다만… 이대로 두어서는 안 됩니다."
군의관은 최점순이 이런 몸으로 어떻게 참았는지 모르겠다며 섣불리 움직였다가는 목숨을 보존하기가 어렵다고 했다.
"무슨 소리요? 곧 승선이 시작되는 것을 모르시오?"
이봉남은 절박함을 몰라서 한가한 소리 하느냐고 따졌다.
"꼭 살려야 한다면, 움직이지 말고 링거부터 맞혀야 합니다."
군의관은 최점순의 몸이 극도로 쇠약하여 달리 취할 방법이 없다고 했다. 이봉남은 눈알을 할금거리며 "뭐요?"라고 대꾸하다가 이럴 수도 없고 저럴 수도 없다는 듯 난감한 얼굴로 최점순을 내려다보았다.

같은 시각, 부두에서는 피난민들의 승선이 시작되었다. 50여 명의 헌병들은 현문가교 입구에서 피난민들을 열 줄로 세워 검문과 검색을 해가며 일일이 숫자를 세어 승선시켰다.

여필준은 피난민들 틈에 줄을 서서 차례를 기다리면서도 마음은 최점순에게 가 있어 초조하고 다급했다.

"여보, 나하고 아가씨 걱정은 말고 어머니께 가보세요."

배정희는 여필준 못지않게 마음이 다잡아지지 않는다는 듯 걱정스럽게 말했다.

"이러다가 엄마가 배를 못 타면 어떻게 해?"

여필녀는 어린애처럼 안달하는 목소리로 배정희의 말대로 하라고 했다. 여필준은 이봉남이 타지 않고는 출항하지 못할 것이라고는 했지만 자신도 모르게 툭 불거지는 뒷걱정을 어쩌지 못했다.

"배에 타고 있을 테니 어서 가서 어머님을 모시고 오세요."

배정희는 여필준을 안심시키려고 입가에 빙긋 웃음을 물고서 거듭 말했다. 여필준은 이래저래 고민이어서 미적거리다가 마음을 굳혔다는 듯 배정희를 향해 "그럼, 다녀오겠소."라고는 여필녀에게는 배정희와 떨어지지 말라고 당부했다. 배정희는 어서 가라는 듯이 손짓을 해댔다.

여필준은 돌아서서 발걸음을 뗐다. 막상 의무실로 향하고 보니 머릿속이 오만 가지 생각으로 부스럭거렸다.

"봉남이에게만 맡기는 것이 아니었는데…."

여필준은 갑자기 눈덩이처럼 불어난 걱정으로 마음이 급했다. 마음이 급하니 발길이 무언가에 걸채인 것처럼 자꾸 헛디디었다. 더구나 부두에서 초간히 떨어진 의무실은 뒤뚱거리는 걸음으로는 여간 먼 곳이 아니었다. 게다가 가뜩이나 등에 진 짐이 힘에 벅차 급한 마음을 질질 끌며 겨우겨우 의무실로 향했다.

한편 곽준식과 김석호는 피난민 행렬 선두 가까운 곳에서 천천히 메러디스 빅토리 호의 현문가교를 향해 이동하는 중이었다. 현문가교가 가까워지자 곽준식은 짜증 섞인 말로 "젠장."이라고는 볼그스레하게 좋던 안색이 굳으면서 어두워졌다. 김석호는 나지막한 목소리로 "군관 동지, 왜 그러십니까?"라고 물었다.

"그… 말조심하지 않겠소?"

곽준식은 눈알을 부라리며 입조심을 시켰다. 김석호는 퍼뜩 본정신이 든다는 듯이 눈을 모로 세우며 "죄송합니다, 교장선생님."이라고 했다. 곽준식은 김석호를 할기족 쳐다보고는 턱을 들어 앞쪽을 가리키며 입을 뗐다.

"저기서 배 타는 사람들 얼굴을 일일이 살피고 있지 않소."

"아…! 그럼, 어떻게 합니까?"

김석호는 승선하는 사람들의 얼굴과 짐을 확인하고 있는 헌병들을 보고는 도둑이 제 발 저리듯 가슴이 뜨끔했다.

"이대론 안 돼, 좀 더 살펴보고 타야겠어."

곽준식은 김석호를 향해 뒤로 빠지자고 했다. 두 사람은 불과 몇 사람 남지 않은 차례를 포기하고 행렬에서 빠져 뒤로 갔다.

"우리 정체를 알았을까요?"

김석호는 난감하다는 듯이 어쩌면 좋겠느냐고 묻고는 이내 낯빛마저 어두웠다.

"남반부 방첩대 놈들이 움직인 것 같은데…."

"서호진에서 못 했던 검문검색을 다시 하는 모양입니다."

"무슨 정보가 흘러들어간 것이 틀림없어."

"그럼 어떻게 합니까?"

"이대로 배를 타다가는 걸릴 수 있어. 다른 사람 짐 속에 지령문을 숨겨서 들어가야겠어."

곽준식은 의심을 받지 않기 위해 허약자를 끌어다가 일행인 것처럼 꾸며야 한다며 마땅한 사람을 찾아보라고 했다.

"마땅한 사람이…?"

김석호는 피난민들을 향해 고개를 돌리며 입을 떼다가 문득 뭔가 생각났다는 듯 "아!" 하고는 곽준식을 향해 적당한 사람이 있다고 했다. 곽준식은 반기는 얼굴을 하면서도 목소리를 짓죽여 누구냐고 물었다.

"여 선생 동무…. 아…?! 여 선생입니다."

김석호는 약간 어리뜩한 말투로 피난민들 틈에서 여필준의 가족을 보았다고 했다.

"뭐? 그걸 왜 이제서 말해?"

곽준식은 진작 말하지 않았다고 힐책했다. 김석호는 아는 척했다가 정체가 탄로 날 것을 염려했다고 대답했다. 곽준식은 "그렇지."라고 대답을 해놓고는 머리를 갸우뚱하고 잠시 생각하다가 "여 선생 식구들을…?"이라며 의미를 짐작했다.

"생각해보십시오. 여 선생 어머니도 있고… 여동생도 있고 또 아까 보니까 여 선생 마누라가 아기를 업었던데…. 그리고 여 선생은 다리병신이 아닙니까? 이만하면 보호자가 여럿 딸려 있어도 이상할 게 없지 않습니까?"

김석호는 여필준의 식구들이야말로 일행으로 위장하기에는 안성맞춤이라고 했다. 곽준식은 순간적으로 감득하는 표정을 지으며 "어디 있는지 찾을 수 있겠어?"라고 물었다.

"아까 저쪽에서 보았는데… 그 근처에 있을 것입니다."

김석호는 피난민 무리 속을 가리키며 찾을 수 있다고 했다.

그 시각 의무실로 들어선 여필준은 움쭉 놀라 그 자리에 서서 최점순을 쳐다보았다가 이봉남을 쳐다보기를 반목하면서 "이게 어찌 된 거야?"라는 소리를 목구멍 밖으로 겨우 끄집어냈다.

"군의관 말로는 링거를 다 맞고 나면 깨어날 거래."

이봉남은 차분히 말했지만 잘못된 말임을 자인하듯 풀 죽은 표정이었다.

"어머니!"

여필준은 등짝에 짊어진 짐을 팽개치고는 바닥에 그대로 풀썩 주저앉으며 최점순의 팔을 붙잡고 소리쳤다. 의식을 잃은 최점순은 깊은 잠에 빠진 사람처럼 꿈쩍하지 않았다.

"대체 이게 어찌된 일이야?"

여필준은 믿기지 않는 이 상황을 어떻게 받아들여야 하는 것인지 눈앞이 깜깜했다.

"링거를 맞았으니 곧 깨어나실 것이야. 그때 배로 모셔야 해."

이봉남은 기다리는 수밖에 없다고 했다.

"지금 피난민들이 배에 타기 시작했는데, 언제까지?"

여필준은 초조한 얼굴빛으로 기다릴 시간이나 있느냐고 따졌다.

"다 태우려면 내일 해가 중천까지 올라와야 돼."

이봉남은 아직은 시간이 있다며 군의관 말대로 하자고 했다.

같은 시각, 메러디스 빅토리 호는 피난민들이 승선하는 순서대로 가장 아래 갑판인 5번 화물창부터 채워나갔다. 두어 시간 지나 5번 화물창이 꽉 들어차서 콩나물시루가 되자 공기구멍만 열어둔 채 뚜껑을 닫고 4번 화물창으로 돌렸다.

"큰일이군. 아직 10분의 1도 못 탔는데 벌써 화물창 하나가 다 차버렸으니…."

라루는 윙 브리지에서 내려다보며 중얼거리다가 고개를 들어 밤하늘을 쳐다보았다. 신경이 무디어져서 그런지 군함에서 쏘아대는 함포의 포탄들이 긴 불꼬리를 달고 포물선을 그리며 밤하늘을 가르는 것이 이제는 별스럽지도 않았다. 포탄은 길게 꼬리를 그으며 떼지어 지나가는 유성처럼 서쪽으로 날아가 곤두박질치며 번쩍번쩍 불꽃을 일으켰다. 하지만 연속적으로 들려오는 꽝꽝 하는 소리를 의식할 때마다 가슴이 더럭 내려앉는 것은 어쩔 수 없었다.

같은 때 여필준을 찾아다니던 김석호는 여필녀를 발견하고서 새살스럽게 호들갑을 떨었다. 하지만 여필녀는 함께 나타난 곽준식과 대면하는 순간 그만 저절로 몸이 굳었다.
"여 선생님은 어디 갔나요?"
김석호는 여필준이 가까운 곳 어딘가에 있는 줄 알고 두리번거리며 물었다. 여필녀는 대답을 하지 못한 채 경계의 눈을 부으며 몸을 도사렸다.
"여 선생 부인이 아기를 가졌다더니… 그새 태어났나 봅니다."
곽준식은 배정희 등을 둘러싼 포대기를 기웃거리며 의뭉을 떨었다. 배정희는 등 뒤로 벌레라도 떨어진 듯이 징그럽고 불쾌하여 급히 몸을 돌려세우려다가 그만 머리에 인 보따리를 떨어트리고 말았다.
"저런…"
곽준식은 냉큼 보따리를 주워들고는 자신의 옆구리에 끼우며 배를 탈 때까지 들어주겠다고 했다. 배정희는 손을 홰홰 내두르며 아니라고 했다.

"괜찮습니다. 우리는 급히 빠져나오느라 짐도 없는데…."

곽준식은 그렇게 말하고는 김석호를 향해 여필녀의 짐마저 들어주라고 했다. 김석호는 알았다는 대답과 함께 여필녀가 이고 있는 보따리를 훌렁 빼앗았다.

"아, 그거….".

여필녀는 손을 뻗어 보따리를 잡으려다가 순간 곽준식의 눈과 마주치자 그만 사양할 수 없는 위압을 느낀 나머지 입을 다물고 말았다.

"걱정 말아, 명색이 교장 선생인 내가 우리 학교 급사를 했던 사람을 못 도와주겠어?"

곽준식은 여필녀를 향해 생색을 뭉텅 쓸어내고는 입술을 일기죽거리며 웃었다.

"이 보따리는…."

배정희는 보따리 속에 든 집문서가 마음에 걸려 곽준식을 향해 보따리를 달라고 했다.

"아기까지 업고 힘들 텐데… 걱정 마시라니까요."

곽준식은 보따리를 돌려줄 마음이 없다는 듯 말하고는 배정희와 여필녀를 앞세웠다. 두 여자는 썩 내키지 않았지만 어쩔 수 없이 발걸음을 떼었다. 곽준식은 김석호와 보따리를 하나씩 어깨에 둘러메고서 뒤를 따라붙었다.

곽준식은 몇 발자국 가다가 주머니에서 지령문을 끄집어내어 배정희의 보따리 속 깊숙이 감추었다.

줄줄이 늘어선 피난민들은 메러디스 빅토리 호 갑판으로 올라서는 순서대로 화물창으로 쏙쏙 들어가고 화물창은 하나둘씩 피난민들로 가득하게 채워져 나갔다. 흥남부두의 겨울밤은 점점 깊어가고 이럭저럭 새벽이 가까워졌다. 하늘에는 여전히 군함에서 쏘아대는 포탄이 서쪽으로, 서쪽으로 날아다녔다.

37.

여필준은 깨어날 기미가 보이지 않는 최점순의 팔을 붙잡고 어찌해야 좋은지 노심초사하느라 가까이서 쿵쾅 포탄 터지는 소리에도 귀를 기울일 겨를이 없었다.

"중공군 포탄이 막사 위로 떨어질 판국인데… 군의관은 뭐한다고 여태 코빼기도 안 보이는 거야?"

이봉남은 시간이 흐를수록 점점 더 농후해지는 불안감 때문에 바싹 오그라드는 마음을 다잡지 못하고 안절부절 서성거렸다. 아닌 게 아니라 중공군이 쏘아대는 포탄이 10군단사령부 임시막사 주변으로 날아들고 곳곳에 검은 포연과 불길이 솟구쳤다.

"꽝!"

의무실 막사 근처에 떨어진 포탄이 번쩍 터지면서 번갯불 같은 화염이 희번덕거리고 났을 때 군의관이 들것을 든 병사 둘을 데리고 황급히 막사 안으로 들어섰다

"밖에 차를 대기시켜 두었으니 어서 옮기도록 하시오."

이봉남은 다급한 목소리로 소리치는 군의관을 뺑하니 쳐다보며

상황이 얼마나 안 좋은지 물었다.

"곧 방어선을 물려야 하오."

군의관은 오래 버틸 수 없는 지경이라고 했다.

"꽝!"

그때 또다시 막사 밖에서 포탄 터지는 소리가 나더니 의무실 막사가 폭풍에 밀려 펄럭거렸다. 이봉남은 "뭐야?"라고 소리치며 단숨에 의무실 막사 밖으로 뛰어나갔다. 사방을 뒤덮은 새카만 폭연과 함께 화약 냄새가 자욱하고 막사 앞에 세워둔 지프는 옆으로 쓰러진 채 불기둥이 솟았다. 폭탄은 연이어 군데군데 떨어지며 꽝꽝 터졌다.

"중공군이 코앞까지 들이닥쳤어."

이봉남은 황급히 막사 안으로 들어서며 최점순을 보듬은 채 숨소리를 죽이고 있는 여필준을 향해 소리쳤다. 여필준은 악연하여 샛노랗고 핏기가 없는 얼굴로 "뭐… 뭐라고?!"라며 말까지 더듬었다.

"꽝!"

포탄 하나가 귀를 찢는 굉음 소리와 함께 파편이 튀었다. 의무실 막사에 있던 사람들은 순식간에 고목이 쓰러지듯 제자리에 폭삭 고꾸라져 나뒹굴고 여기저기 피가 튀었다.

같은 때 인산인해를 이룬 부두에 곧 중공군이 들이닥친다는 소리가 빠르게 퍼졌다. 술렁거리던 피난민들은 10군단 막사 쪽에 떨어지는 포탄의 횟수가 많아지자 술렁술렁 동요하기 시작했다. 한번 일어난 동요는 가라앉지 않고 점점 커지더니 질서가 무너지고 아우성과 비명 소리가 낭자하게 흩어져 얼어붙은 밤을 깨웠다.

그러다가 누군가가 "중공이 몰려온다!"라고 소리를 지르자 너나 할 것 없이 사지를 버둥대며 이성을 잃은 것처럼 메러디스 빅토리호의 현문가교를 향해 몰려들었다. 헌병들이 호루라기를 불어대며 질서를 지키라고 소리쳤지만 소용없었다. 피난민들은 마치 둑이 무너진 댐에서 쏟아지는 물처럼 걷잡을 수 없이 밀려들었다. 경계의 줄이 엉키면서 힘에 밀린 노약자나 여자들은 자빠지기 일쑤였다. 땅바닥에 보따리와 짐들이 뒹굴고 서로를 부르며 찾는 소리, 아이들의 울음소리 등, 절규로 가득 찬 부두는 순식간에 아수라장으로 변했다.

"탕, 탕."

헌병들이 공포를 쏘아대며 고함을 질러댔지만 피난민들은 거센 물결처럼 더욱 세차게 밀려들었다. 피난민들이 한꺼번에 맹렬하게 몰아닥치자 현문가교 하나가 주저앉으면서 수십여 명의 피난민들이 풍덩풍덩하는 소리를 내면서 바다로 떨어졌다.

"탕, 탕, 탕…."

헌병이 질서를 지키라며 허공을 향해 쏘아대는 총소리와 피난민들 자지러지는 비명 소리가 낭자하게 하늘과 부두를 쥐흔들었다.

"지금이 기회야. 빨리, 빨리."

곽준식은 김석호를 향해 혼란을 틈타 승선하자고 했다. 김석호는 앞장서서 피난민들을 밀쳐내고 길을 터가며 여필녀와 배정희를 이끌고 곽준식은 뒤에 따라붙었다. 여필녀와 배정희는 마지못해 따라붙었지만 북새통에 끼어 앞뒤를 재어볼 겨를이 없었다.

김석호는 난폭하게 피난민들을 밀쳐내며 현문가교를 넘어 메러디스 빅토리 호 갑판으로 올라섰다.

"이 추운 날 밖에 있다가는 바다에서 얼어 죽고 말거야. 안으로 들어가."

곽준식은 김석호를 향해 화물창으로 들어가라고 했다. 김석호는 사람들 틈을 비집고 화물창으로 향했지만 복도에 꽉 들어찬 피난민들이 뿜어낸 훈김으로 숨이 막힐 지경이었다.

"들어갈 곳이 없습니다."

김석호는 일그러진 얼굴로 되돌아가야 한다고 했다. 곽준식은 언뜻 난감해하는 기색을 보였지만 별수 없이 돌아섰다. 김석호는 다시 피난민들을 밀쳐가며 갑판으로 올라갔다. 배정희와 여필녀는 사정이 몹시 궁금해서 이것저것 따질 새가 없기도 하거니와 어디다가 한눈을 팔 틈이 없어 발이 가는 대로 무작정 곽준식과 김석호를 따라다녔다.

갑판으로 나서자 그사이 폭풍처럼 밀려든 피난민들로 빽빽하여 운신이 어려웠다.

"이대로는 안 돼. 어디 바람 피할 곳을 찾아봐."

곽준식은 고개를 이리저리 돌려가며 말했다. 김석호는 알겠다고 대답하고는 보따리는 어떻게 할 것인지 물었다.

"보따리…?"

곽준식은 눈알을 천천히 굴리며 여필녀와 배정희를 쳐다보았다.

"지령문만 빼내고 돌려주는 것이 낫지 않겠습니까?"

김석호는 두 여자가 거치적거리니 떼어내자고 했다.

"부산에 도착해서 내릴 때 검문검색을 하면…?"

곽준식은 어떤 예감에 이끌린다는 듯 살짝 변한 낯빛으로 아직 이르다며 뒷걱정을 놓지 못했다. 김석호는 어느 정도 수긍이 된다는 듯 고개를 끄떡거렸다.

배정희는 끌려다니듯 정신없이 이리저리 헤집어 다니다가 한숨 돌리고 보니, 머리 위를 지나 서쪽으로 쐑, 쐑 날아가는 함포의 포탄 소리와 점점 가까워지는 중공군의 포격 소리가 귀에 들어왔다. 그제야 최점순을 데리고 오겠다던 여필준의 걱정으로 입 안이 버쩍버쩍 탔다.

"아가씨, 아무래도 서방님과 어머님을 찾아가봐야 할 것 같아요."

"그래요, 그냥 이러고 있을 일이 아닌 것 같아요."

여필녀는 마치 기다리기라도 했다는 듯 대답하고는 김석호가 들고 있는 보따리를 확 낚아챘다. 김석호는 여필녀의 갑작스러운 태도에 영문을 통 모르겠다는 듯 빤히 쳐다보았다. 여필녀는 여필쥰과 최점순을 찾아나서야 한다며 보따리를 가슴에 품었다.

"무슨 소리요? 누구를 찾아간다는 것이오."

김석호는 말이 안 되는 소리 하지 말라며 노려보았다.

"지금 제정신이야?"

곽준식은 배에서 내리면 큰일 난다며 윽박질렀다.

"그래도 우린 가야 해요."

배정희는 여필녀와 같은 소리를 뱉으며 곽준식이 가진 보따리를 내놓으라고 했다.

"무엇이라…?"

곽준식은 단박에 안색이 싹 변하고는 안 된다며 보따리를 두 팔로 감싸 안았다.

"시어머니와 남편을 찾아야 해요."

배정희는 같은 말을 되풀이하고서 보따리를 내놓으라고 했다. 곽준식은 무엇인가 추궁하듯이 따가운 눈빛으로 쳐다보더니 "보따리는 줄 수 없어."라고는 가든지 말든지 마음대로 하라며 홀쩍 돌아섰다. 여필녀는 보따리를 내놓지 않겠다는 곽준식의 행동거지가 수상했다. 그렇듯 좋게 보살펴주겠다던 곽준식의 언사와 거동이 갑자기 천착스럽다는 생각이 와락 일어나자 "우물 속에 던져놓고 총을 쏘아 죽였어. 그놈이 바로 곽준식이야."이라던 이계실의 말이 언뜻 떠올랐다. 생각이 거기에 이르자 자신도 모르게 "교장선생님!" 하고 다부진 소리로 불렀다. 곽준식은 흠칫 뒤돌아보았다.

"빨갱이와 함께 목사님을 죽인 것도 모자라서 도적질까지 하겠다는 것입니까?"

여필녀는 수줍고 예쁜 얼굴 어디에 그런 용기가 숨었을까 싶을 만큼 큰 소리로 내리쏘았다. 순간 주변에 있던 피난민들이 빨갱이라는 말에 그만 유산을 끼얹은 듯이 일그러진 얼굴로 곽준식을 쳐다보았다. 곽준식은 마치 올가미에 걸린 들짐승 같은 꼴로 주변을 둘러보다가 떡떡거리는 목소리로 "누구보고 빨갱이라는 거야?"라고 소리쳤다.

"수많은 사람들을 우물 속에 던져놓고 총으로 쏘아 죽인 인민군 군관이 빨갱이가 아니란 말입니까?"

여필녀는 창백한 얼굴로 입술을 떨면서도 얄밉게 쏘아붙였다.

"이… 이년이 누구보고 빨갱이라는 거야?"

곽준식은 두 뺨을 후끈 붉히며 소리치고는 주변을 휘둘러보며 손가락으로 배정희를 가리킨 채 더욱 큰 목소리로 소리쳤다.

"빨갱이는 바로 이년 아비요. 이년의 아비는 북조선기독교도연맹에서 서울해방 환영예배를 했고, 이 전쟁을 정의의 전쟁이며 성스러운 전쟁이라고 선동한 용서받지 못할 빨갱이 놈 딸년이오."

배정희는 천만뜻밖의 말에 별안간 당황하여 어찌할 줄을 몰라 갈팡질팡하다가 그만 울음을 왁 쏟았다.

"김 선생도 잘 알고 있잖소? 뭐라고 말 좀 해보시오."

곽준식은 주위 사람들이 들으라는 듯이 김석호를 향해 가만있지 말고 말을 보태라고 소리쳤다. 김석호는 엉뚱한 짓을 하다가 들킨 놈처럼 황망히 입을 뗐다.

"여러분! 이 여자의 아버지는 함흥에서 빨갱이질을 하다가 인민군이 후퇴할 때 인민군을 따라 도망간 북조선기독교도연맹의 배 목사입니다."

주변에 몰려 있던 피난민들은 갑자기 차갑고 무거운 위협기가 숨은 시선으로 배정희를 노려보았다. 배정희는 피난민들의 찌르는 듯 날카로운 눈초리에 혀가 마비된 듯 벙어리처럼 말을 하지 못한 채 멀뚱히 서 있기만 했다.

"아닙니다. 빨갱이는 인민군 군관인 바로 이 사람입니다."

여필녀는 곽준식을 가리키며 발악적으로 소리쳤다.

"이년의 말은 새빨간 거짓말이오. 여러분들은 북조선기독교연맹을 잘 알 것이오. 여기 아이를 업은 이년의 아버지가 바로 북조선기독교연맹 함흥지부장입니다. 여러분들도 잘 생각해보시오. 우리는 지금 몹쓸 짓을 일삼는 빨갱이 때문에 이 추운 날 집과 논밭을 다 버리고 피난을 가는 것이 아니오? 그런 원수의 자식이 탔는데, 그냥 두고만 보겠소?"

곽준식은 본색을 감추겠다는 듯 끈덕지게 물고 늘어졌다.

"죽여야 합니다! 철천지원수 빨갱이 자식이 어디라고 이 배를 탑니까? 죽입시다!"

김석호는 술기운이 오른 놈처럼 벌건 얼굴로 호응하면서 피난민들을 선동하여 과격한 집단행동으로 유도했다. 피난민들은 온갖 원망과 한이 응축된 눈빛으로 배정희를 노려보며 웅성거렸다. 배정희는 피가 바짝바짝 타들고 숨 멎을 듯 가슴이 졸아들었다.

"네년의 눈에는 이 추운 날에 고향산천을 버리고서 피난길에 오른 수많은 사람들의 눈물이 안 보여? 무슨 낯으로 배를 탔어?"

곽준식은 기선을 제압했다는 듯 당당한 기세로 소리쳤다.

"교장선생님, 대체 우리한테 왜 이러는 겁니까?"

여필녀는 수치와 당혹감은 그런대로 넘길 수 있으나 빨갱이라는 덤터기에는 털끝이 오싹 일어나는 것 같은 공포감이 일어났다.

"여러분, 이래서 빨갱이는 사정 봐주면 안 되는 겁니다."

곽준식은 조금도 빈틈을 주지 않고 되알지게 몰아붙였다.

"김 선생님, 우리보고 빨갱이라니, 이래도 되는 것입니까?"

여필녀는 몸을 홱 돌려 옆에 있는 김석호의 팔을 붙잡고서 눈이 시뻘겋게 소리쳤다.

"이것 안 놔?"

김석호는 고함을 지르며 여필녀의 팔을 왈살스레 뿌리쳤다. 여필녀는 힘없이 배정희에게로 나가떨어졌다. 곽준식은 김석호를 향해 눈짓으로 끔쩍 신호를 보내면서 들고 있던 보따리를 건넸다. 김석호는 보따리를 받아 쥐고는 몸을 홱 돌렸다.

"안 돼!"

여필녀는 벌떡 몸을 일으켜 김석호의 허리를 붙잡고서 보따리를 내놓으라고 소리쳤다.

"이년이?"

곽준식은 우악스럽게 여필녀의 머리끄덩이를 잡아당겼다. 여필녀는 머리가 뒤로 젖힌 채 보따리를 움켜쥐고서 안 된다고 악바리를 쳤다.

"그래도 이년이…."

곽준식은 발로 냅다 여필녀의 옆구리를 찼다. 여필녀는 외마디 비명과 함께 쓰러지면서도 김석호의 발목을 잡았다. 곽준식은 여필녀에게 발길질을 해대며 김석호를 향해 자리를 뜨라고 소리쳤다. 김석호는 발부리로 여필녀의 목을 걷어찼다. 여필녀는 비명조차 없이 폭삭 엎어져 간질 환자처럼 사지를 오그리고는 몸을 웅크린 채 일어날 줄 몰랐다. 김석호는 이때다 싶었는지 재빨리 피난민 속으로 헤집고 들어갔다.

"아가씨!"

배정희는 여필녀의 어깨를 잡고 소리를 질렀지만 입 안에 침이 말라서 제대로 소리가 나지 않았다. 여필녀는 다 죽어가는 소리로 "집 문서."라며 숨을 헐떡였다. 배정희는 앞뒤 생각하지 않고 벌떡 일어나 김석호를 따라 피난민들 속으로 갔다. 아기를 업은 몸으로 어디서 힘이 났는지 피난민들을 우악스럽게 밀치며 김석호의 뒤를 쫓았다.

"보따리 내놔!"

배정희는 의외로 거칠게 큰 소리로 고함을 질렀다. 김석호는 할끗 뒤를 돌아다보다가 앞을 가로막은 피난민 여럿을 밀쳤다. 피난민 서넛이 옆으로 쓰러지면서 엎어졌다. 그중에 엄마의 손을 잡고 있던 여자아이 하나가 넘어지면서 구명삭(救命索) 사이로 미끄러져 빠져나가 풍덩 소리를 내며 바닷물 속으로 잠겼다.

"아악!"

아이의 엄마는 구명삭 아래로 손을 허우적거리며 미치듯이 고함을 질렀다. 김석호는 상관할 바가 아니라는 듯 고개를 휙 돌렸다.

"야, 이 새끼야!"

그때 아이의 아버지가 고함을 지르며 김석호의 목덜미를 틀어쥐었다. 김석호는 졸지에 급습을 당한 놈처럼 아이 아버지의 손아귀에 걸려들었다.

마침 윙 브리지에서 갑판을 내려다보던 라루는 이상히 여기고는 조타실로 향했다. 조타실 입구를 지키는 헌병 하나를 향해 함께 가주어야겠다고 말하고는 급히 계단 아래로 발걸음을 뗐다. 헌병은 주저함 없이 라루를 뒤따라 갑판으로 향했다.

"이놈아!"

아이의 아버지는 목에 거머리 같은 핏대를 올리며 고함을 질렀다. 김석호는 빠져나오려고 구렁이처럼 몸을 뒤틀며 오만상을 찌푸렸다. 그때 가쁜 숨을 태우느라고 헉헉거리며 다가온 배정희는 김석호가 쥐고 있는 보따리를 잡아당겼다. 김석호는 빼앗기지 않으려고 힘을 주어 꽉 움켜쥐었다.

"보따리 내놔, 빨갱이 놈아!"

배정희는 곽준식에게 수모를 당한 설움까지 보태어 소리쳤다. 등에 업힌 아기는 한 주먹도 안 되는 얼굴에 주름을 주글주글 잡아가며 울어댔다.

"빨갱이!"

아이의 아버지는 눈알을 뒤집어 김석호를 노려보며 소리쳤다.

"이년이 빨갱이요!"

김석호는 날카롭고도 싸늘한 목소리로 배정희를 빨갱이라고 덮어씌웠다. 배정희는 빨갱이든 아니든 오로지 한곳에만 신경이 집중되었다는 듯 힘껏 보따리를 잡아당겨 빼앗았다. 김석호는 몸을 획 돌려 보따리를 낚아채어 다시 빼앗았다. 그러면서 미끄러지며 털썩 엉덩방아를 찧었다.

"빨갱이새끼 죽어."

아이의 아버지는 아이가 바닷속으로 빠진 것에 격분을 참지 못하고 김석호의 옆구리를 힘껏 걷어찼다.

"악!"

김석호는 외마디 비명을 지르고는 몸이 미끄러지듯 구명삭 밖으로 미끄러졌다. 순간 손에 든 보따리를 갑판으로 집어던지고 구명삭 기둥을 거머쥐었다. 배정희는 보따리를 주우려고 한 걸음 다가갔다. 그때 김석호가 다른 손으로 배정희의 발목을 잡았다. 배정희는 자지러지는 비명을 지르며 미끄러져 넘어졌다. 등에 업힌 아기는 고막이 따가울 정도로 앙칼진 울음소리를 터트렸다. 여자아이의 아버지는 너무 당황하여 게걸음을 치며 뒤로 물러났다. 그때 라루와 함께 피난민들을 밀치고 나타난 헌병이 급히 배정희의 손을 잡았다.

"살려줘!"

김석호는 현측에 대롱 매달린 채 발버둥질해대며 소리쳤다. 발버둥 칠 때마다 배정희의 몸은 구명삭 사이의 갑판으로 빠르게 밀려 내려갔다. 배정희는 비명을 지르며 몸부림을 쳤지만 눈이 얼어붙은 갑판의 살얼음이 배정희의 몸을 얼음지치기하듯 밀었다. 헌병은 한 손으로 배정희의 손을 잡고 한 손으로는 등에 업힌 아기를 잡아당겼다. 필사적으로 당기며 끌어올리려 애를 썼지만 배정희의 발목에 매달린 김석호의 몸무게와 발버둥질을 이기기에는 역부족이었다.

"악!"

"아~악!"

김석호와 배정희는 한꺼번에 외마디 비명을 지르며 갑판 아래로 떨어져 차디찬 바닷물 속으로 잠겼다.

"응애~에! 응애! 응애!"

모질고 날카로운 아기의 울음소리가 갑판에 울려 퍼지고, 헌병의 왼손에는 배정희의 등에 업혔던 아기가 들려 있었다. 헌병은 쌀깃에 싸여 발버둥 치며 으앙으앙 울부짖는 아기를 끌어안았다. 거멓게 죽은 바다의 물결 속으로 가라앉은 배정희는 아기의 울음소리를 영영 들을 수 없게 되고 말았다.

라루는 황망한 상황을 예측할 겨를도 없이 정신을 잃은 채 쓰러져 있는 여필녀를 보듬어 안고 피난민들을 헤치며 앞으로 나아갔다.

뒤따라온 헌병이 라루를 향해 여필녀를 달라고 했다. 라루는 헌병의 의중을 알고는 여필녀를 건넸다. 헌병은 피난민에게 아기를 건네고는 여필녀를 받아 안았다. 라루는 다시 피난민에게서 아기를 건네받아 헌병과 함께 의무실로 향했다.

피난민들 속에 섞여 지켜보고 있던 곽준식은 아무 일이 없다는 듯 슬그머니 돌아섰다. 희끗희끗 하던 순백의 눈발이 세어지면서 만물은 꽁꽁 얼어가고 밤공기는 음침하고 울적했다.

38.

　피난민들의 비명이 얼어 터져 나가던 겨울밤은 물러났지만 살점을 도려내는 듯 아리도록 몰아치는 칼바람은 여전히 눈보라와 어울려 윙윙거렸다. 부두에는 아직 승선하지 못한 피난민들로 북새통을 이루었고, 메러디스 빅토리 호 주변의 바다에는 밤새 몰려든 게딱지같은 전마선들이 다닥다닥 붙어 물결에 출렁거렸다. 피난민들과 피난 짐이 칡넝쿨처럼 얼키설키한 전마선은 무게 중심이 맞지 않아 연파에도 쉬이 기우뚱거렸다. 끼우뚱끼우뚱하다가 꼭대기에 얹힌 피난 짐 덩어리가 바다로 떨어지는가 하면 전마선끼리 서로 부딪히다가 부서져 가라앉은 전마선도 있었다.

　전마선 위의 피난민들은 메러디스 빅토리 호 갑판을 향해 밧줄을 내려달라고 아우성을 쳐댔다. 엘버트는 보다 못해 갑판선원들을 이끌고서 현측에 그물사다리를 내렸다. 피난민들은 일시에 개미 떼처럼 달려들어 야단법석이었다. 가까스로 오르던 자들 중에 바다로 떨어지는 자가 있는가 하면 전마선이 뒤뚱대는 통에 여럿이 미끄러져 바다로 떨어지기도 했다. 물에 빠진 어린아이와 노약자는 손써 볼

틈도 없이 얼어 죽어 바다 위로 둥둥 떠다녔다. 그나마 건져진 피난민일지라도 동태처럼 온몸이 떵떵 얼어붙었다.

라루는 윙 브리지에서 흩뿌리는 눈을 맞아가며 갑판과 부두와 주변의 바다에서 일어나는 상황을 지켜보다가 연신 "저 사람들…. 아… 다 어쩌면 좋아."라고 혼잣말을 해대며 고통스러운 신음을 토했다.

"선장님, 아기는 괜찮을 것 같습니까?"

디노는 우울하게 가라앉은 목소리로 말하고는 조타실 안으로 들어가자고 했다.

"갓난아이가 얼마나 춥고 배가 고팠던지… 우유를 주었더니 죽죽 빨아먹고는 앙글거리다가 잠이 들었어."

라루는 아기를 자신의 침실에 재워두고 갑판선원에게 수시로 살피도록 일러두었다고 했다. 디노는 고개를 끄떡이고는 "여긴 너무 춥습니다."라며 재차 조타실로 들어갈 것을 권했다.

"이 추위에… 저 사람들에 비하면…."

라루는 조타실로 들어갈 생각이 없다는 듯 배를 타기 위해 안간힘을 쏟는 피난민들을 안쓰러운 눈빛으로 내려다보았다.

"저 많은 사람들… 다 태울 수 있을지가 걱정입니다."

디노는 헝클린 마음을 다잡기 어렵다는 듯 힘없는 목소리로 대꾸했다. 라루는 1초가 다급한 사람처럼 긴장과 초조함이 역력하게 도는 얼굴빛으로 "기관실은…?"이라고 짧게 물었다.

"당장이라도 빠져나갈 준비를 해둔 상태입니다."

디노는 출항지시만 떨어지면 하시라도 떠날 준비가 되었다고 했다. 라루는 앓는 소린지 근심에 잠겨 내는 신음인지 알쏭달쏭한 소리를 "끙." 하며 내뱉고는 천천히 입을 떼어 취사장에다가 물을 많이 끓여두라고 했다. 디노는 선원들이 화물창과 갑판에서 피난민들 통제하는 일만으로도 버겁다면서도 무엇에 쓸 것인지 물었다. 라루는 물에 빠진 피난민들을 녹이기 위해서라고 말하고는 선원들의 헌옷까지 다 내놓으라고 했다. 디노는 선뜻 대답을 못 하고 미적거리다가 라루의 표정이 일변하자 곧 그러겠다며 돌아섰다.

디노는 조타실을 거쳐 아래갑판으로 내려가기 위해 계단을 밟으려다가 아래에서 올라오는 러니를 발견하고는 주춤거렸다. 러니는 고개를 들어 계단 위에 서 있는 디노를 발견하고는 가파르고 기다란 철계단을 떵떵 소리를 내며 바삐 뛰어올랐다.

"조타실에 선장님 계셔?"

러니는 계단 위로 올라서자마자 가쁜 숨을 내쉬며 물었다. 디노는 윙 브리지에 있다고 말하고는 바삐 내려갔다. 러니는 발걸음을 떼어 조타실을 거쳐 윙 브리지로 향했다.

"추운데 여기서 무엇 하십니까?"

러니는 추위를 견디기에는 너무 허술해 보이는 라루의 옷차림이 걱정된다고 했다. 라루는 그런 객설은 듣고 싶지 않다는 듯 손을 들어 보이고는 여필녀는 어찌 되었는지 물었다.

"깨어나긴 했는데…. 그렇게 찾았는데도 배에 탈 동안 왜 보지 못했을까요?"

러니는 라루가 아니었다면 찾지 못했을 뻔했다고 했다.

"의무실로 옮긴 뒤 어딘가 이상한 생각이 들어서 사진을 꺼내서 살펴보았더니… 미스터 리가 찾던 미스터 여의 동생일 줄이야."

라루는 이봉남에게 할 말이 생겼다는 듯이 은근히 가살스레 말하고는 호주머니 속에 든 사진을 끄집어냈다. 러니는 사진에서 눈을 떼지 않은 채 목이 너무 부어서 말을 잘 하지 못한다고 했다. 라루는 고개를 들어 러니를 흘금 쳐다보며 상태가 심각하냐고 물었다. 러니는 고개를 갸웃거리다가 마치 자신의 목이 아프기라도 한 듯 손바닥으로 목을 쓰다듬고는 입을 뗐다.

"자꾸 누구를 찾는 것 같은데… 목소리를 내지 못합니다."

"아마도 미스터 여를 찾는 거겠지."

라루는 안쓰러운 마음을 드러내고는 이봉남이 여필준을 데려오기만 기다리자고 했다.

그 시각 포격을 맞고 쓰러졌던 이봉남은 한참만에 겨우 정신이 들어 천천히 눈을 끔쩍끔쩍하고는 기신기신 일어났다. 연막탄을 뿌린 듯 자욱한 연기가 메케하도록 진동하고 시큼한 화약 냄새는 콧구멍과 눈을 찔러댔다. 주먹으로 뜨끈해진 눈두덩을 비비고서 어수선한 주위를 살폈다. 군의관과 미군은 머리와 복부에 피가 흥건하게 젖은 채 절명했고 최점순은 엎어진 채 땅바닥에 떨어져 꿈쩍하지 않았다.

"아…."

이봉남은 저절로 탄식이 흘러나오는 입을 손으로 가리고 눈물을 글썽거렸다.

"으, 으…."

그때 앞을 분간하지 못할 만큼이나 자욱한 연기 속에서 고통스러운 신음 소리가 흘러나왔다.

"필준이!"

이봉남은 반사적으로 소리를 지르면서 벌떡 일어나다가 옆구리가 뜨끔하게 쑤시는 통에 "악!" 하는 비명을 지르며 그만 푹 고꾸라졌다. 옆구리를 매만져보니 피가 질척거리고 통증이 몰려왔다.

"아, 윽."

이봉남은 한 손으로 옆구리를 누르고 다른 한 손으로는 땅바닥을 짚고 일어나 연기가 자욱하게 고인 곳으로 향했다.

"으음…."

여필준은 엎어진 채 신음 소리를 내며 겨우 손가락 끝만 꼼지락거렸다.

"이봐, 필준이!"

이봉남은 피투성이로 쓰러진 여필준의 몸을 바로 누이며 소리쳤다. 여필준의 얼굴은 알아보지 못하게 부서져서 피가 낭자하고 한쪽

팔은 꺾어져 힘없이 덜렁거렸다.

"정신 차려!"

이봉남은 목청이 바스러지도록 고함을 질렀다. 여필준은 간신히 입술을 바르르 떨며 실눈을 지었다.

"이봐, 왜 이래? 정신 차리란 말이야!"

이봉남은 불길한 생각으로 가슴이 덜컥 내려앉고 머리가 팽 도는 것이 제정신이 아니었다.

"이… 이보게, 봉남이…."

여필준은 겨우 입을 뗐지만 가냘프고 기운 없는 목소리마저 여물지 못하고서 흐렸다.

"이봐? 정신이 드나? 일어나야지."

이봉남은 이래서는 안 되는 거 아니냐고 했다.

"미… 미안하네…."

여필준은 시르죽은 목소리로 힘겹게 말했다.

"무슨 소리야? 벌떡 일어나면 되잖아? 어서 일어나!"

이봉남은 노한 음성으로 소리쳤지만 안타까움이 덕지덕지 낀 비창한 목소리였다.

"내… 내 동생… 하고… 아내를… 부탁하네…."

여필준은 숨이 끊어질 것처럼 목소리가 토막토막 잘려 나왔다.

"그게 다 무슨 소리냐니까? 일어나, 일어나란 말이야!"

이봉남은 시뻘게진 얼굴로 발끈 성을 내며 소리쳤다.

"미… 미안…."

여필준은 말을 제대로 하지도 못하고서 그만 고개를 떨어트리고 말았다.

"이봐! 필준이!!"

이봉남은 땡고함을 쳐댔지만 여필준은 꿈쩍하지 않았다.

"아! 아~~!!"

이봉남은 축 늘어진 여필준을 부둥켜안고 오열했다. 주변에 떨어지는 중공군의 포탄은 폭발음과 함께 흙을 퍼내며 움쑥한 구덩이를 만들고, 미국 군함의 함포 소리와 총격 소리는 더욱 난무했다.

같은 시각, 포니는 알몬드에게 마지막 방어선이 더 이상 버티기가 어렵다고 보고하는 중이었다.

"이대로 시간을 더 끌다가는 우리 병력이 1차 폭파지점 밖으로 물러나기 전에 중공군이 들이닥칠 수 있습니다."

알몬드는 머리를 감싸진 두 손으로 얼굴을 쭉 훑어 내리며 "어디까지 밀고 왔나?"라고 물었다.

"1차 폭파지점 2km 앞까지 왔는데, 더는 버틸 수가 없습니다."

포니는 중공군이 워낙 많이 몰려들어 쓰러트려도, 쓰러트려도 그 끝이 없다고 했다.

"부두 쪽은 어떤가?"

포니는 메러디스 빅토리 호의 피난민 승선이 어느 정도 되었는지 물었다. 포니는 팔을 들어 손목시계를 들여다보며 입을 뗐다.

"앞으로 한 시간… 오전 11시쯤 끝이 날 것입니다."

"어뢰정과 LCU는 제 위치에 있나?"

알몬드는 부두 폭파대원들과 엄호부대가 타고 부두를 빠져나갈 배들이 이상 없이 대기 중인지 물었다.

"그렇긴 합니다만… 에이블 해안이 위험하여 폭스 해안으로 이동시켰습니다."

포니는 메러디스 빅토리 호가 정박한 부두 가까운 곳으로 옮겼다고 했다. 알몬드는 고심이 이만저만 아니라는 듯 찌들어 보이도록 수심이 가득 찬 얼굴로 힘없이 입을 뗐다.

"여하튼, 피난민 승선을 마칠 때까지 방어선을 지켜내야 하네."

"군단장님의 뜻을 잘 알겠습니다만… 시간이 얼마 남지 않았음을 참작해주십시오."

포니는 최선을 다하겠지만 하시라도 떠날 준비를 해두어야 한다고 했다. 알몬드는 비통함과 착잡함이 서린 표정으로 고개를 끄떡거렸다.

같은 때 피난민들로 빼곡하게 들어찬 메러디스 빅토리 호 갑판은 거대한 콩나물시루 같았다. 어린아이와 노인들은 세찬 눈보라와 매서운 추위를 이기려고 서로를 꼭 끌어안은 채 꿈쩍하지 않았다. 여자는 아기를 품속으로 안고 남자는 윗도리를 벗어 아이를 감싸는가

하면 저마다 가져온 보따리를 풀어 이불이며 담요를 끄집어내어 몸에 둘러치기 바빴다.

조타실에서 그런 광경을 지켜보는 라루의 눈가에는 눈물이 번질거렸다.

"선장님, 현측에 내렸던 그물사다리를 끌어올렸습니다."

디노는 전마선을 몰고 온 피난민들을 다 태웠다고 보고했다.

"바다에 빠진 사람들은 어떻게 했나?"

라루는 지그시 눈을 내리감으며 물었다.

"살아 있는 사람만 겨우 건져 올려 취사장에서 뜨거운 물로 몸을 녹이고 마른 옷으로 갈아입히는 중입니다."

디노는 라루가 지시한 대로 이행했다고 보고했다. 라루는 뜨끈한 감격을 느끼기라도 한 듯이 감긴 눈꺼풀을 걷으며 고개를 끄떡이고는 "사무장은…?"이라고 물었다.

"의무실에 있는 여자가 난동을 부려서 갔습니다."

디노는 말하기가 난처하다는 듯 시적시적 대답했다.

"난동…?"

라루는 어리둥절한 표정으로 말꼬리를 감아 돌렸다.

"아… 난동이라기보다 그게… 그러니까 선원들이 아무리 말려도 막무가내로 몸부림치며 울어대기만 해서…."

디노는 여필녀를 달랠 사람은 러니밖에 없어서 내려갔다고 했다. 라루는 여필녀의 심정을 이해한다는 듯 혼잣말로 "그렇겠지…."라고는 고개를 들어 하늘을 쳐다보았다. 흥남 외항의 군함에서 쏘아대는 함포의 포탄이 중공군 인해전술에 맞불을 놓겠다는 듯 끊이지 않고 날아갔다. 날아가는 포탄을 좇아 시선을 서쪽으로 돌려 보니 포탄은 10군단 막사에서 그리 멀지 않은 곳에 떨어지면서 굉연한 폭발음을 일으키며 불꽃을 번쩍거렸다. 메러디스 빅토리 호에서도 천지를 뒤흔들며 들썩거리는 폭발음의 진동이 느껴지는 것으로 보아 중공군이 얼마나 가까워졌는지 알 만했다.

"미스터 리에게 무슨 일이 생긴 것인가?"

라루는 근심 어린 눈빛으로 10군단 막사 뒤쪽에서 일어나는 불꽃을 바라보며 이봉남의 걱정으로 애가 탔다. 새하얀 눈으로 파묻혀가는 흥남부두는 유령처럼 음울해지고, 더욱더 험상궂게 몰아치는 눈보라는 간교하기 짝이 없도록 음험했다.

그 시각 2방어선 테어 구역 방어진지에 합류했던 김영옥의 중대는 3방어선 피터(Peter) 방어선으로 물러나 있었다. 그러다가 부두 시설 폭파준비를 하는 공병단을 엄호하라는 명령을 받고서 부두로 이동했다. 주변에는 점점 중공군의 포탄이 떨어지는 횟수가 잦아지고 공병단 대원들은 폭파준비에 바빴다.

김영옥은 폭격으로 천막이 너덜너덜해진 막사 앞을 지나치다가 시신을 끌어안은 채 넋을 놓고 있는 사내를 발견하고는 걸음을 멈추었다. 그러다가 사내가 이봉남이라는 것을 알고는 그만 까무러치게 놀라고 말았다.

"미스터 리! 이게 대체 어찌 된 일이오?"

김영옥은 도무지 믿을 수 없다는 듯 두 눈을 뛰룩대며 소리쳤다. 이봉남은 보시시 고개를 들며 힘없는 목소리로 "김 대위님?"이라고 했다. 김영옥은 주변을 두리번거리다가 상황이 짐작된다는 듯 한숨을 푸 내쉬고는 이봉남을 향해 일어나라고 했다. 이봉남은 무릎에 앉힌 여필준을 내려다보며 목울음 섞인 소리로 "이렇게 갈 친구가 아니오."라며 그의 죽음을 받아들이지 않으려 했다.

"이미 숨을 거둔 사람을 붙잡고 어쩌자는 것이오?"

김영옥은 한가하게 슬퍼할 때가 아니라고 하고는 이봉남을 잡아끌었다. 이봉남은 부스스 일어나 애잔한 눈빛으로 여필준을 내려다보았다. 이미 종잇장같이 새하얗게 변해버린 여필준의 얼굴 위로 푸설거리며 떨어진 눈이 하얗게 쌓여갔다.

"필준아… 같이 가자."

이봉남은 중얼거리듯 말하고는 팔다리가 축 늘어진 여필준을 일으켜 세웠다.

"그 몸으로 어쩌려고."

김영옥은 뭐라고 할 것처럼 입을 떼다가 더는 말을 뱉지 못하고는 대신 여필준을 들쳐 업고서 급히 내뛰었다. 이봉남은 부상으로 몸을 제대로 가누지 못하여 어기죽거리며 뒤를 따라붙었다.

같은 시각, 디노는 라루를 향해 피난민을 다 태웠다는 보고를 하면서 숫자를 집계하지 못하여 알 수는 없지만 화물창과 갑판에 꽉꽉 들어찼다고 했다.

라루는 도대체 상상조차 해볼 수 없었던 일이 벌어졌다며 고개를 살래살래 흔들고는 옆에 선 러니를 향해 "미스터 여의 여동생은…?"이라며 여필녀가 안정을 찾았는지 물었다. 러니는 착 가라앉은 음성으로 그렇지가 않다고 대답하며 안색이 싹 변하여 말을 이어나갔다.

"그보다도 발길질 당한 목부터 빨리 수술해야 할 것 같습니다."

"발길질을 당했다니…? 누가 그랬다는 거야?"

라루는 그게 말이나 되는 소리냐며 일시에 야속과 분함을 북받쳐 올렸다.

"말을 못하니…."

러니는 침통함이 현연하게 드러나는 얼굴로 어떻게 된 까닭인지 알 길이 없다고 했다.

"후우, 비극이야…. 부산에 도착하는 대로 곧바로 병원으로 옮길 수 있도록 사무장이 신경을 써."

라루는 탄식하듯 말하면서 손바닥으로 목덜미를 매만졌다. 러니는 우울한 표정을 버리지 못한 채 알았다고 대답했다. 그때 헌병을 대동하고 조타실로 급히 들어선 포니는 다급한 목소리로 5분 내로 출항하라고 했다.

"미스터 리가 아직 안 돌아왔습니다."

라루는 이봉남의 생사를 모른 채 출항하기가 난감하다고 했다.

"걱정 마시오. 미스터 리는 어뢰정을 타고 떠날 것이오."

포니는 김영옥이 이봉남을 구출했지만 부상이 심해 어뢰정으로 옮겼다고 말하고는, 몹시 굳은 안색으로 입을 달막거리다가 조용하고도 엄숙한 음성으로 여필준이 죽었다고 했다.

"네?!"

"뭐라고요?"

라루와 러니는 누가 먼저랄 것 없이 화들짝 놀라며 서로의 얼굴을 쳐다보다가 이내 포니를 쳐다보았다. 포니는 김영옥에게 보고받은 대로 최점순과 여필준이 죽은 사실을 들려주었다.

"아, 가족들을 데리고 오겠다고 그러더니…."

라루는 여필준의 가슴 아픈 불운이 안타까운 듯 말을 잇지 못하고 한숨만 길게 뽑았다. 러니는 큰 충격을 받았는지 입을 벌린 채 명한 눈길로 포니를 쳐다보았다.

"원산만 기뢰제거작전 때 큰 공을 세웠던 사람이 그렇게 되고 보니 가슴이 너무 아프오."

포니는 여필준의 죽음을 애도하고는 본연의 마음으로 돌이와 출항을 서두르라고 했다. 라루는 울컥대는 마음을 진정시키고는 승선한 피난민이 얼마나 되는지 물었다.

"부두가 아수라장 되는 바람에 집계를 내지 못했소."

포니는 부산에서 하선할 때 확인하게 될 것이라고 말하고는 어렴 짐작으로 1만 4,000명이 넘을 것이라고 했다. 라루는 놀란 표정을 지으며 "1만 4,000명…."이라고 중얼거렸다.

"지금 출항하여 동쪽 7마일 지점까지 나가면 구축함이 호위할 것이오. 서두르시오. 그럼, 부산에서 봅시다."

포니는 작별의 말을 던지고는 선 자리에서 빙글 돌아 밖으로 나섰다. 라루는 포니의 뒤통수를 향해 "행운을 빕니다."라고 말했다. 포니는 등 뒤로 손을 들어 보이고는 급한 걸음으로 사라졌다.

라루는 선내 방송장치 마이크를 집어 들고서 잠시 머뭇거렸다. 여느 때와는 사뭇 다른 어떤 감정이 가슴을 찍어 누르는 통에 호흡을 길게 가다듬고서 "각 부서 출항준비."라고 했다. 메러디스 빅토리호 선원들은 조용하지만 빠르게 움직여 제각각의 위치로 가 출항준비를 했다.

그사이 하선한 포니는 부두에 서서 조타실을 향해 손을 들어보였다. 라루는 포니를 향해 손을 흔들어 보이고 선수에서 갑판선원들을 지휘하고 있는 어니스트를 향해 계류삭 철거 신호를 보냈다.

"계류삭 철거!"

어니스트의 구령이 떨어지자 갑판선원들은 계류삭을 느슨하게 풀었고, 부두에 있는 병사들은 계류삭을 걷어 바다로 던졌다. 갑판선원들은 힘껏 계류삭을 잡아당겨 갑판으로 끌어올렸다.

라루는 디노를 향해 출항을 알렸다. 디노는 선내방송으로 "출항!"이라고 말했다. 메러디스 빅토리 호는 드디어 흥남부두에서 서서히 이탈하기 시작했다. 포니는 피난민들이 빽빽하게 들어찬 메러디스 빅토리 호를 향해 절도 있는 동작으로 경례를 했다. 멀어지는 메러디스 빅토리 호를 지켜보는 그의 눈에는 안도의 감루가 갈쌍거렸다.

흥남부두에는 바람찬 눈보라가 불어치고 메러디스 빅토리 호는 말갈기처럼 휘몰아치는 눈보라를 헤치며 서서히 동쪽 바다를 향해 나아갔다.

흥남부두가 눈보라 속으로 가물가물 사라질 무렵 뒤쪽 멀리에서 물살을 가르며 빠르게 내달려오는 어뢰정 한 척이 보였다.

"선장님, 저기 어뢰정에서 불빛 모스 부호를 보냅니다."

디노는 라루를 향해 7시 방향을 가리키며 말했다. 라루는 쌍안경을 들고서 어뢰정을 쳐다보다가 대뜸 "김 대위 배로군."이라고 말했다. 오늘따라 함수 아래에 적혀 있는 'PT23'이라는 함종번호가 유난히 크게 보였다.

"미스터 리를 맥킨리함으로 후송 중이며… 중상을 입었지만… 맥킨리함에서 수술할 것이기 때문에… 문제가 없을 것이다."

러니는 어뢰정에서 보내는 불빛 모스 부호를 바라보며 중계하듯 해독해갔다. 라루는 쌍안경을 내리고는 "그나마 다행이야." 하며 안도했다. 그때 흥남부두 쪽에서 지축을 흔드는 폭발음과 함께 불기둥이 치솟아 올랐다.

러니는 재빨리 윙 브리지로 나가 넋을 잃은 채 부두를 쳐다보았다. 흥남부두 일대에 검고, 붉고, 흰 연기들이 덩굴진 잡목들처럼 뒤

엉키어 하늘 높이 치솟아 오르고, 사방에서 폭발이 계속 이어지면서 불기둥이 공중으로 뻗쳐올랐다. 어뢰정의 호위를 받으며 부두를 뒤로하고 빠져나오는 수십 척의 LCU도 보였다.

"선장님, 마지막 부대가 빠져나옵니다."

러니는 감격과 흥분으로 목소리가 떨렸다. 라루는 샌프란시스코를 떠나기에 앞서 올드 세인트 메리 대성당에서 기도했던 일을 떠올리며 전에 없이 짙은 감회가 서리는 표정으로 눈을 감았다. 러니는 엄숙한 표정으로 눈을 감은 라루를 보자 자신도 모르게 나오는 심호흡을 한 번 하고 나서 다소 떨리는 음성으로 입을 뗐다.

"선장님, 물리적으로 안 될 것이라고 걱정했던… 피난민들을 기어코 다 태우고 말았습니다. 정말 기적 같은 일을 해내신 기분이 어떻습니까?"

라루는 "기분…?"이라며 지그시 눈을 뜨고는 러니를 쳐다보더니 이내 선내방송 마이크를 잡았다.

"본 수송선은 1950년 12월 24일 오전 11시 30분 현 시각, 흥남에서 피난민 1만 4,000명을 싣고 무사히 출항하여 동경 127도 37분, 북위 39도 57분을 지나고 있다. 선원 여러분들의 책임감과 헌신적인 봉사와 피난민들을 보살피고자 하는 사랑의 손길이 있었기 때문에 가능했다는 사실을 하나님께서는 아실 것이다. 이제 곧 미국 해군 구축함이 본 수송선의 호위를 맡을 것이다. 지금부터 부산항까지 항해하는 동안 피난민들이 단 한 사람도 상하지 않도록 각별히 보살펴주고, 특히 노약자, 환자, 어린아이, 임산부 등 도움의 손길이 필요한 사람들을 잘 돌봐주기를 바란다. 메러디스 빅토리 호 선원 여러분 모두 수고 많았다. 메리크리스마스."

또렷한 라루의 음성은 스피커를 통해 메러디스 빅토리 호의 갑판과 선실 구석구석 전해졌다.

"제가 선장님께 드릴 크리스마스 선물을 마련했습니다."

러니는 기분을 전환하고자 익살을 섞은 말을 뱉고서 라루를 쳐다보았다.

"크리스마스 선물…?"

라루는 전혀 예기치 못한 소리라는 듯이 얼토당토않은 말을 갖다 붙이지 말라고 나무랐다.

"과연 그럴까요?"

러니는 의미심장한 눈빛으로 쳐다보면서 웅얼거리듯 말하고는 선내전화기로 통신실의 그린을 불러 준비한 것을 틀라고 했다.

"곧 나옵니다. 들어보시죠."

러니는 선내전화기를 벽에 꽂으며 라루를 향해 말했다. 라루는 마치 무슨 일이 일어나기를 기다리는 것처럼 눈동자를 이리저리 굴렸다. 이윽고 선내 스피커에서 크리스마스 송이 흘러나왔다. 라루는 별안간 눈을 반짝 빛내면서 귀를 쫑긋하니 세웠다.

"선장님, 생각나시죠?"

러니는 라루가 집에서 떠나올 때 챙겨왔던 레코드판을 들먹였다.

라루는 약간 어리둥절한 표정으로 귀를 기울이다가 이내 짚이는 것이 있다는 듯 소리 없이 쌩끗 웃으며 고개를 끄덕거렸다.

"집에서 떠나실 때 챙기시면서 우리가 돌아갈 때 눈이 내렸으면 좋겠다고 하셨죠?"

러니는 약간 장난기가 섞인 어조로 물었다.

"그게 말이 되느냐고 면박을 주지 않았나?"

라루는 집을 떠나던 그때처럼 미묘하게 웃으며 맞받아 넘겼다.

"그러게 말입니다…. 그런데 선장님 원대로 눈이 오네요. 그것도 엄청 많이…."

"그게 어째서 내가 원하던 건가? 크리스마스 때까지 한국에 있다면 눈을 보게 될 것이라던 사무장의 말이 씨가 된 것이지."

"어쨌든 선장님 뜻대로 크리스마스에 눈을 만나지 않았습니까?"

러니는 라루를 향해 지금까지의 모든 일들은 잊어버리자는 듯이 부러 활달하게 말했다.

"그래… 어쨌든 그렇게 되고 말았군."

라루는 무거운 짐을 내려놓은 것처럼 마음이 거든거든하다는 듯 천연한 표정으로 미소를 짓다가, 돌연 가슴에 북받쳐 오르는 감정을 묵새기며 천천히 말을 이었다.

"하나님께서 내리시는 크리스마스 선물의 노래야."

"그렇군요. 하나님께서 피난민들을 보호하신 것 같습니다."

러니는 사뭇 숙연한 표정을 지으며 다분히 애조가 배인 목소리로 말했다. 크리스마스 노래는 메러디스 빅토리 호 구석구석으로 울려 퍼지고, 탐스럽게 내리는 눈은 메러디스 빅토리 호 갑판에 소복소복 담겼다.

-끝-

흥남철수작전

1950년 12월 5일 장진호에서 후퇴한 미국 해병1사단 병력과 장비를 탑재한 첫 배가 흥남부두를 떠난 것을 시작으로, 12월 24일까지 한국 육군1군단 병력과 유엔군부대, 600만 톤이 넘는 무기와 장비 그리고 피난민을 철수시킨 작전이다.

400톤의 폭약과 560만 톤의 장비를 포기하는 대신, 30만에 가까운 피난민을 80여 척의 LST와 76척의 수송선 그리고 크고 작은 110척의 배에 많게는 정원의 10배 넘게 태워 철수시켰다.

그럼에도 배를 타지 못한 1만 4,000여 명의 피난민이 발을 동동 굴리고 있을 때 홀연히 나타난 한 척의 수송선이 있었는데 그 배가 바로 메러디스 빅토리 호다.

메러디스 빅토리 호(SS Meredith Victory)

1945년 미국 캘리포니아 주 로스앤젤레스에서 건조된 무어-맥코맥(The Moore-McCormack Lines)의 수송선으로 길이 455피트(138.7m), 7,600톤이며 승무원 정원은 60명이다.

흥남철수작전이 끝난 뒤 워싱턴주 브레머턴(Bremerton)에 정박하여 쉬고 있었다. 그 뒤 한차례 베트남전쟁에 참전했다가 1971년에 퇴역했다. 그 후 1993년 중국에 팔려 고철로 분해되었다.

미국 의회에서 갤런트상(Gallant Award)을 수여했고, 미국 교통부는 인류 역사상 가장 위대한 구출을 한 기적의 배라고 선포했으며, 2004년 9월에는 기네스북에 '인류 역사상 가장 위대한 구조'를 한 배로 기록됐다.

흥남부두

펴낸날	초판 1쇄 2017년 9월 13일
지은이	최순조
펴낸이	정현미
펴낸곳	제8요일
출판등록	2015년 10월 6일 제2015-000190호

경기 파주시 목동동 산내마을 8단지 808-1102호
전화 031)941-6037   팩스 031)946-9601
http://m.post.naver.com/8_day
8_day@naver.com

ISBN 979-11-87509-23-3 (03010)

- 값은 뒤표지에 있습니다.
- 잘못 만들어진 책은 구입하신 서점에서 바꾸어 드립니다.

책임편집 서지영